AF304325

Matthias Ernst wurde 1980 in Ulm/Donau geboren. Bereits in seiner Jugend begeisterte er sich für Literatur und verfasste Romane und Kurzgeschichten. In seinen Kriminalromanen verbindet er seine beiden größten Leidenschaften miteinander, das Schreiben und die Psychotherapie.

Matthias Ernst

DIE PROFESSORIN

Erstausgabe Oktober 2022

Copyright © 2022 dp Verlag, ein Imprint der
dp DIGITAL PUBLISHERS GmbH
Made in Stuttgart with ♥
Alle Rechte vorbehalten

Die Professorin

ISBN 978-3-96087-954-4
E-Book-ISBN 978-3-96087-628-4
Hörbuch-ISBN: 978-3-98637-631-4

Covergestaltung: Buchgewand
Umschlaggestaltung: ARTC.ore Design
Unter Verwendung von Abbildungen von
stock.adobe.com: © Andrii, © jakkapan
depositphotos.com: © Nik_Merkulov, © pedro2009
shutterstock.com: © Yuliia Konakhovska
Lektorat: Astrid Pfister
Satz: dp DIGITAL PUBLISHERS GmbH
Druck und Bindung: Books on Demand GmbH, Norderstedt

Matthias
Ernst

DIE PROFES SORIN

Erstausgabe Oktober 2022

Copyright © 2022 dp Verlag, ein Imprint der
dp DIGITAL PUBLISHERS GmbH
Made in Stuttgart with ♥
Alle Rechte vorbehalten

Die Professorin

ISBN 978-3-96087-954-4
E-Book-ISBN 978-3-96087-628-4
Hörbuch-ISBN: 978-3-98637-631-4

Covergestaltung: Buchgewand
Umschlaggestaltung: ARTC.ore Design
Unter Verwendung von Abbildungen von
stock.adobe.com: © Andrii, © jakkapan
depositphotos.com: © Nik_Merkulov, © pedro2009
shutterstock.com: © Yuliia Konakhovska
Lektorat: Astrid Pfister
Satz: dp DIGITAL PUBLISHERS GmbH
Druck und Bindung: Books on Demand GmbH, Norderstedt

„Cogito ergo sum – Ich denke, also bin ich."
René Descartes

London, Juli 2016

Die Augen waren weit aufgerissen, die Pupillen eng wie ein Nadelkopf. Die Stirn lag in tiefen Falten, der Mund schien erstarrt zu sein zu etwas, das einen Schrei oder ein bizarres Grinsen darstellen mochte. Zwei dünne Blutfäden rannen aus der Nase, deren Spitze abgeschnitten worden war. Sie hinterließen eine schmierige, rot glänzende Spur auf der Oberlippe und tropften auf die beiden Schneidezähne, die aus dem Mund hervorragten wie vom Mond beschienene Grabsteine aus einem pechschwarzen Friedhof.

Sein Blick wanderte zuerst über die tiefe Wunde in der Kehle und dann zu dem zerfetzten T-Shirt, das wohl einmal weiß gewesen war. Durchtränkt von Blut, Schleim und Regen hatte es eine rostbraune Färbung angenommen. Der Brustkorb und das weiche, unförmige Gewebe, das von den Brüsten übrig geblieben war, wiesen unzählige Einstiche, klaffende Krater und weit ausladende, wellige Schnitte auf.

Er wandte sich ab und betrachtete das Messer in seiner Hand. Die Klinge war mit einer klebrigen Schicht geronnenen Blutes überzogen. Sie zitterte wie die Nadel eines Seismografen, der gerade ein Erdbeben der Stärke vier auf der Richter-Skala registrierte. Kalter Schweiß lief ihm den Rücken hinab und eine Gänsehaut wanderte über seinen Körper.

Plötzlich hörte er Schritte. Schwere Stiefel auf dem Asphalt. Sein Mund wurde trocken.

„Polizei! Lassen Sie das Messer fallen!"

Langsam drehte er sich um. Es waren zwei Beamte. Eine kleine, stämmige Frau und ein hochgewachsener, hagerer Mann. Sie hatten ihre Dienstwaffen auf ihn gerichtet.

„Lassen Sie das Messer fallen, sofort!", rief die Polizistin.

Die Pistole in ihrer Hand zitterte noch stärker als ihre Stimme. Sie würde nicht schießen. Ganz anders als ihr Kollege.

„Messer weg", knurrte dieser.

Er sah auf die Klinge, die seine Finger noch immer umklammert hielten. Sie war wie festgeklebt. Er konnte sie nicht fallen lassen, so sehr er es auch wollte. Sein Körper verweigerte ihm den Dienst. Seine Lippen öffneten sich. Er suchte den Blick des Polizisten und quälte sich einen letzten Laut ab:

„Aragorn!"

Einen Herzschlag später peitschte ein Schuss durch die Gasse. Er spürte noch die Wucht des Einschlags, die seinen Körper zurückwarf, während das Projektil Haut, Muskeln und Blutgefäße an seinem Hals zerfetzte. Dann stürzte sein Bewusstsein in eine tiefe, grauenvolle Dunkelheit.

1

London, Februar 2023

Chief Inspector Olivia Jenner saß in ihrem Büro und kämpfte gegen die Gravitation an. Wie verführerisch es wäre, die Wange einfach auf der Plastikablage des Schreibtisches zur Ruhe zu betten und für ein paar Minuten die Augen zu schließen. Sie schüttelte den Gedanken ab, griff nach der Tasse und nahm einen weiteren großen Schluck in der Hoffnung, dass der extra starke Kaffee ihr den dringend notwendigen Energieschub verpassen würde.

Doch ein Blick auf ihren Kalender und insbesondere auf den Termin mit Greg Waltham, vor dem es sie schon seit Wochen graute, erstickte den Energiefunken, den das Koffein in ihrem Körper anfachen sollte. Sie atmete tief durch und lehnte sich zurück. Was für ein Mist!

Olivia mochte ihren Job. Die Polizeistation in Wandsworth war eine überschaubare Welt und die Leitungstätigkeit ließ ihr genügend Freiraum für die praktische Ermittlungsarbeit, die sie so sehr liebte. Aber manchmal brachte der Job Aufgaben mit sich, die so unerfreulich waren, dass sie sich wünschte, doch nur eine einfache Streifenpolizistin zu sein, die sich mit diesem Kram nicht auseinandersetzen musste.

Es klopfte an der Tür und Greg Waltham trat ein. Noch ehe sich der Gestank nach abgestandenem Zigarettenrauch und schalem Bier in ihre Nase drängte, sah sie, dass er betrunken war. Seine Augen waren blutunterlaufen, die feisten Wangen gerötet und von einem feinen Netz aus dunkelblauen Äderchen durchzogen. Seine rechte Hand zitterte, obwohl er versuchte, sie mit der linken an seinem ausladenden Bauch zu fixieren. Sein Gang war steif und ungelenk. Der oberste Knopf der Uniformjacke stand offen und als Olivia genauer hinsah, erkannte sie, dass die gesamte Leiste falsch zugeknöpft worden war, sodass das unterste Loch frei über Gregs Schritt baumelte. Auf der Hose war ein eingetrockneter Fleck zu erkennen, der nach einer Mischung aus Ketchup und Mayonnaise aussah. Sie deutete auf den Stuhl vor sich und Waltham setzte sich. Das Möbelstück knarrte, als er sich zurücklehnte. Hoffentlich hielt die Rücklehne!

„Du weißt, warum ich dich zu diesem Gespräch gebeten habe?", begann sie.

Er zuckte mit den Achseln und kämpfte dabei gegen ein Gähnen an, als ob diese minimale Bewegung ihn schon überanstrengte.

Olivia seufzte. „Greg, so kann es nicht mehr weitergehen."

Er kniff die Augen zusammen, die dadurch unter den Wülsten seiner buschigen Brauen verschwanden. „Was kann so nicht weitergehen?"

Seine Worte ließen noch mehr Bier- und Zigarettendunst in Olivias Richtung wabern. Sie erhob sich und kippte das Fenster, dann nahm sie wieder Platz und fixierte Greg.

„Du musst dein Alkoholproblem endlich in den Griff bekommen", sagte sie.

Seine Mundwinkel zuckten. „Ich habe kein Problem *mit* Alkohol", sagte er und sah sie grinsend an. Olivia ahnte, was nun kommen würde.

„Nur ohne." Er lachte, aber das anfängliche Bellen verwandelte sich rasch in ein keuchendes Würgen. Olivia griff instinktiv nach dem Papierkorb unter ihrem Tisch und stellte ihn vor Greg hin. Doch der Kollege schüttelte den Kopf. Er hustete zwei Mal, atmete tief durch und sagte: „Alles in Ordnung."

Olivia schnaubte. „Nein", sagte sie. „Nichts ist in Ordnung. Du kommst betrunken zum Dienst, und das nicht zum ersten Mal."

„Ich bin nicht betrunken."

„Soll ich den Alkomat holen?"

Er zuckte zusammen. „Vielleicht habe ich gestern ein Bier zu viel zum Abendessen gehabt", murmelte er.

„Wohl eher heute Morgen zum Frühstück."

Greg senkte den Kopf. Seine Schultern sackten nach unten und sein ganzer Körper sank in sich zusammen. Olivias Wut verpuffte und an ihre Stelle trat Mitleid.

„Ich will dir nichts Böses", sagte sie in einem deutlich freundlicheren Tonfall. „Aber es gibt Beschwerden von Kollegen, und auch von der Frau, bei der du gestern den Einbruch aufnehmen solltest."

„Das war ein Versehen", murmelte er.

„Dass du über deine Füße gestolpert und in eine Glasvitrine gefallen bist? Ein Wunder, dass du dich dabei nicht verletzt hast."

Er sah zu Boden.

„Greg, ich setze dir hiermit ein Ultimatum. Kümmere dich um dein Alkoholproblem. Such dir Hilfe. Mach eine Entziehungskur. Ich stehe hinter dir. Aber so kann es nicht weitergehen. Wenn du bis Ende des Monats nichts unternommen hast, werde ich ein Disziplinarverfahren einleiten müssen, und du weißt, was das für Konsequenzen haben kann."

„Ich habe kein Alkoholproblem", sagte er leise.

Sie seufzte. „Oh doch, das hast du. Denk darüber nach."

Sie stand auf und er erhob sich ebenfalls. Der Stuhl, auf dem er gesessen hatte, kippte nach hinten und krachte auf den Boden. Greg benötigte drei Anläufe, bis es ihm gelang, sich so weit nach vorne zu bücken, dass er das Möbelstück aufheben und wieder vor Olivias Schreibtisch stellen konnte. Sie beobachtete, wie er sich danach schwankend aus ihrem Büro entfernte. An der Tür wäre er beinahe mit Omar zusammengestoßen. Der Anblick des jungen, fitten, immer wohlriechenden und vor allem nüchternen Kollegen, der erst seit zwei Monaten in Wandsworth arbeitete, hellte Olivias Stimmung augenblicklich auf.

„Alles in Ordnung?", fragte er.

Sie winkte ab. „Personalgespräche zu führen, gehört eindeutig nicht zu meinen Lieblingsbeschäftigungen."

Omar lächelte. „Das kann ich mir vorstellen. Wenn man einen echten Serienkiller geschnappt hat, müssen administrative Tätigkeiten todlangweilig sein."

Sie winkte ab. „Das ist bereits sieben Jahre her, und geschnappt habe ich ihn auch nicht. Dass wir den Kerl auf frischer Tat ertappt haben, war reiner Zufall."

„Ich glaube nicht an Zufälle. Sie waren ihm auf den Fersen und haben ihn erwischt. Fertig."

Olivia wollte gerade nicht darüber sprechen, deshalb fragte sie: „Was gibt es denn?"

Omars Miene verdüsterte sich. „Können Sie bitte mal in den Befragungsraum mitkommen?"

Sie warf einen Blick auf ihren Terminkalender. In zwanzig Minuten stand ein Telefonat mit dem Leiter des Administrationsdirektorats der Metropolitan Police an. Wahrscheinlich wollte er wieder an ihrem Stellenschlüssel schrauben.

„Kann das nicht Berners übernehmen?"

Omar schüttelte den Kopf. „Ich fürchte nicht."

Sie folgte ihm durch das Großraumbüro in den rückwärtigen Bereich der Dienststelle, wo sich die Befragungsräume und die Kammer des Erkennungsdienstes befanden, in der Fingerabdrücke und Fotos angefertigt wurden. Omar öffnete die Tür zum Befragungsraum 1 und sie trat ein. Als Olivia die Gestalt erkannte, die auf dem unbequemen Stuhl kauerte, schossen ihre Augenbrauen in die Höhe.

„Tim!"

Der Junge hob den Kopf. Sein Gesicht war leichenblass. Sogar aus den zitternden Lippen war jede Farbe gewichen. Er starrte sie mit großen Augen an.

Sie hörte, wie Omar die Tür hinter sich schloss.

„Was macht mein Sohn hier?", fragte Olivia verwirrt.

Der Kollege räusperte sich. „Wir haben ihn mit einer leider nicht unbedeutenden Menge Marihuana aufgegriffen und da er bereits achtzehn Jahre alt ist, konnten wir ihn nicht einfach nur verwarnen und wieder gehen lassen."

Olivia schloss die Augen. Der Boden unter ihren Füßen schien zu schwanken.

„Wo haben Sie ihn erwischt?"

„Wir haben die Dealer in Putney Heath observiert und dabei beobachtet, wie Ihr Sohn mit einem der Kerle ins Geschäft gekommen ist. Der andere Typ sitzt im zweiten Vernehmungsraum. Für den wird es richtig brenzlig, denn der hatte noch ein halbes Pfund von dem Zeug bei sich.“

„Wie viel hat Tim gekauft?“

„Zehn Gramm“, sagte Omar.

„Zehn Gramm? Heilige Scheiße!“

Omar trat einen Schritt zurück und Tim zuckte zusammen.

„Was hast du dir nur dabei gedacht?“, zischte Olivia.

Tim wich ihrem Blick aus und starrte die Tischplatte an.

„Soll ich rausgehen?“, fragte der Kollege.

Olivia schüttelte den Kopf. „Sie bringen das hier bitte ordnungsgemäß zu Ende und danach fahre ich den Herrn nach Hause.“

Sie kehrte in ihr Büro zurück, rief im Vorzimmer des Direktors an und bat seine Sekretärin, das Telefonat auf den Nachmittag zu verlegen.

Als sie zehn Minuten später zum zweiten Mal das Verhörzimmer betrat, setzte Tim gerade seine Unterschrift unter das Protokoll.

„Komm“, sagte sie und bugsierte ihn durch die Hintertür in Richtung des Parkplatzes. Ihr Sohn ließ sich auf dem Beifahrersitz ihres Nissans nieder. Sie startete den Wagen und fuhr los. Eine Weile schwiegen sie. Olivia spürte, wie die Wut in ihr brodelte und immer mehr hochkochte. Schließlich platzte es aus ihr heraus: „Sag mal, bist du von allen guten Geistern verlassen?“

Tim hob den Kopf und sah sie an. Sie schaute kurz auf die Straße und als sie sicher war, dass sie geradeaus fuhr und nicht mit dem spärlichen Gegenverkehr kollidieren würde, begegnete sie seinem Blick. In seinen Augen standen Tränen, doch die vorherrschende Emotion war nicht Traurigkeit, Furcht oder gar Scham, es war Trotz.

„Ich wollte einfach ein bisschen Spaß haben", sagte er.

„Für ein bisschen Spaß hätte auch ein Gramm gereicht. Dann wärst du mit einer Verwarnung und neunzig Pfund Strafe davongekommen", rief sie. „Ist dir klar, dass dich eine Anklage erwartet?"

Er zuckte mit den Achseln. „So schlimm wird das schon nicht werden."

„Sag mal, hast du sie noch alle?"

Der Wagen ruckte zur Seite, als sie das Lenkrad verzog, und Olivia hatte Mühe, ihn wieder in die Spur bringen.

„Ich werde vor Gericht schön brav Reue zeigen, dann wird das Verfahren bestimmt eingestellt", sagte Tim. „Du brauchst dir da gar keinen Kopf machen."

„Ach so, ich muss mir also keine Sorgen machen, wenn mein achtzehnjähriger Sohn Drogen konsumiert."

„Es ist doch nur Gras."

„Auch das Zeug hält man am besten von den Gehirnen heranwachsender Menschen fern, vor allem, wenn diese nur mit Mühe und Not eine Meningitis überlebt haben."

Tims Stimme schraubte sich in Höhen, die sie seit dem Einsetzen seiner Pubertät vor vier Jahren nicht mehr bei ihm gehört hatte: „Das schiebst du doch nur vor. Du machst dir überhaupt keine Sorgen um mich oder um mein heranwachsendes Gehirn. Das mit der Meningitis ist schon ewig her. Dir ist nur wichtig, dass die Kollegen nicht über dich reden. Es geht dir lediglich um deinen Job. So wie immer. Ich bin dir scheißegal."

„Das nimmst du sofort zurück!", rief Olivia.

„Nein", schrie Tim. „Wenn dir wirklich etwas an mir, Lucy, Wendy oder Dad liegen würde, würdest du mehr Zeit mit uns verbringen, aber für dich gibt doch immer nur deine Arbeit. Die scheint ja so viel spannender zu sein als wir."

„Ich ..."

„Ja, ich kenne deine Ausreden zur Genüge", knurrte er.

Sie hatten inzwischen die Einfahrt zu dem schmalen Reihenhaus erreicht, in dem Olivia mit ihrer Familie lebte. Ohne sie noch einmal anzusehen, öffnete Tim die Tür, stieg aus und knallte sie geräuschvoll hinter sich zu. Olivia sah ihrem Sohn hinterher. Mit zitternden Fingern wischte sie sich eine Träne aus dem Augenwinkel, dann legte sie den Rückwärtsgang ein und fuhr zurück zur Dienststelle.

2

„Gib Paddy sofort her!" Ellas Augen füllten sich mit Tränen. Sie streckte ihre knubbeligen Fingerchen nach dem Stofftier aus, das ihr großer Bruder gerade über ihrem Kopf außerhalb ihrer Reichweite hin und her schwenkte.

„Hol ihn dir!" Dan tanzte triumphierend um das Mädchen herum.

„Dan!", rief Susanna, ließ die Bürste fallen und eilte aus dem Bad ins Kinderzimmer. Dabei verfing sich eine ihrer in alle Richtungen abstehenden, krausen Haarsträhnen am Türgriff. Ihr Kopf wurde mit einem schmerzhaften Ruck zurückgerissen.

„Au!", fluchte sie und befreite sich vorsichtig. Währenddessen verrannen wertvolle Augenblicke, in denen sie die Situation hätte entschärfen können. Ellas leises Weinen und ihre vergeblichen Bitten steigerten sich nun zu einem lautstarken Geheule. Ihr Gesicht lief knallrot an und sie schrie in einer Tonlage, die dünnwandige Weingläser zum Platzen gebracht hätte. Dan schien die hilflose Verzweiflung seiner Schwester offenbar nur noch mehr anzuspornen, denn er rief: „Heulsuse, Pampelmuse", und hüpfte kreischend auf und ab, während er mit dem Paddington Bär vor Ellas Augen herumfuchtelte.

Susanna griff nach dem Stofftier und entwand es ihm. Ihr Sohn stieß einen protestierenden Laut aus, doch sie versuchte sich an ihrem strengsten Blick und dieser brachte den Sechsjährigen wie immer zuverlässig zum Verstummen.

„Geh runter und iss dein Müsli. Aber sofort!"

Dan gehorchte ohne Widerrede und während er die Holztreppe hinab trampelte, kniete sie sich vor Ella hin und hielt ihr den Teddy entgegen. Die Vierjährige griff danach und drückte das Kuscheltier fest an ihren bebenden Körper. Susanna nahm ihre Tochter in den Arm und wiegte sie sanft hin und her. Sie schloss die Augen und sog Ellas Duft nach Milch, nach Honig und nach Mandeln ein.

„Susi? Alles in Ordnung bei dir?"

Die etwas zu hohe und etwas zu laute Stimme ihrer Mutter ließ sie zusammenzucken. Wie sie es verabscheute, Susi genannt zu werden!

„Wir kommen gleich", rief sie. Sie wischte Ella mit einem Taschentuch die Tränen von den Wangen. Da erst wurde ihr bewusst, dass ihre Tochter noch im Schlafanzug steckte. Rasch half sie ihr, in die Kleidung zu schlüpfen, die sie am Vorabend bereitgelegt hatte.

„Lass dich anschauen", sagte sie schließlich und schob das Mädchen vor den Spiegel.

„Ich find mich hübsch", sagte Ella und zum ersten Mal seit dem Streit mit ihrem Bruder erschien ein zaghaftes Lächeln auf ihren Lippen. „Aber du musst dringend deine Haare kämmen."

„Oh nein! Geh schon mal runter", sagte Susanna. „Grandma hat bestimmt etwas Leckeres zum Frühstücken für dich."

Mit dem Bären im Arm hüpfte Ella die Treppe hinab, während Susanna ins Bad eilte, um ihre widerspenstige Mähne endlich in Form zu bringen. Zehn Minuten später als geplant betrat sie die Küche. Die Kinder saßen an dem kleinen Tisch und löffelten ihr Müsli. Ihre Mutter stand hinter Ella und streichelte dem Mädchen über den Kopf, während sie die andere Hand vor den Mund hielt, offenbar, um ein Kichern zu unterdrücken.

„Was ist denn so komisch?", fragte Susanna und griff nach einer der schon abgekühlten Toastscheiben, die auf einem Teller neben der Spüle bereitlagen.

„Ach, diese kleine Maus hier hat mir gerade erzählt, dass sie eine Hexe gesehen hat. Als ich sie gefragt habe, wann das gewesen ist, hat sie mir gesagt *gerade eben* und als ich dann gefragt habe, ob sie die Hexe schon mal vorher gesehen hat, hat sie gesagt: *Aber klar, es ist Mama, wenn sie nicht die Haare gekämmt hat.*"

Ihre Mutter prustete los und die Kinder schlossen sich ihr an. Susanna verdrehte die Augen. Ihr Blick fiel anschließend auf die Uhr. „Was, schon so spät?" Sie biss ein gutes Drittel des ungebutterten Toasts ab, trank einen Schluck aus der Teetasse und eilte dann in ihr Arbeitszimmer. In einer halben Stunde würde die Sitzung des Fakultätsrates beginnen. Das würde sie nie im Leben schaffen.

„Kannst du die Kinder bitte in den Kindergarten bringen?", fragte sie ihre Mutter, während sie den obersten der drei Aktenordner vom Tisch nahm und ihn in ihre Umhängetasche steckte.

„Puh, das kommt aber ein wenig plötzlich. Ich habe heute wieder schlimmes Rheuma", erwiderte ihre Mutter und hielt sich mit einer Hand die Hüfte. „Ich werde mich nie an die Kälte in diesem Land gewöhnen."

„Du bist im Alter von zwei Jahren nach London gekommen", sagte Susanna. „Da solltest du inzwischen mit dem Wetter zurechtkommen."

„Wer keine chronischen Schmerzen kennt, dem kommt so etwas natürlich leicht über die Lippen", sagte ihre Mutter und überkreuzte die kurzen Arme vor ihrem massigen Busen.

Susanna unterdrückte ein Stöhnen. Sie musste sich am Riemen reißen, so schwer es ihr manchmal auch fiel.

„Stimmt, da hast du recht", sagte sie. „Kannst du Dan und Ella denn zum Kindergarten bringen oder nicht?"

Ihre Mutter legte daraufhin eine der Kunstpausen ein, über die Susanna sich schon geärgert hatte, als sie selbst erst in Ellas Alter gewesen war. Schließlich seufzte die alte Frau.

„Nun gut. Ich werde eben die Zähne zusammenbeißen müssen, dann wird es schon gehen. Abholen muss ich die beiden ja auch wieder, oder? Wann kommst du heute Abend nach Hause?"

„So gegen neun Uhr, denn ich habe noch eine Vorlesung", sagte Susanna, ignorierte das Stöhnen ihrer Mutter und nahm das Handy von der Ladestation. Vier neue Nachrichten. Sie öffnete die erste und zuckte zusammen. Dekan Walters hatte ihr geschrieben.

Vielleicht können wir vor der Sitzung noch kurz miteinander sprechen? Kommen Sie doch einfach in mein Büro.

Sie schluckte. Dafür hatte sie keine Zeit. Stattdessen würde sie sich nun die nächsten fünfundzwanzig Minuten Gedanken darüber machen, worüber der Dekan mit ihr reden wollte. Sie schrieb ihm zurück, dass sie es nicht schaffen würde, dann eilte sie in die Küche, um Dan einen Kuss auf die Stirn zu geben und Ella und ihren Bären ganz fest zu drücken.

„Können wir heute Abend Paddington Bär anschauen?", fragte ihre Tochter.

„Ach nein, nicht schon wieder", rief Dan.

„Das müsst ihr mit Grandma klären, ich komme leider erst spät nach Hause."

Die Antworten ihrer Kinder und das Klagen ihrer Mutter hörte sie schon nicht mehr, da sie bereits den Vorgarten durchquerte und in Richtung der Tube-Station rannte.

Als sie schwitzend und abgehetzt den Bahnsteig der Haltestelle Clapham North erreichte, sah sie allerdings nur noch die Rücklichter der Bahn. Na super, jetzt würde sie auf jeden Fall zu spät zur Sitzung kommen.

Sie warf einen Blick auf ihr Handy. Der Dekan hatte ihr geantwortet.

Schade.

Das Herz sackte ihr in die Hose. Was sollte das denn bedeuten? Sie spürte den schwer zu unterdrückenden Impuls ihres Gehirns, sich ausführlich mit dieser Frage und allen daraus resultierenden Konsequenzen auseinanderzusetzen, hielt den anlaufenden Denkprozess aber mit einem kräftigen, gedachten *Stopp* an, noch ehe ihr Frontalhirn und ihr limbisches System voll in Aktion treten konnten. Es war sinnlos, sich darüber Gedanken zu machen. Sie musste Walters fragen, was es mit seinen Nachrichten auf sich hatte, und dazu musste sie erst einmal bei der Arbeit ankommen.

Als sie um zehn Minuten nach neun vollkommen abgehetzt in den Sitzungssaal der Fakultät für Sozialwissenschaften an der University of Roehampton platzte, hatte das Meeting natürlich bereits begonnen. Dekan Walters stand vor einer Leinwand und deutete gerade mit einem Laserpointer auf steil in die Höhe schießende Balkendiagramme. Susanna nahm ihren Platz auf der linken Seite des Tischhufeisens ein. Enoch Daltrey, der Professor für kognitive Psychologie, der ihr gegenübersaß, zog eine seiner buschigen Augenbrauen nach oben und deutete auf die Uhr an der Wand hinter dem Dekan.

Schlaumeier! Sie wusste selbst, dass sie zu spät dran war. Aber Daltrey war schon immer ein Mansplainer gewesen.

„… sind wir leider durch die Vorgaben der Regierung gezwungen, Einsparungen im mittleren sechsstelligen Bereich zu realisieren", hörte sie Walters sagen.

Romuald Murdoch, Professor für Psychologische Diagnostik, dessen schottischer Akzent bisweilen nur schwer zu decodieren war, meldete sich nun zu Wort.

„Was bedeutet das konkret?"

Der Dekan schürzte die Lippen. „Das heißt, dass wir gezwungen sind, eine komplette Professur zu streichen."

Susanna stimmte in das kollektive Stöhnen der Kolleginnen und Kollegen des Fachbereichs Psychologie mit ein. Alle waren sie gerade hier versammelt. Sieben Professorinnen und sechs Professoren. Eine oder einer von ihnen würde also seinen oder ihren Job verlieren.

Susannas Puls beschleunigte sich und ihre Fingerspitzen wurden feucht. Diese Nachricht rief eine Stressreaktion in ihrem vegetativen Nervensystem hervor.

„Wie werden Sie entscheiden, welche Professur gestrichen wird?", fragte Debbie Miller, eine drahtige Amerikanerin, der man ihre knapp sechzig Lebensjahre überhaupt nicht ansah. Ob das daran lag, dass sie das Fach Entwicklungspsychologie vertrat?

Ehe der Dekan antworten konnte, meldete sich Enoch Daltrey zu Wort. Beim Klang seiner näselnden Stimme stellten sich unwillkürlich die Härchen an Susannas Oberarmen auf.

„Das ist doch klar", sagte er, nahm seine Nickelbrille ab und begann, die Gläser zu putzen. „Wir schauen uns an, wer am wenigsten Drittmittel eingeworben hat. Weitere Kriterien könnten die Anzahl und die Qualität der Veröffentlichungen sein. Das lässt sich ja glücklicherweise einfach berechnen, wenn wir uns die Impactfaktoren der Fachzeitschriften ansehen, in denen unsere Paper publiziert wurden."

Er lehnte sich zurück und grinste selbstzufrieden. Sein Lehrstuhl beschäftigte nämlich so viele Doktoranden, dass er selbst kaum etwas veröffentlichen musste, da er in den Fachartikeln seiner Mitarbeiter automatisch als Mitautor geführt wurde. Susanna hingegen hatte im letzten Jahr lediglich zwei Artikel in wenig einflussreichen Journals unterbringen können. Sie ließ ihren Blick über ihre Kolleginnen und Kollegen schweifen und in diesem Augenblick traf die Erkenntnis sie wie eine Ohrfeige ... alle Anwesenden hatten wesentlich mehr veröffentlicht als sie in den drei Jahren, seit sie die Professur für Neuropsychologie innehatte.

„Wir werden einen Kriterienkatalog erarbeiten", sagte der Dekan nun und fügte hinzu: „Einen fairen und transparenten Kriterienkatalog."

„Bis wann wird die Entscheidung fallen?", fragte Murdoch.

„Bis Ende nächster Woche", erwiderte Walters. „Bei der Sitzung in zehn Tagen werden Sie alle die Gelegenheit bekommen, Argumente vorzulegen, warum Ihre Professur erhalten bleiben sollte."

Susanna spürte, wir ihre Kehle eng wurde. Zehn Tage blieben ihr, um zu begründen, warum sie nicht gefeuert werden sollte. Ihre Gedanken begannen damit, um die Frage zu kreisen, was sie nun tun sollte. Ihr emsiges und niemals untätiges Gehirn wagte einen Blick in die Zukunft. Es malte ihr allerhand Szenarien aus, von denen eines katastrophaler war als das andere. Welche Chancen hatte eine alleinerziehende Neurowissenschaftlerin mit einer leider nur mittelprächtigen Veröffentlichungshistorie, eine gleichwertige Professur an einer Uni im Vereinigten Königreich zu ergattern? Waren durch die Auswirkungen des Brexits nicht alle Universitäten und Forschungseinrichtungen zum Sparen gezwungen? Wie sollte sie den Stress eines weiteren Bewerbungsmarathons schultern, wenn ihr schon die alltäglichen Aufgaben als Lehrende, Forschende und Mutter über den Kopf zu wachsen drohten?

Die Versammlung löste sich langsam auf. Susanna wollte sich am liebsten an ihren Schreibtisch verkriechen, um dort in Ruhe ihre Optionen durchzuspielen, doch Dekan Walters winkte sie zu sich. Er lotste sie in sein Büro und bot ihr einen Sitzplatz an.

„Schade, dass ich Sie nicht vorwarnen konnte", sagte
er.

„Ich habe die Tube verpasst. Es war mal wieder stressig heute Morgen."

Er nickte. „Das kann ich mir vorstellen. Es ist schon
bewundernswert, wie sie das alles managen."

Susanna zuckte mit den Achseln. „Das müssen viele
Frauen jeden Tag leisten, ohne dafür Lob oder Anerkennung zu ernten."

„Na ja, wie auch immer. Die Situation ist äußerst
ernst."

Susanna schluckte, obwohl sich kaum noch Speichel
in ihrem Mund befand.

„Sie wollen *meine* Professur streichen, nicht wahr?"

Er seufzte leise. „Ich kann Ihnen nicht verhehlen, dass
Sie die schlechtesten Karten haben."

„Kann ich denn überhaupt noch etwas bewirken oder
ist alles schon entschieden?"

Er sah sie eine Weile stumm an, dann sagte er: „Nein,
entschieden ist noch nichts. Aber um das Spiel nicht zu
verlieren, benötigen Sie dringend einen Trumpf. Zeigen
Sie den Leuten vom Bildungsministerium, warum ausgerechnet Ihr Fachbereich es verdient, finanziert zu
werden."

„Wie soll ich das denn in nur zehn Tagen anstellen?"

Er zuckte mit den Schultern. „Lassen Sie sich etwas
einfallen, Professor Madueke!"

3

Olivia stellte den Nissan in der Einfahrt ab. Ihr Schädel brummte. Es war spät geworden. Wieder einmal. Das Meeting mit dem Direktor hatte erst um achtzehn Uhr stattfinden können und daher war sie bis halb acht damit beschäftigt gewesen, mit ihm über Stellenschlüssel, Personalkosten und diverse Kennzahlen zu diskutieren.

Im Laufe des Gesprächs hatte sie begriffen, dass es nicht mehr nur darum ging, ob eine oder zwei Vollzeitstellen gestrichen wurden. Die gesamte Station stand auf der Kippe. Der Direktor hatte es zwar vermieden, das Ganze deutlich auszusprechen, aber aus einem halben Dutzend Andeutungen wie „man muss alles auf den Prüfstand stellen" und „es gibt ohnehin zu viele Dienststellen in London" hatte sie sich erschließen können, worum es eigentlich ging.

Olivia war zuversichtlich, dass sie das Schlimmste vorerst abgewendet hatte, denn der Direktor hatte weder Kündigungen noch vorzeitige Pensionierungen von ihr verlangt. Sie war erleichtert darüber, keine weiteren Personalgespräche führen zu müssen. Wenn sie an ihre Unterredung mit Greg zurückdachte, lief ihr immer noch eine Gänsehaut über den Rücken. Falls es zu Stellenstreichungen kommen sollte, würde es ihn als Ersten treffen. Wie er wohl reagieren würde, wenn sie ihm mitteilte, dass er sich einen neuen Job suchen musste?

Sie stieg aus ihrem Wagen. Als sie die Haustür öffnete, wehte ihr der Geruch einer Lasagne entgegen. Eine Welle der Dankbarkeit durchströmte sie. Andy hatte also das Kochen übernommen ... wieder einmal.

Olivia streifte ihre Schuhe ab, hängte die Jacke auf den Haken im Flur und trat in die Küche. Ihr Mann bückte sich gerade zum Ofen hinunter und streckte ihr sein inzwischen ein wenig ausladendes Hinterteil entgegen. Ächzend erhob er sich und wischte sich mit dem Ärmel seines Hemdes den Schweiß von der hohen Stirn.

„Hi Andy", sagte sie.

Er drehte sich um. „Hi", erwiderte er, trat auf sie zu und küsste sie auf die Wange. „Kannst du mir verraten, was mit Tim los ist?", fragte er, während er die Plastiktüte mit dem Salat öffnete und die bereits etwas welken Blätter in eine Schüssel fallen ließ. „Er hat sich in seinem Zimmer verbarrikadiert und hört hirnlosen Gangsta-Rap in einer Lautstärke, dass die Wände wackeln."

Olivia vernahm unter dem Rauschen des Umluftofens tatsächlich ein Wummern. Sie atmete tief durch. „Ein Kollege von mir hat Tim heute dabei ertappt, wie er Marihuana gekauft hat."

Sie sah, dass Andy im Begriff war, die Schüssel fallen zu lassen, deshalb griff sie vorsorglich danach.

„Wie bitte?", rief er entsetzt.

Sie nickte. „Das ist aber noch nicht alles. Da er mehr als fünf Gramm bei sich hatte, wird es auf jeden Fall zu einer Anklage kommen."

Andy schlug mit der flachen Hand auf die Anrichte. Die dort bereitgestellten Teller schepperten laut.

„Das darf doch wohl nicht wahr sein!"

Sie legte einen Arm um seine Schulter. Früher hatte diese Geste immer bewirkt, dass er sich entspannte, aber heute blieb er stocksteif stehen.

„Und wo warst du so lange?", fragte er.

Sie hörte den Vorwurf in seinem Tonfall, an der Art, wie er versuchte, die Gefühle aus seinen Worten herauszuhalten, und es doch nicht schaffte. Seine Stimme zitterte.

„Ich hatte eine Besprechung mit dem Direktor."

„Das ist natürlich wichtiger, als sich um unseren Drogen missbrauchenden Sohn zu kümmern."

Andys Ärger war einer Bitterkeit gewichen, die Olivia ganz und gar nicht gefiel. Sie wollte etwas erwidern, doch plötzlich stand Wendy, ihre dreizehnjährige Tochter, im Türrahmen. Sie strahlte.

„Ich habe ein A für mein Bild bekommen", sagte sie stolz. Olivia versuchte, ein überzeugend wirkendes Lächeln aufzusetzen. Sie trat auf ihre Tochter zu und nahm sie in den Arm.

„Ich bin sehr stolz auf dich", sagte sie.

Wendy löste sich von ihr. „Kannst du mich morgen zum Ballett fahren?"

Olivia zögerte. Sie hatte ihren Terminkalender nicht im Kopf.

„Ich muss mal schauen, ich ...", setzte sie an, doch Andy unterbrach sie sofort.

„Ich fahre dich. Mama hat bestimmt keine Zeit."

Wendy stürmte auf ihren Vater zu und umarmte ihn.

„Gibt es bald Essen?", hörte Olivia Lucy, ihre sechzehnjährige Tochter fragen. Sie saß im dunklen Wohnzimmer auf dem Sofa. Ihr Gesicht wurde vom

Handybildschirm beleuchtet, auf den sie unverwandt starrte, während ihre Finger in einer Wahnsinnsgeschwindigkeit darauf herumtippten.

„Gleich fertig", rief Andy. „Holst du bitte Tim?"

Das Abendessen war eine unerfreuliche Angelegenheit. Wendy plapperte fröhlich drauflos, erzählte von ihrem Tag und was sie mit ihren Freundinnen alles erlebt hatte. Lucys Handy brummte alle paar Sekunden und deren Aufmerksamkeit wanderte zunehmend vom Teller unter den Tisch. Tim mied jeden Blickkontakt ebenso wie jede Konversation. Er stocherte nur in seiner Lasagne herum und verkündete irgendwann, dass ihm schlecht sei, ehe er sich wieder in sein Zimmer verzog.

„Hat der seine Tage?", fragte Wendy und kicherte. Olivia war allerdings nicht nach Späßen zumute. Sie wollte Tim folgen, doch dann hörte sie, wie ihr Sohn im ersten Stock seine Zimmertür zuknallte und den Schlüssel im Schloss umdrehte.

„Ich rede später mit ihm", sagte Andy, ohne sie anzusehen.

Sie würgte ein paar Bissen Lasagne hinunter, obwohl ihr inzwischen jeglicher Appetit abhandengekommen war. Nach dem Essen halfen ihre Töchter Andy beim Einräumen der Spülmaschine.

Olivia ließ sich auf das Sofa fallen und spürte, wie der letzte Rest von Energie aus ihrem Körper entwich. Sie fühlte sich so müde und fertig wie schon lange nicht mehr. Sie wollte nicht mehr und sie konnte nicht mehr.

Andy stellte wortlos ein Glas Primitivo vor ihr auf den Wohnzimmertisch und setzte sich dann in den Sessel auf der gegenüberliegenden Seite.

„Danke", sagte Olivia, griff nach dem Wein und nahm einen großen Schluck. Sie spürte den Alkohol sofort. Er stieg ihr zu Kopf und gleich darauf wurde alles ein wenig leichter. Ob Greg deswegen mit dem Trinken begonnen hatte? Vielleicht hatte ein Bier pro Abend irgendwann nicht mehr ausgereicht, um sich zu entspannen. Waren dann zwei oder drei daraus geworden?

„Wir müssen reden." Andys Tonfall war ruhig, doch seine Sachlichkeit fühlte sich unheilvoller an, als wenn er sie angeschrien hätte.

„Ja, das stimmt wohl", sagte sie.

„So kann es nicht weitergehen", meinte er. „Dass Tim mit Drogen erwischt wurde, ist nur die Spitze des Eisbergs. Bei uns läuft schon lange nichts mehr rund."

Sie kniff die Augen zusammen. „Wie meinst du das?"

Er stieß ein freudloses Lachen aus. „Dass dir das vollkommen entgangen ist, ist mal wieder so typisch. Aber du bist ja auch nie zu Hause."

„Das stimmt nicht", erwiderte sie, doch schon während sie die Worte aussprach, wusste sie, dass er recht hatte. „Ich komme oft spät, aber dann bin ich zu Hause."

„Körperlich anwesend zu sein ist das eine, in Gedanken bist du aber oft nicht da, und das spüren wir alle. Besonders aber die Kinder."

„Ich ..." Sie wollte sich verteidigen, doch Andy hob die Hand.

„Ich bin noch nicht fertig. Olivia, ich liebe dich. Du weißt, dass ich zu dir stehen werde, egal, was auch kommen mag. Deshalb muss ich jetzt auch eingreifen. So kann es nicht weitergehen. Du entfernst dich immer mehr von uns. Ist dir das nicht aufgefallen?"

„Doch, schon", sagte sie. „Mein Job ..."

„Es ist nicht nur dein Job. Es ist auch dieser verdammte Fall, der dich einfach nicht mehr loslässt. Du bist vollkommen besessen davon!"

Sie hob den Blick. „Ich bin nicht besessen, ich habe einfach nur Zweifel."

Er schüttelte den Kopf. „Wirf mal einen Blick in dein Arbeitszimmer. Das ist doch nicht mehr gesund. Bitte, ich versuche es noch einmal im Guten. Schmeiß das ganze Zeug weg. Lass uns einen Hobbyraum daraus machen oder was auch immer. Vergiss den Fall! Was ist wichtiger, die Kinder und ich oder ein geisteskranker Frauenmörder?"

Sie zögerte. Dass sie ihm nicht spontan darauf antworten konnte, erschreckte sie.

„Überleg es dir", sagte Andy. „Ich rede jetzt mit Tim."

Er erhob sich und ging die Treppe hinauf. Olivia griff nach dem Weinglas und nahm einen weiteren Schluck. Andys Worte hallten in ihrem leicht betäubten Kopf nach. *War das eine Warnung gewesen? Hatte er ihr ein Ultimatum gestellt, so wie sie es heute bei Greg getan hatte? Was würde er tun, wenn sie seiner Bitte nicht nachkam?* All diese Fragen stürmten durch ihren Kopf und versuchten, sie daran zu hindern, sich die eine Frage zu stellen, die wirklich zählte: Hatte er recht? Natürlich war ihre Familie wichtiger als der Fall, der sie nicht mehr losließ. Sogar unendlich viel wichtiger. Die Frage war absurd und doch ...

Olivia erhob sich und ging auf die Tür auf der gegenüberliegenden Seite zu. Sie zögerte kurz, dann holte sie den Schlüsselbund aus ihrer Tasche, entriegelte das Schloss, drückte die Klinke hinunter und trat in ihr Arbeitszimmer. In der Mitte stand ein alter PC auf einem Tisch, der eingerahmt war von Umzugskartons, in denen kiloweise lose Akten gestapelt waren. Auch die deckenhohen Regale an den drei Seiten des Raumes waren mit Aktenordnern vollgestellt. Nur ein kleiner Fleck an der Wand neben dem Fenster war noch frei. Dort befand sich eine Tafel, auf die sie ins Din A4 Format vergrößerte Fotos von fünf grausam verstümmelten Frauenkörpern geheftet hatte, die der Grund dafür waren, dass sie das Arbeitszimmer stets abschloss, um ihren Kindern den Anblick zu ersparen, den sie selbst nur schwer ertrug.

Alle Bilder waren mit roten Fäden verbunden wie überdimensionale Insekten, die sich in einem Spinnennetz verfangen hatten. In der Mitte der Anordnung prangte eine Karteikarte, auf die Olivia in Großbuchstaben ein einziges Wort geschrieben hatte: ARAGORN.

4

Susanna klickte auf das Icon auf dem Desktop ihres MacBooks und gleich darauf öffnete sich die Präsentation, die sie in den Semesterferien vorbereitet hatte. Wenn die Kinder im Bett gewesen waren, hatte sie sich oft noch spätabends an ihren Computer gesetzt und diese Vorlesung erarbeitet. Die erste Folie zeigte ihren Namen *Prof. Susanna Madueke, PHD* und darunter den Titel der Veranstaltung: *Einführung in die Neuropsychologie.*

Sie drehte sich um und sah, dass das Titelbild wie geplant auf die große Leinwand im Audimax der Roehampton University projiziert wurde. Susanna atmete zuerst ein und dann langsam wieder aus, um ihren rasenden Puls nach unten zu regulieren. Es war ihr schon immer schwergefallen, vor Leuten zu sprechen, und wenn es irgendetwas gab, was sie an ihrem Job nicht mochte, dann waren es Vorlesungen. Sie wusste, dass sie gut darin war, komplexe Zusammenhänge zu vermitteln, aber sie konnte es nicht leiden, dabei jedes Mal das Gefühl zu haben, gleich sterben zu müssen.

Sie wandte sich den dreihundert Studierenden zu, die sie mehr oder weniger interessiert musterten. Nur ein Bruchteil von ihnen hatte Psychologie im Hauptfach belegt. Die meisten studierten ein verwandtes Fach und benötigten einfach nur einen Schein. Für sie war Susannas Einführung in die Neuropsychologie die zweite oder dritte Wahl gewesen, da die weitaus beliebteren Veranstaltungen zur Klinischen Psychologie chronisch überlaufen waren. Die wenigsten waren aus ehrlichem Interesse hier, und das erschwerte ihr die Aufgabe noch zusätzlich.

Während sie ihren Blick über die Sitzbankreihen schweifen ließ, fragte sich Susanna, ob sich der ganze Aufwand, den sie in diese Vorlesung gesteckt hatte, überhaupt lohnte. Denn in nicht einmal zwei Wochen würde ihre Professur gestrichen werden, wenn nicht noch ein Wunder geschah. Was würde dann aus dieser Veranstaltung werden? Würde sie das Semester noch ordentlich zu Ende bringen dürfen, oder würde man ihr einen schlecht bezahlten Honorarvertrag anbieten und sie bitten, die Vorlesung und ein paar Seminare auf Stundenbasis weiterzuführen?

Sie schob die Gedanken beiseite, räusperte sich und wandte sich dann an die Zuhörerschaft: „Guten Morgen. Schön, so viele von Ihnen hier begrüßen zu dürfen. Mein Name ist Susanna Madueke. Ich bin Professorin für klinische Neuropsychologie und ich werde Ihnen in diesem Semester einen Einblick in dieses – zumindest aus meiner Sicht – hoch spannende Forschungsgebiet gewähren.“

Ein blonder Student, dessen von einem Sonnenbrand gerötetes Gesicht darauf schließen ließ, dass er mehr Zeit draußen als in Lehrveranstaltungen verbrachte, fragte, wie man an einen Schein kommen konnte.

„Wir werden am Ende des Semesters eine Klausur schreiben“, sagte Susanna. „Die vertiefende Literatur werde ich Ihnen noch bekannt geben.“

Sie hörte das erwartete Murren. Über die Vorlesungsfolien hinaus weitere Artikel oder gar Bücher in den

Prüfungsstoff aufzunehmen, war keine allzu populäre Maßnahme.

„Gut, dann fangen wir jetzt an. Beginnen möchte ich mit einer Frage an Sie: Wer von Ihnen glaubt, dass der Geist unabhängig vom Gehirn existieren kann?"

Wie erwartet schossen die meisten Hände nach oben.

„Prima", sagte Susanna. „Das entspricht ziemlich genau den Resultaten einer Studie meiner Berliner Kollegen. Die sind zu dem Ergebnis gekommen, dass neunzig Prozent der von ihnen Befragten dem Dualismus zugeneigt sind. Weiß jemand von Ihnen, was sich hinter diesem Begriff verbirgt?"

Eine androgyne Gestalt mit blauen Haaren meldete sich.

„Dass Geist und Körper halt zwei getrennte Dinge sind, und dass es so etwas wie eine Seele gibt."

Susanna nickte. „Dem ersten Teil Ihrer Ausführungen stimme ich zu, über den zweiten sollten Sie besser mit einer Theologin sprechen. Die Mehrheit von Ihnen hält dualistische Vorstellungen für plausibel. Ich möchte im Laufe dieser Vorlesung versuchen, Ihre Ansichten zu diesem Thema ins Wanken zu bringen."

Sie klickte die nächste Folie an. Diese zeigte das Schwarz-Weiß-Bild eines Mannes, der Kleidung aus dem 19. Jahrhundert trug. In beiden Händen hielt er ein Gewehr. Sein Kopf sah deformiert aus, ein Auge war geschlossen.

„Das ist Phineas Gage", erklärte Susanna. „Haben Sie bereits von ihm gehört?"

Eine Kaugummi kauende Studentin meldete sich.

„Ist das nicht der von *In 80 Tagen um die Erde*?"

Susanna lächelte. „Nein, das war Phineas Fogg, aber zeitlich liegen Sie richtig. Phineas Gage war ein Arbeiter bei der Eisenbahn, der durch einen tragischen Unfall berühmt wurde. Bei einer Explosion bohrte sich eine Eisenstange in seinen Schädel.“

Sie klickte weiter. Die nächste Folie zeigte eine Rekonstruktion der Verletzung. Eine rote Stange trat von unten her in die Augenhöhle ein und durch die Schädeldecke wieder aus. Im Auditorium wurde es unruhig. Manche Studenten lachten nervös, die Person mit den blauen Haaren sah weg. Susanna schluckte. Hoffentlich würde sich niemand später darüber beschweren, dass sie vor dieser Stelle auf eine Triggerwarnung verzichtet hatte.

„Phineas Gage verlor sein linkes Auge“, fuhr sie fort. „Die Metallstange bohrte sich außerdem in den orbito- und den präfrontalen Cortex, die Hirnareale, die direkt hinter seiner Stirn lagen. Haben Sie eine Idee, zu welchen Beeinträchtigungen das geführt haben könnte?“

Mehrere Arme zuckten nach oben.

„Gedächtnisstörungen?“, mutmaßte ein Student in einem altmodischen Tweed-Anzug.

Susanna schüttelte den Kopf und rief seine Nachbarin auf, deren Gesicht von einem pinken Kopftuch eingerahmt wurde.

„Vielleicht Einschränkungen der Bewegungen? Lähmungen oder so etwas in der Art?“

Susanna schüttelte wieder den Kopf.

„Sprachstörungen?“, bot eine Dritte an.

Erneut verneinte Susanna.

„Gar keine Beeinträchtigungen?“

Der Vorschlag der blauhaarigen Person löste allgemeine Heiterkeit aus. Susanna lachte kurz mit, dann schüttelte sie erneut den Kopf.

„Leider nicht. Die sogenannten kognitiven Fähigkeiten wie Sprache, Gedächtnis, Konzentrationsleistung oder auch die Bewegungssteuerung waren bei Phineas Gage vollständig erhalten. In der Zeit nach dem Unfall fiel jedoch auf, dass sich seine Persönlichkeit immer mehr veränderte. War er zuvor ein ruhiger, ausgeglichener Mann gewesen, wurde er nun zunehmend impulsiv, wütend und unberechenbar. Es gibt Berichte darüber, dass Frauen empfohlen wurde, sich von ihm fernzuhalten, da man damit rechnen müsste, dass er ohne Vorwarnung gewalttätig wurde."

Ein Student meldete sich und fragte: „Vielleicht hatte er starke Schmerzen?"

Susanna nickte. „Das ist möglich. Aber selbst eine anhaltend hohe Schmerzintensität erklärt diese Verhaltensänderungen nicht. Wie wir sehen werden, sind nicht nur kognitive Funktionen, sondern auch der Kern unseres Wesens, unsere Persönlichkeit darauf angewiesen, dass das Gehirn einwandfrei funktioniert."

Sie klickte die nächste Folie an. „Mit Phineas Gage begann das Studium der Gehirnschädigungen, das uns viel darüber verraten hat, wie Biologie, Erleben und Verhalten zusammenhängen. Das ist das Fachgebiet der Neuropsychologie."

Die restliche Stunde verflog so rasch, dass Susanna vollkommen aus dem Konzept geriet, als plötzlich der Gong ertönte. Sie kam gerade noch dazu, den bereits ihre Sachen packenden und sich geräuschvoll erhebenden Studierenden als Hausaufgabe einen Abschnitt aus dem Lehrbuch mitzugeben, ehe ihre Worte durch den Lärm des allgemeinen Aufbruchs komplett erstickt wurden.

Sie stellte sich hinter ihren PC und schloss die Präsentation. Das Adrenalin, das seit eineinhalb Stunden durch ihren Körper geflutet war, versiegte nun langsam. Ihr Herzschlag beruhigte sich und ein Gefühl der Schwere machte sich in ihr breit. Sie fühlte sich müde und ausgelaugt, gleichzeitig aber auch zufrieden. Die erste Vorlesung war geschafft.

In diesem Moment hörte sie ein Klatschen. Sie blickte auf und sah einen Mann auf sie zukommen, der ihr applaudierte. Susanna kniff ihre Augen zusammen und sah genauer hin. Sie kannte das von einem feuerroten Haarschopf gekrönte, bleiche Gesicht nur zu gut.

„Eddie?"

Er antwortete mit einem breiten Grinsen, das seine ungewöhnlich weißen Zahnreihen zur Geltung brachte.

„Sanna", rief er und breitete die Arme aus. Sie überlegte kurz, ob sie sich auf die Umarmung einlassen sollte, streckte ihm dann aber die Faust entgegen.

„Habe ich mir während der Corona-Zeit angewöhnt", sagte sie. „Sauber, klasse Vorlesung", erwiderte er. „Endlich habe ich das mit dem Leib-Seele-Problem verstanden."

Sie sah ihn schief an. „Dann hast du mir was voraus, denn ich habe bis heute keine klare Meinung dazu. Was verschafft mir die Ehre deines Besuches?"

„Ich bin für ein paar Tage in London und habe einfach mal gegoogelt, wer von der alten Gang noch in der Gegend ist. Das allwissende Datenorakel hat mir verraten, dass du hier Professorin bist. Da konnte ich nicht widerstehen, einmal Mäuschen zu spielen. Du hast eine ganz schöne Karriere hingelegt.“

„Wie hat es dir gefallen? Das Mäuschen spielen?“

Sie stöpselte den Laptop ab und verstaute ihn in ihrer Tasche.

„Du hast ein Talent für die Lehre. Aber das hattest du immer schon. Deine Referate waren stets die klarsten und einprägsamsten.“

„Danke. Ich gebe mir auch Mühe.“

Sie hörte nur mit halbem Ohr hin, denn in Gedanken war sie schon auf dem Weg zur U-Bahn. Sie durfte nicht zu spät nach Hause kommen, wenn sie ihren Kindern noch einen Gutenachtkuss geben wollte. Den hatte sie, nebenbei bemerkt, heute genauso nötig wie Ella und Dan.

„Wie läuft es sonst so bei dir?“, fragte Eddie.

Sie zuckte mit den Achseln und schulterte ihre Laptoptasche.

„Geschieden, zwei Kinder. Wie das Leben halt so spielt, und bei dir?“

„Geschieden ohne Kinder. Das macht es wesentlich einfacher.“

Sie sah ihn an. Er grinste.

„Ich möchte meine Kinder nicht missen“, sagte sie und setzte sich in Bewegung. Er hob die Hände und folgte ihr.

„Das war jetzt auch nicht als Kritik gemeint.“

Eddie hielt ihr die Tür auf.

„Wollen wir mal etwas trinken gehen?“, fragte er nun.

Sie hielt inne und legte ihren Kopf schief. „Was willst du von mir Eddie?“

Auf seiner Stirn erschienen Falten. „Wie meinst du das?“, fragte er gespielt ahnungslos.

„Nun, ich kann mich noch gut daran erinnern, wie du zu unserer gemeinsamen Studienzeit warst. Verzeih mir die Offenheit, aber damals hat immer alles, was du getan hast, einem Zweck gedient. *Deinem* Zweck. Ich kann mir daher schwer vorstellen, dass dich aus heiterem Himmel die Lust überkommen hat, meinen Namen zu googeln, meine Vorlesung zu besuchen und mich auf einen Drink einzuladen ... und das ohne jeden Hintergedanken.“

Er sog an seiner Unterlippe und Susanna erkannte, dass sie einen Treffer gelandet hatte. „Nun“, sagte er und druckste herum. „Ich habe da tatsächlich ein Anliegen.“

„Na also, sag's doch gleich. Das spart uns beiden Zeit und Nerven. Schieß los, worum geht es?“

„Um meinen Großvater. Er hatte vor ein paar Wochen einen schweren Schlaganfall. Vielleicht hast du davon gehört, es war in allen Zeitungen, denn er hat einen Sitz im House of Lords. Hatte, muss man jetzt wohl sagen.“

„Das tut mir sehr leid“, sagte Susanna.

Eddie schloss die Augen und einen Moment lang sah es so aus, als ob er mit den Tränen kämpfen würde. Dann ging ein Ruck durch seinen Körper und er schüttelte sich.

„Ich ... ich hatte keine Gelegenheit mehr, mich von ihm zu verabschieden. Ich wollte ihm noch so viel sagen“, flüsterte er.

„Ist er denn bewusstlos? Liegt er im Koma?", fragte Susanna, zu deren Mitgefühl sich nun Interesse hinzugesellte.

„So etwas Ähnliches. Sie nennen es Locked-in-Syndrom."

„Ah, daher weht der Wind. Du hast gehört, dass das mein Spezialgebiet ist."

Er nickte. „Ja, und ich hatte gehofft, dass du mir helfen könntest. Ich möchte noch einmal mit ihm sprechen."

Susanna sah ihn aufmerksam an. Er wirkte traurig, geknickt und überhaupt nicht mehr so großspurig wie früher. Daher tat es ihr leid, seine Bitte ablehnen zu müssen.

„Ich kann dir leider nicht helfen. Mit einem LIS-Patienten Kontakt aufzunehmen ist ein äußerst aufwendiger Prozess. Das Ganze ist materialintensiv und kann sehr lange dauern. Mir fehlt momentan leider die Zeit dafür."

Er seufzte. „Das hatte ich schon befürchtet. Kann man denn da gar nichts machen? Der alten Zeiten wegen?"

Sie schüttelte den Kopf. „Es tut mir leid."

Eddie streckte ihr eine elfenbeinfarbene Visitenkarte entgegen. „Okay, trotzdem danke. Falls du es dir doch noch anders überlegen solltest, ruf mich einfach an."

5

Olivia legte die Fingerspitzen aneinander und führte die Seiten der Zeigefinger an den Mund. Sie atmete tief durch und betrachtete dann ihren Terminkalender. Der Vormittag war mit einem roten Block gefüllt, in dem mit fetten Buchstaben das Wort *Quartalsplanung* geschrieben stand. Sie seufzte.

Aber es half nichts. Als sie sich entschieden hatte, die Leitung der Station in Wandsworth zu übernehmen, war ihr klar gewesen, dass sie sich nicht nur die Rosinen herauspicken können würde. Sie musste sich auch mit Angelegenheiten abgeben, gegen die sich jede Faser ihres Seins sträubte, und dazu gehörte ganz besonders die vierteljährliche Budgetplanung.

Sie öffnete das Dokument aus dem letzten Quartal. Dann griff sie nach ihrer Tasse, ging nach nebenan in das Großraumbüro und goss sich frisch gebrühten Kaffee ein. Sie nahm einen kräftigen Schluck und kehrte an ihren Schreibtisch zurück. Nun fehlte nur noch eines, damit sie beginnen konnte. Sie schaltete den Empfänger neben ihrem Desktop-PC ein und kurz darauf erfüllte das statische Brummen der Polizeifunkwelle den gesamten Raum.

Dieses Geräusch beruhigte sie aus irgendeinem Grund. Es war Musik in ihren Ohren. Ihre Kollegen hatten nicht nur einmal Scherze über Olivias Vorliebe für *Radio Scotland Yard* gerissen, aber das war ihr gleichgültig. Sie war gerne auf dem Laufenden, was draußen auf den Straßen Londons passierte. Dadurch konnte sie notfalls rasch reagieren, wenn Beamte auf Streife in gefährliche Situationen gerieten.

Sie nahm noch einmal einen Schluck und begann dann damit, komplette Blöcke aus der Planung des letzten Quartals in das aktuelle Dokument hineinzukopieren. Warum sollte sie sich die Mühe des Formulierens jedes Mal aufs Neue machen? Ein Kollege des angrenzenden Bezirks Fulham meldete, dass in einem Supermarkt ein Einbrecher erwischt worden war und dass er sich nun daran machen würde, die Personalien aufzunehmen.

Olivia kopierte den Stellenschlüssel in das Dokument. Sie hoffte, dass er immer noch Bestand haben würde. Entgegen der Versprechungen der Regierung hatte der Brexit nicht zu paradiesischen Zuständen geführt. Ganz im Gegenteil, das Geld schien sogar noch knapper zu sein und im Schatten der Streichungen im Gesundheitswesen mussten nun auch andere öffentliche Stellen Einbußen hinnehmen.

Der Funkapparat knisterte und knackte. Dann war die Stimme eines Kollegen zu hören. Sie klang aufgeregt. „Passant meldet Leichenfund in Chelsea. Michael Road 19. Wir sind unterwegs."

Olivia ging im Kopf die Karte von London durch. Das war auf der anderen Seite der Themse. Also nicht ihr Revier. Was die Beamten wohl vorfinden würden? Sie war selbst schon viel zu oft mit ähnlichen Situationen konfrontiert worden, und jedes Mal hatte sie mit den furchtbaren Bildern und den oft noch quälenderen Geruchsempfindungen an den Tatorten ringen müssen.

Sie wandte sich wieder dem Dokument zu und änderte zwei Details im Stellenplan, die sich dadurch ergeben hatten, dass eine Kollegin sich inzwischen in Elternzeit befand und eine andere deswegen aufgestockt hatte. Plötzlich knackte der Lautsprecher und die Stimme des Polizisten, der eben den Leichenfund gemeldet hatte, erklang erneut. Er schien mit den Worten zu kämpfen, die nun zitternd und abgehackt aus dem Gerät drangen.

„Es ist ... bitte schicken Sie den Erkennungsdienst ... und am besten gleich auch noch ein Mordermittlungsteam. Bei der Toten handelt es sich um eine junge Frau. Zahlreiche Stichverletzungen im Brustkorb. Die Bauchhöhle wurde geöffnet. Neben dem Körper liegt ... liegt ein Organ. Ich glaube, es ist die Leber ...“

Es knackte und dann war nur noch Rauschen zu hören. Wahrscheinlich war der Kollege hinter einem Busch verschwunden, um sich zu erbrechen. Der Gedanke wich einer Reihe von Erinnerungsbildern, die Olivia nur zu gut kannte. Verstümmelte Leichen ... Frauen jüngeren Alters ... auf dem Rücken liegend, die Kehlen durchgeschnitten, Dutzende Einstichkrater in den Brustkörben, die Bauchhöhlen geöffnet, Organe neben den Leichnamen.

„Armstrong“, murmelte sie. Eine Gänsehaut überzog schlagartig ihren gesamten Körper. War nun das eingetreten, was sie all die Jahre über befürchtet hatte? Wie in Trance speicherte sie das Dokument, erhob sich, nahm ihre Jacke und trat ins Großraumbüro.

„Ich muss kurz weg“, sagte sie zu Omar, der sie irritiert anstarrte.

„Ist alles in Ordnung?", fragte er. „Sie sehen aus, als ob Sie einen Geist erblickt hätten."

Olivia nickte. „Ich fürchte, das habe ich auch. Bis später."

„Soll ich Sie begleiten?"

Sie schüttelte nur den Kopf und eilte hinaus auf den Mitarbeiterparkplatz. Mit quietschenden Reifen bog sie auf die Straße ein und bewegte den Nissan mit raschen, intuitiven Spurwechseln durch den Vormittagsverkehr. Sie musste vor den Kollegen der Mordkommission eintreffen, denn diese würden sie garantiert nicht vorlassen. Der Streifenpolizist hingegen, der mit bleichem Gesicht und schweißbedeckter Stirn am Tatort ausharrte, würde sie bestimmt nicht daran hindern, sich ein Bild der Lage zu machen. Sie war nämlich im Rang über ihm.

Es dauerte nur zehn Minuten, bis sie die Michaels Road erreicht hatte. Schon von Weitem sah sie, dass sich eine Menschenansammlung gebildet hatte. Sie parkte am Straßenrand, stieg aus und zückte ihren Dienstausweis. Die Menschentraube blockierte den Eingang zu einer Seitengasse. Ein einzelner Polizist harrte an einem schwarz-gelben Absperrband aus und versuchte, den Schaulustigen den Blick auf das Grauen zu versperren, das sich hinter ihm auf dem feuchten Asphalt befinden musste.

Olivia schob sich durch die Menge hindurch, setzte die Ellenbogen ein und hielt jedem, der murrte, ihren Ausweis unter die Nase. Als sie endlich vor dem Kollegen stand, sagte sie: „CI Jenner. Ich war gerade in der Gegend und dachte, Sie könnten Unterstützung brauchen."

Auf dem grünlichen Gesicht des Bobbies machte sich ein Hauch von Erleichterung breit.

„Das ist sehr nett von Ihnen", sagte er und flüsternd fuhr er fort: „Ich habe noch nie so etwas Furchtbares gesehen. Meine Kollegin ist gerade bei der Leiche."

Er hob das Absperrband an und Olivia schlüpfte darunter hindurch. Sie ging etwa zwanzig Meter in die Gasse hinein. Mit jedem Schritt konnte sie die Szenerie deutlicher erfassen und was sie sah, ließ einen kalten Schauer über ihren Körper strömen. Die Leiche der jungen Frau lag rücklings auf dem Boden. Ihr Oberkörper war nackt, die Arme weit ausgebreitet. Die Beine waren leicht gespreizt, die Jeans und der Slip waren bis zu den Knien heruntergezogen. Die Bauchdecke der Toten war geöffnet und ein handtellergroßer Hautlappen war zur Seite geklappt worden. Neben ihrer rechten Schulter lag ein blutiger Klumpen, in dem der Kollege zurecht die Leber erkannt hatte. Als Olivia näherkam, sah sie, dass der Oberkörper von mehreren Dutzend Stichwunden übersäht war. Das Gesicht der Frau war verzerrt und ihre Augen weit aufgerissen. Olivia stutzte. Die Kehle war unversehrt.

„Wer sind Sie?", hörte sie nun eine Frauenstimme fragen.

Erst jetzt sah sie, dass eine Polizistin an der Wand auf der gegenüberliegenden Seite der Gasse lehnte.

Olivia zeigte der jungen Kollegin ihren Ausweis und deren Augen weiteten sich.

„Sie sind die, die den Putney-Slasher geschnappt hat?"

Olivia nickte. „Ja, ich war daran beteiligt", sagte sie. „Von wem wurde die Leiche gefunden?"

„Ein LKW-Fahrer wollte gegen acht Uhr Paletten aus der Wäscherei hier abholen.“

Sie zeigte auf ein Gebäude, an dessen Rückseite eine Rampe zu sehen war, auf der mehrere Behälter standen, die mit weißen Wäschestücken gefüllt waren.

„Er hat etwas im Rückspiegel gesehen und als erkannt hat, worum es sich handelte, hat er sofort den Notruf gewählt.“

Olivia nickte. „Und es wurde nichts verändert?“

„Ich habe nichts angefasst“, sagte die Kollegin.

„Was ist hier los?“

Olivia hatte niemanden kommen hören. Sie drehte sich um. Vor ihr stand ein großer, schlaksiger Mann. Er war in Zivil gekleidet und trug einen teuer aussehenden Trenchcoat über einem noch teurer aussehenden Zweireiher.

„Marcus“, sagte Olivia.

„Olivia“, erwiderte Marcus Harrison, Leiter der Mordsonderkommission der Metropolitan Police. Er schüttelte ihr die Hand.

„Lange nicht mehr gesehen. Was hat dich denn hierher verschlagen?“

„Ich war gerade in der Gegend und habe den Notruf gehört. Ich dachte, ich könnte vielleicht helfen.“

„Das ist nett von dir. Die junge Kollegin kann bestimmt ein wenig Zuspruch gebrauchen.“

Er rieb sich über die Wange und betrachtete die Leiche.

„Oh je, das ist ja ein Schlachtfest.“

„Das sieht genauso aus wie damals ...“, sagte Olivia leise. „... beim Slasher Fall.“

Marcus kniff die Augen zusammen. Dann schüttelte er den Kopf.

„Die Kehle wurde nicht verletzt. Das war doch Armstrongs Spezialität.“

Olivia hörte plötzlich Schritte hinter sich. Sie wandte sich um und sah sich vier weiteren Beamten gegenüber. Die große Rothaarige hatte sie noch nie zuvor gesehen, die musste neu im Team sein. Die drei Männer kannte sie hingegen gut, denn sie hatte fünf Jahre lang mit ihnen und Marcus zusammengearbeitet. Der eine war Harry Edgecombe. Sein Bauchumfang hatte noch weiter zugenommen, dafür waren ihm mittlerweile alle Haare ausgefallen. Er lächelte Olivia zu. Basil Rutherford, der missgelaunte Schweiger in seinem schlecht sitzenden Anzug bedachte sie hingegen nur mit der Andeutung eines Nickens. Und Frank Calvin, klein und drahtig und hibbelig wie immer, funkelte sie aus seinen Wieselaugen an, während er seine Hände knetete.

„Was machst du denn hier?“, fragte er verwirrt.

„Ich freue mich auch, dich mal wieder zu treffen, Frank“, sagte Olivia. „Ich war gerade zufällig in der Gegend und dachte, ich könnte die Kollegen vor Ort unterstützen, bis ihr eintrefft.“

„Wie nobel“, sagte Calvin. „Dann kannst du den Fall ja jetzt den Profis überlassen. Du hast doch garantiert irgendetwas Spannendes zu tun auf deinem Revier in Putney oder Clapham oder wo immer du jetzt auch bist.“

„Wandsworth“, sagte sie, machte aber keine Anstalten, zu gehen.

„Marcus, ich meine es ernst", sagte sie. „Die Parallelen zum Slasher-Fall sind doch augenscheinlich."

Harrison seufzte. „Lass uns erst einmal die Ergebnisse der kriminaltechnischen Analysen und der Obduktion abwarten. Dann werden wir ja sehen, ob diese scheinbar augenfälligen Parallelen tatsächlich Bestand haben. Aber selbst, wenn es Ähnlichkeiten zu den Morden damals geben sollte ... Armstrong kann es nicht gewesen sein."

„Ja, das ist sicher", murmelte Olivia. Sie nickte Marcus, Harry, Basil und der Rothaarigen zu und ging durch die weiter anschwellende Menge der Schaulustigen davon.

Seine Fingerspitzen kribbelten noch immer. Das musste der letzte Rest des Adrenalins sein. Er schloss die Augen und projizierte die Bilder in sein Kopfkino.

Die überraschte Miene der Frau, die in eine bodenlose Panik umschlagen war, als er ihr das Taschentuch mit dem Chloroform vor den Mund gehalten hatte. Die Klinge des Messers, die mit Wucht in den Oberkörper eingedrungen war. Erst einmal, dann ein zweites Mal, dann ein Dutzend Mal.

Ein wohliger Schauer lief über seinen Körper. Er unterdrückte ein Lächeln, denn das wäre unangebracht. Einer der herumwuselnden Polizisten könnte ihn schließlich dabei ertappen, wie er grinste, und das würde automatisch Fragen nach sich ziehen.

Aber selbst, wenn sie ihn verdächtigten, er würde sich herauswinden ... wie schon einmal. Er hatte alles im Griff. Einen kleinen Unsicherheitsfaktor gab es allerdings ... diese Polizistin, die ihm schon damals in die

*Quere gekommen war. Um die musste er sich dringend
kümmern.*

6

Susanna war spät dran. Es hatte zwar an diesem Morgen keinen Streit zwischen Dan und Ella gegeben, aber ihre Mutter hatte sich unwohl gefühlt und so war es schließlich an ihr hängen geblieben, die Kinder in den Kindergarten zu bringen. Dort hatte Ella beim Abschied ihrem Kuschelbedürfnis so ausgiebig nachgegeben, dass sich Susanna kaum noch von ihr hatte lösen können. Sie hatte gegen den Drang ankämpfen müssen, dortzubleiben, den Vormittag mit ihren Kindern zu genießen und die Arbeit einfach Arbeit sein zu lassen. Sie würde ohnehin bald viel mehr Zeit mit Dan und Ella verbringen, wenn ihr nicht noch der große Masterplan zur Rettung ihrer Professur einfiel.

Susanna betrat den winzigen Seminarraum, in dem das Forschungskolloquium stattfand. Die fünf Studierenden, die dort bereits auf den Beginn der Veranstaltung warteten, sahen sie erwartungsvoll an. Es handelte sich um Master-Studierende im Studiengang Neurowissenschaften, einer Kooperation ihrer Professur mit dem Lehrstuhl für kognitive Psychologie, dem Lehrstuhl für Bioinformatik und der Professur für Methodenlehre. Letzterer brachte den Studierenden die mathematischen Grundlagen der teils recht komplexen Verfahren bei, die sie bei der Erforschung der Funktionen des Gehirns anwendeten.

„Guten Morgen", sagte Susanna, hängte ihre Jacke an den Haken neben der Leinwand und setzte sich hinter den Schreibtisch am Kopfende des Hufeisens, an dessen Armen die Teilnehmenden verteilt waren.

„Wir wollen uns heute näher mit dem Studiendesign von Frau Burgess beschäftigen, wenn ich mich nicht irre.“

Sie nickte einer brünetten jungen Frau zu, deren kleine, spitze Nase aufgeregt auf und ab hüpfte.

Eine andere Studentin meldete sich jetzt.

„Ja, bitte?“, sagte Susanna.

„Ich – also wir – haben Gerüchte gehört, dass es mit der Professur nicht weitergeht. Daher wollten wir wissen, was für unseren Studiengang geplant ist.“

Susanna seufzte. „Leider kann ich Ihnen dazu auch keine wirklich fundierten Informationen geben. Ich habe erst gestern erfahren, dass es zu Streichungen kommen soll. Bisher ist noch nicht entschieden, welchen Fachbereich es treffen wird.“

„Und was, wenn es Sie trifft? Was passiert dann mit unseren Master-Arbeiten? Müssen wir an einen anderen Lehrstuhl wechseln?“

Susanna hob die Hände zu einer hilflosen Geste. „Das kann ich Ihnen leider nicht sagen. Ich werde auf jeden Fall anbieten, dass ich das Semester hier zu Ende bringe und alle Arbeiten weiter betreue, die bereits begonnen worden sind.“

Nun meldete sich Frau Burgess. „Können wir denn irgendetwas dazu beitragen, dass Ihre Professur erhalten bleibt? Demonstrieren vielleicht, eine Petition einreichen oder einen Flashmob organisieren?“

Susanna lächelte. „Das ist wirklich nett von Ihnen, aber ich fürchte, wenn uns nicht innerhalb der nächsten zwei Wochen ein nobelpreiswürdiger, wissenschaftlicher Durchbruch gelingt, haben wir nur wenig Einfluss auf die Entscheidung."

Frau Burgess verzog das Gesicht. „Das ist wohl eher unwahrscheinlich."

Susanna zuckte mit den Achseln. „Dann stellen Sie uns doch jetzt einmal Ihr Studiendesign vor, vielleicht verbirgt sich darin ja noch ein neurowissenschaftlicher Urknall."

Die Studentin erhob sich, verband ihren Laptop mit dem Beamer und startete die Präsentation.

„Ich habe die letzten drei Wochen damit verbracht, alle Krankenhäuser und Pflege-Einrichtungen im Großraum London nach Patient*innen mit Locked-in-Syndromen anzufragen. Insgesamt habe ich vierzehn Rückmeldungen bekommen. In den entsprechenden Einrichtungen werden aktuell dreiundzwanzig Patient*innen mit dieser Symptomatik behandelt."

„Angesichts der Seltenheit dieser Diagnose wäre das schon eine hervorragende Stichprobengröße", merkte Susanna an.

Frau Burgess zuckte mit den Achseln. „Nun ja, zwei Kliniken haben eine Kooperation leider abgelehnt, damit stünden nur noch achtzehn Patient*innen zur Verfügung."

„Das sollte für Ihre Zwecke aber ausreichen."

„Von diesen achtzehn Patient*innen sind sieben bereits mit anderen Kommunikationshilfen versorgt."

Susanna winkte ab. „Diese müssen wir dann leider ausschließen, denn es ist ethisch nicht vertretbar, dass diese Personen für eine Master-Arbeit auf eine andere Hilfe umgelernt werden. Was ist mit den übrigen elf?"

„Zehn", sagte Frau Burgess. „Denn ein weiterer Patient fällt ebenfalls durch das Raster. Er hat ein komplettes Locked-in-Syndrom, kann keinen einzigen Muskel mehr bewusst ansteuern, und nicht einmal die Augenbewegungen kontrollieren."

Susanna legte den Kopf schief. „Das wäre aber ein besonders interessanter Fall. Wenn wir einen stabilen Kommunikationskanal mit diesem Patienten etablieren könnten, könnten Sie an Ihre Master-Arbeit direkt noch die Promotion anhängen."

Frau Burgess lächelte. „Leider gibt es einen gewichtigeren Grund dafür, dass der Patient durch das Raster fällt. Es handelt sich dabei nämlich um David Armstrong, den Serienmörder."

Die Augen aller Anwesenden weiteten sich, was Susanna überraschte. Wann hatte die Mordserie stattgefunden, die ganz London in Angst und Schrecken versetzt hatte? Vor sieben oder acht Jahren? Damals waren die hier angehenden Wissenschaftler und Wissenschaftlerinnen noch im frühen Teenageralter gewesen. Dass Armstrong sich in das Gedächtnis dieser Generation eingeprägt hatte, war daher erstaunlich.

„Der ist noch am Leben?", fragte sie. „Wie lange ist er denn schon locked in?"

„Seit sieben Jahren. Das muss furchtbar sein, so ganz ohne Kommunikationsmöglichkeit."

„Er hat es nicht anders verdient", sagte eine der Kommilitoninnen.

„Niemand hat so etwas verdient", erwiderte Frau Burgess.

Susanna hob die Hand. „Über diese Problematik können Sie ausführlich im Seminar zur Ethik der Neurowissenschaften diskutieren. Fahren Sie bitte fort!“

„Gut, also, Armstrong fällt raus, weil das Justizministerium zustimmen müsste, wenn wir ihn in die Forschung mit einbeziehen, und bis die sich zu einer Entscheidung durchgerungen haben, habe ich wahrscheinlich selbst eine Professur inne.“

Susanna lachte. „Zeigen Sie uns Ihr Design, dann werden wir sehen, ob Sie das Zeug dazu haben.“

Die Konzeption der Studie war absolut makellos. Frau Burgess hatte an alles gedacht. Sie hatte genau verstanden, wie das Nahfeld-Infrarot-Spektroskop funktionierte. Damit wurden Veränderungen der Durchblutung im Gehirn gemessen, die darauf hindeuteten, dass die Versuchsperson sich auf eine Bewegung oder auf eine Vorstellung konzentrierte. Dies konnte wiederum dazu verwendet werden, mit schwer in ihrer Kommunikation eingeschränkten Patientinnen und Patienten Informationen auszutauschen. Sie hatte außerdem eine effiziente Buchstabentafel entworfen, die einen Algorithmus beinhaltete, der dem Patienten wahrscheinliche Wörter zur Schnellauswahl anbot und so die Sprechgeschwindigkeit deutlich erhöhte. Sie hatte die statistischen Methoden ausgewählt, die zeigen konnten, ob dieses neue Verfahren der Kommunikation den bisherigen überlegen waren, und sie konnte all das noch dazu einfach und verständlich darstellen, was in diesem Forschungsbereich leider nicht allzu häufig vorkam.

Ihr Vortrag endete mit lautem Tischplattenklopfen und nach ein paar kleineren Verbesserungsvorschlägen wurden die Projekte der anderen Studierenden kurz angerissen. Als Susanna eine halbe Stunde später in ihr Büro zurückkehrte, war sie gut gelaunt und ein bisschen beschwingt. Die Forschung war der Teil ihrer Arbeit, den sie am liebsten mochte, dem sie leider aber am wenigsten Zeit widmen konnte.

Sie fuhr den PC hoch und öffnete ihren E-Mail-Eingang. Siebenundvierzig ungelesene Mails warteten darauf, gelesen und beantwortet zu werden. Protokolle von Sitzungen, Anfragen wegen Vorträgen, und zwei Absagen für Artikel, die sie bei internationalen Fachzeitschriften eingereicht hatte. Das war äußerst ärgerlich, denn zwei Zusagen wären ein gutes Argument dafür gewesen, die Professur doch zu erhalten. Sie las sich die Begründungen der Peer Reviewer durch, was dazu führte, dass ihre anfängliche Enttäuschung in Fassungslosigkeit umschlug. Das konnte doch nicht wahr sein. Bei beiden Artikeln hatten zwei der insgesamt drei Gutachter sehr angetan gewirkt und eine Veröffentlichung empfohlen, einer hatte sich aber jeweils quer gestellt. Die Argumentationen waren aus ihrer Sicht vollkommen hanebüchen, aber das Urteil war gefallen, Widerspruch war daher zwecklos. Nun würde sie die Artikel noch einmal überarbeiten und anderen Journals anbieten müssen. Das war eine undankbare und wahrscheinlich ohnehin fruchtlose Arbeit, zu der sie sich nur schwer motivieren konnte, vor allem, weil sie sich dringend darum kümmern musste, einen Rettungsplan für ihre Professur zu entwickeln.

Sie lehnte sich zurück und schloss die Augen. Was für ein Schlamassel! Sie spürte, wie jegliche Energie aus ihrem Körper zu fließen drohte wie Wasser aus einem an vielen Stellen leckenden Gefäß. Sie atmete tief durch und versuchte, sich wieder auf den Bildschirm zu konzentrieren. Da fiel ihr Blick auf ein elfenbeinfarbenes Stück Karton, das neben dem Desktop-PC auf dem Schreibtisch lag. Es war die Visitenkarte, die Eddie ihr gestern gegeben hatte.

Eddie, dieses Großmaul. Sie hatte ihn nie so richtig gemocht. Wenn sie allerdings jetzt an seine Geschichte dachte, tat er ihr leid. Sich nicht mehr von einem nahen Angehörigen verabschieden zu können, weil dieser nicht kommunizieren konnte, musste sich furchtbar anfühlen. Sie öffnete ihren PC und da sie den Namen von Eddies Großvater nicht kannte, gab sie kurzerhand die Begriffe *House of Lords* und *Schlaganfall* bei Google ein. Sofort erschienen Hunderte von Links zu Zeitungsartikeln, die darüber berichteten, dass Sir Henry Humphreys, ein erfolgreicher Investmentbanker mit guten Beziehungen zu russischen Ölmagnaten, vor gut zwei Monaten einen schweren Hirninfarkt erlitten hatte. Seitdem war er vollständig gelähmt und wurde in seinem Haus in Wandsworth intensivmedizinisch betreut.

Susanna schnalzte mit der Zunge. Eine Immobilie mit einer privaten Intensivstation. Sir Humphreys musste ein sehr erfolgreicher Geschäftsmann gewesen sein. Sie hielt inne. Ein Gedanke war plötzlich in ihrem Bewusstsein aufgetaucht und ihr nie stillstehender Verstand hatte sofort begonnen, sich mit ihm zu beschäftigen. Was, wenn sie es schaffte, dem gelähmten und kommunikationsbeeinträchtigten Lord seine Stimme wiederzugeben? Würde er sich nicht dankbar zeigen wollen?

Vielleicht könnte sie ihn ja dazu veranlassen, ihre Professur durch eine Stiftung zu finanzieren?

Sie gab sich einen Ruck, griff nach dem Hörer ihres Telefons und wählte die Nummer auf der Karte.

Eddie nahm nach dem dritten Klingeln ab.

„Ja, bitte?"

„Ich bin's, Susanna", sagte sie.

„Sanna!", rief er so laut, dass sie die Hörmuschel von ihrem Ohr weghalten musste. „Was für eine Überraschung, ich hätte nicht damit gerechnet, von dir zu hören."

Sie ignorierte die kleine Spitze und sagte: „Erzähl mir mehr von deinem Großvater? Wie kam es zu diesem Locked-in-Syndrom?"

Eddie holte tief Luft. „Er hatte vor etwa zwei Monaten einen Schlaganfall. Zuerst konnte er nicht mehr sprechen, deshalb ist er auch ins Krankenhaus gekommen. Aber dann hat sich das recht dramatisch entwickelt. Bei einem CT vom Kopf haben die Ärzte wohl gesehen, dass sich ein Blutgerinnsel im Zwischenhirn gebildet hatte."

Susanna nickte. „War die Pons betroffen?"

„Ja, ganz genau, davon haben sie gesprochen."

„Gab es einen Auslöser für den Schlaganfall?"

„Der Neurologe hat gesagt, dass das auch von der chiropraktischen Behandlung gekommen sein könnte, die er am selben Tag hatte. Da wurde ihm wohl ein Halswirbel eingerenkt. Aber kann so etwas tatsächlich zu einem Schlaganfall führen?"

„Ja, das stimmt, dazu gibt es einige Fallberichte."

„Krass, den Typen nehme ich mir vor."

Susanna ignorierte den letzten Satz und obwohl sie die Antwort bereits kannte, fragte sie: „Wo ist dein Großvater jetzt untergebracht?“

„Er wird zu Hause gepflegt. Das hat er in seiner Patientenverfügung angeordnet. Die haben innerhalb kürzester Zeit sein Schlafzimmer zur Intensivstation umgebaut. Meinst du, ich könnte noch einmal mit ihm reden? Das wäre mir sehr wichtig.“

Susanna kniff die Lippen zusammen. „Kann er die Augen bewegen?“

„Ja, er kann sogar blinzeln.“

„Okay, dann könnten wir es einmal versuchen.“

Sein Jubelschrei war erneut so laut, dass sie den Hörer vom Ohr entfernen musste.

„Sanna, du bist ein Schatz.“

Sie ignorierte Eddies Euphorie und fragte: „Wann könnten wir uns denn bei deinem Großvater treffen?“

7

Olivia rieb sich die Augen. Schon seit zwei Stunden starrte sie auf den Bildschirm und vergrößerte Fotos so stark, dass nur noch grobe Pixel zu erkennen waren. Außerdem wühlte sie sich durch Autopsie-Berichte und Zeugenaussagen. Ihr Schädel brummte, aber sie fühlte sich erstaunlich wach. Eine leise Stimme in ihrem Kopf wies sie in unregelmäßigen Abständen darauf hin, dass sie doch eigentlich andere Aufgaben hatte, vor allem die Fertigstellung des Quartalsberichts, der als Reiter ganz rechts an ihrer Taskleiste ein Schattendasein führte. Aber die Stimme drang nicht durch das Bündel von Gefühlen, das der Anblick der verstümmelten Leiche in Olivia ausgelöst hatte. Wut, Ekel, Sorge und auch wenn sie sich dafür schämte: Genugtuung.

Es klopfte an der Tür. Das Geräusch gelangte durch den engmaschig auf den Bildschirm eingestellten Filter ihrer Aufmerksamkeit. Sie sah auf.

„Ja, bitte?"

Omar trat ein. „Störe ich?", fragte er.

Sie widerstand dem Drang, mit einem „Ja" zu antworten und ihn wieder hinauszuschicken.

„Was gibt es denn?", fragte sie ungehalten.

„Greg hat sich für die Spätschicht krankgemeldet."

Olivia seufzte. Das hatte sie nicht im Sinn gehabt, als sie ihm aufgetragen hatte, sich um sein Alkoholproblem zu kümmern. Wahrscheinlich saß er in diesem Moment zu Hause und widmete sich seinem fünften oder sechsten Bier. Vielleicht tat sie ihm aber auch unrecht. Vielleicht hatte er sich auch sofort in eine Entgiftungsbehandlung begeben. Allerdings bezweifelte sie, dass ein einmaliges Gespräch den Anstoß für eine derart weitreichende Veränderung geben konnte. Aus ihren Erfahrungen mit suchtkranken Menschen wusste sie, dass es manchmal Jahre, wenn nicht gar Jahrzehnte dauerte, bis sich in ihnen etwas bewegte, und dass die Betroffenen leider sehr oft so hart auf dem Boden aufschlagen mussten, bis es keinen anderen Ausweg mehr gab, als sich einzugestehen, dass nur noch eine Therapie ihnen helfen konnte. So war es zumindest bei ihrem Vater gewesen.

„Wie sind wir besetzt?", fragte sie.

„O'Leary hat Urlaub und Berners ist beim jährlichen Gesundheitscheckup."

„Okay, falls Sie Unterstützung brauchen, melden Sie sich bitte bei mir. Notfalls springe ich als Ihre Partnerin ein."

Omar grinste breit. „Das wird mir ein Vergnügen sein."

„Ja, mir auch. Ich bin froh, wenn ich mal hinter meinem Schreibtisch hervorkriechen darf."

„Das kann ich mir vorstellen", sagte ihr Kollege. Olivia erwartete, dass er sich nun verabschieden und das Zimmer verlassen würde, aber er blieb an Ort und Stelle stehen.

„Was gibt es noch?", fragte sie.

Er rieb sich die Nase. „Ich ... Arbeiten Sie gerade an einem Fall?", fragte er und deutete dabei auf die aufgeschlagenen Akten auf ihrem Schreibtisch.

Olivia zuckte zusammen. „Nein, eigentlich nicht“, sagte sie schließlich.

„Das sind die Akten aus dem Putney-Slasher Fall, nicht wahr?“

Ihre Augenbrauen schossen nach oben. „Wie haben Sie das so schnell erkannt?“

„Ich erinnere mich noch gut daran. Die Zeitungen waren voll mit Artikeln darüber. Ich war gerade siebzehn und habe mir überlegt, was ich beruflich machen könnte. Dieser Fall hat dazu beigetragen, dass ich mich für Polizeiarbeit begeistert habe. Immerhin war das der erste und bislang einzige Serienkiller, der sich in unserem Viertel ausgetobt hat.“

„Ihr Wort in Gottes Gehörgang“, murmelte Olivia.

„Wie bitte?“

Sie seufzte. „Ich hoffe, dass es der einzige Serienkiller bleibt“, sagte sie.

Omars Augen weiteten sich. „Sie meinen den Leichenfund heute Morgen? Den in Chelsea?“

Wieder wunderte sich Olivia über die schnelle Auffassungsgabe des Kollegen.

„Ja, das war ein außergewöhnlicher Mord“, sagte sie.

„Inwiefern?“, fragte Omar. Sie zögerte und er fügte hastig hinzu: „Entschuldigen Sie bitte meine Neugier, aber in der Polizeischule lernt man nur theoretisch etwas zu solchen Fällen. Sie hingegen haben aktiv ermittelt, und den Slasher schließlich gestellt.“

Olivia kniff die Lippen zusammen. „Ist schon okay“, sagte sie. „Eigentlich sollte ich mich mit dieser Angelegenheit gar nicht beschäftigen, denn es ist nicht unser Zuständigkeitsbereich.“

„Aber Sie können nicht anders?“

Sie grinste. „Bin ich so leicht zu durchschauen?"

Omar zuckte mit den Achseln. „Ich arbeite noch nicht lange hier, aber bisher habe ich Sie als äußerst pflichtbewusst und engagiert erlebt. Ich kann mir daher vorstellen, dass es Sie nicht kalt lässt, wenn auf unserem Radar ein Fall auftaucht, zu dessen Lösung Sie etwas beitragen könnten."

„Sie haben eine gute Menschenkenntnis."

Er lächelte. „Danke. Aus Ihrem Mund freut mich dieses Kompliment doppelt."

Er sah sie erwartungsvoll an. Olivia winkte ihn zu sich und er stellte sich neben ihren Schreibtisch. Sie zeigte auf die geöffneten Ermittlungsakten.

„Das sind aber nicht die Originale, oder?", fragte er.

Sie schüttelte den Kopf. „Ich habe mir Kopien angefertigt. Damals, als ich noch bei der Mordkommission gearbeitet habe. Fragen Sie lieber nicht, ganz legal ist das natürlich nicht."

„Ich werde schweigen wie ein Grab."

„Was sehen Sie?", fragte Olivia und deutete auf die Fotos.

Omars Augen zuckten hin und her, als sie über die ausgebreiteten Tatortfotos wanderten.

„Fünf getötete Frauen, zwischen zwanzig und dreißig Jahre alt. Alle wurden in den frühen Morgenstunden in Seitengassen oder in einem Fall in einem Park gefunden. Sie weisen durchschnittene Kehlen und zahlreiche Stichverletzungen im Brustkorb auf. Außerdem wurden bei zwei Opfern die Bauchhöhlen geöffnet und Organe entnommen. Teilweise lagen diese neben dem Körper, teilweise wurden sie in der Wohnung von David Armstrong gefunden."

Olivia nickte. „Ist Ihnen der Begriff der Signatur eines Serienkillers bekannt?“

Er verzog das Gesicht. „Also so genau will ich mich da gar nicht festlegen. Aber ist das nicht das wiederkehrende Muster, das das eigentliche Motiv des Täters verrät?“

Olivia lächelte. „Ja, genau darum geht es. Wir unterscheiden kurz gesagt zwischen dem Modus operandi und der Signatur. Der Modus operandi ist die Art, wie ein Verbrechen ausgeübt wird. Er kann wechseln, je nachdem, auf welche Umstände der Täter stößt. Bei den Slasher-Morden gab es zum Beispiel einen Fall, in dem die Leiche nicht in einer Seitengasse, sondern in einem Park gefunden wurde. Wahrscheinlich hat er die Frau verfolgt und als sie in den Park eingebogen ist, hat er sich dazu entschieden, sie dort zu töten. Das zählen wir zum Modus operandi.

Die Signatur hingegen ist der persönliche Stempel, den der Täter dem Verbrechen gibt. Der Grund, warum er mordet, das, was über das reine Töten hinausgeht. Erkennen Sie ein Muster in diesen Fällen?“

„Hm, ein Übertöten ... so nennt man das doch, oder? Ein Stich würde ausreichen, aber er stößt Dutzende Male zu.“

Olivia nickte. „Sehr gut. Was noch?“

„Die Organentnahme.“

„Ja, ganz genau. Weiter?“

„Gibt es noch etwas?“

„Die Art und Weise, wie er die Opfer anordnet. Die Arme sind immer ausgestreckt. Die Frauen liegen stets auf dem Rücken, die Hosen sind bis zu den Knien heruntergezogen, sodass die Geschlechtsteile sichtbar sind. Es ist eine Demütigung, eine Entmenschlichung der Opfer."

Omar schwieg. Sie sah, dass sein Kehlkopf auf und ab hüpfte.

„Wurden ... wurden die Frauen vergewaltigt? In der Zeitung stand nichts davon, wenn ich mich richtig erinnere."

Sie schüttelte den Kopf. „Nein. Aber wir sind trotzdem von einem sexuellen Motiv ausgegangen. In Armstrongs Wohnung fanden wir Bilder von den Tatorten. Wir gingen damals davon aus, dass er hochkontrolliert und geplant gehandelt hat. Die Befriedigung hat er sich erst später geholt, wenn er zu Hause die Fotos angeschaut und sich in der Erinnerung an die Morde ergötzt hat."

„Das ist ja widerlich."

„Ja, das ist es. Serienkiller sind allerdings auch schwer gestörte Menschen."

„Das entschuldigt aber doch nichts!"

„Aber es erklärt einiges. In Armstrongs Fall gingen wir davon aus, dass er sich an einem bekannten Vorbild orientiert hat."

Omar nickte. „An Jack the Ripper, nicht wahr?"

Olivia lächelte. „Sie sind wirklich gut informiert. Die fünf Morde, die auf Armstrongs Konto gehen, ähneln denen des Rippers auf verblüffende Weise. In seiner Wohnung haben wir auch einige Bücher über den Ripper gefunden. Er scheint eine Art Fan gewesen zu sein."

„Ein Fan, der seinem Idol nacheifern wollte?"

„Möglich."

„Warum haben Sie die alten Akten wieder hervorgekramt?"

Olivia klickte auf dem Bildschirm herum, bis die Fotos erschienen, die sie am gestrigen Tatort gemacht hatte.

Omar hielt kurz den Atem an. „Das sieht ja ganz genauso aus wie bei den Putney-Slasher-Morden."

Olivia schüttelte den Kopf. „Nicht ganz, denn ein wichtiges Detail fehlt. Der Putney Slasher hat seine Opfer getötet, indem er ihnen die Kehle durchgeschnitten hat ... so, wie Jack the Ripper. Es ist eine äußerst effektive Art, eine Person handlungsunfähig zu machen. Die Schnitte waren so tief ausgeführt, dass sogar die Wirbelsäulen Kerben aufwies. Der Slasher und der Ripper müssen sich mit diesem ersten Gewaltausbruch aufgeputscht haben. Es ist ein Teil ihrer Signatur. In dem gestrigen Fall" – sie deutete auf das Foto – „ist die Kehle aber unversehrt. Die Signatur stimmt also nicht zu einhundert Prozent überein weder mit der des Slashers noch mit der des Rippers."

„Also ein weiterer Nachahmer? Der Chelsea Stabber?"

Olivia seufzte. „Ich ... ich weiß es nicht."

„Wie meinen Sie das?"

„Ich war nie überzeugt davon, dass Armstrong tatsächlich der Slasher war."

Er kniff seine Augen zusammen und sah sie überrascht an.

„Aber Sie haben ihn doch auf frischer Tat ertappt, und die Beweislage sprach ebenfalls gegen ihn."

„Ja, das stimmt. Wir haben in seiner Wohnung sowohl Überreste von Opfern als auch Bildmaterial von den Taten gefunden."

„Was lässt Sie dann daran zweifeln, dass Armstrong schuldig ist?"

„Wir haben an den ersten vier Tatorten keine einzige Spur entdeckt, die Rückschlüsse auf seine Anwesenheit zulässt. Und wir konnten nicht überprüfen, ob er für die fraglichen Zeitpunkte Alibis hatte."

„Weil er im Koma liegt, nachdem er bei der Festnahme angeschossen wurde, als er Sie angreifen wollte, oder?"

„Rein technisch gesehen ist es kein Koma. Ich bin keine Expertin dafür, aber die Ärztin, mit der ich gesprochen habe, hat es als Locked-in-Syndrom beschrieben. Er ist wohl bei Bewusstsein, kann aber nicht kommunizieren."

„Aber die Beweise sprechen doch gegen ihn."

„Wir hatten Indizien, das stimmt. Aber Armstrong hatte nie die Gelegenheit, sich dazu zu äußern. Er hatte nie die Gelegenheit, ein Alibi zu präsentieren. Noch dazu hatte er auch nie die Gelegenheit, ein Geständnis abzulegen. Man konnte ihm nie den Prozess machen, und zu allem Überfluss konnte ich die Ermittlungen nicht zu Ende führen, weil mein Sohn zu dieser Zeit an einer Meningitis erkrankte. Ich bin ein halbes Jahr ausgefallen und danach hierher nach Wandsworth gewechselt. Meine Kollegen bei der Mordkommission haben das damals zu einem vorläufigen Ende gebracht."

„Es stört Sie, dass es unabgeschlossen ist, oder?"

„Es ist mehr als das", gab Olivia zu. „Es geht um Gerechtigkeit. Für die Opfer, aber auch für Armstrong. Denn ich glaube an unseren Rechtsstaat und da er nicht verurteilt wurde, gilt nach wie vor die Unschuldsvermutung für ihn."

Omar deutete auf das Bild vom gestrigen Tatort.

„Aber wie passt das dazu? Könnte dies ein Beweis dafür sein, dass der Putney Slasher noch immer frei herumläuft und wieder aktiv ist? Dass Armstrong gar nicht der Täter war?"

Olivia seufzte. „Genau darüber würde ich unheimlich gerne mit ihm reden."

8

Susanna hielt inne und stellte die Tasche auf den Boden. Sie rieb sich die Schulter. Der Riemen hatte sich tief in ihre Haut gegraben. Sie musste dringend die Seite wechseln, sonst würde sie das morgen büßen müssen. Die Abfolge aus einseitigen Verspannungen im Nacken, ziehenden Schmerzen, die in Richtung Schläfe ausstrahlten und einer kurz darauf einsetzenden Migräne waren ihr nämlich nur allzu gut bekannt.

Sie holte ihr Handy hervor und rief die Karten-App auf. Das Haus von Eddies Großvater befand sich ganz in der Nähe. Sie atmete erleichtert auf, schulterte die Tasche dieses Mal auf der linken Seite und setzte sich wieder in Bewegung; vorbei an modernen Villen mit grünen Vorgärten. Das Viertel nahe dem Wimbledon Park war eine noble Vorort-Siedlung und das nährte ihre Hoffnung, dass sich hier vielleicht auch die Mittel finden würden, die ihre Professur vor der Streichung retten könnten.

Sie sah Eddie schon von Weitem. Er lehnte an einer Straßenlaterne und blies eine weiße Wolke aus gespitzten Lippen. Offenbar war er vom Rauchen aufs Dampfen umgestiegen. Das war wenigstens ein bisschen gesünder und es stank auch nicht mehr so penetrant. Durch Susannas Erinnerungen an Eddie war immer der Geruch nach einem kalten Aschenbecher gewabert.

Als er sie kommen sah, breitete sich ein Grinsen auf seinem Gesicht aus.

67

„Schön, dass du es einrichten konntest", sagte er, trat auf sie zu, und umarmte und küsste sie auf beide Wangen. Susanna ließ es geschehen. Die schwere Tasche hinderte sie daran, ihn abzuwehren. Seit der Corona Pandemie hatte sie einen Widerwillen gegen jede Form von Körperlichkeit bei Begrüßungen entwickelt und war deshalb auch erleichtert, als er sich wieder von ihr entfernte.

„Ist es das da?", fragte sie und sah an der edlen Glas- und Stahlfront eines dreistöckigen, avantgardistisch designten Hauses empor.

Er nickte.

„Nicht schlecht, das ist ja ein kleiner Palast."

„Mein Opa hatte immer ein gutes Händchen fürs Geschäft."

Sie gingen die Treppen aus poliertem Stahl zum Eingang hinauf. Eddie hatte einen Schlüssel und als die Tür aufschwang, fanden sie sich in einer mit weißem Marmor ausgekleideten Halle wieder. An den Wänden hingen elektrische Leuchter in goldenen Fassungen und Ölbilder in prächtigen Rahmen, die ganz sicher keine billigen Kunstdrucke oder Reproduktionen waren.

Vor ihnen führte eine breite Treppe mit schwarzen Marmorstufen hinauf in die oberen Stockwerke. Aus einer Seitentür trat jetzt eine Frau mittleren Alters. Sie trug ein dunkelblaues Kleid und eine weiße Schürze.

„Master Edward", begrüßte sie ihn. „Welch eine Überraschung. Wir hatten gar nicht mit Ihnen gerechnet."

„Guten Abend Edith", erwiderte Eddie. „Ich habe spontan entschieden, meinen lieben Großvater zu besuchen."

Susanna runzelte die Stirn. *Was sollte das denn? Warum log er?* Das war doch keine spontane Eingebung gewesen.

Die Frau, offenbar eine Art Haushälterin, nickte und wollte vorangehen, doch Eddie hielt sie zurück.

„Ich kenne den Weg", sagte er in einem kühlen, arroganten Tonfall.

Susanna empfand Mitleid mit der Frau in dem Maße, wie ihre alte Abneigung gegen Eddie wieder aufflammte. Warum hatte sie sich nur dazu entschieden, ihm zu helfen? Sie spürte den Drang, umzukehren, doch dann sah sie ein Gemälde in einem Goldrahmen, das selbst sie mit ihren nur rudimentär ausgeprägten Kenntnissen in Kunstgeschichte als einen Dalí identifizierte. Die Professur! Sie folgte Eddie also in den ersten Stock.

Er führte sie durch einen langen Gang zu einem geräumigen Zimmer, in dessen Mitte ein hypermodern aussehendes Pflegebett thronte. Das Bett war von zahlreichen Apparaten eingerahmt, deren Anzeigen Dutzende von Messwerten ausgaben. Am Fußende befand sich eine Art Terminal, der über einen Touchscreen gesteuert werden konnte. In einer Ecke saß ein bulliger Mann. Er trug weite, blaue Hosen und einen Kasack von gleicher Farbe. Als sie eintraten, steckte er hastig ein Smartphone weg und erhob sich.

„Guten Tag, Alfred", sagte Eddie. „Das ist Professor Madueke, sie ist Spezialistin für Patienten mit Locked-in-Syndrom und wird dafür sorgen, dass wir wieder mit meinem Großvater sprechen können."

Die Stirn des Pflegers legte sich in Falten. „Ich weiß nicht, ob Dr. Watson das recht ist. Er ist schließlich der behandelnde Arzt und ...“

„Dr. Watson wird Professor Madueke auf Knien dafür danken, wenn er wieder mit meinem Großvater kommunizieren kann“, unterbrach ihn Eddie barsch.

Erneut zuckte Susanna zusammen. Wie konnte man bloß so arrogant sein? Der Pfleger machte doch nur seine Arbeit. Dann beschäftigte sie noch eine weitere Frage: Hatte Eddie diesen Kommunikationsversuch etwa gar nicht mit dem behandelnden Neurologen abgeklärt? Das mulmige Gefühl, das sich vorhin im Treppenhaus schon in ihr geregt hatte, wurde immer stärker ebenso wie der Impuls, die Flucht zu ergreifen. *Die Professur!* Susanna wiederholte diesen Gedanken wie ein Mantra. Sie durfte sich diese Chance nicht entgehen lassen. Sie tat ja auch nichts Verbotenes. Wenn sie mit ihren Bemühungen erfolgreich war, hatten schließlich alle Seiten etwas davon.

„Außerdem weiß Dr. Watson Bescheid“, fügte Eddie hinzu.

Susanna entspannte sich. Dann war ja alles in Ordnung.

„Was brauchst du?“, fragte er sie. Sie sah sich um. Neben dem Bett standen ein Tisch und ein Stuhl. Die medizinischen Geräte waren mithilfe von Verlängerungskabeln und Mehrfachsteckdosen angeschlossen worden. Sie sah, dass es noch freie Buchsen gab.

„Es ist alles da“, sagte sie.

„Gut, dann fangen wir mal an.“

Sie trat auf das Bett zu und musterte Eddies Großvater. Die Hälfte seines Gesichts wurde von der Maske des

Beatmungsgerätes verdeckt. Sie sah nur seine blauen Augen, die unter ihren buschigen Brauen direkt auf sie gerichtet waren.

„Mein Name ist Susanna Madueke", sagte sie und lächelte dem alten Mann zu. „Ich bin Neuropsychologin und Expertin für Brain-Computer-Interfaces. Wir möchten gern einen Kommunikationskanal zu Ihnen öffnen."

Sein Blick ruhte immer noch auf ihr.

„Haben Sie das verstanden? Dann blinzeln Sie bitte zwei Mal."

Nichts geschah.

Sie wiederholte ihre Aufforderung, doch das Blinzeln blieb aus.

„Opa, hast du Susanna verstanden?"

Wieder keine Reaktion. Eddie sah sie fragend an.

„Ist das jetzt ein schlechtes Zeichen?"

„Wir messen zuallererst seine Hirnströme, dann kann ich mehr sagen."

Sie ging zu dem Tisch hinüber, wuchtete ihre Tasche darauf, öffnete den Reißverschluss und holte zunächst ihren Laptop heraus. Sie steckte ihn ein und fuhr ihn hoch. Während das Gerät bootete, bereitete sie eine Apparatur auf ihren Einsatz vor, die aussah wie ein Spaghetti-Sieb.

„Das ist die EEG-Haube. Möchtest du sie deinem Großvater anlegen?"

Eddie nahm die Vorrichtung und stülpte sie über den Kopf des alten Mannes. Seine Augen waren geöffnet und auf sie gerichtet. Sie hatte das Gefühl, eine Frage darin zu erkennen ... und noch etwas anderes. Etwas Unfreundliches, vielleicht auch Misstrauisches.

Sie holte ein dickes Kabelbündel aus dem Koffer, dessen Enden jeweils in knopfförmige Elektroden mündeten, griff nach einer Dose und schraubte den Deckel ab.

„Das hier ist ein Gel, das leitende Substanzen enthält."

Sie nahm einen Spatel und füllte die Löcher in der Haube mit dem Gel.

„Gut, dass Opa kaum noch Haare hat", sagte Eddie.

„Ja, das ist tatsächlich von Vorteil", murmelte Susanna und dachte mit Schaudern an die zahlreichen Male, in denen sie ihre langen Locken unter der Dusche von dieser klebrigen Masse hatte befreien müssen.

Als alle Löcher gefüllt waren, führte sie in jedes eine Elektrode ein und verband das Kabelbündel mit dem Interface, das wiederum mit dem Laptop verbunden war. Dann klebte sie zwei weitere Elektroden an die Schläfen von Eddies Großvater, um Störsignale durch Augenbewegungen zu erfassen. Sie öffnete das EEG-Programm und startete die Ableitung. Sofort erschienen zwei Dutzend wellenförmige Linien auf dem Bildschirm.

„Ist das gut oder schlecht?", fragte Eddie nervös.

„Der EEG-Rhythmus zeigt Alpha-Aktivität. Das deutet darauf hin, dass dein Großvater wach ist."

Eddie atmete tief durch. „Das ist gut, und wie können wir jetzt mit ihm reden?"

„Na ja, wir können ganz normal mit ihm reden, indem wir ihm Fragen stellen, das Problem sind eher seine Antworten."

Sie holte ein Tablet aus der Tasche und koppelte es mit dem Laptop. Auf dem Bildschirm des Tablets erschien nun eine Matrix aus Zeilen und Spalten, in der die Buchstaben des Alphabets aufgelistet waren.

„Da dein Großvater nicht sprechen kann, wird das eine sehr mühsame Angelegenheit. Er muss uns seine Antworten nämlich buchstabieren."

„Ist das wie bei Stephen Hawking? Der hatte doch auch so eine Buchstabiermaschine."

„Es ist ein ähnliches Prinzip. Hawking hatte einen Computer, der ihm Zeichen dargeboten hat und immer, wenn der richtige Buchstabe oder die richtige Zahl erschien, hat er mit dem einzigen Muskel an seiner Wange gezuckt, den er noch benutzen konnte."

„Und womit soll mein Opa zucken?"

„Mit den Augenlidern. Er kann blinzeln, ist dir das aufgefallen?"

Eddie wandte sich seinem Großvater zu. „Aber gerade eben hat er nicht geblinzelt, als du ihn darum gebeten hast."

„Ja, das stimmt, aber spontan hat er inzwischen ein Dutzend Mal geblinzelt. Grundsätzlich ist er also dazu in der Lage. Gut, dann wollen wir mal."

Sie setzte das brillenartige Gerät, das jedes Blinzeln registrierte, vorsichtig vor die Augen des alten Mannes und koppelte es mit ihrem Computer. Dann sagte sie: „Sir Humphreys, ich werde Ihnen nun eine Tafel mit Buchstaben zeigen. Der Reihe nach wird jeder Buchstabe weiß hinterlegt. Wenn das *J* weiß hinterlegt wird, blinzeln Sie bitte zwei Mal. Das ist das Zeichen für uns, dass Sie mich verstanden haben."

Sie hielt das Tablet vor das Gesicht des Mannes. Seine Augen fixierten sofort die Buchstaben-Matrix. Das war ein gutes Zeichen. Das weiße Feld begann, hinter den einzelnen Buchstaben entlangzuwandern. Als es das *H* erreichte, hielt Susanna kurz den Atem an. Das Feld, hinter dem *I* wurde weiß, dann war das *J* an der Reihe. Sie sah Sir Humphreys an, doch seine Lider zuckten nicht einmal. Der Tab sprang weiter auf das *K*.

„Warum hat das nicht funktioniert?", fragte Eddie.

Susanna sog ihre Unterlippe ein. „Vielleicht hat er Schwierigkeiten damit, die Bewegung bewusst auszulösen?"

„Scheiße!", schrie Eddie.

„Hey, reg dich nicht auf, das macht es doch nicht besser."

Sie tippte ein wenig auf ihrer Tastatur herum, dann sagte sie:

„Versuchen wir etwas anderes. Wenn das *J* hinterlegt ist, stellen Sie sich bitte vor, dass Sie Ihre Faust ballen."

„Was soll das denn?", fragte Eddie verwirrt.

„Das wirst du hoffentlich gleich sehen. Verstehen Sie mich, Sir Humphreys?"

Sie hielt dem Mann erneut den Bildschirm vor das Gesicht, dieses Mal schaute sie aber zu ihrem Laptop hinüber. Sie hatte ihn so eingestellt, dass nur drei Linien aus dem EEG zu sehen waren, die einen regelmäßigen Alpha-Rhythmus zeigten. Wieder rückte das Feld vor zum *H*, zum *I* und dann zum *J*. Im EEG war ein plötzlicher Abfall der Aktivität in drei der Wellen zu erkennen.

Susanna atmete tief durch. „Puh, das sieht mir sehr nach einer ereigniskorrelierten Desynchronisation aus."

„Häh?" Eddie sah sie mit gerunzelter Stirn an.

Sie grinste. „Ich glaube, wir haben unsere Antwort."

9

Draußen war es düster. Die Sonne war hinter einer milchigen Hochnebelschicht verschwunden. Olivia hatte es kaum bemerkt, denn ihr Blick war starr auf den Bildschirm gerichtet.

Die Aufnahme der getöteten Frau füllte den größten Teil der Anzeigefläche aus. Den Namen des Opfers kannte sie inzwischen. Es handelte sich um Bella Decker, eine vierundzwanzigjährige Bankangestellte, verheiratet und kinderlos. Ihr Führerschein war in der Handtasche gefunden worden, die der Täter achtlos in die Ecke der Gasse geworfen hatte. Laut Protokoll hatte Frank Calvin die beiden Streifenpolizisten, die die Leiche entdeckt hatten, damit beauftragt, dem Ehemann der Toten die Nachricht zu überbringen.

Typisch Frank. Die Kollegen waren nervlich bereits am Ende gewesen. Der Leichenfund war sicher das mit großem Abstand unschönste Ereignis ihrer bisherigen Polizeilaufbahn gewesen. Es würde sie garantiert noch Jahre lang beschäftigen, sie in ihren Träumen heimsuchen und jede Patrouille in dunkle Gassen zu einem Horrortrip werden lassen.

Frank wusste das, aber es war ihm gleichgültig gewesen. Er hatte den beiden diese zusätzliche Aufgabe dennoch aufgehalst. Todesnachrichten zu überbringen, gehörte zu den unangenehmsten und belastendsten Seiten des Berufs. Man konnte nie wissen, wie die Angehörigen sie aufnehmen würden. Manche brachen in

Tränen aus, weinten, heulten und schrien. Andere reagierten ungläubig und beinahe betäubt. Dann gab es noch die Aggressiven, die den Beamten die Tür vor der Nase zu knallten.

Olivia hatte die gesamte Bandbreite dieser Reaktionen bereits erlebt und sie konnte sich in jede einfühlen. Dem Protokoll nach hatte der Mann von Bella Decker eine Mischung aus verschiedenen Verhaltensweisen gezeigt. Zunächst schien er wie betäubt gewesen zu sein und hatte kaum verstanden, was die Kollegen ihm für eine Nachricht überbrachten. Dann war er zusammengebrochen. Er hatte geheult und geschrien und war nicht mehr ansprechbar gewesen.

Die Polizisten hatten schließlich eine Seelsorgerin hinzugerufen, eine sehr kluge Entscheidung. Brauchbare Informationen hatten sie aus dem Ehemann ohnehin nicht herausbringen können. Nur, dass seine Frau auf dem Weg zur Arbeit bei einer Bank gewesen war. War es eine Zufallsbegegnung mit dem Mörder gewesen oder hatte der Täter sein Opfer ausgekundschaftet? Ihm schon seit Wochen immer wieder aufgelauert, seine Gewohnheiten studiert, nach geeigneten Orten für den Übergriff gesucht? Nach welchen Kriterien hatte er Bella Decker überhaupt ausgewählt? War es ihr Aussehen gewesen? Etwas an der Art, wie sie sich bewegt oder wie sie gesprochen hatte? Hatte er sein Opfer schon länger gekannt und war vielleicht sogar Kunde in ihrer Bank gewesen?

Damals, beim Fall des Putney-Slashers, hatte ein Profiler Mutmaßungen über den Täter angestellt. Er war davon ausgegangen, dass die Opfer spontan ausgesucht worden waren und dass nur der Tatort zuvor ausgekundschaftet und festgelegt worden war. Den fünf Frauen war somit wohl der Zufall zum Verhängnis geworden. Ob das tatsächlich so gewesen war, hatten sie niemals überprüfen können. Sie hatten David Armstrong, den vermeintlichen Slasher, irgendwann auf frischer Tat ertappt. Allerdings hatte der Gerichtsmediziner später Zweifel daran angemeldet, dass die Frau zu seinen Füßen nur wenige Augenblicke zuvor verstorben war.

Marcus hatte Armstrong schließlich in einer Notwehrsituation angeschossen, woraufhin sich ein Blutgerinnsel in einer Arterie seines Halses gelöst und einen Schlaganfall verursacht hatte, der dem vermeintlichen Slasher die Sprache geraubt hatte. Also war der Fall schließlich aufgrund der überwältigenden Indizienlage als aufgeklärt eingestuft worden. Marcus war der Held der Stunde gewesen. Er hatte den Putney-Slasher erledigt und ihn *seiner gerechten Strafe* zugeführt, wie der Morning Star, eine der Yellow Press Publikationen, triumphal verkündet hatte. Die Öffentlichkeit war hochzufrieden gewesen, sogar noch mehr, als wenn es zu einem Prozess und einer jahrelangen Gefängnisstrafe gekommen wäre. Die schwere, beinahe tödliche Verletzung und Armstrongs nachfolgendes Schicksal, bei vollem Bewusstsein in einem bewegungslosen Körper eingesperrt zu sein, hatten die heimlichen Rachegelüste vieler Briten befriedigt.

Olivia hatte daran gezweifelt, dass jemand ein Mörder sein konnte, dessen Anwesenheit an den übrigen vier Tatorten niemals nachgewiesen worden war. Es hatte ihr außerdem widerstrebt, jemanden öffentlich als den Slasher zu bezeichnen, der nicht in einem ordentlichen Prozess der Taten überführt worden war, die ihm zur Last gelegt wurden.

Doch Olivia hatte den Fehler begangen, all diese Zweifel offen zu äußern, und das hatte ihrer Karriere bei Scotland Yard einen schweren Dämpfer verpasst. Marcus hingegen war rasant aufgestiegen. Nur zwei Wochen nach Armstrongs Festnahme war er zum stellvertretenden Leiter der Mordkommission ernannt worden. Als CI Gordon in den Ruhestand versetzt worden war, hatte Marcus schließlich die Führung übernommen – sehr zum Ärger von Frank Calvin, der sich selbst Chancen auf den Chefposten ausgerechnet hatte.

Olivia hatte all das nur aus der Ferne mitbekommen, denn am Tag nach der Festnahme des vermeintlichen Slashers war Tim in der Schule zusammengebrochen. Eine Hirnhautentzündung hatte ihn wochenlang zwischen Leben und Tod schweben lassen. Olivia war nicht von seiner Seite gewichen, weder im Krankenhaus noch bei der nachfolgenden Reha, bei der Tim das Gehen und das Sprechen neu hatte lernen müssen. Als er endlich wieder in der Lage war, selbstständig zur Schule zu gehen, hatte sie das Angebot des Direktors angenommen, die Station in Wandsworth zu leiten. Diese lag nämlich in der Nähe des Reihenhäuschens, das sie mit Andy und ihrer Familie bewohnte. Sie hatte diesen Schritt nur selten bereut, auch wenn die Schreibtischarbeit sie anödete und sie viel weniger Zeit mit ihren Lieben verbrachte, als sie es sich ursprünglich erhofft hatte. Doch der Fall des Putney Slashers war eine Wunde gewesen, die niemals verheilt war.

Olivia gähnte. Ihr Smartphone vibrierte einmal kurz. Sie nahm es hoch und sah, dass Andy ihr eine Nachricht geschrieben hatte. *Wann kommst du heim?*

Sie sah auf die Uhr. Es war kurz nach zwei. Vielleicht wäre es eine gute Idee, heute einmal früher Schluss zu machen.

Breche gleich auf, tippte sie zurück. Sie schloss die Fotos auf dem Desktop, fuhr den PC herunter und räumte die Akten des Slasher-Falls in den abschließbaren Schrank. Ihr Handy vibrierte ein weiteres Mal. Auf dem Display erschien eine Faust, die einen Daumen nach oben gereckt hatte. Keine Herzchen, keine Küsschen. Sie schluckte. Daheim würde sie wohl wieder dicke Luft erwarten.

Sie zog sich ihre Jacke an und trat hinaus in das Großraumbüro. Omar saß an seinem PC und tippte einen Bericht in die Eingabemaske des Protokollprogramms. Seine Finger huschten mühelos über die Tastatur. Olivia beneidete ihn darum. Bei ihr hatte es immer nur zu einer Kombination aus drei Fingern rechts und zwei links gereicht.

Er sah auf und lächelte sie an. „Na, haben Sie Feierabend?", fragte er.

„Ja, meine Familie sieht in letzter Zeit wenig von mir, ich sollte daher dringend nach Hause fahren."

„Ich habe niemanden, der zu Hause auf mich wartet. Das ist einer der unbestreitbaren Vorteile des Single-Daseins." Er grinste und zeigte seine weißen Zähne.

Olivia zog die Augenbrauen nach oben. „Ich hoffe, Ihr Leben besteht nicht nur aus Arbeit", sagte sie.

Er lachte. „Keine Sorge. Ich habe einen bunten und quirligen Freundeskreis, der mich sehr auf Trab hält, und meine vier kleinen Schwestern sind ja auch noch da. Nach dem Tod meiner Mutter helfe ich meinen Vater, sie zu erziehen. Wir tun unser Bestes, aber das ist gar nicht so einfach."

Olivia schluckte. Sie hatte keine Ahnung gehabt, in welchen Verhältnissen ihr Kollege lebte.

„Das tut mir leid", sagte sie.

Omar zuckte mit den Achseln. „Danke", sagte er. „Aber es ist so, wie es ist. Es war ein großer Schock für uns alle, als unsere Mum Krebs bekommen hat und dann innerhalb eines halben Jahres gestorben ist. Aber wir sind eine gute Familie und halten zusammen. Das ist das Wichtigste."

Olivia nickte. Sie fragte sich, was geschehen würde, wenn sie plötzlich starb. Wie würde ihre Familie mit diesem Verlust klarkommen? Würden sie es überhaupt bemerken? So selten, wie sie zu Hause war, würde es vielleicht kaum einen Unterschied machen.

Dieser Gedanke schnürte ihr unwillkürlich die Kehle zu. Es war furchtbar, so etwas zu denken. Aber leider war es auch nicht unrealistisch, denn sie war schon lange nicht mehr der zentrale Ruhepol ihrer Familie. Ihr Mann hatte recht, wenn er ihr vorwarf, dass ihre Leidenschaft nur noch dem Job galt. Und ja, er lag auch richtig damit, wenn er vermutete, dass sie von dem Slasher-Fall besessen war.

Das Telefon läutete. Omar hob ab. Olivia winkte ihm zu und machte Anstalten zu gehen.

„Welchen Anhaltspunkt haben Sie denn, dass etwas Unregelmäßiges vonstattengeht?", hörte sie ihn fragen. „Haben Sie schon den behandelnden Arzt verständigt?"

Er nickte. „Und was sagt dieser?" Er kniff die Lippen zusammen. Olivia sah ihn fragend an.

„Einen Moment bitte", sagte er und nahm den Hörer vom Ohr.

„Da ist eine Frau am Apparat, die sagt, dass bei ihrem bettlägerigen Chef unerlaubt medizinische Behandlungen vorgenommen werden."

„Was meint sie denn mit unerlaubten medizinischen Behandlungen?"

Er wiederholte die Frage am Telefon. Seine Augen weiteten sich.

„Sie vermutet, dass es sich dabei um Elektroschocks handelt."

„Elektroschocks? Okay, das sollten Sie sich wirklich ansehen."

Omar leckte sich über die Lippen. „Ich ... allein?"

Olivia schlug sich gegen die Stirn. „Fuck, Greg hat sich ja krankgemeldet."

Sie biss sich auf die Unterlippe. Was sollte sie jetzt tun? Omar war jung und unerfahren. Dieser Einsatz würde ihn überfordern. Aber wenn sie ihn begleitete, würde sie ihre Familie einmal mehr enttäuschen. Sie dachte darüber nach, dann traf sie eine Entscheidung.

10

„Nennen Sie mir bitte Ihren Vornamen", sagte Susanna.

Sie hielt Sir Humphreys das Tablet vors Gesicht und startete die nächste Worterkennungssequenz. Mit jedem neuen Buchstaben, der durch die Hirnströme richtig erkannt wurde, verfeinerte der Algorithmus hinter dem EEG-Programm die Erkennungsleistung, während das Darbietungsprogramm sich schrittweise an den Wortschatz des Sprechenden gewöhnte. Das ließ sich jedoch erst dann verlässlich nutzen, wenn die gelähmte Person mehrere Tausend Wörter *gesprochen* hatte, und davon waren sie momentan noch weit entfernt.

Unter der Buchstabenmatrix erschien ein *E*. Eine Minute später ein *D*, wieder eine Minute später ein *W*, dann ein *A*. Das Programm bot nun EDWARD an und gab dem Sprecher die Möglichkeit, mit einem *J* zu bestätigen, dass er dieses Wort meinte. Eddies Großvater machte von dieser Option intuitiv Gebrauch. Das war ein gutes Zeichen. Ein wichtiger Teil seiner geistigen Fertigkeiten schien also noch erhalten zu sein.

„Du bist nach ihm benannt worden?", fragte sie erstaunt.

Eddie nickte. „Ja, das ist Familientradition. Die erstgeborenen Jungen heißen wie der Großvater. Ich habe noch zwei Cousins, die Edward heißen."

Susanna schüttelte grinsend den Kopf. Die seltsamen Traditionen dieser eingeborenen Briten hörten niemals auf, sie zu erstaunen.

„Kann ich jetzt mit ihm reden?", fragte Eddie ungeduldig.

„Nein, noch nicht. Ich muss dem Algorithmus ein wenig Zeit zum Kalibrieren geben. Den Vornamen zu buchstabieren, ist einfach. Wenn es um komplette Sätze und spontane Antworten geht, sollte die Erkennungsleistung zuerst noch etwas besser werden."

Eddie kniff die Lippen zusammen. Er schien mit ihrer Antwort nicht glücklich zu sein.

„Hey, vertrau mir. Wenn ich den Computer und deinen Großvater noch ein bisschen besser aneinander gewöhnen kann, läuft euer Gespräch später viel reibungsloser und vor allem schneller ab."

Eddie verschränkte die Arme vor der Brust und begann, im Zimmer auf und ab zu gehen. Das irritierte Susanna. Er wirkte gehetzt und seine schon beinahe ein wenig unterwürfige Freundlichkeit war einer Gereiztheit gewichen, seit er den Krankenpfleger mit scharfen Worten des Raumes verwiesen hatte.

Sie begann eine weitere Übungssequenz mit Edward senior. Er sollte Wörter mit häufig auftauchenden Buchstaben wie *Sonne*, *Nagel* oder *Boot* buchstabieren und als das fehlerfrei gelang, wechselte sie zu Exoten wie *Zypresse* und *Xylofon*. Dann durfte er Dreiwortsätze und schließlich sogar Fünfwortsätze diktieren. Zufrieden registrierte sie, dass die Messgeräte, die seinen Blutdruck, seinen Puls und seine Sauerstoffsättigung überwachten, keinerlei Anzeichen von Stress zeigten.

„Wie lange dauert es denn noch?“, fragte Eddie. Susanna drehte sich zu ihm um und sah, dass er am Fenster stand und hinunter auf die Straße schaute.

„Erwartest du jemanden?“

Er winkte ab. „Nein, aber ich habe später noch einen Termin.“ Da war er wieder … der alte Eddie.

„Ach so, *du* hast einen Termin? Stell dir vor, ich habe auch noch einen. In eineinhalb Stunden muss ich meine Kinder aus dem Kindergarten abholen.“

Er hob die Hände. „Kein Grund, dich aufzuregen“, sagte er, was allerdings das genaue Gegenteil bewirkte.

„Ich rege mich nicht auf. Ich wollte dich nur darauf hinweisen, dass *ich* dir hier einen Gefallen erweise. Ich muss das nicht machen. Ich kann mein Zeug auch einpacken und wieder nach Hause gehen.“

Er seufzte. „Sorry, du hast ja recht. Aber ich bin halt einfach ein bisschen ungeduldig. Ich habe so lange auf diesen Moment gewartet und kaum noch geglaubt, dass es möglich sein könnte, wieder mit meinem Großvater zu reden, und jetzt …“

Sein Adamsapfel hüpfte auf und ab. Susanna kam sich plötzlich mies vor. Natürlich war Eddie in einer emotionalen Ausnahmesituation. Wie hatte sie nur so unempathisch sein können?

„Gut, dann komm mal her“, sagte sie daher. „Ich glaube, wir sind jetzt so weit.“

Er trat langsam an den Bettrand und sah zu seinem Großvater hinab.

„Kann ich … kann ich einfach so mit ihm reden?“

„Ja, das kannst du. Er hört dich und kann Sprache genauso verstehen wie früher. Nur das Sprechen ist ihm verwehrt. Aber das erledigt jetzt das Interface für ihn.“

„Hallo Großvater", sagte Eddie leise. „Wie geht es dir?"

Susanna stöhnte innerlich auf. *Wie konnte man einem vollständig gelähmten Menschen ausgerechnet so eine belanglose Small-Talk-Frage stellen? Wollte Eddie darauf wirklich eine ehrliche Antwort haben?*

Sie reichte ihm das Tablet und zeigte ihm, in welchem Abstand er es präsentieren sollte. Er hielt es in Sir Humphreys Gesichtsfeld. Sofort begann das weiße Viereck wieder unter den Buchstaben zu hüpfen und gleich darauf bildeten sich die ersten Worte.

DAS, dann ein Leerzeichen, dann ein WILLST, Leerzeichen, DU, Leerzeichen, NICHT, Leerzeichen, WISSEN.

Sie unterdrückte ein Grinsen. Offenbar hatte Eddies Großvater einen recht trockenen Humor. Aber vielleicht war das auch gar nicht witzig gemeint gewesen. Üblicherweise schloss man den Unterton einer Botschaft aus der Sprachmelodie, der Mimik, der Gestik, der Modulation des Gegenübers. Doch all das fiel hier weg. Sie hatten nur Buchstaben. Nackte Buchstaben.

„Kann das Gerät auch Zahlen anzeigen?", fragte Eddie.

Susanna runzelte die Stirn. „Natürlich, aber warum? Willst du ein Sudoku mit deinem Großvater spielen?"

Er schüttelte den Kopf und erwiderte unwirsch: „Mach einfach, dass die Matrix auch Zahlen anzeigt."

Susanna nahm ihm das Tablet wieder ab, tippte und wischte ein wenig darauf herum, bis unter der Buchstabenreihe die Zahlen von 0 bis 10 erschienen. Dann reichte sie es ihm wieder. Er hielt es in der rechten Hand und holte mit der Linken einen Gegenstand aus seiner Jackentasche. Susanna musste genau hinsehen, um zu erkennen, dass es sich dabei um einen USB-Stick handelte.

Eddie hielt ihn seinem Großvater vor das Gesicht.

„Du weißt, was das ist?", fragte er.

„Was soll das?", erkundigte sich Susanna, doch Eddie schien sie überhaupt nicht mehr wahrzunehmen. Er präsentierte Sir Humphreys das Tablet und mit erstaunlich flotter Geschwindigkeit buchstabierte dieser BITCOIN WALLET.

Auf Eddies Gesicht erschien ein breites Grinsen.

„Ganz recht, und du weiß natürlich auch, dass deine Wallet nicht ohne dein Passwort benutzt werden kann. Wenn du also so freundlich wärst?"

„Eddie!", rief Susanna entsetzt, die sich gerade nicht entscheiden konnte, worüber sie empörter sein sollte. Dass ihr alter Studienfreund seinem gelähmten Großvater ein Passwort abluchsen wollte oder dass er sie bei diesem Unterfangen zu seiner Komplizin gemacht hatte.

„*Was?*", fragte Eddie. Er klang ungehalten und seine Augen funkelten, als sie Susanna fixierten.

„Das darf doch jetzt nicht wahr sein, oder?", rief sie. „Du spielst mir hier vor, dass du noch einmal mit deinem sterbenskranken Großvater reden willst, und ich lasse mich breitschlagen, dir zu helfen, obwohl ich gerade ganz andere Sachen um die Ohren habe, doch in Wirklichkeit willst du einfach nur an sein Geld kommen?"

„Es ist mein Geld", knurrte Eddie. „Es steht mir zu. Immerhin habe ich ihm ermöglicht, wieder zu sprechen."

Susanna war sprachlos. *Wie konnte man nur so skrupellos sein?* Er ignorierte ihre Empörung und hielt Sir Humphreys das Tablet hin.

„Sie müssen nichts sagen", rief sie, in der Hoffnung, dass der alte Mann einfach schweigen würde, doch schon erschien der erste Buchstabe auf dem Bildschirm. Ein *F.*

„Gib das her", rief Susanna. Sie wollte nach dem Tablet greifen, doch Eddie schob das Gerät einfach zur Seite und so griff sie ins Leere und wäre beinahe gestürzt. Ein Klingelton kündigte das zweite Zeichen an. Sie konnte nicht erkennen, um welche Zahl oder welchen Buchstaben es sich handelte. Der Laptop! Sie eilte um das Bett herum, um ihren PC vom Interface zu trennen und die Farce auf diese Weise zu beenden. Es klingelte zum dritten Mal. Eddie schien bemerkt zu haben, was Susanna vorhatte. Er trat ihr entgegen. Das Tablet hielt er hinter seinem Rücken immer noch vor das Gesicht seines Großvaters. Klingeln Nummer vier ertönte. Sie starrten sich an.

„Lass mich gefälligst an meine Geräte!"

„Untersteh dich", knurrte Eddie.

Ein fünftes Klingeln, dann gleich darauf ein sechstes. Das musste ein Leerzeichen zwischen zwei Wörtern gewesen sein.

„Ich zeige dich an, wegen Erpressung!"

„Das ist doch lächerlich", sagte Eddie. Es klingelte wieder und dann gleich darauf noch einmal. Die Worterkennung hatte offenbar ein Wort vervollständigt. Das war seltsam, denn idealerweise bestand ein Passwort aus zufällig generierten Zahlen, Buchstaben und Sonderzeichen. Wie konnte sich da also die Worterkennung einschalten?

Eddie warf einen Blick auf das Tablet und erstarrte. Mit einem Mal wurde sein Gesicht kreidebleich.

„Du widerlicher alter Drecksack!", knurrte er und knallte das Gerät auf die Decke, die auf den Oberschenkeln seines Großvaters lag. Susanna konnte jetzt einen Blick auf den Bildschirm erhaschen. Als sie sah, was Sir Humphreys diktiert hatte, lachte sie laut auf.

FUCK YOU stand in großen Lettern unter der Matrix. Doch das Lachen verging ihr, als sie sah, dass Eddie die Faust hob. Wollte er seinen Großvater etwa schlagen? Sie überlegte gerade, ob sie sich dazwischen werfen sollte, als sie eine Bewegung in ihrem Augenwinkel wahrnahm.

„Halt!", hallte plötzlich eine gebieterische Stimme durch das Krankenzimmer. „Was ist hier los?"

Eddie fror förmlich ein. Die Faust hoch erhoben, drehte er sich um und Susanna tat es ihm gleich. In der Tür standen die Hausangestellte mit der Schürze, der Krankenpfleger und neben ihnen ein junger, dunkelhäutiger Polizist und eine etwas ältere Beamtin. Sie war es gewesen, die mit ihrem Ausruf Eddie daran gehindert hatte, seinen Großvater zu schlagen.

„Wer sind Sie?", fragte Eddie. Seine Stimme zitterte.

„Ich bin CI Jenner und das ist mein Kollege Constable Sharif. Das ist die letzte Frage, die ich Ihnen an dieser Stelle beantworten werde. Sie lassen jetzt in aller Ruhe Ihre Faust sinken und treten dann vom Bett weg. Sie auch."

Diese Worte waren an Susanna gerichtet.

„Ich habe nichts damit zu tun", sagte sie kleinlaut.

Die Augenbraue der Polizistin zuckte nach oben.

„Soso", sagte sie. „Das werden wir gleich herausfinden. Sie begleiten uns beide nämlich jetzt auf die Polizeistation."

11

Olivia setzte sich auf den Stuhl im Verhörraum und musterte ihr Gegenüber. Das Gesicht der Frau wurde von einem Wald aus dichten, dunkelbraunen Haaren eingerahmt, deren Glanz und Dicke beneidenswert waren. Ihre Augen zuckten ruhelos hin und her und sie strich sich unablässig mit der Zungenspitze über die Unterlippe, während sie nervös ihre Finger knetete.

„Gut, dann wollen wir mal anfangen", sagte Olivia und drückte die Aufnahmetaste des Rekorders. Sie klärte die Frau über ihre Rechte auf und nahm anschließend ihre Personalien auf.

„Name?"

„Susanna Madueke."

„Geburtsdatum?"

„21.04.1981."

„Adresse?"

„Landor Road 17, Clapham."

„Familienstand?"

„Geschieden, zwei Kinder."

„Beruf?"

„Ich bin Professorin für Neuropsychologie an der Roehampton University."

Olivia hielt kurz inne. Als sie vor gut einer Stunde in das Krankenzimmer von Sir Humphreys getreten war und die dunkelhäutige Frau mit dem weißen Mann um das Tablet hatte ringen sehen, hatte sie zuerst vermutet, dass der Mann ein Arzt und die Frau eine

Krankenschwester wäre. Sie spürte, wie sich innerlich etwas in ihr zusammenzog. Diese verdammten Vorurteile! Warum nahm sie beim Anblick einer nicht-weißen Person automatisch an, dass diese eine untergeordnete Position innehatte?

„In Ordnung. Dann erklären Sie mir bitte noch einmal, was Sie am Krankenbett von Sir Humphreys zu suchen hatten.“

Die Professorin sog ihre Unterlippe ein und atmete dabei tief durch.

„Eddie und ich kennen uns aus dem Studium, haben uns aber aus den Augen verloren. Vor zwei Tagen hat er mich an der Uni aufgesucht und mich gebeten, ihn bei der Kommunikation mit seinem Großvater zu unterstützen, der einen Schlaganfall erlitten hatte und seitdem am Locked-in-Syndrom leidet.“

Der Begriff *Locked-in-Syndrom* traf Olivia wie eine Ohrfeige. Sie spürte, wie ihr Mund auszutrocknen begann.

„Warum ist er damit gerade zu Ihnen gekommen?“, fragte sie.

Die Frau kniff die Augen zusammen. „Weil ich Expertin für die Kommunikation mit dieser Patientengruppe bin.“

„Das heißt, Sie können mit Menschen reden, die nicht mehr sprechen können?“

Die Professorin lehnte sich zurück. Über ihre Arbeit zu reden, schien sie zu entspannen, denn sie knetete ihre Finger nicht mehr und auch ihre Zunge blieb nun öfter im Mund, anstatt über ihre Lippen zu lecken.

„Reden können wir alle mit diesen Menschen. Es geht um die Antworten. Denn die bekommen wir nicht, wenn es keinen Kommunikationskanal gibt, und bei Patient*innen, die am Locked-in-Syndrom leiden, sind die Möglichkeiten der Kommunikation leider sehr eingeschränkt."

„Wie haben Sie Sir Humphreys zum Reden gebracht?"

Sie hörte mit wachsender Faszination zu, wie Professor Madueke, ihr von den technischen Details ihrer Methode der Kontaktaufnahme berichtete.

„Ist das bei allen Menschen mit dem Locked-in-Syndrom möglich?", fragte Olivia, die plötzlich von einer fieberhaften Aufregung ergriffen worden war und beinahe vergessen hatte, dass es sich hier um die Befragung einer Verdächtigen handelte.

„Das kommt ganz darauf an", erwiderte die Professorin.

„Worauf genau?", fragte Olivia, ohne abzuwarten, ob ihr Gegenüber von sich aus fortfuhr.

„Auf mehrere Faktoren. Vor allem darauf, wie die geistigen Fähigkeiten der Person beschaffen sind. Gerade nach Schlaganfällen aber auch nach Unfällen können große Teile des Gehirns geschädigt sein. Es braucht ein weitgehend intaktes Bewusstsein, um einen Kommunikationskanal öffnen zu können."

„Wie kann man feststellen, ob ein Bewusstsein noch intakt ist?"

„Dazu gibt es verschiedene Möglichkeiten. Das kann man inzwischen aber ziemlich exakt und mit wenig Aufwand prüfen. Soll ich Ihnen jetzt die technischen Details ausbreiten oder wollen Sie mich weiter zu den Ereignissen von heute Nachmittag befragen?"

Olivia zuckte zusammen. Sie hatte in der Tat den Faden verloren.

„Äh, gut. Also, Mr. Humphreys, Ihr Studienfreund hat Sie gebeten, ihm zu ermöglichen, mit Sir Humphreys, seinem Großvater zu kommunizieren. Hat er Ihnen mitgeteilt, was er mit diesem besprechen wollte?"

Die Professorin verzog das Gesicht. „Ja, das hat er. Wie sich herausgestellt hat, hat er mir aber leider nicht die Wahrheit gesagt."

„Was hat er Ihnen denn erzählt?"

„Dass er noch einmal mit seinem Großvater sprechen wolle, um ihm zu sagen, wie viel er ihm bedeute und wie wichtig er in seinem Leben gewesen sei. Dass er Abschied nehmen wolle."

Olivia legte einen Finger an die Lippen. Auf ihrer Stirn erschienen Falten.

„Wozu hat er dann Sie gebraucht?"

Die Professorin sah sie mit einem irritierten Blick an. „Ich verstehe nicht ..."

„Nun, wenn ich Sie vorhin richtig verstanden habe, besteht Ihre Fähigkeit darin, Menschen, die nicht mehr sprechen können, eine Möglichkeit zum Reden zu geben."

Die Professorin nickte. „Das ist korrekt."

„Aber Ihr Studienfreund wollte seinem Großvater vor allem sagen, wie sehr er ihn liebte und vermisste. Das hätte er doch auch ohne Ihre Hilfe tun können, denn das Verstehen von Worten ist bei Patienten mit dem Locked-in-Syndrom ja nicht beeinträchtigt."

„Das stimmt natürlich, aber so wie ich Eddie verstanden habe, hat er sich von seinem Großvater noch eine Antwort erhofft. Vielleicht eine letzte Lebensweisheit oder einen Rat. Wie sich dann aber herausgestellt hat, ging es ihm um etwas ganz anderes."

„Wann haben Sie erfahren, dass Eddie Ihnen den wahren Zweck der Kontaktaufnahme mit seinem Großvater verschwiegen hat?"

Die Professorin sah zur Decke. Sie schien zu überlegen.

„Ehrlicherweise habe ich schon an seinen Absichten gezweifelt, als wir das Haus betreten haben, denn die Haushälterin schien überrascht zu sein, ihn dort zu sehen. Das passte nicht zu seinen Beteuerungen, dass er Tag und Nacht am Krankenbett seines Großvaters verbrachte. Der Krankenpfleger in Sir Humphreys Zimmer war außerdem irritiert, dass der behandelnde Arzt nicht über die Prozedur informiert war. An dieser Stelle hätte ich wahrscheinlich besser meine Sachen packen und verschwinden sollen." Sie wirkte zerknirscht.

„Warum haben Sie es nicht getan?"

Diese Frage schien einen wunden Punkt bei Professor Madueke getroffen zu haben. Sie leckte sich über die Lippen und schaute auf die Tischplatte. „Ich ... wissen Sie ... ich befinde mich beruflich gerade in einer äußerst schwierigen Situation. Meiner Professur droht die Streichung. Ich hatte gehofft, in Sir Humphreys einen Fürsprecher zu finden. Schließlich hat er einen Sitz im *House of Lords.*"

„Sie wollten ihm seine Stimme zurückgeben, damit er für Sie sprechen kann?"

„So könnte man es ausdrücken. Es war ein Fehler. Ich hätte mich weigern sollen, Eddie zu helfen."

„Was haben Sie stattdessen getan?"

„Ich habe einen Kommunikationskanal geöffnet. So,
wie ich es Ihnen vorhin beschreiben habe. Es gelang gut
und schnell. Die Technik heutzutage ist phänomenal.“

„Was haben Sie mit Sir Humphreys gesprochen?“

„Ich habe zuerst nach seinem Namen gefragt und ihn
dann Sätze buchstabieren lassen, damit er mit der Methode vertraut wird.“

„Ab wann hat Eddie sich eingeschaltet?“

„Er war ungeduldig, hat andauernd auf die Uhr geschaut und ist ständig zum Fenster gegangen. Das hat
mich unheimlich genervt. Als ich mit meiner Kalibrie-
rung fertig war, hat er sofort übernommen und direkt
nach dem Passwort zur Bitcoin-Wallet seines Großvaters gefragt.“

„Wussten Sie, dass Ihr Studienfreund den USB-Stick,
auf dem sich die Daten der Wallet befinden, wider-
rechtlich an sich gebracht hat?“

Die Augen der Frau weiteten sich. Sie sah ehrlich
schockiert aus. Olivia hatte genügend Erfahrung in der
Befragung von Verbrechern aller Art, dass sie gespielte
von echter Überraschung unterscheiden konnte. In
diesem Fall war sie sich sicher, dass die Professorin
nichts von den Machenschaften Ihres Studienfreundes
gewusst hatte.

„Nein, ich hatte keine Ahnung davon“, beteuerte sie.

„Was haben Sie getan, als Sie bemerkt haben, worauf
Mr. Humphreys wirklich hinaus wollte?“

„Ich habe versucht, ihm das Tablet abzunehmen, aber
das ist mir nicht gelungen. Kurz danach sind Sie gekommen.“

Olivia nickte. Sie sah die Szene noch vor sich.

„Hat Ihr Studienfreund es geschafft, seinem Großvater das Passwort zu entlocken?“

Auf dem Gesicht der Professorin erschien ein grimmiges Lächeln. „Nein, er hat als Antwort nur ein herzliches *Fuck you!* erhalten.“

Olivia musste sich große Mühe geben, ein Lachen zu unterdrücken. Der Alte hatte einen feinen Sinn für Humor bewiesen, trotz der furchtbaren Lage, in der er sich aktuell befand.

„Was passiert jetzt mit mir?“, fragte die Professorin.

Olivia hielt kurz inne und überlegte, dann sagte sie: „Das kommt darauf an, wie es nun weitergeht. Der Staatsanwalt muss entscheiden, ob er Anklage gegen Ihren Studienfreund erhebt und ob er Anhaltspunkte dafür sieht, Sie als Mittäterin anzuklagen.“

Die Professorin schlug eine Hand vor den Mund. „Aber ich habe doch nichts Falsches getan.“

„Unwissenheit schützt vor Strafe nicht“, sagte Olivia.

In den Augen der Frau erschienen Tränen. „Nicht das auch noch“, murmelte sie.

„Wie meinen Sie das?“, fragte Olivia.

Die Professorin holte ein Taschentuch aus ihrer Jacke und schnäuzte sich. „Meine Professur droht gestrichen zu werden. Ich bin alleinerziehend mit zwei quirligen Kindern und einer Mutter im Haus, die mehr Hindernis als Entlastung darstellt, und jetzt werde ich auch noch wegen eines Verbrechens angeklagt, in das ich nur wegen meiner Gutmütigkeit hineingeschlittert bin.“

Olivia nickte verstehend. „Wir werden sehen, was passiert. Das muss wie gesagt der Staatsanwalt entscheiden.“

Die Professorin wischte sich eine Träne aus dem Augenwinkel.

„Sind wir dann hier fertig? Ich muss meine Mutter anrufen und sie bitten, meine Kinder vom Kindergarten abzuholen. Das schaffe ich zeitlich nämlich nicht mehr."

Olivia erhob sich und streckte ihr die Hand entgegen, die Susanna kräftig schüttelte.

„Sie werden von uns hören", sagte sie zum Abschied.

„Ja, das befürchte ich", erwiderte die Professorin.

Olivia sah ihr hinterher und ihr Blick blieb noch eine ganze Weile auf der Tür hängen, nachdem diese sich hinter der Frau geschlossen hatte. Sie hatte das Verhör nur mit halber Aufmerksamkeit geführt und nun übernahmen wieder die Gedanken, die sich die ganze Zeit über in den Vordergrund hatten drängen wollen. Das hier war ein Wink des Schicksals. Vielleicht bestand ja doch noch eine Möglichkeit, mit David Armstrong zu sprechen. Ein Lächeln breitete sich auf ihrem Gesicht aus.

„Ja, Sie werden von mir hören, Frau Professor Madueke, und zwar schon bald."

12

Susanna stand vor der Tür ihrer Wohnung in der Landor Road. Sie hatte den Schlüssel in das Schloss gesteckt und die Finger waren bereit, ihn herumzudrehen. Doch sie hielt noch einen Moment inne, denn sie wusste, dass es eine ganze Weile dauern konnte, bis sie wieder eine ruhige Minute haben würde. Durch das dicke Holz der Tür hörte sie bereits ihre Kinder kreischen und ihre Mutter schreien. Sie schloss die Augen und lenkte die Aufmerksamkeit auf ihren Atem. Sie achtete darauf, dass sie tief in den Bauch einatmete und nicht gleich wieder ins Ausatmen überging, sondern eine kurze Pause einlegte … eine Pause, die nur ihr gehörte, über die sie bestimmte und niemand anderer, weder ihre Kinder noch ihre Mutter, noch der Fakultätsrat, noch die Polizei.

Sie öffnete die Augen und atmete tief aus. Dann drehte sie den Schlüssel herum und trat ein. Dan stürmte sofort auf sie zu.

„Hast du was Süßes mitgebracht?", fragte er.

„Lass mich doch erst einmal die Einkäufe reinbringen", erwiderte Susanna und hievte die beiden schweren Tüten in die Küche. Sie stellte sie auf die Arbeitsplatte. Dan begann sofort damit, eines der Behältnisse auszuräumen, wie ein Eichhörnchen, das im Garten nach Nüssen gräbt und dabei die störende Erde und alles übrige großflächig um sich herum verteilt.

„Stopp!", sagte Susanna. Dan hielt inne.

„Ich räume die Einkäufe aus, auch die Süßigkeiten. Dann entscheide ich, wann und wie viel du davon bekommst."

Sie rechnete es ihrem Sohn hoch an, dass er die Tafel Schokolade, die seine kleinen Finger bereits umschlossen hatten, wieder in die Tüte zurückschob.

„Geh bitte auf dein Zimmer, ich rufe dich, wenn das Abendessen fertig ist."

Dan ging hinaus, den Kopf gesenkt und Susanna fühlte den Anflug eines schlechten Gewissens. *War sie zu hart zu ihm gewesen? Hätte sie ihm erlauben sollen, schon jetzt ein Stückchen Schokolade zu essen und nicht erst als Nachtisch nach dem Abendessen, vorausgesetzt er verhielt sich zivilisiert und brachte seine kleine Schwester nicht zum Heulen?*

Ihre Mutter erschien. Sie atmete schwer.

„Die Kinder haben heute wieder viel Energie", sagte sie keuchend.

„Ich habe mich extra beeilt mit dem Einkaufen", erwiderte Susanna. „Aber im Tesco war die Hölle los. Habe ich etwas verpasst? Ist wieder irgendein Lockdown geplant? Ich dachte, das hätten wir hinter uns."

„Das möge der Herr verhüten", rief ihre Mutter und hob ihre Hände in einer dramatischen Geste zum Himmel empor.

„Das war ein Scherz, Mum", sagte Susanna.

„Darüber macht man aber keine Scherze."

Susanna seufzte. „Ich habe Nudeln mitgebracht und fertige Tomatensoße. Fühlst du dich fit genug, das Essen warm zu machen? Dann könnte ich nämlich die restlichen Einkäufe einräumen."

Sie sah ihrer Mutter an, dass diese ernsthaft erwog, sie im Stich zu lassen, sich auf das Sofa zu legen und einen ihrer „Ich-habe-keine-Kraft-mehr"-Anfälle durchzuziehen. Doch zu Susannas großer Erleichterung schien sich die alte Frau einen Ruck zu geben. Wortlos nahm sie die Nudeln aus der Tüte und kramte nach der Tomatensoße.

„Hast du dir das mit dem Au-pair noch einmal durch den Kopf gehen lassen?", fragte ihre Mutter, während sie die Soße in einen Topf gab und den Gasherd einschaltete. Es klickte ein paar Mal, ehe die Flamme zischte.

Susanna verzog den Mund. „Ich muss erst einmal schauen, wie es bei mir beruflich weitergeht. Au-pairs sind nicht gerade billig."

„Ach komm schon, als Professorin an der Universität solltest du doch genug verdienen. Du musst dich nicht mit Putzjobs über Wasser halten, wie meine Schwestern und ich."

Susanna hatte ihrer Mutter noch nicht gesagt, dass ihre Stelle an der Uni auf der Kippe stand. Sie hatte keine Lust darauf, Zeugin einer weiteren dramatischen Entgleisung zu werden, die stets mit einem „Oh, mein Gott!" begannen, sich unter Strömen von Tränen fortsetzten und damit endeten, dass ihre Mutter all ihre Freundinnen anrief, um ihnen mitzuteilen, welch großes Unglück ihr und ihren Liebsten widerfahren war. So war es gewesen, als sie ihr gesagt hatte, dass ihre Ehe mit Marc gescheitert war. In nur dreißig Minuten hatte die gesamte nigerianische Community in London erfahren, was los war. Dass sich so etwas wiederholte, wollte sie daher um jeden Preis vermeiden.

Sie hatte die erste Tüte ausgeräumt und brachte eine Packung Toilettenpapier ins Bad. Ella saß auf der Sitzerhöhung des Toilettensitzes und ihr angestrengt verzerrtes, leicht gerötetes Gesicht deutete darauf hin, dass sie gerade mit einer wichtigen Aufgabe beschäftigt war.

„Lass dich nicht stören, Liebes", sagte Susanna und lächelte ihr zu.

Als sie wieder in die Küche zurückkehrte, gab ihre Mutter bereits die Nudeln in das kochende Wasser.

„Ich weiß nicht, wie lange ich das noch durchhalte", sagte sie.

„Wie meinst du das?"

„Die Kinder. Ich merke mein Alter und meine Gesundheit war ohnehin nie die beste."

Susanna seufzte. „Soll ich eine alternative Kinderbetreuung organisieren? Du musst es nur sagen."

Ihre Mutter schüttelte den Kopf. „Nein, nein, ich beiße halt die Zähne zusammen, dann wird es schon gehen."

Susanna nickte. Sie hatte keine Lust, zu diskutieren. Manchmal hatte sie das Gefühl, dass es der alten Frau gar nicht darum ging, entlastet zu werden. Vielleicht wollte sie einfach nur jammern, um Aufmerksamkeit zu erlangen. Sie wusste es nicht und sie hatte auch keine Energie, sich mit diesen Fragen zu beschäftigen.

Sie deckte den Tisch und rief die Kinder. Ella schickte sie noch einmal zum Händewaschen ins Bad. Das Abendessen verlief ruhiger, als sie es befürchtet hatte. Dan strahlte, als er zum Nachtisch einen Schokoriegel bekam und Ella, die sich nicht viel aus Süßigkeiten machte, freute sich über einen Apfel, den Susanna für sie in kleine Schnitze geschnitten hatte. Sie brachte die Kinder ins Bett und las ihnen noch eine Gute-Nacht-Geschichte vor.

Als sie die Treppe herunterkam, freute sie sich darauf, sich auf das Sofa zu kuscheln und die Beine hochzulegen. Doch das Möbelstück war schon besetzt. Ihre Mutter schnarchte außerdem in einer Lautstärke vor sich hin, mit der man Tote hätte erwecken können.

Susanna grunzte und ließ sich in den Sessel fallen. Sie fühlte sich schwer, unendlich schwer. Wenn sie daran dachte, was in den nächsten Wochen alles auf sie zukommen könnte, fühlte sie sich noch viel schwerer. Eigentlich sollte sie sich nun noch an den Schreibtisch in ihrem Arbeitszimmer setzen und sich einen Plan zur Rettung ihrer Professur zurechtlegen, aber dazu fehlte ihr jede Energie. Der Gedanke daran, dass sie ihren Job verlieren könnte und an den ganzen Rattenschwanz von Folgen, den das Ganze nach sich ziehen konnte, lähmte sie. Da war auch noch ein anderes Gefühl. Immer wieder tauchten Erinnerungen an die Ereignisse des Nachmittags auf. Wie hatte sie nur so dämlich sein können, auf Eddie hereinzufallen? Sie schämte sich und ein schlechtes Gewissen wühlte in ihren Eingeweiden.

Sie schloss die Augen und war gerade dabei, in ein leichtes Dösen hinabzugleiten, als es auf einmal an der Tür klingelte. Sie schreckte hoch. Ihre Mutter schlief weiter, das Geräusch hatte aber dazu geführt, dass das Schnarchen aufgehört hatte. Immerhin etwas. Es läutete noch einmal. Sie erhob sich schwerfällig.

Als sie die Tür einen Spalt breit öffnete, sah Susanna, dass es die Polizistin war, die sie am Nachmittag befragt hatte.

„Frau Professor Madueke", sagte die Frau. *Jenner. Ja, genau, so hieß sie. CI Jenner.* „Entschuldigen Sie bitte, dass ich Sie störe, aber ich muss noch einmal mit Ihnen reden. Kann ich hereinkommen?"

Susanna zögerte. Was wollte die Polizistin hier? Gut, das würde sie nur erfahren, wenn sie sie einließ, aber wo sollte sie mit ihr sprechen? Im Wohnzimmer? Das würde ihre Mutter aufwecken und wenn diese mitbekam, um wen es sich bei diesem unerwarteten Gast handelte und vor allem, aus welchem Grund sie hergekommen war, würde sie garantiert komplett aus dem Häuschen sein, und das musste Susanna um jeden Preis verhindern.

„Können wir das vielleicht auch draußen besprechen? Hier ist kein guter Ort dafür."

Die Polizistin nickte. „Wir können gern eine Runde um den Block drehen", sagte sie.

„Gute Idee", erwiderte Susanna. „Einen Moment bitte."

Sie schloss die Tür und eilte in die Küche. Dort nahm sie ein Blatt Papier vom Stapel und schrieb ihrer Mutter eine Notiz, dass sie noch kurz Spazieren sei. Dann holte sie ihre Jacke und trat hinaus ins Freie.

„Wir können zu dem Park da drüben gehen", sagte sie. „Da ist um diese Zeit niemand mehr."

Sie überquerten die Straße und betraten eine Grünfläche, in deren hinterster Ecke sich ein heruntergekommener Spielplatz befand. Die beiden Schaukelpferde und die Wippe waren mit Moos bewachsen und hatten angefangen zu rosten. Susanna stellte sich neben die Rutsche und sah die Polizistin erwartungsvoll an.

CI Jenner holte tief Luft und sagte: „Ich bin noch einmal Ihre Zeugenaussage durchgegangen und denke, dass eine Möglichkeit besteht, Sie aus der ganzen Sache herauszuhalten."

Susanna spürte, wie ihr Puls Tempo aufnahm. „Das ist ja großartig", rief sie. „Was für eine Möglichkeit ist das?"

Die Polizistin sah kurz zu Boden. Sie wirkte verlegen. Was hatte das zu bedeuten?

„Sie sind doch Expertin für die Kommunikation mit Menschen, die nach einem Schlaganfall oder einem Unfall nicht mehr sprechen können, oder?"

„Ja, das habe ich Ihnen heute Nachmittag auch schon erklärt. Worauf wollen Sie hinaus?"

Sie sah, dass die Polizistin schluckte, und verstand die Welt nicht mehr. Vorhin war CI Jenner selbstbewusst gewesen und jetzt wirkte sie schüchtern, zaghaft, ja beinahe verloren. Die Frau hob den Blick. Susanna las darin, dass ihr Gegenüber eine Entscheidung getroffen hatte.

„Ich möchte Ihnen einen Deal anbieten."

„Einen Deal?"

Die Polizistin nickte. „Wenn Sie mir helfen, mit David Armstrong zu kommunizieren, halte ich Sie aus der Sache heraus."

13

„Hast du die Tampons mitgebracht?“

Lucy stand im Türrahmen und rollte mit dem Finger einen Kaugummifaden auf, den sie aus ihrem Mund herauszog.

„Mist“, entfuhr es Olivia. Sie wollte gerade den Autoschlüssel an den Haken hängen. „Ich fahre noch mal zu Tesco.“

Lucy verdrehte die Augen. „Mach dir keine Mühe. Ich habe mir selbst welche besorgt. Hab mir schon gedacht, dass du das nicht auf die Reihe kriegst.“

Sie drehte sich um und ging ins Wohnzimmer.

„Also so ist das ja auch nicht“, rief Olivia ihr hinterher. „Du tust ja gerade so, als ob ich die schlimmste Rabenmutter wäre.“

„Das bist du nicht“, sagte Wendy, die Jüngste. Sie eilte auf sie zu und umarmte sie. „Schön, dass du da bist.“

„Nanu, warum bist du so kuschelig heute?“, fragte Olivia, die die Nähe ihrer Tochter genoss. „Solltest du nicht schon im Bett sein?

„Unterschreibst du mir den Mathetest?“

Daher wehte also der Wind. „Was hast du denn für eine Note bekommen?“

„Ein D“, sagte Wendy, noch immer an der Umarmung festhaltend. „Aber es fehlen nur zwei Punkte zu einem C.“

„Na wenigstens kein E“, brummte Olivia.

Sie hatte ihre Uniformjacke inzwischen ausgezogen und folgte ihrer Tochter in das Wohn- und Esszimmer. Auf dem Tisch stand noch ein einzelner Teller und davor eine Auflaufform mit einer wahrscheinlich bereits kalten Lasagne.

„Danke fürs Kochen", sagte sie zu Andy, der auf dem Sofa saß und fernsah. „Es war leider doch wieder ein langer Tag. Ich wollte gerade gehen, doch dann musste ich noch auf Streife aushelfen, weil Greg krankgeschrieben ist."

„Ich hoffe, du hast den alten Säufer endlich rausgeschmissen", knurrte Andy. Er machte keine Anstalten, ihr einen Willkommenskuss zu geben. Mit einem beklommenen Gefühl im Magen nahm sie Platz.

„Ich habe ihm ein Ultimatum gesetzt. Jetzt muss etwas geschehen."

„Ultimaten sollen ja manchmal Wunder wirken", sagte Andy und starrte weiter auf den Fernseher. Olivia war klar, dass er damit auf ihr letztes Gespräch anspielte, doch sie hatte keine Lust, darauf einzusteigen. Nicht vor den Kindern.

„Wir fahren übernächste Woche auf einen Wanderausflug in den Lake District", erzählte Lucy, die sich zu ihr gesetzt hatte. „Das wird voll öde. Den ganzen Tag nur durch die Gegend latschen."

„Du findest das doch nur öde, weil es da kein Netz gibt und du nicht auf Insta oder TikTok unterwegs sein kannst. Ich liebe Wandern", sagte Wendy.

„Dann fahr du doch mit. Ich würde liebend gern daheimbleiben."

„Klassenfahrten sind cool", schaltete Tim sich ein, der gerade aus dem Bad kam und sich die noch feuchten

Haare mit dem Handtuch schrubbte. „Wer fährt denn von den Lehrern mit?“

„Mrs. Williams und Mr. Seaton.“

„Ah, die sind doch locker und bekommen nichts mit. Die hatten außerdem beide Corona und können nichts mehr riechen, was sehr praktisch ist, wenn …“

„Tim!“, rief Olivia und funkelte ihren Sohn böse an. „Ich glaube nicht, dass es ratsam für dich ist, deiner Schwester Ratschläge zu geben, wie sie vor ihren Lehrern irgendwelche Regelverstöße verbergen kann.“

Tim grinste. Lucy verdrehte die Augen.

„Ja, lass ruhig mal wieder den Cop raushängen, alles klar.“

„Das ist mein Ernst. Ich habe keine Lust darauf, in den Lake District zu fahren und dich abzuholen, weil du beim Rauchen, beim Trinken oder bei noch Schlimmerem erwischt worden bist.“

„Was ist denn noch schlimmer?“, fragte Wendy. „Knutschen?“

„Nein, Mum meint, wenn sie mich mit einer Heroinnadel im Arm auf der Toilette finden.“

„Lucy, das ist nicht witzig!“

„Morgen Abend gehe ich zum Fußball“, sagte Andy plötzlich.

„Wer spielt denn?“, fragte Olivia. Ihr Mann sah sie irritiert an.

„Äh, ich. Ich meine, wir. Bei den alten Herren.“

Sie schlug sich gegen die Stirn. „Sorry, ich war mit den Gedanken ganz woanders.“

„Das ist ja nichts Neues“, sagte Lucy.

„Das heißt, dass ich mich morgen nicht um das Abendessen kümmern kann." Andy sah Olivia erwartungsvoll an.

Sie nickte. „Alles klar, morgen bin ich rechtzeitig zu Hause. Versprochen. Jetzt ab ins Bett mit euch beiden."

Wendy gab ihr einen Kuss auf die Wange, Lucy machte sich ohne Liebkosung aus dem Staub und Tim hatte sich ohnehin schon in sein Zimmer verzogen.

„Willst du mitschauen?", fragte Andy.

Sie hatte eigentlich etwas anderes vorgehabt, aber sie spürte, dass es unklug wäre, diesen Vorschlag, der wahrscheinlich eine Art Friedensangebot darstellen sollte, abzulehnen. Also sahen sie sich gemeinsam eine Wiederholung von *Strictly come dancing* an, einer Show, bei der sich Prominente bei Standard- oder lateinamerikanischen Tänzen vor einer Jury lächerlich machten. Ein Comedian, dessen Witze Olivia bislang noch kein einziges Mal auch nur annähernd lustig gefunden hatte, erhielt Abzüge in der Note, weil er nach Ansicht eines Preisrichters zu viele unnötige Gesten eingebaut hatte, die von der Essenz des Tanzes ablenkten.

Danach fragte Andy sie, ob es okay sei, wenn er sich noch ein wenig Sport ansehen würde, was Olivia sehr entgegenkam. Sie entschuldigte sich in Richtung ihres Arbeitszimmers und gleich darauf wurde die Stimme des aufgeregten Fußballkommentators von der dicken Tür gedämpft, auf der ein Foto von David Armstrong hing.

Sie hatte das Porträt so weit vergrößern lassen, dass sein Kopf exakt die Maße aufwies, die er im echten Leben hatte. Das Bild stammte aus seinem Führerschein.

Es war eines dieser Automatenfotos, bei denen man weder Lächeln noch irgendeine andere Gefühlsregung zeigen durfte. Armstrong hatte einen beinahe kahlen Schädel. Auf der Glatze spiegelte sich das Blitzlicht der Kamera. Deutlich war ein bis auf einen Millimeter rasierter Haaransatz zu erkennen. Wahrscheinlich hatte er ihn vorsorglich entfernt, um die unschöne Halbglatze, die sich auf seinem Kopf bildete, zu kaschieren.

Seine blassblauen Augen sahen passiv, ja beinahe leblos in die Kamera. Tränensäcke umgaben sie und auch die Wangen hingen kraftlos herab. Seine dünnen Lippen waren so bleich wie sein restliches Gesicht, das von großen Kratern übersät war. Die Akne hatte es nicht gut mit ihm gemeint.

Wie oft sie auf dieses Bild gestarrt hatte ... und wie oft sie diesem Mann Fragen gestellt hatte. Fragen, die ihr unter den Nägeln gebrannt hatten, die ihr Zweifel aufgeworfen hatten. Fragen, von denen sie immer gedacht hatte, dass sie nie beantwortet werden würden. Doch nun hatte sich eine unerwartete Möglichkeit eröffnet.

Die Professorin war zwar wenig angetan gewesen von ihrem Vorschlag und hatte sogar gefragt, ob das Ganze rechtlich zulässig sei. Darauf war Olivia ihr eine Antwort schuldig geblieben. Was hätte sie auch sagen sollen? Dass es natürlich verboten war, private Deals anzubieten? Dass Olivia ihren Job deswegen verlieren könnte? Dass sie vielleicht sogar vor Gericht landen würde?

Das Vergehen der Professorin würde bestimmt keine strafrechtlichen Konsequenzen nach sich ziehen, denn ihre Aussage war glaubhaft gewesen und immerhin hatte ihr Studienfreund bestätigt, dass er sie im Ungewissen über seine wahren Pläne gelassen hatte. So viel Anstand hatte er wenigstens aufbringen können. Aber das hatte sie der Frau nicht gesagt und deshalb fürchtete Professor Madueke immer noch, angeklagt zu werden. Olivia brauchte diesen Rest an Unsicherheit, denn er war ihr einziges Druckmittel. Sie hoffte, dass die Professorin nach der einen Nacht Bedenkzeit, die sie sich erbeten hatte, zustimmen würde, ihr zu helfen.

Olivia fuhr den PC hoch und loggte sich über die VPN-Verbindung in den Polizeicomputer ein. Sie suchte nach dem Autopsie-Bericht des Leichenfundes in Chelsea, aber die Akte war gesperrt. Verdammt! Es war sinnlos, sich ihre eigenen Fotos vom Tatort ein weiteres Mal vorzunehmen. Sie sah den ausgeweideten Körper der jungen Frau wieder vor sich ... das verstümmelte Gesicht ... die unversehrte Kehle. Doch immer wieder blieb sie an diesem einen Detail hängen. Jack the Ripper hatte all seine Opfer zunächst mit einem Halsschnitt getötet und sich danach grausam an den wehrlosen Körpern vergangen. Exakt nach diesem Muster war auch der Putney Slasher vorgegangen. Es war seine Signatur. Sie musste an die Tanzsendung denken, die sie mit Andy zusammen angesehen hatte. Wahrscheinlich, weil es auch dabei um Signaturen ging; um die Essenz der Tänze, die bei aller Freiheit in der Interpretation erhalten bleiben musste.

Freiheit der Interpretation. Sie schlug sich gegen die Stirn. *Wie hatte sie nur so dämlich sein können?* Das Durchschneiden der Kehle war nicht die Signatur! Es war nur ein Mittel zum Zweck gewesen, um die Opfer rasch wehrlos zu machen, und dazu gab es eben auch noch andere Möglichkeiten.

Unter dieser Annahme passte der gestrige Mord ebenfalls in die Reihe, die im Frühherbst 1888 in Whitechapel begonnen und sich im Frühsommer 2016 in Putney fortgesetzt hatte.

Olivia ließ sich die Details der Morde von Jack the Ripper noch einmal durch den Kopf gehen. Wenn man den vor einigen Jahren publizierten Analysen von Experten des FBI trauen konnte, hatte Jack the Ripper sechs Frauen ermordet. Der Zustand der Leiche, die in Chelsea aufgefunden worden war, ähnelte am ehesten der von Annie Chapman, dem dritten Opfer. Der Ripper hatte sie von hinten angegriffen, ihr den Hals zugedrückt, die Kehle durchschnitten und sie auf den Boden gleiten lassen. Danach hatte er ihr den Unterleib aufgeschlitzt und sie komplett ausgeweidet. Schließlich hatte er ihre inneren Organe über die rechte Schulter geworfen. Die Gebärmutter, Teile der Vagina und die Blase hatte er mitgenommen.

Eine fieberhafte Aufregung überkam Olivia. Der dritte Mord des Putney Slashers hatte sich in den frühen Morgenstunden des 24. Juli 2016 ereignet. Marlene Halley, eine vierundzwanzigjährige Kellnerin war im Whitnell Way überfallen und in eine ruhige Seitengasse geschleppt worden. Dort hatte der Täter ihr die Kehle durchgeschnitten und sie auf die exakt gleiche Weise verstümmelt wie der Ripper es mit Annie Chapman getan hatte.

Wenn es sich bei dem Leichenfund in Chelsea um eine dritte Serie handelte, mussten also zwei weitere Taten vorangegangen sein. Ein Mord, der dem an Mary Ann Nichols glich, und einer, der dem an Martha Trabram ähnelte, dem frühesten Opfer des Rippers.

Sie rief eine Maske auf, die alle Kapitaldelikte der letzten zwei Jahre im Großraum London anzeigte. *Herrje, waren das viele.* Sie änderte die Suchkriterien und schränkte diese auf Gewaltdelikte ein, die an Frauen verübt worden waren. Leider wurde die Liste dadurch nicht wesentlich kürzer. Also begrenzte sie das Alter der Opfer auf achtzehn bis fünfunddreißig und die Art des Delikts auf vorsätzliche Tötung.

Neunundvierzig Fälle blieben übrig. Neunundvierzig junge Frauen waren in diesem Zeitraum getötet worden. Neunundvierzig Leben, die gewaltsam geendet hatten weit vor der Zeit, in der man mit ihrem Ableben hätte rechnen können und dürfen.

Sie ging jeden einzelnen Fall durch. Ganz oben wurde die Tötung von Bella Decker aufgeführt, die den Stein im Fall Armstrong für sie wieder zum Rollen gebracht hatte. Sie suchte weiter, klickte mehrere Morde weg, die nicht in das Schema passten, und blieb schließlich an einem Tötungsdelikt hängen, das vor drei Wochen in Brixton verübt worden war. Sie öffnete die Akte und sah sich die Tatortfotos an.

Die Frau war mit einem Messer getötet worden. Vierzehn Einstiche im Oberkörper, fünf davon tödlich. Dazu mehrere Schnitte im Unterkörper und zwei Stiche im Intimbereich. Keine Organentnahme. Die Tote war breitbeinig mit heruntergezogener Hose gegen eine Wand gelehnt drapiert worden. Wieder fehlte der Schnitt durch die Kehle, ansonsten bestand aber eine deutliche Ähnlichkeit zu dem Mord an Mary Ann Nichols.

Olivias Herz schlug augenblicklich schneller. Sie griff nach der untersten Akte auf dem Stapel neben dem

Schreibtisch. Melissa Cartman. Das zweite Opfer des Slashers. Sie wusste, was sie sehen würde, hielt aber dennoch den Atem an, als sie die Tatortfotos von damals erblickte. Die zweiundzwanzigjährige Studentin war in einer Nebengasse überfallen worden. Der Täter hatte ihr die Kehle durchgeschnitten und ihr dann das Messer immer wieder in den Bauch und den Unterkörper gerammt, ehe er sie breitbeinig im dunkelsten Winkel der Gasse drapiert hatte wie eine kaputte Schaufensterpuppe. Damals hatte es keine Organentnahme gegeben. Noch nicht. Wie Jack the Ripper war auch der Putney Slasher langsam immer mehr eskaliert.

Sie atmete tief durch. Die Ähnlichkeiten waren unverkennbar. Ein neuer Täter war auf den Plan getreten, und er würde weiter morden!

14

Susanna winkte Ella zu, die auf den Eingang des Kindergartens zu rannte und sich dabei umdrehte und das Winken erwiderte.

„Schau nach vorne, nicht, dass du noch gegen eine Wand läufst", rief sie ihrer Tochter zu. Sie wartete, bis das Mädchen im Gebäude verschwunden war, dann ging sie in Richtung Tube-Station davon.

Dan hatte am Morgen leichtes Fieber gehabt und war deshalb bei seiner Oma geblieben. Es hatte wieder eine dieser Szenen gegeben, in denen ihre Mutter ihre Befürchtung ausgedrückt hatte, sie könne sich bei Dan anstecken. Vielleicht sei es ja Corona und vielleicht könne sie eine schwere Lungenentzündung entwickeln, ihre Atemwege seien ja schließlich noch nie die Besten gewesen. Susanna hatte sich gezwungen, ihr ruhig zuzuhören, Verständnis zu äußern und sie dann sanft, aber bestimmt dazu zu bringen, sich um Dan zu kümmern, während sie sich Ella geschnappt hatte und mit ihr in Richtung Kindergarten aufgebrochen war.

Auf dem Weg zur Station Clapham North überlegte sie nun fieberhaft, ob sie sich nicht doch um ein Au-pair oder eine andere Betreuungsmöglichkeit kümmern sollte. Das wäre zwar eine erhebliche finanzielle Belastung, aber die Zeit und vor allem die Nerven, die sie damit einsparen könnte, waren es allemal wert.

Sie fuhr mit der Northern Line die eine Haltestelle bis Stockwell, nahm dann die Victoria Line bis Victoria

Station und schließlich die District Line bis Putney East. Sie war noch nie in diesem westlichen Stadtteil von London gewesen, obwohl sie ihr gesamtes Leben in der Stadt verbracht hatte. Als sie aus dem Untergrund trat, war sie wenig überrascht, dasselbe Bild zu sehen, wie in vielen anderen Vierteln auch. Drei bis vierstöckige Häuser, mal Neubauten, mal baufällig, rote Doppeldeckerbusse und Parkanlagen. Sie ließ sich von ihrem Handy zu dem Backsteinbau lotsen, in dem das örtliche Polizeirevier lag. Im Eingangsbereich fand sie sich vor einer Art Schalter wieder, hinter der sie den jungen Beamten erkannte, der die Polizistin gestern begleitet hatte.

„Ich möchte gerne mit CI Jenner sprechen", sagte Susanna.

Der Polizist lächelte ihr zu und seine erstaunlich weißen Zähne blitzten dabei auf.

„Guten Morgen, Professor Madueke. Haben Sie einen Termin bei ihr?"

„Nicht direkt", gab Susanna zu. „Aber man könnte wohl sagen, dass sie mich erwartet."

Eine buschige Augenbraue zuckte nach oben.

„Okay", sagte er gedehnt. „Dann werde ich mal nachfragen."

Der Constable wählte eine Nummer und nach kurzer Stille sagte er: „Professor Madueke ist hier am Empfang. Sie möchte mit Ihnen sprechen. Sie sagt, dass sie keinen Termin hat, dass Sie sie aber dennoch erwarten würden."

Er nickte, dann legte er auf. „Folgen Sie mir doch bitte", sagte er. Der Constable drehte einen Knopf und ein Surren ertönte. Er deutete auf eine Tür in der

Seitenwand und Susanna drückte dagegen. Die Tür sprang daraufhin auf und sie fand sich in einem Großraumbüro wieder. Ein halbes Dutzend Beamte saß dort an PCs. Zwei tranken Kaffee, drei quatschten miteinander und eine Polizistin war gerade damit beschäftigt, etwas in eine Maske einzutippen.

Der Constable kam aus einer anderen Tür und führte Susanna in ein separates Büro am gegenüberliegenden Ende des Raumes. Sie trat ein und sah sich CI Jenner gegenüber.

„Schön, dass Sie gekommen sind", sagte die Polizistin, bot ihr einen Sitzplatz an, komplementierte ihren jungen Kollegen nach draußen und nahm dann gegenüber von Susanna Platz.

„Ich habe mich entschieden, Ihnen bei der Kommunikation mit David Armstrong zu helfen", sagte Susanna.

Sie hörte, wie CI Jenner tief durchatmete. Ganz offenbar war sie erleichtert. Wahrscheinlich hatte sie eine ablehnende Antwort befürchtet. Aber war sie wirklich davon ausgegangen, dass Susanna ihr die Unterstützung verweigern und dafür eine Anklage wegen Beihilfe zur Erpressung in Kauf nehmen würde?

„Das freut mich", sagte CI Jenner. „Ich werde dafür sorgen, dass der Staatsanwalt alle weiteren rechtlichen Schritte gegen Sie einstellen wird."

Susanna sah sie überrascht an. Warum kam sie ihr bereits jetzt dermaßen entgegen? Hätte sie damit nicht besser warten sollen, bis der Kontakt erfolgreich hergestellt war? Sie wischte den Gedanken beiseite und beschloss, sich auf die Aufgabe zu konzentrieren, die Jenner ihr gestellt hatte.

„Wo befindet sich dieser Armstrong?"

„In einem Pflegeheim in Putney", erwiderte die Polizistin. „Ich weiß nicht, wie viel Sie über den Fall wissen."

Susanna zuckte mit den Achseln. „Nicht viel."

Olivia nickte. „In Ordnung. Ich gebe Ihnen einen kurzen Überblick und dann besprechen wir die weiteren Schritte." Sie lehnte sich zurück und schloss die Augen. „Vor sieben Jahren", begann sie, „kam es in rascher Folge zu fünf Morden an Frauen im Alter von zwanzig bis zweiunddreißig Jahren. Schnell zeigte sich, dass ein und derselbe Täter dahinter stecken musste. Vorbild für die Mordserie waren die Taten von Jack the Ripper. Jeder Mord des Slashers lässt sich einem des Rippers zuordnen ... die Übereinstimmungen sind nahezu perfekt. Die Frauen wurden mit Stichverletzungen im Hals und Brustbereich und Verstümmelungen im Bauchraum aufgefunden. Teilweise wurden auch Organe entfernt. Ich habe damals bei der Mordkommission gearbeitet, die mit dem Fall betraut war. Leider stocherten wir lange im Dunkeln, obwohl wir bereits seit dem dritten Mord die Verbindung zu Jack the Ripper auf dem Schirm hatten. Der Täter schien uns jedoch immer einen Schritt voraus zu sein ... bis zu dem Abend des 8. August 2016." Sie hielt kurz inne, den Blick an die Wand gerichtet. Wahrscheinlich sah sie vor ihrem inneren Auge gerade die passenden Bilder ablaufen.

„Mein Partner Marcus Harrison und ich wurden durch einen anonymen Hinweis in eine Gasse in Putney gelotst. Dort stießen wir auf David Armstrong. Er stand mit einem blutigen Messer in der Hand über den Leichnam von Sarah Williams gebeugt da. Da er der Aufforderung, das Messer fallen zu lassen, nicht

Folge leistete und sich auf uns zu bewegte, schoss mein Kollege ihn schließlich in Notwehr an. Die Kugel zerfetzte eine Ader an seinem Hals. Offenbar löste sich dabei ein Blutgerinnsel, was zu einem Infarkt führte. Armstrong überlebte zwar, liegt seitdem aber gelähmt und zu keiner Kommunikation fähig in einer Pflegeeinrichtung."

„Befindet er sich im Wachkoma oder in einem Locked-in-Zustand?"

„Was ist der Unterschied?"

Susanna atmete tief durch. „Das vorhandene Bewusstsein. Menschen im Locked-in Zustand sind wach und bewusstseinsklar. Bei Wachkoma-Patienten wissen wir nicht genau, wie viel sie von ihrer Umgebung mitbekommen."

„Können Sie mit Wachkoma-Patienten auch kommunizieren?"

Susanna schüttelte den Kopf. „Es besteht nur eine Chance, mit ihm zu reden, wenn er Locked-in ist."

CI Jenner machte sich eine Notiz.

„Warum wollen Sie überhaupt mit dem Mann sprechen?", fragte Susanna.

Die Polizistin zögerte kurz, dann sagte sie: „Es haben sich mindestens zwei weitere Morde ereignet. Die Signatur ähnelt der des Putney-Slashers."

Susanna schluckte. „Sie meinen, es könnte sich um einen Nachahmungstäter handeln?"

Jenner kniff die Lippen zusammen. „Ich weiß es nicht", sagte sie zögernd. „Im Grunde war ich nie von Armstrongs Schuld überzeugt. Wir haben in seiner Wohnung zwar zahlreiche Indizien für eine Tatbeteiligung gefunden, aber ihm wurde niemals der Prozess gemacht. Er konnte sich nie dazu äußern, das Ganze nie gestehen oder leugnen."

„Was erhoffen Sie sich davon, mit ihm zu sprechen?"

CI Jenner lehnte sich zurück. „Ich möchte endlich Gewissheit darüber haben, ob er die Morde tatsächlich verübt hat. Wenn er gestehen sollte, will ich wissen, ob er allein gehandelt oder ob es einen Komplizen gegeben hat, der vielleicht nun wieder Blut geleckt hat und aktiv geworden ist."

„Und wenn er die Taten leugnet? Was, wenn er beweisen könnte, dass er nicht der Täter war?"

„Das wäre der absolute GAU, denn dann müssten wir davon ausgehen, dass der wahre Slasher niemals gefasst wurde und nun möglicherweise wieder aktiv geworden ist."

Susanna sog die Innenseite ihrer linken Wange ein und begann, darauf herum zu kauen. Der metallische Geschmack von Blut erfüllte ihren Mund.

„Leiten Sie die aktuellen Ermittlungen ebenfalls?", fragte Susanna nun.

CI Jenner verzog das Gesicht. „Nein. Ehrlich gesagt bin ich kein Teil des Ermittlungsteams."

Susannas Augen weiteten sich. „Wie bitte?", fragte sie verblüfft.

„Ich leite diese Station hier. Mit der Mordkommission habe ich nichts mehr zu tun. Aber ich war vorgestern zufällig am Fundort der letzten Leiche und habe alles gesehen. Ich bin mir sicher, dass der Slasher dahintersteckt. Ich habe mir die Ermittlungsakten alle noch einmal ganz genau angesehen."

„Könnten wir nicht in Schwierigkeiten geraten, wenn wir einfach auf eigene Faust ermitteln?"

Jenner nickte. „Deshalb werde ich zur zuständigen Mordkommission gehen und das Ganze absegnen lassen. Dann können wir notfalls auch in deren Anwesenheit mit Armstrong reden.“

Susanna war skeptisch. „Und das wird Ihnen so leicht gelingen?“

Jenner zuckte mit den Achseln. „Lassen Sie mich mal machen. Ich war selbst Teil der Mordkommission und Marcus Harrison, deren Leiter, ist ein alter Freund von mir. Etwas anderes bereitet mir momentan ein viel größeres Unbehagen. Damit wir Armstrong befragen können, müssen die Pflegeeinrichtung von medizinischer und das Justizministerium von behördlicher Seite aus zustimmen.“

„Um Ersteres kann ich mich kümmern, und wenn Sie die Ermittler auf Ihrer Seite haben, sollte das mit dem Justizministerium doch eigentlich auch kein Problem mehr darstellen, oder?“

CI Jenner nickte. „Ja, das sollte klappen.“ Sie lächelte erstmals. „Ich habe nicht mehr daran geglaubt, dass es mir jemals möglich sein könnte, mit Armstrong zu reden.“

Susanna hob die Hände. „Langsam, langsam. So weit sind wir noch nicht. Wenn wir die Erlaubnis haben, mit ihm zu kommunizieren, müssen wir zunächst einmal einen Kanal zu ihm öffnen.“

„Wenn er Locked-in ist, sollte das für Sie doch kein Problem darstellen, oder?“

Susanna seufzte. „Wenn ich es richtig verstanden habe, ist sein Zustand seit sieben Jahren unverändert?“

CI Jenner nickte.

Susanna schloss die Augen. „Dann haben wir ein Problem. Es könnte gut sein, dass er gar nicht mehr dazu in der Lage ist, zu kommunizieren.“

15

Olivia sah an dem imposanten Bau aus den zwanziger Jahren empor, der die Zentrale der Metropolitan Police beherbergte. Der Öffentlichkeit war dieses Gebäude als New Scotland Yard bekannt. Diese Bezeichnung hatte sich als Spitzname für die gesamte Londoner Polizei eingebürgert, auch wenn nur ein kleiner Teil der Kollegen tatsächlich hier beschäftigt war.

Sie zeigte dem wachhabenden Beamten am Eingang ihren Dienstausweis, winkte Constable Mallory an der Pforte zu, den sie noch aus der Zeit kannte, als sie selbst täglich hier ein und aus gegangen war und schritt dann zielstrebig auf den Aufzug zu. Als sich die grüne Schiebetür öffnete, schreckte sie zurück, denn vor ihr stand der Polizeichef höchstpersönlich. Commissioner Sir Horatio Penwith legte den Kopf schief. Die Spitzen seines schneeweißen Schnurrbarts zuckten und seine buschigen Augenbrauen in derselben Farbe bildeten ein steiles V.

„CI Jenner, welch eine Überraschung. Was führt Sie denn in diese heiligen Hallen?"

Er trat aus dem Aufzug und baute sich vor Olivia auf. Sein Blick war eine Aufforderung, die Frage rasch und vollständig zu beantworten, da Penwith vor allem eines nicht hatte: Geduld.

Olivia schlug innerlich drei Kreuze, dass sie sich bereits vor ihrem Überraschungsbesuch bei Scotland Yard eine Begründung zurechtgelegt hatte. Sie hoffte, dass der Commissioner diese genauso überzeugend finden würde wie sie selbst.

„Ich wollte noch eine offizielle Aussage bei der Mordkommission Zwei machen. Als die Leiche in Chelsea gefunden wurde, war ich zufällig in der Gegend und konnte die Streifenpolizisten unterstützen, bis Marcus Harrison und sein Team eintrafen. Bislang hatte ich aber noch keine Gelegenheit, meine Beobachtungen zu Protokoll zu geben."

Penwith nickte. „Wirklich vorbildlich", sagte er. „Das Ganze ist eine üble Sache. Die beiden Streifenbeamten sind immer noch krankgeschrieben und ich bezweifle, dass sie ihren Dienst bald wieder antreten werden."

Olivia nickte. „Auf so etwas bereitet einen nicht einmal die beste Ausbildung vor."

„Wird es denn mit den Jahren einfacher?"

Olivia schüttelte den Kopf. „Es wird nie einfach, es ist jedes Mal furchtbar."

Penwith nickte. „Da haben wir uns wohl einen ziemlich anspruchsvollen Job ausgesucht. Nun gut, ich muss jetzt weiter. Richten Sie Harrison einen schönen Gruß von mir aus. Ich bin froh, dass mein bester Mann mit dem Fall betraut ist. Er hat ein exzellentes Team um sich. Wenn die den Täter nicht fassen können, schafft es niemand. Schade, dass Sie nicht mehr dabei sind."

Er nickte Olivia zu und ging dann mit großen, weit ausgreifenden Schritten durch die Halle. Sie trat in den Aufzug und als sich die Tür hinter ihr schloss, lehnte sie sich schwer atmend gegen die Wand. Das war noch einmal gut gegangen. Penwith war fair aber auch sehr streng. Er mochte es nicht, wenn Beamte ihr eigenes Süppchen kochten, und das, was Olivia plante, war nicht nur ein Süppchen, sondern ein ganzes Menü mit mehreren Gängen. Deshalb war es auch unverzichtbar, dass Marcus ihrem Plan, Armstrong zu befragen, zustimmte.

Der Aufzug spuckte sie im dritten Stock aus. Sie hatte fünf Jahre dort gearbeitet und bewegte sich daher mit schlafwandlerischer Sicherheit über die Gänge. Vor Harrisons Büro hielt sie kurz inne. Sie atmete tief durch, schloss die Augen und ging noch einmal ihre Argumente durch. Dann klopfte sie, drückte die Klinke herunter und öffnete die Tür.

Seit Marcus zum Leiter der Mordkommission Zwei ernannt worden war, war sie noch nie in seinem Büro gewesen. Sie war erstaunt darüber, wie vollgestellt der relativ kleine Raum war. Einen Großteil der Grundfläche nahm der riesige Schreibtisch aus poliertem, beinahe schwarzem Holz ein, auf dem sich nichts weiter befand als ein antikes Tintenfass, ein Computer-Bildschirm und eine drahtlose Tastatur mit passender Maus. An der Wand dahinter hing eine eingerahmte Titelseite des Morning Star, eines der schlimmsten Yellow-Press Blätter von ganz England.

Die Zeitung zeigte ein verschwommenes Bild von Marcus in Uniform. Die Schlagzeile lautete: *Boom! Cop ballert den Putney-Slasher ins Koma.* Sie konnte sich noch gut an die Gelegenheit erinnern, als das Foto aufgenommen worden war. Es war bei der Pressekonferenz gewesen, an der sie nach Armstrongs Festnahme hatten teilnehmen müssen. Sie hatte dabei direkt neben Marcus gestanden. Offenbar hatte man sie aus dem Bild herausgeschnitten. Nun, sie konnte sich Schlimmeres vorstellen, als nicht auf der Titelseite einer Klatschzeitung abgedruckt zu werden.

Marcus saß hinter seinem Schreibtisch. Er trug einen einfachen Tweed-Anzug. Der oberste Knopf seines weißen Hemdes war geöffnet, was offenbar dem Umstand Rechnung tragen sollte, dass er in den letzten Jahren etwas zugenommen hatte. Er lächelte Olivia zu. Auf zwei Stühlen vor dem Schreibtisch saßen Frank Calvin und Basil Rutherford. Letzterer war so bleich wie das labberige Hemd unter dem schlecht sitzenden Jackett. Calvin hingegen war makellos gestylt. Er trug einen Nadelstreifenanzug, der nicht so aussah, als ob er ihn von der Stange gekauft hätte, und dazu ein gestärktes, weißes Hemd. Die Krawatte saß wie mit dem Lineal gezogen, ebenso wie der Scheitel, der allerdings in den letzten Jahren unaufhörlich nach oben gewandert war. Seine Mundwinkel zuckten, als er sich umdrehte und den Neuankömmling musterte.

„Olivia", sagte Harrison und stand auf, um ihr die Hand zu schütteln. Rutherford tat es ihm gleich, Calvin blieb sitzen. „Was verschafft mir das Vergnügen deines Besuchs?", fragte Marcus.

„Ich muss mit dir reden", sagte sie. Sie überlegte, ob sie ihn bitten sollte, die beiden Kollegen rauszuschicken, entschied sich dann aber dagegen.

„Kein Problem, was gibt es denn?"

Sie holte tief Atem. „Es geht um den Mord in Chelsea."

„Das habe ich mir schon beinahe gedacht", erwiderte Marcus. „Glaub mir, die Ermittlungen sind bei mir und meinem Team in guten Händen."

„Das weiß ich und das hat mir Penwith gerade auch noch einmal versichert."

Bei der Erwähnung des Commissioners schlich sich ein zufriedenes Lächeln auf Marcus' Gesicht.

„Was willst du dann?", fragte Calvin.

„Habt ihr euch die Signatur des Mörders mal näher angesehen?", fragte sie.

Calvin kniff die Augen zusammen. „Welche Signatur? Davon sprechen wir doch erst, wenn es sich um eine Mordserie handelt. Bisher haben wir doch nur einen Mord."

Olivia ignorierte seinen Einwurf, holte ein Foto aus der Tasche und legte es vor Marcus auf den Schreibtisch.

„Das hier ist ein Tatortfoto von einem Frauenmord in Brixton vor vier Monaten."

Marcus warf einen Blick darauf. „Diesen Fall kenne ich nicht", sagte er.

Calvin schaltete sich ein. „Aber ich. Die Kollegen von der Mordkommission Vier gehen von einer Beziehungstat aus. Der Lebensgefährte der Frau sitzt in Untersuchungshaft."

Olivia schluckte. Diese Information musste sie bei ihren Recherchen wohl übersehen haben. Sie beschloss, ihren Punkt trotzdem weiter auszuführen. „In beiden Fällen wurden die Opfer mit Stichen in den Oberkörper getötet. Übertötet, um genau zu sein, da mehrere der Verletzungen für sich genommen schon zum Tode geführt hätten. In beiden Fällen fanden Verstümmelungen im Bauchraum statt."

Marcus runzelte die Stirn. „In einem Fall wurden aber Organe entnommen, im anderen dagegen nicht, wenn ich das richtig sehe."

„Es könnte sich um eine Eskalation desselben Musters handeln. Das haben wir damals beim Slasher auch erlebt. Außerdem ähneln die Verletzungen im Chelsea-Fall denen, die Jack the Ripper Mary Ann Nichols zugefügt hat."

Calvin stöhnte. „Ach, diese alten Kamellen."

„Aber wenn ihr den Mord in Chelsea mit den dritten Morden des Rippers und des Slashers vergleicht, finden sich Ähnlichkeiten."

Calvin lachte. „Du willst mir doch nicht sagen, dass wir es hier mit einem weiteren Nachahmer zu tun haben, oder?"

„Möglich. Oder vielleicht auch mit einem Komplizen von Armstrong, der uns damals entwischt ist."

Marcus schüttelte den Kopf. „Das ist äußerst unwahrscheinlich. Wir haben Armstrong gestellt und er ist keine Gefahr mehr. Hinweise auf einen Mittäter haben wir damals nicht gefunden."

„Armstrong wurde nie verurteilt."

„Weil er nicht vernehmungsfähig ist."

Genau darauf hatte Olivia gewartet. Sie spürte, wie ihr Herz schneller schlug. Jetzt war der entscheidende Moment gekommen!

„Was, wenn es einen Weg gäbe, mit ihm zu sprechen? Vielleicht könnte er uns ja Hinweise auf einen Komplizen geben, der wieder aktiv geworden ist."

Marcus' Augen wurden eng. „Wie sollte so ein Weg denn aussehen?"

„Es gibt moderne Kommunikationsmethoden, die es ermöglichen, mit Gelähmten zu sprechen."

Calvin stöhnte. „Das ist doch reine Zeitverschwendung."

„Aber Marcus …“

„Nein, das ist vollkommen absurd“, fuhr Calvin fort. „Es gibt keinen Zusammenhang zwischen den Morden in Chelsea und Brixton. Genauswenig gibt es einen Zusammenhang mit den Morden des Slashers. Bleib besser bei deinen Kleinkriminellen in Putney und überlasse uns die Ermittlungsarbeit. Wir sind schließlich die Spezialisten dafür.“

Olivia kochte innerlich vor Wut. Sie war nahe daran, mit der Faust auf die polierte Tischplatte zu schlagen. Wer hatte hier denn das Sagen? Marcus oder Calvin?

„Was meinst du dazu?“, fragte sie Marcus direkt.

Er legte den Kopf schief. „Ich muss Frank recht geben. Bislang sehe ich keinen Anhaltspunkt für ein Serien-Geschehen, und dass Armstrong einen Komplizen hatte, halte ich ebenfalls für ausgeschlossen. Aber danke, dass du uns darauf hingewiesen hast.“

Er erhob sich und streckte ihr die Hand entgegen. Sie schüttelte sie und ging hinaus, kochend vor Wut. Draußen bemerkte sie, dass Rutherford sie begleitet hatte.

„Was hältst du denn von der ganzen Sache?“, fragte sie.

Ihr ehemaliger Kollege zuckte mit den Achseln. „Der Chef weiß schon, was er tut.“

Er nickte ihr zu und ging davon. Typisch Basil. Nur keine eigene Meinung vertreten. Nur nirgendwo anecken.

Olivia eilte den Gang hinunter in Richtung Aufzug. Sie war so wütend, dass sie am liebsten schreien wollte. Doch den Triumph durfte sie Calvin nicht gönnen. Sie drückte auf den Knopf und wartete, dass die Kabine kam.

„Sie sind doch CI Jenner, nicht wahr?", hörte sie auf einmal eine Stimme hinter sich.

Sie drehte sich um. Die rothaarige, große Polizistin, die sie am Tatort gesehen hatte, stand vor ihr.

„PI Rigby", sagte sie.

Olivia schüttelte ihr die Hand. „Wie gefällt es Ihnen bei der Mordkommission?", fragte sie.

Die Kollegin zuckte mit den Achseln. „Es ist manchmal ganz schön anstrengend. Ich habe oft das Gefühl, mich beweisen zu müssen, da die Kollegen alle viel erfahrener sind, und noch dazu bin ich eine Frau in einem Männerklub."

„Wem sagen Sie das?", erwiderte Olivia.

„Haben Sie mit Marcus gesprochen?"

„Ich habe es zumindest versucht."

„Versucht?"

„Er wollte mich nicht anhören."

„Was wollten Sie ihm denn sagen?"

Die Kabinentür öffnete sich und Olivia ging hinein. Sie wandte sich zu Rigby um.

„Ich wollte ihm sagen, dass der Mord in Chelsea und ein Mord in Brixton vor vier Monaten zusammenhängen, und dass die beiden Taten erstaunliche Parallelen zu den Morden des Putney Slashers aufweisen. Schauen Sie sich das Ganze doch mal an. Vielleicht können Sie den Männern in der Mordkommission auf diese Weise zeigen, was in Ihnen steckt."

Die Tür schloss sich. Olivia drückte auf den Knopf und fuhr ins Erdgeschoss hinab.

16

Susanna schloss die Tür ihres Büros und setzte sich an den Schreibtisch. Endlich mal ein Moment der Ruhe. Der Morgen war schon wieder zum Davonlaufen gewesen. Dan hatte Bauchschmerzen und war einen weiteren Tag zu Hause geblieben. Ella hatte nicht eingesehen, warum sie in den Kindergarten gehen sollte, während ihr Bruder den ganzen Tag über fernsehen durfte und von Grandma betütelt wurde. Sie hatte daraufhin eine kleine Szene hingelegt, die nur noch von der ihrer Mutter überboten wurde, die einmal mehr ihre Angst vor Ansteckung und ihre eigenen Verdauungsbeschwerden in den Vordergrund spielte. Unter Aufbietung all ihrer Überredungskunst gelang es Susanna schließlich, ihre Mutter zum Schweigen und Ella mit einem knallroten, saftigen Apfel in der Hand zum Kindergarten zu bringen. Als ihre Tochter winkend hinter der Tür des Gebäudes verschwunden war, war Susanna schweißgebadet und zu spät dran gewesen.

Glücklicherweise hatte sie ihre erste Veranstaltung, ein Seminar zum Thema *Neurophysiologie des Gedächtnisses* erst um zehn Uhr zu halten, sodass sie noch eine halbe Stunde Zeit hatte, sich um diesen David Armstrong zu kümmern. Sie schaltete den PC ein und während das Gerät hochfuhr, sah sie sich die Adresse an, die CI Jenner ihr aufgeschrieben hatte. Der Mann wurde in einem Pflegeheim betreut. Gehörte der Kerl nicht eigentlich hinter Schloss und Riegel? Gut, er konnte sich nicht mehr bewegen und war in seinem aktuellen Zustand ganz bestimmt keine Gefahr für die Allgemeinheit. Aber dass er nicht in einem forensischen Spezialkrankenhaus lag, sondern wie ein ganz normaler Intensivpflegepatient betreut wurde, war trotzdem seltsam.

Sie rief den Browser auf und googelte das Pflegeheim. Die Bilder, die auf der Website zu sehen waren, verstärkten ihre Irritation nur noch mehr. Glückliche, lachende alte Menschen, die Rollatoren über gepflasterte Wege zwischen blühenden Rosenbüschen schoben, begleitet von noch glücklicheren, breit grinsenden Pflegekräften. Im Hintergrund war ein Backsteinbau zu sehen, der über und über mit Efeu bewachsen war und dadurch aussah wie eines dieser Schlösser aus der Tudor-Zeit.

Das passte nun wieder, denn Henry VIII., der wohl bekannteste Tudor-Monarch, war schließlich auch ein psychopathischer Frauenmörder gewesen, der zwei seiner sechs Gattinnen hatte köpfen lassen. Trotzdem war es schwer vorstellbar, dass in dieser friedlichen, hellen und freundlichen Umgebung ein Serienkiller eine Art lebenslange Haft in seinem eigenen Körper fristete.

Sie sah sich die Seite an, auf der die Angestellten der Einrichtung aufgeführt waren. Geleitet wurde sie von einem Dr. Pepper. Susanna grinste. Manchmal waren die Namen von Ärzten einfach zu komisch. Sie wählte die Nummer, die angegeben war, und nach dreimaligem Tuten meldete sich eine Frauenstimme.

„Latchmere Terrace Homes for the Elderly, Vorzimmer von Dr. Pepper?“

Susanna entschloss sich, die Titeltrumpfkarte gleich am Anfang auszuspielen.

„Professor Susanna Madueke von der Roehampton University", meldete sie sich. „Könnte ich bitte mit Dr. Pepper sprechen?"

Sie spürte durch die Leitung hindurch, wie die Frau am anderen Ende in Ehrfurcht erstarrte. Es war eine bizarre Situation, die sie beinahe jedes Mal erlebte, wenn sie ihren Titel benutzte. Meldete sie sich nur mit ihrem Nachnamen, waren die Leute meist wenig motiviert, sich um ihre Belange zu kümmern. Nicht nur einmal hatte sie sich sogar rassistische Kommentare anhören müssen. Sobald sie aber ihren akademischen Grad angab, waren die Gesprächspartner plötzlich wie ausgewechselt. So auch in diesem Fall.

„Einen Moment bitte, Frau Professor", hörte sie, ehe die Vorzimmerdame eine piepsende Version von *Für Elise* als Wartemelodie in die Leitung schaltete. Susanna musste den Ohrhörer ein Stückchen weghalten, weil ihr die schrillen, metallischen Töne Kopfschmerzen zu verursachen drohten.

„Dr. Pepper am Apparat", sagte nun eine Männerstimme und sie führte den Hörer hastig wieder an ihr Ohr.

„Guten Morgen Dr. Pepper. Mein Name ist Susanna Madueke. Ich habe die Professur für Neuropsychologie an der Roehampton University inne."

„Guten Morgen, Frau Professor, was kann ich für Sie tun?"

Er klang offen und freundlich. Das leichte Zittern in seiner Stimme ließ sie vermuten, dass er außerdem ein wenig aufgeregt war.

„Ich hatte gehofft, dass Sie mir bei einem Forschungsprojekt helfen könnten“, sagte sie. Sie hatte sich eine Strategie zurechtgelegt und hoffte, dem guten Dr. Pepper so viel Honig ums Maul schmieren zu können, dass dieser ihr keine Steine in den Weg legte.

„Ein Forschungsprojekt? Worum handelt es sich denn genau?“

Er klang nun weniger aufgeregt als vielmehr gierig. Sie konnte es ihm nicht verdenken, denn ein Altenpflegeheim zu leiten war wahrscheinlich nicht der Traumjob des jungen Pepper gewesen, der sich vor dreißig oder vierzig Jahren an der Uni eingeschrieben hatte, um Medizin zu studieren, Arzt zu werden und Leben zu retten.

„Ich bin Spezialistin für das Locked-in-Syndrom“, fuhr sie fort. „Wir haben ein neuartiges Kommunikationsgerät entwickelt, das wir an möglichst vielen Betroffenen erproben und kalibrieren möchten. Bei der Suche nach Locked-in-Patienten im Raum London sind wir auch auf Ihre Einrichtung gestoßen.“

„Armstrong.“ Er sagte nur ein Wort. Es klang wie ein erschöpftes Seufzen. Der Elan, die Neugier und die Aufregung waren mit diesem einen Laut aus seiner Kehle entwichen wie die Luft aus einem zuvor noch prall gefüllten Ballon. *Mist, sie durfte ihn jetzt nicht verlieren.*

„Der Patient wird doch bei Ihnen betreut, wenn ich mich nicht irre, oder?“

Sie hörte, wie Dr. Pepper tief durchatmete. „Ja, das ist korrekt. Leider kann ich Ihnen aber keine weiteren Auskünfte geben, denn das ist eine sehr spezielle Konstruktion. Das Justizministerium hat dafür gesorgt, dass er bei uns untergebracht wurde und jede

Untersuchung, selbst durch einen Allgemeinarzt, muss von den Behörden genehmigt werden."

„Warum wird Armstrong denn nicht in einem forensischen Krankenhaus behandelt?"

„Weil er nie verurteilt wurde, und da er nicht angehört werden kann und keine Fluchtgefahr besteht, befindet er sich nicht in Untersuchungshaft."

Susanna überlegte kurz. „Wenn ich die Erlaubnis vom Ministerium bekäme, wäre es dann in Ordnung für Sie, wenn ich versuchen würde, mittels meiner Apparate mit Armstrong zu kommunizieren?"

Pepper schwieg einen Moment, dann sagte er: „Es wäre für die medizinische Behandlung von großem Vorteil. Denn ein Patient, der nicht kommunizieren kann, ist ein Albtraum. Insofern würde ich es natürlich begrüßen."

„Ich höre da ein *aber* heraus."

Erneut seufzte Pepper. „Das klingt jetzt wahrscheinlich hart, aber die meisten Mitarbeiter in meinem Team sind der Ansicht, dass Armstrong das bekommen hat, was er verdient."

„Sie meinen, bei vollem Bewusstsein für immer in seinem eigenen Körper eingesperrt zu sein?"

„Ja, das trifft es gut. Er hat fünf Frauen auf bestialische Art und Weise getötet. Deshalb wird die Begeisterung nicht gerade groß sein, wenn meine Angestellten gezwungen sein könnten, mit dem Kerl zu reden."

Susanna spürte, wie eine Woge der Empörung in ihr aufwallte. Doch sie kämpfte mit aller Macht dagegen an und schaffte es, ruhig zu bleiben.

„Das verstehe ich natürlich", stieß sie zwischen zusammengebissenen Zähnen hervor. „Wir wollen ja auch nur einen Kommunikationsversuch starten. Ob dieser gelingt, ist ohnehin fraglich. Armstrong ist immerhin seit Jahren nicht mehr an Gespräche gewöhnt. Es könnte gut sein, dass er zu keiner Kommunikation mehr fähig ist."

„Ich weiß nicht", sagte Pepper zögernd. „Es ist ein großer Aufwand. Allein schon der Papierkram ..."

„Darum kümmere ich mich, versprochen", sagte Susanna schnell. „Sie sollen dadurch keine Mehrarbeit haben."

Pepper seufzte. „Okay, na gut. Meine Unterstützung haben Sie. Ich kann ja verstehen, dass der Fall für Sie interessant ist. Vielleicht dient der Kerl wenigstens noch der Wissenschaft. Wenden Sie sich an das Justizministerium, dann sehen wir weiter."

Sie verabschiedeten sich und Susanna legte auf. Sie bemerkte erst jetzt, dass sie die rechte Faust geballt hatte. Bei allem Verständnis dafür, dass die Leute Serienkiller für ihre Morde verachteten ... Armstrong war trotzdem ein Mensch, und er war bisher nicht überführt oder gar verurteilt worden. Aber selbst, wenn er der Täter war, hatte er eine menschenwürdige Behandlung verdient.

Sie erhob sich und durchquerte das Labyrinth an Gängen, das die einzelnen Institute der Fakultät miteinander verband. Vor dem Büro des Dekans hielt sie an. Seine Sekretärin lächelte ihr zu.

„Ist er da?", fragte sie.

„Ja, gehen Sie ruhig rein."

Susanna klopfte und öffnete die Tür. Dekan Walters saß hinter seinem Schreibtisch. Er stieß eine weiße Dampfwolke aus einem Verdampfer aus. Als er sie kommen sah, legte er das Gerät auf die Tischplatte und lächelte ihr verlegen zu.

„Die Nikotinsucht. Aber wem sage ich das, Sie wissen schließlich viel besser, was in meinem Gehirn schiefläuft.“

Susanna erwiderte sein Lächeln.

„Was kann ich für Sie tun?“, fragte Walters und deutete auf den Stuhl vor seinem Schreibtisch. Sie nahm Platz.

„Ich möchte gerne ein öffentlichkeitswirksames Forschungsprojekt starten, um dem Bildungsministerium zu beweisen, dass meine Professur es wert ist, finanziert zu werden.“

Walters nickte. „Das ist eine gute Idee. Allerdings könnte das recht knapp werden. Woran hatten Sie denn gedacht?“

Susanna holte tief Luft. „Wie Sie wissen, bin ich Spezialistin für Brain-Computer-Interfaces und deren Nutzung bei der Kommunikation mit LIS-Patient*innen.“

Er nickte.

„Es gibt einen LIS-Patienten, der für die Öffentlichkeit von großem Interesse sein könnte.“

Walters runzelte die Stirn. „Stephen Hawking ist doch schon verstorben, oder?“

Sie schüttelte den Kopf. „Ich meine David Armstrong.“

Der Dekan sah sie irritiert an. „Diesen Namen habe ich schon einmal gehört, aber ich weiß nicht ...“

„Er hat mutmaßlich fünf Frauen ermordet und ist bei seiner Verhaftung angeschossen worden.“

Walters Augen weiteten sich. Susanna fuhr fort: „Aufgrund seines Zustandes wurde ihm nie der Prozess gemacht, er wurde nie offiziell verurteilt. Ich will das ändern."

Der Dekan schluckte. „Das … ich hatte eher an positive Schlagzeilen gedacht, als ich Ihnen gesagt habe, dass Sie sich etwas einfallen lassen sollten, um Ihre Professur zu retten."

Susanna beugte sich vor. „Es geht um Aufmerksamkeit. Ich will nicht, dass die *Times* auf Seite zwölf einen Absatz über meine Forschung bringt und meinen Namen dabei falsch schreibt. Ich will auf die Titelseite des *Morning Star*."

„Ich verstehe. Nun gut, in Ihrer Situation ist das nachvollziehbar. Sie müssen natürlich große Geschütze auffahren. Was brauchen Sie von mir?"

„Ich benötige eine Erlaubnis des Justizministeriums, um mit Armstrong zu sprechen. Halten Sie mir den Rücken frei, wenn ich diese beantrage?"

Er lächelte. „Nicht nur das. Ein alter Freund von mir ist Staatssekretär im Justizministerium. Ich rufe ihn an. Das dürfte den Entscheidungsprozess bestimmt beschleunigen."

17

Olivia schaute einmal mehr auf ihr Smartphone. Immer noch keine Nachricht von Prof. Madueke. Gut, wahrscheinlich brauchte es ein wenig Zeit, um mit dem Leiter des Pflegeheims zu sprechen und ihn davon zu überzeugen, an seinem berühmt-berüchtigten Patienten Untersuchungen vornehmen zu dürfen. Außerdem musste auch noch die Genehmigung des Justizministeriums eingeholt werden. Das war ohnehin der kritischste Punkt, denn Behörden ließen sich gerne Zeit, und Zeit war ein Luxus, über den sie nicht verfügten. Zeit könnte im schlimmsten Fall bedeuten, dass der Täter erneut zuschlug. Wenn Olivia mit ihrer Vermutung, dass sie es mit einer weiteren Serie zu tun hatten, richtig lag, würde es schon bald einen neuen Mord geben.

Sie versuchte, sich wieder auf die Tabellen auf dem Bildschirm zu konzentrieren. Inzwischen hatte sie eine grobe Quartalsplanung erstellt. Nun fehlte nur noch der Feinschliff. Aber das war leichter gesagt als getan, denn die Augenlider folgten der Schwerkraft wie Bleigewichte und es gelang ihr nur mit Mühe, die Aufmerksamkeit auf dem Display zu halten.

Warum hatte sie wieder bis drei Uhr morgens über den Akten des Slasher-Falls gebrütet? Warum hatte sie die Tausenden von Seiten zum Hundertsten Mal durchgeblättert? Sie konnte gar nicht sagen, was genau sie in den Papieren suchte. Es war wie die berühmte Nadel im

Heuhaufen. Allerdings wusste sie nicht, ob dieser Heuhaufen auch tatsächlich eine Nadel enthielt.

Ihr Telefon klingelte. Sie sah erwartungsvoll auf das Display. Als sie erkannte, dass es die Pforte war, schnaubte sie. Die Professorin würde sie sowieso nicht auf dem Festnetz anrufen, denn sie hatte ihr zu diesem Zweck extra ihre Handynummer gegeben. Sie nahm das Gespräch an.

„Was gibt es?", fragte sie.

„Hier ist eine Kollegin für Sie", hörte sie Omar sagen. Seine Stimme bebte leicht. „Eine Inspector Rigby. Eleonor Rigby."

Was sollte das denn? Wollte er sich einen Spaß mit ihr machen?

„Sagen Sie ihr, sie soll zur Anlegestelle am Themse-Kai gehen. Da liegt unser gelbes U-Boot vor Anker."

Sie legte auf, grinsend über ihren eigenen Witz, aber doch auch ein wenig irritiert darüber, dass Omar zu Scherzen aufgelegt war. So kannte sie ihn nämlich überhaupt nicht. Er war ihr immer so ernsthaft erschienen. Hatte er sich etwa in der Asservatenkammer bedient? Dort lag noch immer das halbe Pfund Marihuana.

Es klopfte an der Tür. Sie rief „Herein" und eine junge Frau trat ein, bei deren Anblick es Olivia wie Schuppen von den Augen fiel.

„Für ein gelbes Unterseeboot haben Sie es hier aber ziemlich geräumig", sagte die Kollegin.

Olivia schluckte. „Entschuldigen Sie bitte", sagte sie. „Ich dachte, der Kollege hätte nur einen Scherz gemacht." Sie hielt inne, als ihr bewusst wurde, dass ihre Worte nicht gerade dazu angetan waren, die ohnehin schon peinliche Situation zu entspannen. Inspector Rigby winkte ab.

„Ich habe schon alle Witze zu meinem Namen gehört, und das nicht nur einmal. Das ist wohl das Los, wenn man mit Nachnamen Rigby heißt und als Eltern zwei der größten Beatles-Fans auf diesem Planeten hat."

Sie schmunzelte, was sie noch attraktiver wirken ließ. Heute Vormittag hatte Olivia kaum auf sie geachtet, aber jetzt musste sie anerkennen, dass die junge Kollegin eine wirklich atemberaubende Erscheinung war. Sie hatte lange, glatte rotbraune Haare und ein wie aus Marmor gemeißeltes, vornehm blasses Gesicht, in dem zwei aufmerksame, dunkelbraune Augen die Umwelt musterten.

„Das kann ich gut verstehen, meine Mutter war eine glühende Verehrerin von Olivia-Newton John. Ihr Lieblingsfilm war *Grease*. Wenn ich ein Junge geworden wäre, hätte sie mich allen Ernstes John Travolta getauft."

Inspector Rigby prustete los. „Na, dann sind wir mal beide froh, dass Sie ein Mädchen geworden sind."

Olivia nickte. „Sie sind aber wahrscheinlich nicht zu mir gekommen, um über Vornamen zu sprechen, oder?"

Das Lächeln verschwand aus Rigbys Zügen.

„Nein, ich muss mit Ihnen über den Fall reden. Das heißt, über die Fälle."

Olivia spürte, wie ihr Puls einen Zahn zulegte.

„Sie sehen die Verbindung also auch?"

In Rigbys Gesicht zuckte es. Sie nickte. „Ich glaube, da könnte tatsächlich etwas dran sein."

Sie zögerte kurz. Olivia sah ihr an, dass sie mit sich rang. Dann atmete sie tief durch und holte drei Akten aus ihrer Tasche.

„Das ist die Ermittlungsakte im Fall Ann Meadows, der Toten in Chelsea", sagte sie.

Sie legte den Ordner auf den Tisch und blätterte eine Seite auf. „Das hier ist das Ergebnis der Obduktion."

Olivia studierte den Bericht des Gerichtsmediziners. Wie immer war dieser in einer kühlen, wissenschaftlich korrekten Sprache verfasst worden, die für sie das Grauen, das dahintersteckte, noch viel fassbarer machte.

„Die Frau wurde also mit Chloroform betäubt und bewusstlos in die Gasse gezerrt, wo dann die Verstümmelungen vorgenommen wurden?"

„Das ist anzunehmen", erwiderte Rigby. „Bei der Sektion wurden Spuren von Chloroform an ihrer Wange gefunden, und die Abschürfungen an ihren Fersen und die beiden Blutergüsse unter den Achseln deuten darauf hin, dass sie woanders überfallen und dann an den Fundort geschleift wurde."

„Möglicherweise hat der Täter ihr am Eingang der Gasse aufgelauert und zugeschlagen, als sie gerade an ihm vorbeigehen wollte."

„Das könnte sein."

Inspector Rigby deutete auf die zweite Akte. „Das hier ist der Obduktionsbericht von Linda McLeod, der Frau, die in Brixton tot aufgefunden wurde."

Olivia las das Dokument aufmerksam durch.

„Auch hier wurde Chloroform benutzt, und die Fersen wiesen Abschürfungen auf."

Rigby nickte. „Das Vorgehen ähnelt sich. Sie könnten also recht damit haben, dass es sich bei dem Täter um ein und dieselbe Person handelt.“

„Was ist mit der dritten Akte?“, fragte Olivia neugierig.

„Ich bin die Gewaltdelikte der letzten sechs Monate durchgegangen und dabei auf einen Mordfall in Clapham gestoßen.“

Olivia überflog die Akte. Es handelte sich um Deborah Wilson, eine einundzwanzigjährige Studentin, die in einer WG gewohnt hatte. Ihre Leiche war auf dem Flur vor der Wohnungstür entdeckt worden. Sie hatte in einer Blutlache gelegen, ihr Unterkörper war entblößt worden und ihr Oberkörper hatte vierzig Stichwunden aufgewiesen.

„Wie bei Martha Trabram“, murmelte Olivia.

„Das erste Opfer von Jack the Ripper“, sagte Rigby. „Auch Deborah Wilson ist mit Chloroform betäubt worden.“

„Du bist schlauer geworden und hast deinen Modus operandi verfeinert“, murmelte Olivia, während sie die vor ihr liegende Akte weiter durchblätterte.

„Wie bitte?“, fragte Rigby verwirrt.

Olivia schreckte hoch. „Ach, nichts.“

Rigby kniff die Augen zusammen. „Sie glauben, dass es noch mehr Morde geben wird.“

Es war keine Frage, es war eine Feststellung.

Olivia nickte. „Das ist der Beginn einer Serie, und ich glaube, dass es eine enge Verbindung zum Fall des Putney-Slashers gibt.“

Die Augen der Kollegin weiteten sich. „Aber der Fall wurde doch gelöst. Sie waren selbst bei der Überführung des Slashers dabei und haben ihn auf frischer Tat erwischt."

„Er wurde aber nie verurteilt."

„Weil ihm nicht der Prozess gemacht werden konnte. Aber die Indizien waren doch eindeutig."

„Indizien sind niemals zu hundert Prozent verlässlich."

„Sie glauben also, dass es einen Nachahmungstäter geben könnte? Jemanden, der den Putney Slasher imitiert? So wie dieser schon Jack the Ripper imitiert hat?"

Olivia schüttelte den Kopf.

Die Augen der jungen Kollegin wurden noch größer. „Das ist nicht wahr, oder? Glauben Sie etwa, dass der Slasher noch frei herumläuft und wieder Frauen tötet?"

Olivia nickte. „Diese Möglichkeit sollten wir in Betracht ziehen."

„Aber der Slasher hat nie Chloroform benutzt. Er hat seinen Opfern die Kehle durchgeschnitten. Genauso wie sein Vorbild, Jack the Ripper."

„Die Kehle durchzuschneiden ist eine äußerst blutige Angelegenheit. Das hinterlässt unweigerlich Spuren."

„Aber Serientäter töten doch immer nach demselben Muster."

Olivia seufzte. „Sie müssen zwischen Modus operandi und Signatur unterscheiden. Hat Ihnen Marcus das nicht beigebracht?"

Rigby schluckte. „Doch", sagte sie. „Modus operandi beschreibt die Art und Weise, wie eine Tat ausgeführt wird, also was notwendig ist, um sie erfolgreich durchzuführen. Die Signatur sind hingegen alle zusätzlichen Tatmerkmale, die Hinweise auf das Motiv des Slashers zulassen."

Olivia nickte. „Der Slasher hat wie Jack the Ripper seine Opfer durch den Halsschnitt außer Gefecht gesetzt, dann stach er auf ihren Brustkorb ein, schlitzte ihnen den Bauch auf, entnahm die Organe und drapierte sie letzten Endes in demütigen Posen in dunklen Gassen. Das ist seine Signatur. Schauen Sie sich die beiden neuen Fälle an. Die Signatur ist dort vorhanden.“

„In den ersten beiden Fällen wurden aber keine Organe entnommen.“

Olivia nickte. „Aber bei der Frau in Brixton hat er einen Bauchschnitt versucht. Vielleicht wurde er ja gestört, oder er musste erst wieder in Gang kommen. Vielleicht war er aus der Übung. Oder er hatte noch einen Rest der Hemmung, die ihn in den letzten Jahren von weiteren Taten abgehalten hat. Oder er hat sich an den ersten beiden Jack-the-Ripper-Morden orientiert. Auch bei Martha Trabram und Mary-Ann Nichols waren keine Organe entnommen worden.“

Rigby kaute auf ihrer Unterlippe herum. „Was hat CI Harrison zu Ihrer Theorie gesagt?“, fragte sie.

Olivia schnaubte. „Er hat mir überhaupt nicht richtig zugehört. Dann hat auch noch Frank Calvin seinen Senf dazugegeben und der fand meine Hypothese absolut lächerlich und hat daraus keinen Hehl gemacht. Ich kann verstehen, warum Marcus lieber auf Frank hört. Der Slasher-Fall waren seine fünfzehn Minuten Ruhm. Es ist schon bezeichnend, dass er ausgerechnet die Schlagzeile des *Morning Star* in seinem Büro aufgehängt hat. Das war sein großer Augenblick, damit hat er seine Karriere begründet. Wie sollte er das also jetzt infrage stellen?“

Rigby schluckte. „Ich … ich habe viel von CI Harrison gelernt. Er ist ein großartiger Ermittler.“

Olivia sah sie lange an. „Das mag sein“, gab sie schließlich zu. „Aber ich glaube, dass er und sein Team im Hinblick auf diesen Fall einen blinden Fleck haben. Das wäre nicht so schlimm, wenn es sich dabei um irgendeinen Cold Case handeln würde. Aber wenn ich recht habe, treibt sich da draußen einer der gefährlichsten Psychopathen herum, die je in London gewütet haben. Herrgott noch mal, wenn uns der Putney Slasher damals entwischt ist, hat er inzwischen acht Frauen umgebracht … das sind mehr, als Jack the Ripper auf dem Gewissen hat.“

Rigby war noch eine Spur bleicher geworden.

„Wenn Sie recht haben …“

„Wenn ich recht habe, wird bald eine weitere Frau ihr Leben verlieren. Die Tat wird dem Ripper-Mord an Elizabeth Stride ähneln, die langsam ausgeblutet ist, nachdem ihr die Kehle durchgeschnitten worden war. Wollen Sie mir dabei helfen, das zu verhindern?“

18

Susanna war ganz in ihrem Element. Das Seminar zu neurophysiologischen Grundlagen des Gedächtnisses erforderte ihre volle Aufmerksamkeit.

Zu Beginn des Semesters hatte sie eine Themenliste ausgegeben, in die sich die Teilnehmenden eintragen konnten. Zu jedem Termin stellte ein Tandem aus der Gruppe der Studierenden dann das jeweilige Thema in Form einer Präsentation vor. Susanna kannte Kollegen, die dieses Format nutzten, um sich so wenig Arbeit wie möglich zu machen. In ihrer eigenen Studienzeit hatte sie regelmäßig erlebt, dass ein Professor eingeschlafen war oder sich während der Referate mit der Lektüre von Fachartikeln die Zeit vertrieben hatte. Das entsprach aber nicht ihrem Anspruch. Wer auch immer sein oder ihr Thema präsentierte, verdiente ihre volle Aufmerksamkeit. Sie hörte zu, machte sich Notizen und im Idealfall entspann sich im Anschluss an die Vorträge eine Diskussion, die Querverbindungen zu anderen Themen herstellte und aus der sowohl die Teilnehmenden als auch Susanna etwas lernen konnten.

Das heutige Thema teilten sich Mary Decker und Elizabeth Burgess. Auf Letztere war Susanna besonders gespannt, denn sie hatte enormes Potenzial. Das Konzept für ihre Masterarbeit war so ausgefeilt gewesen, dass Susanna sich gefragt hatte, ob das nicht eher den Umfang und die inhaltliche Tiefe einer Promotion annehmen würde.

Elizabeth begann damit, die Verbindungen zwischen zwei Hirnrealen anhand einer Grafik darzustellen. Es handelte sich um den Hippocampus und die Amygdala. Die Aufgabe des ersten war es Informationen aus dem Kurzzeitspeicher des Gedächtnisses in den Langzeitspeicher zu überführen. Letztere war hingegen für die Verarbeitung emotionaler Reize zuständig.

„Der Transfer der Informationen in den Langzeitspeicher könnte im Schlaf vor sich gehen und die Grundlage des Träumens bilden", sagte Elizabeth. „Demnach nutzt das Gehirn nachts die Gelegenheit, dass es keinen Input von den Sinnen bekommt, um die tagsüber neu aufgenommenen Informationen mit den bereits im Langzeitgedächtnis abgesicherten zu vergleichen. Dabei werden zahlreiche neuronale Schaltkreise aktiviert, die auch die Amygdala umfassen. Deshalb sind viele Träume stark emotional getönt."

Eine Studentin meldete sich. Susanna erteilte ihr das Wort.

„Hatte Freud dann recht damit, dass Träume Botschaften aus dem Unbewussten sind?"

Susanna sah gespannt zu Elizabeth hinüber. Diese Frage war knifflig zu beantworten.

Elizabeth schüttelte den Kopf. „Freuds Traumtheorie ist meines Erachtens in ihrer ursprünglichen Fassung nicht mehr haltbar, denn der Traum hat nicht den Zweck, unbewusste Konflikte zu verarbeiten, er dient viel eher dazu, neue Informationen harmonisch in unser Gedächtnis einzubetten, Verbindungen herzustellen und zu stärken."

„Warum arbeiten Psychoanalytiker dann immer noch mit der Traumdeutung?“, wollte die Fragestellerin wissen.

„Das musst du die Analytiker fragen. Genauso gut könnte man aber auch die Homöopathen fragen, warum sie noch mit Globuli arbeiten.“

Die Äußerung löste ein beifälliges Gelächter aus.

„Ich werde in der Vorlesung ausführlicher auf diese Thematik eingehen“, sagte Susanna und bedeutete Elizabeth, fortzufahren.

Am Ende ihres Vortrages entspannen sich eifrige Diskussionen und Susanna stellte mit großem Bedauern fest, dass die Zeit schon abgelaufen war. Sie beendete das Seminar mit einem Hinweis an die beiden Studentinnen, die das Thema der nächsten Woche vorbereiten sollten. *Störungen des Arbeitsgedächtnisses.*

Der Raum leerte sich. Elizabeth und ihre Kommilitonin waren noch damit beschäftigt, den Laptop abzustöpseln.

„Haben Sie noch eine Minute Zeit?“, fragte Susanna Elizabeth.

Diese sah sie überrascht an, nickte dann aber.

„Geh ruhig, ich schaff das schon allein“, sagte Mary.

Susanna führte Elizabeth in ihr Büro und bat sie, Platz zu nehmen. Die Studentin sah sie erwartungsvoll an.

„Ich habe eine möglicherweise etwas ungewöhnlich klingende Bitte“, begann Susanna. Elizabeth legte den Kopf schief. Ihre spitze Nase hüpfte ein wenig auf und ab.

„Ich wurde angefragt, einen Kommunikationsversuch mit einem Locked-in-Patienten zu starten, und wollte Sie bitten, mich dabei zu unterstützen.“

Elizabeths Augen weiteten sich. „Aber natürlich. Wann geht es denn los?“

Susanna lächelte. „Ich warte noch auf eine Erlaubnis des Justizministeriums. Die müssen die Untersuchung genehmigen, und die Mühlen der Behörden mahlen bisweilen leider äußerst langsam.“

„Das Justizministerium? Was haben die denn mit der Sache zu tun?“

„Es handelt sich um einen recht außergewöhnlichen Fall. Das Justizministerium ist involviert, weil der Patient ein Verdächtiger in einer Mordserie ist.“

Elizabeth schluckte nervös. „Sie meinen doch nicht etwa David Armstrong, oder?“

Susanna nickte. „Doch, genau um den handelt es sich.“

Elizabeths Nasenspitze zuckte erneut. „Das könnte kompliziert werden“, murmelte sie.

„Wie meinen Sie das?“

„Ich habe für meine Masterarbeit zunächst einmal nach allen LIS-Patient*innen im Großraum London gesucht. Danach habe ich einen weiteren Filter angelegt und musste etwa die Hälfte der Kandidat*innen ausschließen.“

Susanna nickte. Sie erinnerte sich an deren Ausführungen im Forschungskolloquium.

„Armstrong war einer der Fälle, die ich nicht aufnehmen konnte.“

„Wahrscheinlich wegen der Schwierigkeit, eine Erlaubnis vom Justizministerium zu bekommen, oder?“

Elizabeth schüttelte den Kopf. „Ja, das auch, aber ehrlich gesagt war es eher sein Zustand, der mich dazu veranlasst hat, ihn auszuschließen."

Susanna kniff die Augen zusammen. „Wie haben Sie sich denn ein Bild von seiner Symptomatik machen können? Ich habe heute Morgen mit dem Leiter der Einrichtung telefoniert und dieser wollte keine Angaben dazu machen, wie es um Armstrong bestellt ist."

Elizabeths Nasenspitze hüpfte noch ein bisschen aufgeregter auf und ab.

„Ich ... ich habe Armstrongs Patientenakte einsehen können."

Nun weiteten sich Susannas Augen. „Seine Patientenakte? Wie haben Sie denn das geschafft?"

Elizabeth wirkte mit einem Mal verlegen. „Ich weiß, es war nicht richtig ... mein Freund ist ein Computer-Nerd. Er hat sich reingehackt."

Susanna sah sie ungläubig an. Dann brach sie in ein schallendes Gelächter aus.

„Ich sollte das nicht lustig finden, ich weiß", sagte sie, als sie sich wieder beruhigt hatte. „Ich weise Sie nun auch offiziell darauf hin, dass so etwas nicht in Ordnung ist. Aber in diesem speziellen Fall könnte Ihr Eifer tatsächlich unbezahlbar sein. Ganz unter uns: Was haben Sie dabei herausgefunden?"

Elizabeth leckte sich über die Lippen. „Nachdem er angeschossen worden war, war Armstrong zunächst im St-Bartholomews-Hospital behandelt worden. Dort wurde ein Wachkoma diagnostiziert. Die Neurologen waren sich aber uneins und so wurde als weitere Diagnose ein komplettes LIS ins Spiel gebracht."

„Er kann keine Muskeln mehr willkürlich bewegen?"

Elizabeth nickte.

Susanna schnaubte. „Das wird knifflig.“

„Es wird sogar noch kniffliger durch die Tatsache, dass seit sieben Jahren niemand mehr mit Armstrong kommuniziert hat“, ergänzte Elizabeth.

„Es gab keinerlei Kommunikationsversuche?“

Elizabeth schüttelte den Kopf. „Er wird in diesem Heim verwahrt. Abgesehen von der Grundpflege, die ihn am Leben erhält, bekommt er keine weiteren Behandlungen. Keine Physiotherapie, keine Ergotherapie, gar nichts.“

Susanna legte ihren Kopf in beide Hände. „Oh je, das klingt gar nicht gut.“

Elizabeth nickte. „Wahrscheinlich ist er zu keiner Kommunikation mehr fähig. Aus diesem Grund habe ich ihn ausgeschlossen.“

„Das war eine weise Entscheidung“, knurrte Susanna.

„Wollen Sie trotzdem versuchen, mit ihm zu kommunizieren?“

„Ich will nicht, ich muss“, erwiderte Susanna.

Das Telefon läutete. Sie sah auf das Display. Es war der Dekan.

„Ich muss dieses Gespräch schnell annehmen. Bleiben Sie aber bitte noch da“, sagte sie und hob ab.

„Ich habe gerade mit dem Staatssekretär im Justizministerium gesprochen“, begann er und an seinem Tonfall erkannte sie, dass er ihr keine guten Nachrichten zu übermitteln hatte.

„Er hat abgelehnt?“

„So weit sind wir noch nicht“, sagte Walters. „Er hat mir versprochen, sich rasch darum zu kümmern und beim Justizminister vorstellig zu werden, aber er hat mir keine großen Hoffnungen gemacht, dass dieser einer Untersuchung zustimmen wird."

„Warum?"

Sie hörte den Dekan seufzen. „Politik", sagte er. „Die Regierung steht momentan unter Druck. Seit dem Brexit ist Sparen angesagt. Eine Wissenschaftlerin damit zu beauftragen, einen Serienmörder zu untersuchen, dessen Gehirn – ich zitiere hier den Staatssekretär – wahrscheinlich eh nur noch Matsch ist – könnte dem Ministerium als Verschwendung von Zeit, Geld und Ressourcen ausgelegt werden. Vor allem, wenn Sie das in einem größeren Zusammenhang sehen. Die nationale Gesundheitsversorgung leidet unter den Einsparungen, wir können kaum noch unsere Ärzte und Krankenschwestern bezahlen. Und dann erhält so einer wie Armstrong plötzlich eine Sonderbehandlung. Das ist politisch nur schwer zu vermitteln."

„Aber darum geht es doch gar nicht", sagte Susanna, die zunehmend verzweifelte. „Er soll ja gar keine Sonderbehandlung bekommen. Die Öffentlichkeit profitiert von einer Kontaktaufnahme. Auf diese Weise könnte man ihm endlich den Prozess machen und ihn verurteilen."

„Mir brauchen Sie das nicht zu erklären. Ich fürchte, dass das Justizministerium für derartige Argumente nur wenig zugänglich ist. Aber wir werden sehen. Ich melde mich bei Ihnen, sobald eine endgültige Entscheidung getroffen wurde."

Susanna legte auf und sah ins Leere.

„Schlechte Nachrichten?", hörte sie Elizabeth fragen.

Susanna schüttelte sich. „Die Bürokraten beim Justizministerium stellen sich quer. Sie befürchten einen

Shitstorm, wenn wir staatliche Mittel verschwenden, um mit einem mutmaßlichen Serienkiller zu kommunizieren."

„Aber Ihr Argument war doch gut. Wenn es uns gelingt, Armstrong einer Verurteilung zuzuführen, hätte auch die Öffentlichkeit etwas davon."

„Ja, das stimmt, aber das müsste die Öffentlichkeit erst einmal mitbekommen."

Elizabeth sog die Unterlippe ein. Ihre Nasenspitze hüpfte auf und ab. Sie schien angestrengt über etwas nachzudenken. Plötzlich hellte sich ihre Miene auf.

„Ich glaube, ich habe eine Möglichkeit gefunden, wie wir die Öffentlichkeit auf unsere Seite bringen könnten."

Susanna sah sie überrascht an, vor allem auch deswegen, weil sie bereits von *unsere Seite* sprach.

„Und wie stellen Sie sich das vor?"

„Wenn ich eines in meinem bisherigen Leben gelernt habe, dann, dass Schlagzeilen und Publicity der wichtigste Weg sind, um in Großbritannien etwas zu erreichen."

„Aber wie generieren wir Schlagzeilen?"

Elizabeth lächelte verschwörerisch. „Lassen Sie das mal meine Sorge sein."

19

Olivia stellte den Nissan auf den Parkplatz der Dienststelle. Sie stieg aus und schloss das Fahrzeug mit dem Schlüssel ab. Die Fernbedienung war schon lange nicht mehr funktionstüchtig. Wahrscheinlich musste man nur eine Batterie ersetzen, aber sie hatte nie die Zeit gefunden, deswegen in eine Werkstatt zu fahren. Sie betrat das Dienststellengebäude durch den Hintereingang und ging dann durch den Flur direkt zum Großraumbüro. Omar saß hinter seinem Bildschirm, ansonsten war keiner der Kollegen zu sehen.

„Guten Morgen", sagte sie. „Ganz allein im Dienst heute?"

„Mallory und Masters gehen einem Einbruchsdelikt nach, und Greg ist immer noch krank", sagte er. „Also halte ich hier die Stellung."

„Geben Sie Bescheid, wenn ich Ihnen helfen soll", sagte Olivia in der stillen Hoffnung, dass er weder Hilfe benötigen noch sich melden würde.

Sie ging zu ihrem Büro, schloss die Tür hinter sich und setzte sich an ihren Bildschirm. Der PC brauchte ewig, um hochzufahren. Während das Betriebssystem sich mit dem Starten abmühte, holte sie sich eine Tasse Kaffee. Schon der Duft der braunen Brühe weckte ihre Lebensgeister. Olivia setzte sich hinter ihren inzwischen hochgefahrenen PC und nahm einen großen Schluck. Herrlich. Sie öffnete ihre E-Mails und sofort begann ihr Herz, schneller zu schlagen. Das konnte die

Wirkung des Kaffees sein, oder es lag daran, dass sie eine Mail ihres direkten Vorgesetzten vorfand, deren Betreff: *Einsparpotenzial Putney* lautete. Sie stellte die Tasse ab, klickte auf die Nachricht und überflog den Text mit angehaltenem Atem.

Es war zum Glück nicht so schlimm wie befürchtet. Ihr Chef hatte ihre Quartalsplanung durchgewunken. Das neue Streifenfahrzeug, das sie beantragen wollte, konnte sie sich leider abschminken. Dafür wies er sie an, dauerhaft kranken Mitarbeitern alternative Angebote zu unterbreiten. Ob er ahnte, dass Greg langfristig ausfallen würde? Aber was meinte er mit *alternative Angeboten*? Wahrscheinlich war das eine wohlklingende Umschreibung für *feuern*.

Sie atmete erleichtert auf, als sie feststellte, dass sie vorerst keine direkten Arbeitsaufträge erhalten hatte, die unmittelbar erledigt werden mussten. Sie war gerade auf dem Weg zum Aktenschrank, in dem sich die Unterlagen zu den Slasher-Morden befanden, als die Bürotür aufsprang. Es war Omar. Seine Augen waren weit aufgerissen.

„Es ist wieder passiert!", rief er.

„Was ist wieder passiert?"

„Ein neuer Mord", erwiderte er, drängend, als ob er angesichts ihrer Begriffsstutzigkeit genervt wäre.

„Wo?"

„In Mayfair." Er nannte ihr die Adresse. Dieses Mal musste sie diese nicht in ihr Handy eingeben, denn sie kannte die Gegend.

„Wie haben Sie davon erfahren?"

„Ich habe auf einem Ohr den Funk mit angehört. Ein Passant hat einen Leichenfund gemeldet. Zwei Streifenkollegen sind bereits auf dem Weg."

Olivia ballte triumphierend die Faust. Das bedeutete, dass noch eine Chance bestand, vor dem Team der Mordkommission dort einzutreffen.

„Ich fahre hin", sagte sie entschlossen. „Falls etwas sein sollte, erreichen Sie mich auf dem Handy."

Ohne eine Antwort abzuwarten, eilte sie hinaus auf den Parkplatz. Ein leichter Nieselregen hatte eingesetzt. Sie musste sich beeilen und dafür sorgen, dass die möglicherweise unerfahrenen Kollegen keine Spuren verwischten.

Womit sie allerdings nicht gerechnet hatte, war der Verkehr. Über die Putney-Bridge gelangte sie noch problemlos und auch Fulham passierte sie ohne Verzögerungen. Die Probleme begannen in Chelsea. Am Thurloe Place ging plötzlich gar nichts mehr. Dem Polizeifunk, den sie die ganze Zeit über angeschaltet hatte, entnahm sie, dass es einen Unfall gegeben hatte. Fluchend setzte sie zurück und versuchte es mit einer Alternativroute. Trotzdem dauerte es eine weitere Stunde, bis sie endlich in Mayfair eintraf.

Schon am Eingang zur Clarges Street, einem Sträßchen, das in eine T-förmige Doppelsackgasse führte, wusste sie, dass sie zu spät gekommen war. Sie stellte den Wagen mit angeschalteter Warnblinkanlage am Straßenrand ab und schritt auf den Streifenpolizisten zu, der das Absperrband bewachte, mit dem der Eingang zur Clarges Street abgesperrt war. Neben ihm parkte der Van der Kollegen vom Erkennungsdienst.

„Sie können hier nicht rein", sagte der Bobby. Er war ein wenig grün im Gesicht und sprach langsam und mühsam. Wahrscheinlich hatte er die Leiche gefunden oder zumindest einen genaueren Blick darauf werfen können.

Sie zeigte ihm ihren Ausweis. „Ist CI Harrison schon eingetroffen?", fragte sie in einem Tonfall, der andeuten sollte, dass sie erwartet wurde.

„Ja, Ma'am", sagte er und nahm Haltung an. Er hob das Absperrband an und ließ Olivia hindurchschlüpfen. Sie ging die Gasse entlang, an deren Enden zwei Sackgassen, die Clarges Mews, jeweils für etwa dreißig Meter an einer niedrigen Häuserreihe entlangführten.

Mayfair war ein nobleres Stadtviertel und deshalb sahen auch die Gebäude dementsprechend geschniegelt aus. Die großen, weißen Fenster der Rückfassaden waren blitzblank geputzt und mit Blumenkästen voll blühender Blumen versehen. Den Kontrast dazu bildeten die Mitarbeiter des Erkennungsdienstes, die in ihren Astronauten-Anzügen Spuren sammelten. Der Leichnam der Frau war mit dem Rücken an ein Garagentor gelehnt worden. Ihr Kopf hing auf die linke Schulter hinab, von der eine rote Blutspur bis zu einer Blutlache auf dem Pflaster verlief. Hatte man ihr die Kehle durchgeschnitten? Sie konnte nur noch erkennen, dass die Beine der Toten gespreizt waren, dann schoben sich die Kollegen vom Erkennungsdienst in ihren Blickwinkel. Sie wollte nähertreten, doch plötzlich stand Frank Calvin vor ihr.

„So ein Zufall", sagte er. „Warst du wieder in der Gegend? Hast du ein Containerschiff bei Lloyds nebenan versichern wollen und sind dir dann die beiden Beamten aufgefallen, die den Tatort abgesperrt haben?"

Sie funkelte ihn ungeduldig an. „Ist es derselbe Täter wie in Chelsea?"

Calvin lachte. „Die gute alte Olivia. Vermutet in jeder Tötung das Werk eines potenziellen Serientäters. Aber um dich zu beruhigen: Nein, es sieht nicht danach aus, als ob die Morde zusammenhängen. Der Frau wurde die Kehle durchgeschnitten. Das ist schon etwas anderes als eine Betäubung mit Chloroform."

„Kann ich die Leiche sehen?"

Er schüttelte den Kopf. „Ich wüsste nicht, wozu das gut sein sollte. Das hier ist mein Tatort, und du machst jetzt besser, dass du zurück in deine Dienststelle kommst, sonst beschwere ich mich beim Commissioner."

„Wo ist Marcus?"

„Der redet gerade mit der Anwohnerin, die die Frau gefunden hat. Ich bin der stellvertretende Leiter der Mordkommission, und in dieser Funktion weise ich dich an, dich zu verziehen."

Olivia schluckte die Erwiderung herunter, die ihr auf der Zunge lag. Sie warf einen Blick vorbei an Frank und entdeckte Eleonor Rigby. Diese sah jedoch nicht zu ihr. Harry Edgecombe trat jetzt auf sie zu. Sein gutmütiges Bärengesicht hatte einen schmerzvollen Ausdruck angenommen.

„Komm", sagte er. „Gehen wir zu deinem Auto."

Er nahm sie am Arm und führte sie mit sich.

„Das sieht doch ein Blinder mit Krückstock, dass hier ein Serientäter am Werk ist", knurrte Olivia.

Harry seufzte. „Ja, da magst du recht haben oder aber auch nicht. Wir müssen die Ergebnisse der Obduktion abwarten und dann wird Marcus entscheiden, wie wir weiter verfahren. Er weiß schließlich, was zu tun ist. Aber hier kannst du jetzt nichts mehr bewirken. Du kennst Frank doch. Er wird fuchsteufelswild, wenn man ihm in die Quere kommt."

Olivia schnaubte. „Ich kann auch fuchsteufelswild werden."

„Aber wem soll damit gedient sein? Wir tun unser Bestes, Olivia. Frank mag sich noch so sehr aufplustern, aber er hat hier nicht das Sagen. Marcus hat den Überblick, und er hört erfreulicherweise auch auf Eleonor. Hast du sie schon kennengelernt? Sie ist eine Wucht." Sein Gesicht lief mit einem Mal knallrot an. Olivia schmunzelte.

„Ja, ich habe schon einmal mit ihr gesprochen. Sie ist intelligent und sehr hübsch."

Harry wurde noch eine Spur röter. Olivia beschloss, ihn nicht weiter zu piesacken. Sie verabschiedete sich von ihm und kehrte zu ihrem Auto zurück. Der Bobby am Eingang der Straße bedachte sie mit einem seltsamen Blick. Als sie hinter dem Steuer saß, schlug sie mit beiden Händen auf das Lenkrad ein und ließ ihrem Frust mit einem lauten Schrei freien Lauf. Das durfte doch alles nicht wahr sein.

Ihr Handy pingte. Es war eine Nachricht von Rigby.

Kommen Sie in dreißig Minuten zum Grosvenor Square.

Hoffnung flammte in ihr auf. Sie startete den Wagen und lenkte ihn durch die schicken Häuserschluchten Mayfairs bis zu einem von großen Backsteinvillen umgebenden Platz. Sie parkte das Auto an der Straßenseite und ging in den Park in der Mitte der Freifläche hinein, wo sie sich auf eine der Holzbänke setzte. Ihr Handy pingte erneut. Eleonor hatte ihr ein Bild geschickt und bei dem Anblick stellten sich augenblicklich Olivias Nackenhaare auf. Der Frau war tatsächlich die Kehle durchgeschnitten worden. Außerdem zählte sie einen Einstich an ihrem Oberkörper, am Bauch hingegen mindestens ein Dutzend.

„Sieht schlimm aus, nicht wahr?", fragte Eleonor. Olivia hatte sie nicht kommen sehen. Die Kollegin stand plötzlich direkt vor ihr.

„Calvin ist der Ansicht, dass der Fall nichts mit den beiden Morden in Chelsea und Brixton zu tun hat", sagte Olivia. „Was meinen Sie?"

Rigby verzog das Gesicht. „Ich ... dass der Frau die Kehle durchgeschnitten wurde, ist ungewöhnlich, und bislang wurde auch noch kein Mord am helllichten Tag verübt. Die Fälle unterscheiden sich also tatsächlich."

Olivia nickte. „Ja, das tun sie. Aber nur hinsichtlich des Modus operandi. Sie wurden anders ausgeführt. Die Signatur ist aber dennoch vorhanden, und zwar klar und deutlich. Übertötung. Verstümmelungen am Bauch und Zurschaustellung. Die durchschnittene Kehle könnte eine Anspielung auf den vierten Ripper-Mord sein."

Eleonor sah sie an. „Das kann Marcus doch nicht einfach ignorieren", sagte sie.

„Ich bezweifle sehr, dass Marcus sich meiner Theorie anschließen will."

„Warum?"

Olivia zuckte mit den Achseln. „Weil es ihn seinen legendären Ruf kosten könnte, wenn er zugeben müsste, dass er sich geirrt hat."

Da war sie wieder. Warum tauchte sie am Tatort auf? Was wollte sie hier? Das war sein Revier.

Er unterdrückte den Ärger, der in ihm aufwallen wollte und der das wunderbare Gefühl der Euphorie zu verdrängen drohte, das diese perfekte Tat in ihm ausgelöst hatte.

Dieses Mal verzichtete er darauf, sein Kopfkino zu besuchen, denn er musste mitbekommen, was hier los war. Immerhin hatte sie es dieses Mal nicht geschafft, am Tatort herumzuschnüffeln. So weit so gut. Aber da war noch diese Rothaarige. Sie war ein weiterer Unsicherheitsfaktor. Auch um sie würde er sich kümmern müssen.

Aber das hatte noch Zeit. Er sehnte sich danach, endlich wieder nach Hause zu kommen, die Tür hinter sich zu schließen und den Film zu starten.

20

Susanna saß in einem bequemen Lederstuhl und starrte in den Spiegel, dessen Rand von grell leuchtenden Glühbirnen eingefasst war.

„Augen bitte ganz weit aufmachen und nach oben schauen."

Sie tat, wie ihr geheißen worden war und kurz darauf spürte sie, wie der Make-Up-Mann den Kajal mit geübten Bewegungen an der Wasserlinie entlangführte. Er hatte das garantiert schon Tausende Male getan und sein Kleinhirn konnte dieses fest verankerte motorische Programm so delikat verfeinern, dass er seine Strichführung, ohne nachdenken zu müssen, an die anatomischen Gegebenheiten jedes noch so seltsam geformten Auges anpassen konnte. Darauf vertraute Susanna. Sie bezweifelte, dass der Make-Up-Artist ihr schwarze Farbe auf die Augäpfel schmieren würde, wie es bei ihr manchmal geschah, wenn sie sich selbst schminkte. Denn dann würden die Tränen bei ihr fließen und darauf konnte sie in der kommenden Stunde gut verzichten.

„Na, wie geht es Ihnen?", fragte Elizabeth Burgess. Susanna traute sich nicht, sie anzuschauen, sondern starrte stattdessen weiterhin stur an die Decke.

„Ich hätte mir nie träumen lassen, dass ich mal im Frühstücksfernsehen interviewt werden würde."

„Wenn Sie es mit Poppy zu tun haben, sollten Sie Ihre bisherigen Vorstellungen davon, was Sie träumen können, über Bord werfen“, sagte eine andere Stimme. Der Visagist hatte seinen Job inzwischen erledigt und so konnte sich Susanna der Frau zuwenden, die sie angesprochen hatte. Sie kannte Unity Wilmore, die zunächst die Abendnachrichten der BBC gesprochen hatte und nun ins Frühstücksfernsehen gewechselt war. Die Moderatorin musste um die dreißig Jahre alt sein. Auf ihren vollen Lippen tanzte ein Schmunzeln. Ihr Afro war noch ausladender als Susannas aber beneidenswert akkurat frisiert. Das lag wohl daran, dass sie eine eigene Hairstylistin hatte.

„Poppy?“, fragte sie irritiert.

Elizabeth verdrehte die Augen. „Das ist mein Spitzname“, sagte sie. „Ich habe dafür gesorgt, dass ihn kaum noch jemand verwendet. Nur alte Freunde kennen ihn.“

„Und Sie sind alte Freundinnen?“, fragte Susanna.

Unity lächelte. „Nun, wie man es nimmt. Wir sind ja beide noch jung und da ist die Bedeutung des Begriffs *alte Freundinnen* relativ. Aber wir haben vor ein paar Jahren einiges zusammen erlebt und erfreulicherweise sind wir seitdem in Kontakt geblieben.“

„Wir verbringen eine Woche pro Jahr gemeinsam in Cornwall. Mein Vater lebt dort und praktiziert als Psychotherapeut.“

Irgendetwas ließ eine Glocke in Susannas Kopf zum Läuten bringen.

„Sie haben damals Sir Fitzwilliam zur Strecke gebracht!“, rief sie.

Die beiden jungen Frauen tauschten verschwörerische Blicke aus.

„Deswegen sind wir vielleicht die Richtigen, um Ihnen dabei zu helfen, Druck auf das Justizministerium auszuüben“, sagte Unity.

„Wie wollen wir das denn anstellen?“, fragte Susanna, die nun doch nervös wurde bei der Vorstellung, dass in wenigen Minuten die Scheinwerfer auf sie gerichtet sein würden.

„Lassen Sie mich das mal machen“, sagte Unity. „Ich werde Sie interviewen und es Ihnen dabei ermöglichen, ein Statement abzugeben. Sie müssen sich nur eine Kernbotschaft überlegen. Das, was bei den Zuschauerinnen hängen bleiben soll.“

Susanna nickte. „Ich glaube, da weiß ich schon etwas.“

Unity lächelte. „Prima. Ich muss jetzt los, die Sendung beginnt gleich.“

Susanna sah ihr hinterher. „Im echten Leben sieht sie noch viel hübscher aus als im Fernsehen“, sagte sie.

Elizabeth lächelte. „Im echten Leben ist sie auch noch viel schlagfertiger als im Fernsehen. Es ist immer wieder ein Vergnügen, Zeit mit ihr zu verbringen, auch wenn wir uns leider nur selten treffen können, denn sie hat einen stressigen Job.“

„Das kann ich mir vorstellen.“

Susanna war plötzlich ein Gedanke gekommen. Sie schluckte.

„Ihr Freund, der sich in die Patientenakte gehackt hat ...“

„Das ist Andrew gewesen. Andrew Fitzwilliam. Wir haben zusammen eine Wohnung in Chelsea.“

Susanna sah sie mit großen Augen an. „Wow, als ich Sie zum ersten Mal im Hörsaal sitzen sah, hätte ich nie gedacht, dass ich die Person vor mir haben könnte, die das Schicksal dieses Landes maßgeblich in eine positivere Richtung gelenkt hat."

Elizabeth lachte. „Ich bin froh, wenn niemand darauf kommt, nachzufragen, was ich damals getan habe, denn der Medienrummel war einfach furchtbar."

Der Aufnahmeleiter schaute zur Tür herein und teilte ihnen mit, dass die Sendung gleich beginnen würde.

„Wollen wir uns das Ganze anschauen?", fragte Poppy.

Susanna nickte und folgte ihr. Für die beiden waren Stühle im hinteren Bereich des Studios aufgestellt worden. Neben Susanna war noch ein Platz frei.

„Der ist für Adele", sagte der Aufnahmeleiter. „Falls sie noch rechtzeitig kommt und zuschauen möchte."

„*Adele*?" Susanna schluckte.

Poppy kicherte. „Deshalb hat Unity darauf bestanden, dass wir direkt heute Ihr Interview aufnehmen. Jemand wie Adele lässt die Einschaltquoten natürlich in die Höhe schießen."

„Ich hätte mir nie träumen lassen, dass ich mal eine Art Vorgruppe für Adele sein könnte", murmelte Susanna.

Die Sendung begann. Unity war absolut großartig. Sie interagierte mit den Kameras, als ob das Publikum direkt vor ihr säße. Sie war witzig, charmant und im Zusammenspiel mit ihrem Wettermann auch unglaublich schlagfertig. Der Aufnahmeleiter winkte Susanna irgendwann zu und bedeutete ihr, dass nun gleich das Interview beginnen würde.

Sie spürte, wie sich ein Kloß in ihrem Hals bildete. Hoffentlich versagte ihr nicht die Stimme. Stopp! Sie wusste doch, was hier lief. Ihr Gehirn entwarf gerade allerhand katastrophale Szenarien, um sie in die Lage zu versetzen, aufgrund dieser Vorhersagen lösungsorientiert zu handeln. In Wirklichkeit geschah aber das Gegenteil. Je katastrophaler die Szenarien wurden, desto düsterer wurden ihre Gedanken und desto weniger kam sie ins Tun. Das durfte sie auf keinen Fall zulassen. Sie konzentrierte sich auf ihren Atem, hätte dabei aber fast das Zeichen des Aufnahmeleiters übersehen, der sie auf die Bühne winkte.

Beinahe wäre sie über die Stufe gestolpert, aber als sie Unity sah, die sie erwartungsvoll und beruhigend zugleich anlächelte, verspürte sie plötzlich Vorfreude.

Sie setzte sich auf das Ledersofa, auf dem schon so viele Berühmtheiten gesessen hatten und auf dem sie nun den Platz für Adele anwärmen durfte.

„Professor Madueke, schön, Sie heute bei uns zu haben", begann Unity.

„Die Freude ist ganz auf meiner Seite", erwiderte Susanna.

„Können Sie unseren Zuschauern in aller Kürze erklären, womit Sie sich in Ihrer Forschung beschäftigen?"

Susanna holte tief Luft. „Ich bin Professorin für Neuropsychologie an der Roehampton University. Mein Spezialgebiet ist die Kommunikation mit Menschen, die am Locked-in-Syndrom leiden. Die meisten von Ihnen werden Stephen Hawking kennen, der an ALS erkrankt war. Das ist eine neurologische Störung, die ihn der Kontrolle über seine Muskulatur beraubte. Er konnte mithilfe eines einzigen Muskels an seiner Wange einen Sprachcomputer bedienen."

„Arbeiten Sie auch mit solchen Computern?"

Susanna nickte. „Genauer gesagt arbeite ich mit einer Weiterentwicklung dieser Technik. Manche Menschen mit dem LIS können leider keinen einzigen Muskel mehr bewegen. Inzwischen gibt es aber Geräte, mit denen wir Steuersignale direkt aus dem Gehirn ableiten können."

„Sie können also Gedanken lesen?"

Susanna lächelte. „Nein, so weit ist es noch nicht. Dazu wird es meiner Meinung nach auch niemals kommen. Aber mit diesen Brain-Computer-Interfaces können vollständig gelähmte Menschen weiterhin mit ihrer Umgebung kommunizieren."

„Das klingt ja großartig", sagte Unity. „Ich kann mir gar nicht vorstellen, wie furchtbar es sein muss, in seinem Körper eingesperrt zu sein und nicht mit der Umwelt in Kontakt treten zu können."

Susanna nickte. „Ja, das ist es."

„Sie planen nun aber ein ganz besonderes Projekt, oder?", fuhr Unity fort.

Susanna spürte, wie ihr Herz schneller schlug. Sie nickte.

„Ja, denn ich bin der Ansicht, dass eine Technik wie die, an der ich arbeite, nicht nur ein Selbstzweck sein darf. Sie muss auch dem Allgemeinwohl dienen. Deshalb möchte ich sie dazu nutzen, eine Kommunikation mit David Armstrong zu ermöglichen."

Unity zog eine Augenbraue nach oben. Die Überraschung war so gut gespielt, dass Susanna beinahe selbst darauf hereingefallen wäre.

„Ist das nicht der Serienkiller, der vor einigen Jahren Frauen in Südlondon ermordet hat?"

„Das ist korrekt“, sagte Susanna. „Er wurde bei seiner Verhaftung angeschossen und ist seitdem LIS Patient. Deswegen konnte er auch weder verhört werden, noch konnte bislang ein Prozess gegen ihn stattfinden.“

„Er wurde also nie für seine Verbrechen verurteilt?“

Die Empörung in Unitys Stimme musste teilweise echt sein.

„Ja, und genau das will ich ändern. Ich möchte einen Kommunikationskanal zu ihm öffnen, der stabil genug ist, um endlich einen Prozess zu ermöglichen. Ich will Gerechtigkeit für die vier Frauen, die er mutmaßlich auf dem Gewissen hat.“

Unity ließ Susannas Worte ein wenig ausklingen, sodass sie besser wirken konnten.

„Wow“, sagte sie schließlich. „Das ist ein hochgestecktes Ziel. Was hindert Sie daran, das Ganze umzusetzen?“

„Das Justizministerium ist der Ansicht, dass es eine Verschwendung von Geld und Ressourcen sei.“

„*Wie bitte?* Das darf doch wohl nicht wahr sein!“

Susanna nickte. „Leider doch. Ich habe bislang keine Erlaubnis bekommen, meine Kommunikationsmethode mit Armstrong zu erproben.“

Unity schaute plötzlich an ihr vorbei. Susanna wurde bewusst, dass sie in die Kamera sah. Sie wendete sich direkt an Ihre Zuschauer.

„Sie haben gehört, was Professor Madueke gesagt hat. Wenn Sie der Meinung sind, dass der Frauenmörder David Armstrong seiner gerechten Strafe zugeführt werden sollte, machen Sie Druck auf Social Media, oder rufen Sie Ihre Abgeordneten an. Professor Madueke, vielen Dank! Nach der Werbepause sprechen wir mit Adele über ihr neues Album.“

Das rote Licht an der Kamera, die auf Susanna gerichtet war, erlosch. Unity sah sie breit grinsend an und hob einen Daumen.

„Das lief wirklich fabelhaft“, sagte sie. „Nun warten wir ab, was geschieht.“

21

Olivia hatte die ganze Nacht kein Auge zugetan. Nachdem Susanna sich am Vorabend bei ihr gemeldet und ihr angekündigt hatte, dass sie im Frühstücksfernsehen auftreten und Druck auf das Justizministerium ausüben würde, hatte sie eine fieberhafte Aufregung erfasst. Dieses Mal hatte sie es zwar geschafft, rechtzeitig nach Hause zu kommen und Wendy zu ihrer Ballettstunde zu fahren, aber als ihre Tochter im Auto fröhlich los geplappert hatte, hatte Olivia nur mit halbem Ohr zugehört, denn sie hatte sich den Kopf darüber zerbrochen, was sie nun als Nächstes unternehmen sollte. *Was, wenn Susannas Kampagne Erfolg hatte? Was, wenn das Justizministerium ihr erlaubte, einen Kommunikationsversuch mit Armstrong zu starten? Wenn es tatsächlich gelang, den Verdächtigen zum Sprechen zu bringen – wer würde ihn verhören?*

Die Antwort war eindeutig und frustrierend zugleich, denn der Commissioner würde natürlich sein bestes Pferd im Stall mit dieser Aufgabe betrauen. Marcus Harrison, der den Putney-Slasher zur Strecke gebracht hatte, würde garantiert auch die Ehre zuteilwerden, ihm ein Geständnis zu entlocken. Das wäre die Krönung seiner Karriere, etwas, das ihm zustand – so zumindest würde seine Meinung und die der männerbündischen Kreise bei Scotland Yard lauten, in denen er sich bewegte.

Aber das durfte nicht geschehen. Marcus war der falsche Mann für diese Aufgabe. Das musste der Commissioner doch verstehen. Marcus war ein begnadeter Ermittler, das gab sie zu, aber in diesem Fall war er nun einmal voreingenommen.

Natürlich war ihrer ganzen Familie aufgefallen, dass sie später beim Abendessen abwesend gewirkt hatte. Tim hatte einmal sogar mit seiner Hand vor ihren Augen hin- und her gefuchtelt und dabei gefragt: „Hallo, ist jemand zu Hause?" Wendy und Lucy hatten das total komisch gefunden und noch eine halbe Stunde später haltlos darüber gekichert. Andy hingegen hatte nur eine sauertöpfische Miene aufgesetzt. Wortlos hatte er ihr den Rotwein gebracht, ihr Abendritual zum Runterkommen, seit sie gelesen hatte, dass ein kleines Glas am Abend gut für die Gesundheit sei. Dann hatte er den Fernseher angeschaltet und sie in Ruhe gelassen.

Irgendwann musste er das Gerät wieder ausgeschaltet haben und zu Bett gegangen sein. Olivia hatte es kaum mitbekommen. Ihre Gedanken hatten sich an der Frage festgebissen, wie sie verdammt noch mal den Commissioner davon überzeugen könnte, ihr die Befragung von Armstrong anzuvertrauen.

Als sie selbst ins Bett gegangen war, hatte Andy schon geschlafen. Sie hatte seinem sägenden, nach Luft schnappenden Schnarchen gelauscht und wach gelegen. Es war nicht so, dass sie nicht müde gewesen wäre, ihr Körper schrie nach Schlaf und er fühlte sich so schwer an, dass sie glaubte, in der Matratze versinken zu müssen, aber ihr Kopf hatte sie nicht zur Ruhe kommen lassen. Stundenlang hatte sie versucht, eine Strategie zu entwickeln und als der Morgen draußen zu grauen begonnen hatte, hatte sie sich schließlich einen Plan zurechtgelegt. Halbwegs zufrieden war sie um fünf Uhr aufgestanden und hatte Frühstück für die ganze Familie gemacht. Als Andy um sechs Uhr in die Küche gekommen war, hatte er sie mit großen Augen angeschaut.

„Pancakes, Speck und Baked Beans? Habe ich etwas verpasst? Hat eines der Kinder Geburtstag?"

Sie schüttelte den Kopf. „Nein, ich wollte euch einfach mal was Gutes tun."

Andy nahm sie in die Arme und drückte sie. „Danke", sagte er, löste sich dann aber wieder viel zu schnell von ihr. Auch die Kinder waren überrascht, hielten sich jedoch nicht damit auf, in allzu überschwängliche Dankesorgien auszubrechen. Sie verschlangen das Frühstück und gingen dann ihrer Wege, während Olivia versuchte, ihre auf halbmast stehenden Augenlider mit einer Tasse Kaffee zu stabilisieren, der so stark war, dass man darin einen Löffel aufrecht hineinstellen hätte können, ohne, dass er umgefallen wäre.

Als auch Andy aus dem Haus war, räumte sie das Geschirr in die Maschine und fuhr zur Dienststelle. Sie wollte nur schnell hineingehen, um Omar zu sagen, dass sie bei Scotland Yard zu tun hatte.

„Ach, dann hat das Büro von Commissioner Penwith Sie schon erreicht?", fragte er.

Olivia stutzte. „Wie bitte?"

„Gerade eben hat das Vorzimmer des Commissioners angerufen. Sie sollen schnellstmöglich in die Zentrale kommen." Er zwinkerte ihr verschwörerisch zu. „Er wird Sie bestimmt bitten, sich an den Ermittlungen zu den beiden Mordfällen zu beteiligen."

Olivia spürte, wie ihr Mund austrocknete. „Das halte ich für unwahrscheinlich", murmelte sie.

Er fragte nicht weiter nach und sie war ihm dankbar dafür. Sie eilte in den Umkleideraum, zog sich rasch ihre Uniform an und brach dann auf. Nach der gestrigen Erfahrung mit dem Stau hatte sie beschlossen, die U-Bahn zu nehmen. Als sie gerade auf der Rolltreppe stand, die in der Station East Putney in die Tiefe führte, klingelte ihr Handy.

„Ja bitte?", fragte sie.

„Susanna Madueke am Apparat", hörte sie eine aufgeregte Stimme.

Mist, das hatte sie ja ganz vergessen.

„Wie ist es gelaufen?", fragte sie.

„Großartig", erwiderte die Professorin. „Ich bin noch im Sender. Hier glühen die Telefone. Laufend rufen Leute an, um sich über das Justizministerium zu empören. Zwei Heiratsanträge habe ich auch schon bekommen."

„Ich hoffe, Sie erledigen den Job, ehe Sie in die Flitterwochen fliegen."

Sie hörte ein Lachen am anderen Ende der Leitung. „Ich glaube nicht, dass ich jemanden heiraten möchte, der sich für mich interessiert, weil er mich schwitzend und stammelnd im Fernsehen gesehen hat."

„Wie geht es jetzt weiter?"

„Ich werde den Dekan bitten, heute Nachmittag noch einmal im Justizministerium vorzusprechen. Dann werden wir sehen, was geschieht."

„Ich drücke Ihnen die Daumen."

„Und bei Ihnen?"

„Ich bin gerade auf dem Weg zu Scotland Yard. Der Commissioner will mich sprechen. Wahrscheinlich hat er Ihren Auftritt auch verfolgt und will mir deswegen die Leviten lesen.“

„Dann hoffe ich mal, dass Sie meinetwegen keine Probleme bekommen werde.“

„Das wird schon werden“, sagte Olivia und bemühte sich, zuversichtlicher zu klingen, als sie sich momentan fühlte. „Es ist eine gute Gelegenheit, den Commissioner darum zu bitten, dass ich Armstrong vernehmen darf.“

„Dann drücke ich Ihnen nur noch fester die Daumen. Ich melde mich, sobald ich mehr weiß.“ Sie legte auf.

Olivia grunzte. Offenbar hatte die Professorin bislang mehr Erfolg gehabt als sie. Sie nahm die District Line in Richtung City und stieg an der Haltestelle Westminster aus. Dem Big Ben, der direkt über ihr aufragte, als sie aus dem Untergrund kam, schenkte sie keinerlei Beachtung. Sie eilte am Ufer der Themse entlang zu New Scotland Yard. Das Drehschild vor dem grauen Bau mit der modernen Glasfassade stand still. Wahrscheinlich war der Mechanismus mal wieder kaputt und es fehlte am nötigen Kleingeld, um ihn zu reparieren.

Sie wies sich an der Pforte aus und fuhr mit dem Aufzug in die oberste Etage. Das Büro des Commissioners lag am Ende eines langen Ganges. Sie ging zielstrebig auf die Tür aus polierter Eiche zu, als sie auf einmal von rechts ihren Namen hörte.

„Wir sind hier drin.“

Sie wandte den Kopf und sah, dass sich Sir Penwith in einem der Konferenzräume befand. Sie schluckte schwer. Er war also nicht allein. Um die hufeisenförmig aufgestellten Tische herum hatte Marcus Harrison mit seinem Team Platz genommen. Er sah sie mit einer Miene an, in der sie eine Mischung aus Besorgnis und Mitleid zu lesen glaubte. Ganz anders Frank Calvin, der neben ihm saß. Dieser grinste breit. Harry Edgecombe hatte die Hände über seinem ausladenden Bauch verschränkt und sah betreten auf die Tischplatte. Basils Anzug saß heute noch schlechter als sonst. Er schien seine ganze Aufmerksamkeit einem Fleck auf seinem Ärmel zu widmen. Eleonor Rigby sah sie direkt an. Sie kaute an einem Daumennagel.

Der Commissioner deutete auf einen freien Stuhl.

„Gut, dass Sie so schnell kommen konnten", sagte er. Er fixierte sie mit seinen kleinen, dunkelblauen Augen. „Es liegt eine Beschwerde gegen Sie vor."

„Eine Beschwerde? Von wem?"

„Von mir." Frank Calvin hatte das Wort ergriffen. „Du versuchst, dich in unsere Ermittlungen einzumischen. Du tauchst ungebeten an Tatorten auf. Du versuchst, auf Ermittlungsakten zuzugreifen, die für dich gesperrt sind. All das behindert unsere Arbeit."

Olivia sah Marcus an. „Was meinst du dazu?", fragte sie.

Sie sah, dass Marcus' Adamsapfel nervös auf und ab hüpfte.

„Olivia, es ist nichts Persönliches", sagte er. „Aber du musst doch einsehen, dass das nicht deine Ermittlungen sind."

Sir Penwith nickte. „Eben. Sie können versichert sein, dass die beiden Mordfälle bei CI Harrison und seinem Team in besten Händen sind."

„Es sind vier Mordfälle", berichtigte Olivia ihn.

Der Commissioner kniff die Augen zusammen. „Vier?"

Olivia nickte. „Ein Mord in Brixton vor drei Wochen und ein Mord in Clapham vor fünf Wochen. Beide weisen dieselbe Signatur auf wie die Tötungen in Chelsea und Mayfair."

Sir Penwith sah Marcus an. Dieser schüttelte den Kopf.

„Der Mord in Brixton war eine Beziehungstat. Die Kollegen von der Vierten haben den Partner der Frau bereits verhaftet. Der Mord in Clapham war ein Raubüberfall, der aus dem Ruder gelaufen ist."

„Aber die Signatur!", rief Olivia. „Das musst du doch gesehen haben. Es ist das gleiche Muster wie bei Jack the Ripper und auch wie bei Armstrong."

Frank Calvin lachte. „Dann soll sich also Jack the Ripper aus seinem Grab oder Armstrong aus seinem Krankenbett erhoben haben, um weitere Frauen zu töten? Was hast du denn geraucht?"

„Ich schaue nur auf die Fakten, und diese zeigen deutlich, dass die Übereinstimmung der vier Mordfälle mit den Serien von 1888 und 2016 frappierend sind. Wir sollten daher die Möglichkeit in Betracht ziehen, dass es Zusammenhänge gibt."

Der Commissioner schaltete sich nun ein. „Stecken Sie etwa hinter dieser Sache im Frühstücksfernsehen? Ich habe vorhin mit dem Justizminister telefoniert. Er ist fuchsteufelswild."

Olivia schluckte nervös. „Nein", log sie. „Aber ich habe das Ganze heute Morgen mitbekommen. Es ist doch eine fantastische Chance, die sich uns da bietet."

Er legte den Kopf schief. „Das sehe ich nicht so“, erwiderte er. „Denken Sie das doch mal weiter. Selbst, wenn es gelänge, mit dem Mann zu reden, heißt das doch noch lange nicht, dass es auch zu einem Prozess kommen würde. Er würde auf verhandlungsunfähig plädieren und damit sicher durchkommen.“

„Heißt das, dass wir deswegen erst gar nicht versuchen sollten, ihn zu verhören?“

Das Gesicht des Commissioners rötete sich. „Ich warne Sie! Drehen Sie mir nicht das Wort im Mund herum.“

„Das war nicht meine Absicht.“

„Welche Absicht verfolgen Sie dann?“

Olivia holte tief Luft. Nun war der entscheidende Moment gekommen. „Ich möchte Sie bitten, mir die Befragung von Armstrong zu übertragen.“

„Warum das denn? Sie arbeiten nicht einmal mehr bei der Kriminalpolizei. Wir haben mit CI Harrison einen hoch qualifizierten Fachmann. Der soll das erledigen, sollte es tatsächlich jemals dazu kommen.“

„Marcus ist aber nicht unvoreingenommen“, wandte Olivia ein.

Frank Calvin sprang auf und begann, lautstark zu protestieren. Sir Penwith bedeutete ihm mit einer Geste, sich wieder zu setzen.

„Wie meinen Sie das?“, fragte er Olivia.

„Marcus hat seine gesamte Karriere auf diesem Fall aufgebaut. Daraus folgt, dass er nicht unvoreingenommen in die Befragung gehen kann, und das wäre ein großes Problem vor Gericht.“

Die zartrosa Farbe im Gesicht des Commissioners kippte nun urplötzlich ins Dunkelrote.

„Was erlauben Sie sich?“, schrie er. „Ich habe mir das jetzt lange genug angehört. Sie mischen sich hier in Ermittlungen ein, die Sie überhaupt nichts angehen und werfen dann noch meinem besten Mann vor, parteiisch zu sein.“

„Ich …“

„Sie kehren jetzt sofort nach Wandsworth zurück. Wenn ich noch einmal mitbekomme, dass Sie Ihre Finger in fremde Töpfe stecken, können Sie sich einen anderen Job suchen. Haben Sie mich verstanden?“

22

Susanna sah auf die Uhr. Poppy war nicht zu spät. Noch nicht. Sie hatten vereinbart, sich an der U-Bahn-Station zu treffen und gemeinsam zu dem Pflegeheim zu fahren, in dem David Armstrong sein Leben fristete. Der Anruf des Rektors hatte sie am Abend erreicht, als sie gerade dabei gewesen war, die Paddington-Bär-DVD einzulegen. Als der Film lief, war ihre Mutter auf sie zugekommen und hatte sie gefragt, wie Adele denn so sei.

In diesem Moment hatte das Telefon geläutet und selten war sie dankbarer dafür gewesen.

„Walters hier", hatte der Dekan gesagt. Seine Stimme hatte angespannt geklungen. „Ich habe Neuigkeiten für Sie."

Susanna hatte ihrer Mutter mit der freien Hand ein Zeichen gegeben, still zu sein, und diese hatte sich mit sichtlichem Widerwillen daran gehalten. Walters hatte tief Luft geholt. „Mein Kontakt beim Justizministerium war überhaupt nicht erfreut darüber, wie die Dinge gehandhabt wurden. Ich halte mich da raus, denn meine Meinung interessiert hier nicht, aber ich habe den Eindruck, dass Sie irgendeinen Nerv getroffen haben. Die sozialen Medien sind regelrecht explodiert. Jedenfalls scheint der Druck der Öffentlichkeit so groß gewesen zu sein, dass der Justizminister Ihrem Ersuchen zugestimmt hat."

Susanna ballte die Faust und unterdrückte einen Jubelschrei.

„Allerdings gibt es Auflagen", sagte Walters.

„Auflagen?"

„Sie haben nur zwei Versuche, um eine Kommunikation mit Armstrong herzustellen."

Susanna schluckte. Das klang schwierig.

„Das sollte klappen", sagte sie, bemüht darum, zuversichtlicher zu klingen, als sie es war.

„Die zweite Auflage ist, dass Ihnen dabei ein Beamter des Justizministeriums über die Schulter schauen wird."

Susanna schloss die Augen. Das war ein nerviges Hindernis. Aber darüber musste sie sich erst Gedanken machen, wenn sie die Polizistin mit einbeziehen wollte. Zuerst galt es, den Kontakt zu Armstrong herzustellen.

„Sie können gleich morgen früh loslegen", hatte Walters abschließend gesagt und ein gemurmeltes „Viel Erfolg!" hinterhergeschoben.

Susanna hatte die Nacht über kaum geschlafen. Sie hatte nicht damit gerechnet, dass alles so schnell gehen würde, und so hatte sie im Kopf verschiedene Szenarien durchgespielt und das Equipment zusammengestellt, das sie benötigen würde. Glücklicherweise hatte Poppy auf ihre SMS sofort reagiert. Sie hatte Zeit und Lust, Susanna zu unterstützen.

Nun stand sie also am Eingang des Bahnhofs. Ihre Ausrüstung führte sie dieses Mal in einem großen Rollkoffer mit sich. Sie hatte nämlich aus dem letzten Mal gelernt und wollte vermeiden, dass die schwere Tasche ihren Rücken ruinierte.

„Guten Morgen, Professor Madueke!"

Poppy hatte eine Laptoptasche über die Schulter geworfen und kaute Kaugummi.

„Guten Morgen", sagte Susanna. „Wollen wir?"

Sie liefen gemeinsam zur U-Bahn hinab.

„Das ging ja flott", sagte Poppy. „Mit der Erlaubnis, meine ich."

Susanna nickte. „Schon krass, wie sich die Politik von den Medien lenken lässt."

Elizabeth lachte. „Ja, davon kann ich ein Lied singen."

Die Fahrt über besprachen sie, was sie bei ihrer ersten Kontaktaufnahme erproben wollten. Sie mussten zunächst einmal feststellen, ob Armstrong wirklich bei Bewusstsein war. Wenn der Befund positiv ausfiel, konnten sie versuchen, ein Kommunikationsprotokoll zu etablieren.

Das Pflegeheim sah keineswegs so einladend aus wie auf den Bildern, was möglicherweise aber auch daran lag, dass an diesem Wintertag kein strahlender Sonnenschein herrschte. Ein eisiger Wind jagte Graupelschauer über den Vorplatz. Sie erkannte den Beamten des Justizministeriums schon von Weitem. Er trug einen hellgrauen Tweed-Anzug, seine Haare waren zurück gegelt und seine Nase war nach oben gereckt.

Der Mann stellte sich als Edward Pidgin-Smithe vor und ließ sich dann dazu herab, den Damen die Tür aufzuhalten. Im Innern des Pflegeheims stieg Susanna sofort der Geruch nach Desinfektionsmitteln in die Nase, der die Ausdünstungen von Körperflüssigkeiten aller Art aber nur unzureichend überdeckte. Dr. Pepper begrüßte sie direkt in der Eingangshalle.

„Ich hätte nicht erwartet, dass Sie so schnell eine Genehmigung erhalten", sagte er. „Aber nichtsdestotrotz - kommen Sie mit."

Er führte sie durch einen langen Gang, von dem zahlreiche Türen in Patientenzimmer abgingen. Ab und zu konnte Susanna Menschen in Pflegebetten erkennen. Manche erwiderten ihren Blick, andere hatten Sauerstoffmasken auf. Wieder andere konnte sie hinter riesenhaften, piepsenden Maschinen nur erahnen.

„Das ist unser Intensivpflegeflügel", erklärte Pepper. „Hier liegen alle Arten von Diagnosen."

Susanna zuckte zusammen. Sie hatte schon öfter Praktika in der Neurologie absolviert und wusste daher, wie Ärzte bisweilen über ihre Patienten sprachen, aber das war jedes Mal wieder ein kleiner Schock für sie. Auch Elizabeth schien sich an der Formulierung zu stören, denn sie verzog das Gesicht zu einer gequälten Grimasse.

Am Ende des Ganges traten sie durch eine Tür. Sie befanden sich nun in einer Art Lagerraum, dessen Wände mit Regalen vollgestellt waren, die allerhand medizinische Gebrauchsartikel enthielten. Einmalhandschuhe, Flaschen mit Desinfektionsmitteln, Spritzen und Verbände. An der gegenüberliegenden Wand befand sich eine weitere Tür. Pepper öffnete sie und ließ Susanna eintreten.

Das Zimmer war klein im Vergleich zu denen, die sie draußen beim Vorbeigehen gesehen hatten. Es wurde von dem riesigen Pflegebett dominiert, in dem eine erstaunlich zart wirkende Person lag. Der Raum wurde vom rhythmischen Geräusch der Beatmungsmaschine erfüllt, die Atemluft durch den Trachealtubus an Armstrongs Hals blies. Sein Gesicht war bleich, die Augen geschlossen. Der Rollladen war heruntergelassen, sodass der Raum im Halbdunkel lag. Es roch unangenehm.

„Da sollte wohl mal wieder jemand die Windel wechseln", sagte Pepper ungerührt und drückte auf einen Knopf. Er wandte sich jetzt an Susanna. „Was brauchen Sie?"

Sie sah sich um. In der Ecke stand ein Tisch, auf dem sie ihre Ausrüstung abstellen konnte.

„Strom", sagte sie schließlich. „Ein paar Verlängerungskabel und Mehrfachstecker wären gut."

Pepper trat zu dem Telefon an der Wand, wählte eine Nummer und sagte: „Martin, bringen Sie mir bitte mehrere Verlängerungskabel und Mehrfachsteckdosen in das Zimmer von Armstrong."

Pidgin-Smithe, der bislang noch kein einziges Wort gesagt hatte, stellte sich in eine Ecke und überkreuzte die Arme vor der Brust. Während Susanna ihre Apparate auspackte, erschien zunächst eine Pflegekraft, die damit begann, Armstrong die Windel zu wechseln. Dann kam ein Mann in einem Blaumann, der ihr kommentarlos zwei Verlängerungskabel und drei Mehrfachsteckdosen vor die Füße warf. Als alles bereit war, sah Elizabeth sie aufmerksam an.

„Und nun?", fragte sie.

Susanna atmete tief durch. „Nun messen wir, ob und in welchem Ausmaß Armstrong noch bei Bewusstsein ist."

Pepper sah sie fragend an. „Wie wollen Sie das bewerkstelligen?"

Ohne ihm zu antworten, holte Susanna den Magnetstimulator heraus, legte Armstrong mit geübten Bewegungen eine bereits verkabelte EEG-Kappe mit hoher

Elektrodendichte an und klebte ihm zwei zusätzliche Elektroden zur Kontrolle der Augenbewegungen an die Schläfen.

„Dieser Stimulator regt die Nervenzellen dazu an, zu feuern. Wenn Armstrong bei Bewusstsein ist, wird eine messbare elektrische Welle durch sein Gehirn wandern, die umso größer ist, je mehr Bewusstsein noch vorhanden ist. Daraus lässt sich ein sogenannter Störungskomplexitätsindex errechnen. Geht dieser Index gegen 0, besteht ein Koma, je näher er an der 1 liegt, desto wacher ist der Patient."

Peppers Stirn legte sich in Falten. „Das ist aber kein übliches neurologisches Protokoll", sagte er.

Susanna zuckte mit den Achseln. „In ein paar Jahren wird es das aber mit ziemlicher Sicherheit sein."

Sie überprüfte noch einmal, ob alles richtig angeschlossen war. Die Hirnströme wiesen ein Delta-Muster auf. Das deutete auf tiefen Schlaf oder auch auf einen möglichen komatösen Zustand hin. Sie stellte die Intensität des Magnetfeldes ein und drückte dann auf eine Taste an ihrem Laptop. Ein leises Summen war nun zu hören. Auf dem Bildschirm erschienen Zacken, die steil in die Höhe schossen und dann in einen schnelleren Betarhythmus übergingen.

Sie wechselte einen aufgeregten Blick mit Poppy.

„Sie haben ihn geweckt!", sagte die Studentin.

Susanna ließ eine weitere elektromagnetische Welle durch Armstrongs Gehirn laufen. Sie nickte zufrieden und sagte: „Der Index liegt bei 0,92. Er ist also hellwach."

Pepper leckte sich über die Lippen. „Sicher?", fragte er.

„Sehr sicher. Er ist bei Bewusstsein“, erwiderte Susanna, die schon dabei war, den nächsten Schritt anzugehen. Anstelle des Magnetfeldgeräts legte sie nun eine Vorrichtung an, die einen Lautsprecher an Armstrongs rechtem Ohr fixierte.

„Wenn ich das richtig verstanden habe, kann er keinen Muskel mehr willkürlich bewegen?“, wandte sie sich an Pepper.

Der Arzt nickte. „Ja, er leidet an einem kompletten Locked-in-Syndrom.“

„Dann müssen wir mit Tönen arbeiten.“

Sie nahm ein Mikrofon in die Hand und sagte: „Guten Morgen Herr Armstrong. Mein Name ist Professor Susanna Madueke. Ich bin Neuropsychologin und würde gern einen Versuch starten, mit Ihnen zu kommunizieren.“

Aus den Augenwinkeln sah sie, dass Pidgin-Smithe den Mann ansah, als ob er eine Erwiderung erwartete.

„Ich weiß, dass Sie mir nicht direkt antworten können, deshalb möchte ich nun mit Ihnen einen Weg finden, wie wir miteinander kommunizieren können.“

Sie sah auf den Bildschirm. Über dem linken Parietallappen zeigte sich vermehrte Aktivität. Er konnte sie also hören.

„Ich werde nun ein paar Fragen an Sie richten, und immer, wenn sie mit *Ja* antworten möchten, stellen Sie sich bitte ganz fest vor, dass Sie die rechte Hand ballen wollen.“

Sie holte tief Luft, dann fragte sie: „Heißen Sie David Armstrong?“

Elizabeth blickte gebannt auf den Bildschirm. Die Kurven, die die Aktivität im motorischen Areal des linken Parietallappens anzeigen sollten, das die Bewegungen der rechten Hand steuerte, blieben unverändert. Susanna hatte gehofft, dass sich eine ereigniskorrelierte Desynchronisation zeigen würde, ein deutlich sichtbarer Rückgang der Spontanaktivität der Nervenzellen um 10Hz.

Sie spürte, wie ihr Puls sich leicht beschleunigte.

„Sind sie männlich?"

Wieder keine Reaktion.

„Können Sie mich hören?"

Keine Veränderung.

Susanna fluchte leise vor sich hin.

„Was bedeutet das?", fragte Pepper.

„Das bedeutet, dass die Kommunikation auf diesem Weg nicht funktioniert."

23

Olivia sah zum zwanzigsten Mal an diesem Vormittag auf ihr Handy. Sie fieberte einer Nachricht von Professor Madueke entgegen. Als diese ihr am Vorabend geschrieben und ihr mitgeteilt hatte, dass sie die Erlaubnis erhalten habe, mit Armstrong zu arbeiten, hatte Olivia vor Aufregung gezittert. All die Jahre über hatte sie auf diesen Moment gewartet. Ihre Freude wurde allerdings ein wenig dadurch gedämpft, dass es vier weitere Morde gebraucht hatte, um sie zu diesem Punkt zu bringen.

Sie sah ein einundzwanzigstes Mal auf ihr Handy. Natürlich war das unnötig, da sie das Gerät zwar auf lautlos gestellt, dafür aber den Vibrationsalarm angeschaltet hatte. Sie würde es auf jeden Fall mitbekommen, wenn Susanna oder vielleicht auch Eleonor sich meldeten. Allerdings war sie sich nicht mehr sicher, ob die Kollegin nach dem Vorfall bei Scotland Yard überhaupt noch Interesse daran hatte, den Kontakt mit ihr zu halten. Das konnte ihrer Karriere schließlich nur schaden.

Sie wischte diesen Gedanken beiseite und versuchte, sich auf den Dienstplan für den kommenden Monat zu konzentrieren, den sie ändern musste, nachdem Greg sich für sechs Wochen krankgemeldet hatte. Das würde bedeuten, dass sie mit ihrer ohnehin schon angespannten Personalsituation versuchen musste, hundertzwanzig Stunden zu kompensieren. Es war ein Albtraum.

An der Tür klopfte es und erfreut über die willkommene Ablenkung hob Olivia den Kopf. Es war Omar.

„Guten Morgen“, sagte er. „Diese Kollegin von der Met ist wieder da.“

Mit einer schönen Bariton-Stimme begann er, die erste Strophe von *Eleonor Rigby* zu singen und dabei Paul McCartney so gekonnt zu imitieren, dass Olivia haltlos zu kichern begann.

„Sie könnten sich als McCartney-Double selbstständig machen, wenn Sie die Schnauze irgendwann voll haben von der Polizeiarbeit.“

Omar grinste breit. „Ja, das wäre was. Ich wäre der erste McCartney of Color. Soll ich Frau Rigby zu Ihnen bringen?“

Olivia nickte. „Und wenn Sie uns vielleicht noch zwei Tassen Kaffee bringen könnten, wäre das super“, fügte sie hinzu.

Er lächelte ihr zu und ging hinaus. Kurz darauf betrat Eleonor ihr Büro. Sie wirkte bleicher als bei ihrer letzten Begegnung. Unter ihren Augen lagen tiefe Schatten.

„Ich habe die Ergebnisse der Autopsie der Leiche aus Mayfair“, begann sie.

Olivia spürte, wie ihr Mund trocken wurde. Sie bot der Kollegin einen Stuhl an und diese nahm Platz.

Eleonor legte eine Akte auf den Tisch und schob sie zu Olivia hinüber.

„Das kann Sie in große Schwierigkeiten bringen“, sagte Olivia, als sie die Mappe aufschlug.

Rigby zuckte mit den Achseln. „Ich habe lange gezögert, diesen Bericht zu kopieren und ihn zu Ihnen zu bringen."

Olivia widerstand dem Drang, die Akte durchzublättern. Stattdessen sah sie Rigby an.

„Was hat Sie dazu bewogen, es doch zu tun?", fragte sie.

Eleonor fuhr sich mit der Zunge über die Lippen. Olivia sah, dass in der Mitte der Oberlippe ein kleines Loch klaffte. Diese Stelle war auch röter als der Rest. Offenbar hatte die Kollegin sich dort ein Stückchen Haut abgebissen.

„Ich …", begann sie. „Ich glaube, Sie haben recht, was Marcus betrifft. Er ist ein großartiger Ermittler, das steht außer Frage, aber die Ähnlichkeiten der Fälle mit den Morden des Putney-Slashers will er einfach nicht wahrhaben. Wenigstens ist er dazu bereit, zuzugeben, dass die vier Morde der letzten Wochen doch zusammenhängen könnten. Aber eine Verbindung zu den Jack-the-Ripper-Morden oder den Taten des Slashers schließt er weiterhin kategorisch aus. Vielleicht hat er tatsächlich die Sorge, dass es seinen damaligen Erfolg zunichtemachen könnte. Ich weiß es nicht. Jedenfalls ist er nicht objektiv, und Frank Calvin scheint Sie überhaupt nicht leiden zu können. Für ihn ist alles, was Sie sagen, automatisch ein rotes Tuch. Deshalb schließt er Ihre Hypothesen sofort von vornherein aus. Harry und Basil sind nette Kollegen, aber sie scheuen davor zurück, sich mit Frank anzulegen, und ich bin einfach noch nicht lange genug im Team. Auf mich hört Marcus daher nicht."

„Aber warum glauben Sie mir?"

Sie holte tief Luft. „Schauen Sie sich einmal die Akte an, dann reden wir weiter."

Olivia las den dreiseitigen Bericht des Gerichtsmediziners sehr aufmerksam. Die Frau war durch einen tiefen Schnitt in den Hals zu Tode gekommen, der Luft- und Speiseröhre sowie beidseitig die Arterien durchtrennt hatte. Im Oberkörper war nur eine Stichwunde entdeckt worden, die war aber so wuchtig ausgeführt worden, dass drei Rippen gebrochen waren. Dafür hatte der Unterkörper vierzehn tiefe Stiche aufgewiesen. Im Genitalbereich hatte es keine Verstümmelungen gegeben.

„Da steht, dass die Klinge etwa fünfzehn Zentimeter lang und einseitig geschliffen gewesen sein musste. Wie war das denn bei den vorangegangenen Morden?"

Rigby kaute auf ihrer Unterlippe. „Da wurde ein anderes Messer benutzt. Eines mit kürzerer Klinge."

Olivia nickte. „Ja, jetzt erinnere ich mich wieder."

„Lesen Sie weiter", forderte die Kollegin sie auf. Olivia nahm sich den nächsten Absatz vor, in dem die Anordnung der Stiche genauer beschrieben wurde.

Zehn waren auf der rechten, vier auf der linken Körperseite gezählt worden. Auch der rippenbrechende Einstich am Brustkorb war rechtsseitig gewesen. Olivia spürte, wie ihr Mund trocken wurde.

„Das ähnelt den Stichmustern der anderen Tötungen, nicht wahr?"

Rigby nickte. „Und dem der Putney-Slasher-Morde. Der Gerichtsmediziner schlussfolgert, dass ein Rechtshänder die Taten verübt haben muss. Sowohl aufgrund der Verteilung als auch wegen der schrägeren Einstichwinkel auf der linken Seite im Vergleich zu den geraderen Winkeln rechts. Eines irritiert mich aber.“

„Was denn?“

„Wenn es sich hier tatsächlich um eine weitere Serie handelt, die sich an den Morden von Jack the Ripper orientiert, sollte die Tat in Mayfair dann der Tötung von Elizabeth Stride entsprechen, denn sie war das vierte Opfer des Rippers. Er hat ihr nur die Kehle durchgeschnitten. Im aktuellen Fall gibt es aber darüber hinausgehende Verstümmelungen.“

Olivia nickte. „Ja, das stimmt. Bei Elizabeth Stride ist allerdings davon auszugehen, dass der Ripper gestört wurde und seine Tat daher nicht vollenden konnte. Bei dem Mord in Mayfair schien der Täter mehr Zeit gehabt zu haben und die hat er offenbar genutzt.“

„Ja, das ist natürlich möglich“, gab Rigby zu.

Olivia seufzte. „Es wird Ihnen nur Scherereien bereiten, wenn Sie sich gegen Marcus und die anderen stellen.“

Eleonor zuckte mit den Achseln. „Dann ist das eben so. Ich bin nicht Polizistin geworden, um zur Ja-Sagerin zu mutieren. Ich will den Kerl schnappen, der diese drei Frauen auf dem Gewissen hat. Sie werden doch auch nicht einfach aufhören, in diesem Fall zu ermitteln, nur, weil der Commissioner es Ihnen verboten hat, oder?“

Olivia schmunzelte. Eleonor schien über eine ausgezeichnete Menschenkenntnis zu verfügen.

„Nein, ich kann den Fall nicht einfach loslassen, denn es wird weitere Morde geben, und ich glaube kaum, dass Marcus in der Lage ist, diese zu verhindern.“

Es klopfte an der Tür und Omar trat ein. Er trug ein Tablett mit zwei Kaffeetassen und zwinkerte Eleonor fröhlich zu. Rigby wechselte einen Blick mit Olivia.

„Omar ist vertrauenswürdig", sagte sie. „Außerdem kann er Paul McCartney ziemlich gut imitieren."

Eleonor runzelte die Stirn und gab ein gedehntes „Okay" von sich.

Omar stellte die Tassen ab. Dabei fiel sein Blick auf die geöffnete Akte.

„Derselbe Täter wie in Clapham, Chelsea und Brixton?", fragte er.

Olivia zuckte mit den Achseln. „Vermutlich", sagte sie.

„Sieht ganz so aus, als ob er es tunlichst vermeiden wollte, in unserem Revier zu morden."

Olivia sah ihn überrascht an. „Wie meinen Sie das?"

„Nun, Clapham, Brixton, Chelsea und jetzt Mayfair. Das sind alles andere Zuständigkeitsbereiche. Wenn ich mich recht an den Fall des Putney-Slashers erinnere, hatte dieser in einem eng begrenzten Gebiet gemordet."

Olivia nickte. „Ja, ausschließlich in Putney."

„Ich bin ja kein Fachmann, was das angeht", sagte Omar und ging zur Tür, „aber vielleicht versucht da ja jemand, ganz bewusst nicht so zu handeln wie der Putney-Slasher. Vielleicht will der oder die Täterin den Eindruck erwecken, ein anderer zu sein."

Er nickte Eleonor zu und ging dann hinaus.

„Das könnte tatsächlich stimmen", sagte sie. „Wir haben einen Täter, der eine ähnliche, wenn nicht sogar übereinstimmende Signatur mit dem Putney-Slasher aufweist, und das scheint ihm durchaus bewusst zu sein, denn er versucht, diese Ähnlichkeiten nicht zu offensichtlich werden zu lassen.“

Olivia nickte. „Ja, das habe ich mir auch schon gedacht. Wir haben es hier mit einem Triebtäter zu tun. Wahrscheinlich hat er es mit großer Selbstdisziplin die letzten sieben Jahre über geschafft, sich zurückzuhalten, doch jetzt kann er das nicht mehr. Er weiß, dass er damals nur knapp einer Verhaftung entronnen ist und dass er Glück hatte, dass Armstrong zur falschen Zeit am falschen Ort war. Aber nun gibt es keinen weiteren Sündenbock mehr. Er weiß, dass er die Ermittler nicht auf die Idee bringen darf, die alten Akten wieder zu öffnen. Deshalb versucht er, seine Taten zu maskieren.“

„Was ihm aber nur mittelmäßig gelingt. Der Trieb ist wohl zu stark.“

Olivia seufzte. „Ja, aber Leute wie Frank Calvin, für die nicht sein kann, was nicht sein darf, werden sich auf diese scheinbaren Unterschiede stürzen und sich so in die Irre führen lassen.“

Rigby nickte. „Da haben Sie recht. Es ist eine Schande. Eigentlich sollte das einem anderen Team übertragen werden. Ich werde mit Sir Penwith sprechen.“

Olivia schüttelte den Kopf. „Vergessen Sie das. Der Commissioner ist auf Marcus’ Seite. Er hält uneingeschränkt zu ihm. Nein, wir müssen das selbst in die Hand nehmen.“

„Aber wie wollen Sie das anstellen?“

Olivia legte den Kopf schief und sah Eleonor an. „Ich habe da schon eine Idee.“

24

Susanna öffnete die Tür und schob den Rollkoffer in den Flur. Sie hatte erwartet, dass ihre Kinder auf sie zugestürmt kommen würden, doch die Stille, die sie empfing, war eine wirkliche Wohltat. Sie schlug sich gegen die Stirn. Ihre Mutter war wahrscheinlich gerade zum Kindergarten gefahren, um Ella und Dan abzuholen. Sie sah auf die Uhr. In einer halben Stunde müssten sie hier eintreffen. Zeit genug, um sich eine Tasse Tee zu kochen und ihre Wunden zu lecken.

Sie schob den schweren Koffer in ihr Arbeitszimmer. Dort konnte er bis Montag stehen bleiben. Dann würde der letzte Versuch der Kontaktaufnahme mit Armstrong stattfinden. Doch sie bezweifelte, dass das überhaupt noch einen Sinn hatte. Der vermeintliche Serienkiller war zwar bei Bewusstsein, das hatte sie mit ihrem ersten Test eindeutig feststellen können, aber er hatte eben auch seit sieben Jahren mit niemandem mehr kommuniziert. Die Gehirnareale, die er benötigte, um ihr Signale geben zu können, vor allem die im motorischen Cortex, der die Hände steuerte, waren seit dieser Zeit nicht mehr benutzt worden. Wozu auch? Er war gelähmt. Vielleicht hatte er, nachdem er aus dem unmittelbaren Koma nach dem Schlaganfall erwacht war, eine Zeit lang versucht, seine Gliedmaßen anzusteuern, es dann aber irgendwann frustriert aufgegeben. Sie wollte sich gar nicht vorstellen, wie es sich wohl anfühlte, plötzlich in einem Körper aufzuwachen, der den gewohnten Befehlen einfach nicht mehr gehorchen konnte.

Die Arbeit mit LIS-Patienten und Patientinnen hatte im Laufe der Jahre viele ihrer Überzeugungen und Glaubenssätze über den Haufen geworfen. Bei den meisten war ein Schlaganfall im Zwischenhirn die Ursache für die Störung, einem kleinen, für die Steuerung von Willkürbewegungen aber entscheidenden Gebiet. Wenn dieses ausfiel, konnte man so viel Willenskraft aufbieten, wie man wollte – die Biologie setzte eine eindeutige Grenze.

Susanna hatte Psychologie studiert, weil sie den Wundern des menschlichen Geistes auf den Grund gehen und verstehen wollte, wie das Denken funktionierte und wie es Menschen in die Lage versetzte, kreativ zu sein. Musik, Kunst und Literatur zu schaffen. Zu hoffen, zu lieben und zu hassen. Sie war in einem religiösen Umfeld aufgewachsen, ihre Mutter ging immer noch jeden Sonntag in die Frühmesse der freikirchlichen Gemeinde. Sie selbst hatte aber schon vor Längerem Abstand von ihrem Glauben genommen.

Wie vieles andere hatte ihr Studium scheinbar unumstößliche Gewissheiten beiseite gefegt. Als Jugendliche hätte sie sich niemals vorstellen können, dass die Biologie die Fähigkeiten ihres Geistes begrenzen könnte. Warum auch? Sie war fit gewesen, sportlich, ihr Körper hatte ihr gehorcht und hatte alles mitgemacht, wozu sie ihn angetrieben hatte. Selbst jetzt noch, nach zwei anstrengenden Schwangerschaften, war sie gut in Form. Nur ab und zu meldete sich ihr Lendenbereich zu Wort. Dort hatte sie bei Ellas Geburt einen Bandscheibenvorfall erlitten, der sie noch einige Zeit danach geplagt hatte. Sie hatte keine Lähmungen oder gar Einschränkungen ihrer Blasen- oder Stuhlkontrolle davongetragen und dafür war sie sehr dankbar gewesen.

Wenn sie an die LIS-Patienten dachte, die nichts mehr selbst erledigen konnten, lief ihr stets ein Schauer über den Rücken. Sie war im Laufe der Jahre zu der Überzeugung gelangt, dass der Geist keine getrennt vom Körper existierende Einheit war, die auch unabhängig von diesem weiterleben konnte. Der Geist war im Gehirn verankert und eine Funktion des Gehirns. Alles, was den Menschen ausmachte, alles, was er wollte, konnte und wusste, all das wurde durch die Aktivität von Milliarden von Nervenzellen codiert, die wiederum Billionen von Verknüpfungen untereinander aufwiesen, und dieses Geflecht war leider störanfälliger, als es Susanna lieb war.

Wegen dieser trüben Gedanken hätte sie beinahe die Tür nicht gehört. Sie sah zur Küche hinüber. Ella stürmte durch den Durchgang auf sie zu.

„Mama!", rief sie und warf sich ihr an die Brust. Kurz darauf folgte Dan, der sofort eine kleine Rangelei anzettelte, um den Logenplatz an Susannas Bauch zu ergattern.

„Ihr passt doch beide hierher, ich habe lange Arme", flüsterte sie, während sie ihren Kindern über den Kopf strich.

Der Moment des Friedens wurde allerdings schnell von Susannas Mutter unterbrochen.

„Puh, was für ein Wetter", jammerte sie. „Diese Kälte ist einfach nichts für meine alten, kranken Knochen."

„Stirbt Oma bald?", fragte Dan jetzt.

Susanna unterdrückte mit Mühe das Kichern, das in ihrer Kehle aufzusteigen drohte.

„Nein", sagte sie. „An Schmerzen stirbt man in der Regel nicht."

„Ja, mach du dich nur lustig über mich", keifte ihre Mutter. Sie ging in die Küche und kurz darauf hörte Susanna, wie diese mit dem Wasserkocher hantierte. Wahrscheinlich kochte sie sich einen scharfen Ingwersud, der ihr selbst regelmäßig die Tränen in die Augen trieb.

„Darf ich auf den Spielplatz?", fragte Ella jetzt.

„Au ja", rief Dan.

Susanna überlegte. Ein bisschen frische Luft würde ihr auch guttun. Sie nickte daher und die Kinder eilten jubelnd in Richtung Haustür. Susanna sagte ihrer Mutter Bescheid, die angesichts der Aussicht, die Wohnung mal für sich allein zu haben, begeistert zu sei schien.

Sie musste an ihre Jugend zurückdenken, als sie auf die wenigen Abende hingefiebert hatte, an denen ihre Eltern mal ausgegangen waren. Die sturmfreien Stunden hatte sie stets gut genutzt. Bei der Erinnerung daran musste sie schmunzeln.

Der Spielplatz lag direkt um die Ecke. Ella stürmte auf eine auf einer großen Feder befestigte Bienenfigur zu und begann, wild hin und her zu schaukeln. Dan widmete sich hingegen dem Klettergerüst.

Susanna setzte sich auf die Bank und sah ihren Kindern zu. Wie unbeschwert und fröhlich sie waren, wie sorglos. Wie sie wohl reagieren würden, wenn sie gezwungen wäre, wegzuziehen? Ausgeschlossen war das immerhin nicht. Es konnte gut sein, dass sie sich auf eine Stelle in einer anderen Stadt, vielleicht sogar in einem anderen Land bewerben musste. Was wohl ihr Ex dazu sagen würde? Der würde sich garantiert querstellen, wenn sie Ella und Dan mit ins Ausland nehmen wollte. Sie konnte es ihm aber auch nicht verübeln. Sie wäre an seiner Stelle auch alles andere als glücklich darüber.

Sie spürte, wie sich ein dicker Kloß in ihrem Hals bildete. „Was ist los, Mama?", hörte sie plötzlich Dans Stimme. Er stand vor ihr und sah sie mit seinen riesigen braunen Augen an. Eine wilde Strähne hing ihm über die Stirn. Er versuchte, sie wegzupusten, was ihm aber nicht gelang.

Susanna lächelte traurig. „Die Arbeit ist zurzeit sehr anstrengend."

„Du arbeitest zu viel", sagte er. Es war keine Frage, eher eine Feststellung.

Sie nickte. „Aber ich fürchte, dass es trotzdem nicht ausreicht."

„Wofür?"

Sie seufzte. „Es kann sein, dass ich mir eine andere Stelle suchen muss. Vielleicht müssen wir sogar wegziehen."

Seine Augen weiteten sich. „Wegziehen? Muss ich dann in einen neuen Kindergarten gehen?"

Sie schüttelte den Kopf. „Nein, bis wir wissen, ob wir hierbleiben oder wegziehen müssen, bist du schon in einem Alter, in dem du in die Schule musst."

Er nickte. „Muss ich dann woanders zur Schule gehen?"

Sie biss sich auf die Unterlippe. „Vielleicht."

Er sah sie skeptisch an. Sie vermutete, dass es hinter seiner kleinen Stirn kräftig ratterte. Dann lachte er und dieses Lachen war so strahlend hell, dass Susanna sofort das Herz aufging.

„Na, wenn ich sowieso in eine Schule muss, dann ist es auch egal in welche. Hauptsache du bist bei mir. Und Ella. Aber sag ihr das bloß nicht."

Er eilte davon und sein Bild verschwamm hinter dem Tränenschleier, der sich über ihre Augen gelegt hatte. Sie kramte in ihrer Handtasche und zog ein Taschentuch hervor, um sich zu schnäuzen. Ihr Blick fiel dabei zufällig auf das Handy. Jemand hatte versucht, sie anzurufen. Sie kannte die Nummer aber nicht. Offenbar hatte sie das Gerät auf lautlos gestellt. Sie tippte auf den unbekannten Kontakt und hielt sich das Smartphone ans Ohr. Es tutete zwei Mal.

„Hallo Professor Madueke", hörte sie Poppy sagen.

„Ah, Elizabeth", erwiderte sie. Diese Stimme erkannte sie sofort. Aber sie bebte ein wenig und das irritierte sie. „Alles in Ordnung bei Ihnen?"

„Ich denke schon", sagte Poppy. „Das heißt, ja. Ich glaube, wir haben eine Lösung für das Problem mit der Kontaktaufnahme zu Armstrong gefunden."

„Wir?"

„Oh, sorry, damit meine ich Andrew, meinen Freund und mich. Ich habe ihm davon erzählt. Er studiert Spieledesign und hatte eine Idee."

„Spieledesign? PC-Spiele?"

„Ja, ganz genau. Er schreibt gerade seine Masterarbeit über ein VR-Projekt."

„Das klingt spannend", sagte Susanna. Sie selbst hatte auch schon Ideen gehabt, wie neuartige Virtual-Reality-Brillen für die neuropsychologische Forschung genutzt werden könnten, aber das hatte leider die Mittel ihrer Professur stets überschritten. „Dann lassen Sie mal hören“, sagte sie neugierig.

„Wir sind davon ausgegangen, dass Armstrong aufgrund der fehlenden Muskelkontrolle keine Augenbewegungen mehr initiieren kann, weshalb die Buchstabentafel keine Option mehr war.“

„Ganz genau, deshalb habe ich versucht, über sein Gehör Zugang zu ihm zu erlangen.“

„Was, wenn es uns gelänge, ein Bild auf seine Netzhaut zu projizieren?“

Susanna überlegte kurz. „Das wird daran scheitern, dass Netzhautbilder Augenbewegungen benötigen, um stabil zu bleiben. Wenn das Gehirn keine Bewegung registriert, verblasst das Bild innerhalb von Sekunden.“

„Das habe ich auch eingewendet“, sagte Poppy. „Aber Andrew hatte eine ziemlich brillante Idee.“

Susanna hielt unwillkürlich den Atem an. „Machen Sie es doch nicht so spannend“, sagte sie.

„Oh, sorry“, erwiderte Poppy. „Es war nicht meine Absicht, Sie unnötig auf die Folter zu spannen. Also, Armstrong kann die Augen zwar nicht willkürlich bewegen, die Augäpfel zucken aber hin und her. Was, wenn nicht er seine Augen bewegen müsste, um das Bild zu sehen? Was, wenn wir einfach das Bild bewegen würden?“

25

Als Olivia in ihren Nissan stieg und den Motor anließ, fiel ihr Blick auf die Uhr auf dem Display neben dem Tacho. Es war kurz nach sieben. Fuck! Heute war sie vollkommen ohne Grund zu spät. Sie war bei ihren Überlegungen, wie sie den Commissioner doch noch davon überzeugen konnte, ihr Armstrongs Befragung zu übertragen, einfach auf keinen grünen Zweig gekommen. Wie auch? Das Unternehmen war mehr oder weniger aussichtslos.

Nun war sie auf dem Weg nach Hause und was sie dort erwarten würde, stimmte sie keineswegs fröhlicher. Zwei pubertierende Töchter, die ihren hormonbedingt überschießenden Launen so schutzlos ausgeliefert waren, wie Tretboote einem Sturm im Ärmelkanal. Einem der Pubertät bereits entwachsen geglaubten Sohn, der lieber rauchte, kiffte und dem Alkohol zusprach, anstatt sein von einer Meningitis verheertes Gehirn zu schonen und sich um seine A-Levels zu kümmern, und einen Mann, der klaglos alle Mehrarbeit im Haushalt erledigte, sich aber auch genauso klaglos mehr und mehr aus ihrer Beziehung verabschiedete.

Olivia hatte ein mulmiges Gefühl, als sie den Nissan auf dem Streifen neben dem Rasen vor der Eingangstür ihres kleinen Reihenhauses in der Holmbush Road abstellte. Sie hatte den Stellplatz selbst gepflastert. Andy hatte ihr die Steine gereicht, das Kiesbett hatte sie ins Wasser gelegt und auch das Muster hatte sie selbst entworfen. Es ähnelte den Bögen der griechischen Kirchen, die sie bei ihrer Hochzeitsreise nach Kreta bewundert hatten.

War das lange her! Damals war sie noch Streifenpolizistin gewesen und Andy ein Auszubildender im Supermarkt um die Ecke. Nun war er dort Filialleiter, und im Grunde genommen hatte er damit denselben Job wie sie, nur dass er es schaffte, seine Arbeitszeit familienfreundlich zu begrenzen. *Waren das die berühmten Prioritäten, die er sie immer zu setzen aufforderte?* Sie stieg aus und ging zur Eingangstür. Noch ehe sie den Schlüssel ins Schloss gesteckt hatte, schwang diese auf. Im Türrahmen stand Wendy. Ihr Kopf war knallrot und sie atmete schwer.

„Lucy ist eine dumme Ziege!", rief sie und in ihrer Empörung wirkte ihr Gesicht viel kindlicher.

„Dir auch einen guten Abend", sagte Olivia und drängte sich an ihrer Tochter vorbei. Sie hatte nämlich keine Lust darauf, dass die gesamte Nachbarschaft dieser Szene beiwohnte.

„Was ist denn passiert?", fragte sie, als sie die Haustür hinter sich geschlossen hatte.

„Lucy hat mein Handy genommen und in die Klassengruppe geschrieben, dass ich was von Evan will. Hallo? Von Evan? Der ist doch schwul."

Olivia schloss die Augen. „Das geht gar nicht", sagte sie. „Ich kann verstehen, dass dich das aufregt. Lucy?"

Sofort stand ihre zweitjüngste Tochter auf der Matte. Sie sah sie herausfordernd an.

„Ach komm schon, Mum. Ich dachte, ich helfe dem Liebesleben meines Schwesterchens mal ein wenig auf die Sprünge. Sie redet die ganze Zeit von diesem Evan

… wie toll er immer gekleidet ist und wie schick seine Frisur aussieht …"

„Aber ich will nichts von ihm, verstanden?", schrie Wendy. „Evan ist nur ein Freund. Mehr nicht. Er geht mit Luke."

„Das kann ich doch nicht riechen", sagte Lucy. Sie wirkte eingeschnappt.

Die Haustür ging auf und Tim kam herein und mit ihm eine süßliche Wolke aus Cider, Zigaretten und Marihuana.

„Halt", sagte Olivia streng.

Tim blieb stehen und starrte sie an. Es war recht dunkel im Flur, aber seine Pupillen waren definitiv nur so groß wie Stecknadeln.

„Geh sofort auf dein Zimmer. Wir sprechen uns später noch", herrschte Olivia ihn an. Sie sah, dass er etwas erwidern wollte, aber ihrem wütenden Blick konnte er nichts entgegensetzen. Daher ging er nach oben, ohne seine Jacke auszuziehen. In diesem Moment öffnete sich die Küchentür und Andy sah zu ihnen heraus.

„Wenn ihr mit der Soap-Opera fertig seid, kommt doch zum Essen. Ich habe Fish and Chips beim Laden um die Ecke geholt."

Fünf Minuten später saßen sie am Tisch und aßen in aller Stille. Tim fehlte, da Andy ihm das Abendessen auf sein Zimmer gebracht hatte. Wendy war immer noch sauer und ließ das an ihrem Fisch aus, den sie in viele kleine Stücke zerriss. Lucy hingegen grinste genüsslich vor sich hin.

„Das war eine gute Idee mit den Fish and Chips", sagte Olivia irgendwann zu ihrem Mann.

Er nickte. „Ich hatte heute keine Zeit zum Kochen, und da ich richtigerweise davon ausgegangen bin, dass du auch spät heimkommen würdest, habe ich unterwegs einfach was geholt."

„Danke", sagte Olivia.

Er nickte, vermied es aber, sie anzusehen.

Nach dem Essen verschwanden ihre Töchter streitend in Richtung ihrer Zimmer.

„Ich sehe jetzt mal nach Tim", sagte Olivia, doch Andy hielt sie zurück.

„Wir müssen dringend reden", sagte er.

Olivia spürte, wie ihr Mund austrocknete. *Was hatte das zu bedeuten?*

„In Ordnung", sagte sie.

Sie setzten sich ins Wohnzimmer, Olivia auf die Couch, Andy auf den Fernsehsessel.

„So kann es nicht weitergehen", begann er.

„Was kann so nicht weitergehen?", fragte sie, eher um Zeit als um Verständnis zu gewinnen.

„Das mit uns Fünfen hier. Tim nimmt Drogen, Lucy mutiert zu einer kleinen Sadistin und Wendy hat Liebeskummer am laufenden Band ..."

„Aber dieser Evan ist doch schwul."

Er sah sie an, als ob sie etwas vollkommen Verrücktes gesagt hätte.

„Na und? Es ist doch vollkommen gleichgültig, warum jemand deine Gefühle nicht erwidert. Ob er auf Luke oder stattdessen auf Lucia steht."

„Okay, ja, da hast du recht", murmelte Olivia, die sich selbst bescheuert vorkam.

„Ich war noch nicht fertig", fuhr Andy fort. „Mich gibt es nämlich auch noch, obwohl du das manchmal zu vergessen scheinst. Was heißt manchmal? Vielleicht sollte ich eher sagen: immer öfter."

„Das ist …", begann Olivia, doch Andy hob die Hand.

„Du weißt, ich habe immer Verständnis dafür gehabt, dass deine Arbeitsstunden weniger planbar sind als meine. Du hast lange in Schichten gearbeitet, warst auf Streife unterwegs, teilweise auch nachts. Später bei der Kripo hast du zu allen möglichen Uhrzeiten an irgendwelchen Tatorten aufkreuzen müssen. Aber ich dachte, das würde sich bessern, als du die Station in Wandsworth übernommen hast. Doch es ist eher noch schlimmer geworden, und selbst, wenn du zu Hause bist, bist du nicht da."

„Das ist nicht wahr", protestierte sie, wusste aber, dass es schwach klang.

„Dieser Slasher! Dieser verdammte Slasher", knurrte er. „Er beschäftigt dich immer noch."

Es war keine Frage, es war eine Feststellung, daher blieb sie ihm eine Antwort schuldig.

„Warum hast du das Arbeitszimmer immer noch nicht ausgeräumt?"

„Ich hatte keine Zeit", sagte sie.

„Du hast die letzten Abende dort verbracht. Was hast du da drin getrieben? Erbsen gezählt?" Er hatte jetzt seine Stimme gehoben und funkelte sie wütend an. So hatte sie Andy noch nie erlebt und dieser Anblick machte ihr mehr Sorgen als alles andere.

„Es gibt vier neue Morde", sagte sie leise.

Er hob die Brauen. „*Was?*"

„Vor fünf Wochen wurde eine Frau in Clapham ermordet und verstümmelt. Vor drei Wochen eine weitere in Brixton, vor vier Tagen eine in Chelsea und gestern eine in Mayfair. Das Vorgehen ähnelt sich nicht nur in den vier aktuellen Fällen, es ist auch dasselbe wie damals beim Putney-Slasher."

Er schluckte schwer. „Ein Nachahmungstäter?"

Sie schüttelte den Kopf.

„Du willst mir doch nicht ernsthaft sagen, dass der Typ, den dein Kollege angeschossen hat, gar nicht der Mörder war, oder?"

„Ich hatte die ganze Zeit über meine Zweifel daran, dass David Armstrong der Täter war", sagte sie daraufhin. „Die neuen Morde haben diese Zweifel nur noch mehr genährt. Scotland Yard, allen voran Marcus Harrison, sieht das anders, aber ich hoffe, bald genügend Beweise zusammen zu haben, dass die Ermittlungen in die richtige Richtung gehen können."

Er sah sie lange und intensiv an. „Warum gerade du?", fragte er schließlich. „Das ist doch nicht mehr dein Job."

Sie schluckte. „Der Fall des Putney Slashers ist wie eine offene Wunde, die nie verheilt ist", versuchte sie, zu erklären. „Wir hatten Armstrong am Tatort überrascht und in seiner Wohnung all die Indizien gefunden. Doch dann wurde Tim so krank und ich bin aus den Ermittlungen herausgefallen."

Er schnaubte. „Bereust du das etwa?"

Sie sah ihn mit großen Augen an. „Nein, natürlich nicht. Ich wollte nirgendwo anders sein als bei meinem Kind. Das war die einzig richtige Entscheidung. Gleichzeitig bin ich aber überzeugt davon, dass der Fall damals nicht abgeschlossen worden wäre, wenn ich weiter hätte ermitteln können."

„Bist du dir sicher?", fragte er.

„Absolut. Ich weiß, dass du dir all die Jahre über Sorgen um meinen Geisteszustand gemacht hast. Ich bin ja nicht blöd, ich erkenne das doch. Aber du hast nichts gesagt … bis vor Kurzem. Vielleicht hätte ich irgendwann alle Akten vernichtet und das Arbeitszimmer in einen Hobbyraum umgestaltet, wenn nicht die neuen Morde geschehen wären.“

„Ich verstehe immer noch nicht, warum du dich so in diesen Fall verbissen hast. Ja, er ist nicht abgeschlossen. Vielleicht ist dieser Armstrong tatsächlich unschuldig. Aber was lässt dich daran nicht mehr los? Erklär es mir!“

„Ich will das Schwein schnappen, das diese Frauen wirklich ermordet hat. Nicht um mein Ermittler-Ego zu streicheln, sondern wegen Lucy und Wendy. Ich will, dass sie sorgenfrei unterwegs sein können und sich in dunklen Gassen nicht umschauen müssen, ob vielleicht ein Killer sie verfolgt. Ich habe Angst um meine Töchter. Ich weiß, dass das für alle hier eine Belastung ist, aber ich kann einfach nicht anders.“

Sie spürte, wie ihr Tränen in die Augen traten. Andy sah sie lange an, dann nickte er.

„In Ordnung. Ich versuche ja, das zu verstehen. Versprich mir aber bitte nur eines: Wenn du den Kerl hinter Schloss und Riegel gebracht hast, komm wieder zu uns zurück, denn wir brauchen dich hier.“

Olivia beugte sich vor und umarmte ihn fest. Er legte seine Arme um sie und sie genoss seine Nähe, seine Wärme und seinen Geruch.

„Vielleicht sollte ich dieses Wochenende einfach mal eine Pause machen“, flüsterte sie. Sie löste sich aus seiner Umarmung und sah ihn an. „Lass uns am Sonntag doch etwas als Familie unternehmen."

26

„Und das funktioniert wirklich?“, fragte Susanna. Sie sah den Apparat auf ihrem Schreibtisch skeptisch an.

Andrew Fitzwilliam, Poppys Freund, zwinkerte ihr zu.

„Die Kamera orientiert sich innerhalb von nur zehn Millisekunden anhand der Augenbewegungen und platziert sich senkrecht über der Pupille. Für das Gehirn wird es deswegen genau andersherum erscheinen. Also, dass die Augenbewegung dem Bild folgt. Außerdem wird jedes Mal ein anderer Fokus gelegt, sodass der Effekt noch wirklichkeitsnäher wirkt.“

„Kann ich es ausprobieren?“, fragte Susanna.

Andrew wechselte einen kurzen Blick mit Poppy.

„Ich weiß nicht, ob das bei Ihnen funktioniert“, gab sie zu bedenken.

Susanna schlug sich gegen die Stirn. „Sorry, wo war ich nur mit meinen Gedanken. Natürlich würde das bei mir nicht funktionieren. Meine Augen bewegen sich schließlich zielgesteuert und das kann ich nicht einfach abschalten.“ Sie überlegte einen Augenblick. „Es könnte sein, dass Armstrong so etwas wie eine Seekrankheit erlebt, oder?“

Andrew nickte. „Das geht leider vielen Gamern mit ihren VR-Brillen so. Wir haben das berücksichtigt, indem wir die Bilder in hoher Frequenz und mit nur kleinen Abweichungen präsentieren. Dann wird dem Gehirn nicht rückgemeldet, dass die Augen große Sprünge machen, was wiederum nicht mit dem Input des Gleichgewichtsorgans zusammenpassen würde."

„Sagen Sie mal, haben Sie in Ihrem Studium auch so etwas wie eine neurowissenschaftliche Grundausbildung?"

Andrew lachte. „Nein, aber ich habe das große Glück, dass diese wunderbare junge Dame hier mir all meine Fragen mit einer Eselsgeduld beantwortet."

Er lächelte Poppy zu, die daraufhin knallrot anlief.

„Das ist tatsächlich ein Glück. Sie haben viel Mühe da reingesteckt. Danke schön!"

Er winkte ab. „Das hat Spaß gemacht und ich habe außerdem viel dazugelernt. Eine VR-Brille mit einem Augenbewegungssensor zu verbinden, ist eine Innovation. Wenn ich das serienreif bekomme, könnte das ein ganz neues Spielgefühl hervorbringen."

Seine Augen leuchteten auf. Susanna tat sich zwar schwer damit, zu verstehen wie jemand sein Leben Computerspielen widmen konnte, aber wahrscheinlich fragten sich auch viele Menschen in ihrer Umgebung, was so faszinierend an Brain-Computer-Interfaces war.

Andrew packte das Gerät in ein Köfferchen und reichte es Poppy.

„Viel Spaß damit", sagte er, küsste sie auf die Wange und trat hinaus auf den Flur.

„Ich kann verstehen, was Sie an ihm finden", sagte Susanna und lächelte sie an.

„Intelligenz bei Männern ist so unglaublich sexy, nicht wahr?", murmelte Poppy. Sie sahen sich an und brachen in Gelächter aus. Susanna spürte, wie sich etwas in ihr löste. Die Anspannung der letzten Tage hatte ihr einen Knoten in die Eingeweide geknüpft und mit einem Mal war dieser nun verschwunden.

„Nun gut, dann wollen wir mal keine Zeit verlieren“, sagte sie. „Lassen Sie uns aufbrechen!“

Der Beamte des Justizministeriums wartete erneut vor dem Pflegeheim. Dieses Mal allerdings ohne Dr. Pepper. Offenbar hatte der Arzt es nicht für notwendig erachtet, zum zweiten Versuch zu erscheinen. Wahrscheinlich schätzte er die Erfolgschancen zu gering ein, um seine wertvolle Zeit damit zu verplempern, einer Nicht-Ärztin dabei zuzusehen, wie sie an den Gehirnen seiner Patienten herum dilettierte. Sie konnte es ihm nicht verübeln. Auch mit der neuen Technologie waren die Aussichten, einen Kommunikationskanal zu Armstrong zu öffnen, alles andere als rosig.

„Das wird schon werden“, sagte Poppy, die ziemlich zielsicher erkannt hatte, was Susanna gerade beschäftigte.

„Wenn seine Retina verkümmert ist, können wir einpacken.“

Poppy schüttelte den Kopf. „Die haben nicht viel mit ihm gemacht, aber ich habe in den Pflege-Protokollen gesehen, dass seine Lider regelmäßig geöffnet werden. Dabei ist mir auch aufgefallen, dass chaotische Augenbewegungen protokolliert wurden.“

„Sie sind eine gute Beobachterin. Haben Sie niemals erwogen, zur Polizei zu gehen? Immerhin haben Sie schon einen der spektakulärsten Mordfälle der letzten fünfzig Jahre aufgeklärt.“

Auf Poppys Lippen erschien ein leichtes Lächeln.

„Damals hatte ich keine andere Wahl, aber nun, da ich frei entscheiden kann, womit ich mich beschäftigen möchte, habe ich Mord und Totschlag kategorisch ausgeschlossen."

„Oh je und dann führe ich Sie direkt zu einem Serienkiller."

„Einem *mutmaßlichen* Serienkiller", gab Poppy zu bedenken. Susanna nickte. „Ja, da haben Sie recht. So viel Zeit muss sein."

Sie waren wieder im Krankenzimmer angekommen. Pidgin-Smithe nahm seinen Platz in der Ecke ein und schaute ihnen mit strenger Miene und überkreuzen Armen dabei zu, wie sie ihre Apparate aufbauten.

„Brauchen wir das EEG heute überhaupt?", fragte Poppy.

Susanna schüttelte den Kopf. „Ich denke, wir arbeiten nur mit dem Infrarotsensor. Der ist zielgerichteter. Wenn das nicht funktioniert, wird es auch das EEG-Signal nicht mehr herausreißen. Zusätzlich würde ich noch ein einfaches Biofeedbacksignal ableiten. Sie wissen schon, Hautleitwert, Hauttemperatur und Puls."

Poppy nickte. Sie holte das entsprechende Gerät aus dem Koffer. Es war ein flaches Kästchen, das sich mit einem Klettband um das Handgelenk legen ließ. Der Sensor selbst wurde am Finger angebracht.

„Ist er Rechts- oder Linkshänder?", fragte Susanna.

„In seiner Krankenakte steht, dass er die Uhr bei der Einlieferung rechts getragen hat."

„Was Sie nicht alles wissen", sagte Susanna, deren Bewunderung für Poppy von Minute zu Minute wuchs.

Sie legte das Biofeedbackgerät an der nicht dominanten Hand, also rechts, an und koppelte es mit dem Laptop. Die drei Kurven, die über die Aktivität der Schweißdrüsen an der Fingerspitze, die Hauttemperatur und den Puls, Hinweise auf den Zustand des vegetativen Nervensystems gaben, liefen relativ flach über den Bildschirm.

„Der Hautleitwert liegt bei 0,6 Mycrosiemens. Mal schauen, ob wir ihn noch ein bisschen mehr stressen können", sagte Susanna.

Sie begannen damit, ihm die Brille anzupassen und orientierten sich bei den Einstellungen wieder an Poppys fabelhaftem Gedächtnis. In der ursprünglichen Krankenakte war nämlich die Stärke der Brillengläser vermerkt worden, die Armstrong bei seiner Einlieferung getragen hatte. Sie stellten die Parameter des VR-Geräts darauf ein und wollten das System gerade starten, als Susanna sich an die Stirn schlug. „Die Augenlider", sagte sie.

Poppy rümpfte die Nase. „Stimmt, da hätten wir uns ganz umsonst gewundert, warum kein Signal im Cortex ankommt."

Susanna holte zwei Klemmen aus der Tasche, schob Armstrongs Lider nach oben und fixierte sie. Die Augäpfel bewegten sich zuckend hin und her.

„Ob das klappt?"

„Probieren wir es einfach aus", schlug Poppy vor.

Sie legten Armstrong das Nahfeld-Infrarotspektroskop an und richteten es auf das Sehzentrum aus. Susanna startete die Brille. Das Gerät fuhr mit einem surrenden Geräusch hoch.

„Ich schalte zunächst auf die Außenkameras um und stelle mich ihm noch einmal vor", sagte sie. Auf dem Display konnten sie sehen, welches Bild Armstrong angezeigt wurde. Die Brille verfügte über ein ausgeklügeltes System, das es erlaubte, auch die Umgebung mit

Kameras zu erfassen und auf die Netzhaut zu projizieren. Sie stellte sich vor Armstrong hin und begann, zu sprechen: „Guten Tag, Mr. Armstrong. Mein Name ist Susanna Madueke. Ich bin Neuropsychologin und möchte gern versuchen, Ihnen eine Möglichkeit zu geben, mit mir zu kommunizieren."

„Wir haben eine deutliche Aktivität in der Sehrinde", sagte Poppy. „Hautleitwert und Puls steigen und die Temperatur sinkt. Ich glaube, er sieht Sie."

Susanna bemerkte, dass auch ihr Herz schneller schlug.

„Gut, wir werden zuerst eine Ja-Routine für Sie entwickeln. Einen Moment bitte."

Sie trat an das Infrarot-Gerät heran und richtete es auf den rechten Schläfenlappen aus.

„Ich hoffe, Sie haben recht mit Ihrer Vermutung, dass Armstrong ein Musikliebhaber ist."

„Laut Akte wurden in seiner Wohnung Hunderte von LPs gefunden, und auf dem Plattenteller lag *The Queen is Dead* von den Smiths."

„Ich kann Morrissey nicht ausstehen", stöhnte Susanna. „Aber was tut man nicht alles für die Wissenschaft!"

Sie wandte sich an Armstrong: „Ich spiele Ihnen jetzt einen Song vor."

Susanna wechselte zur Musik-App ihres Handys, wählte *There is a light that never goes out* an und drückte auf Play. Poppy wippte im Takt mit und selbst Susanna konnte sich der Wirkung des Liedes nicht entziehen.

„Deutliche Aktivität im Hörcortex. Ich speichere das Muster ab", sagte Poppy.

Als der Song vorbei war, baute sich Susanna vor Armstrong auf und sagte: „Ich werde Ihnen jetzt eine Frage stellen und wenn Sie diese mit *Ja* beantworten möchten, stellen Sie sich bitte vor, wie Sie das Lied noch einmal hören."

„Sind Sie David Armstrong?"

Sie wartete einen Moment lang, doch nichts geschah.

„Sind Sie David Armstrong?"

„Puls und Hautleitwert steigen", sagte Poppy. „Er strengt sich also an."

Susanna schloss die Augen. Einmal noch, dann mussten sie das Experiment abbrechen.

„Sind Sie David Armstrong?"

„Das Infrarotgerät misst ein Aktivitätsmuster", sagte Poppy. Im gleichen Augenblick poppte ein *Ja* auf dem Laptop-Bildschirm auf.

Sie sahen sich an und Susanna hob ihre Hand, um Poppy ein High Five zu geben.

„Wir haben es geschafft!", rief sie begeistert.

„Sie können also mit Armstrong reden?"

Bislang war sich Susanna nicht sicher gewesen, ob Pidgin-Smithe überhaupt sprechen konnte. Ganz offenbar war er dazu aber in der Lage.

„Soweit würde ich noch nicht gehen", sagte sie. „Wir haben eher die Voraussetzungen dafür geschaffen, dass wir mit ihm kommunizieren können."

„Aha, und was bedeutet das?", fragte der Beamte.

„Das bedeutet", schaltete sich Poppy ein, „dass Sie sich besser einen Stuhl besorgen sollten. Wir starten nämlich jetzt mit dem Kommunikationstraining, und das kann dauern."

Wer war diese Frau? Er hatte sie noch nie zuvor hier gesehen. Seit Jahren schon hatte er das Pflegeheim im Blick. Er kannte die Leute, die hier ein und ausgingen. Aber diese schwarze Frau mit ihren ausladenden Haaren kannte er nicht.

Sie war keine Pflegerin oder Ärztin. Das sah er auf den ersten Blick. Vielleicht war sie eine Pharmavertreterin und der große Rollkoffer, den sie mit sich führte, enthielt Medikamente? Wurden Pharmavertreter in Pflegeheimen vorstellig? Er wusste es nicht und diese Ungewissheit machte ihn nervös. Er musste herausbekommen, wer sie war und was sie an diesem Ort zu suchen hatte.

Er schloss die Augen und stellte sich vor, wie er sie in eine dunkle Ecke zerrte ... wie er das Messer zückte und es ihr in den Oberkörper rammte, wieder und wieder. Adrenalin schoss daraufhin in seine Adern und er spürte ein intensives Kribbeln, das wellenförmig durch seinen Körper wanderte.

„Du wirst die Krönung, schöne Unbekannte", murmelte er und ging davon.

27

Olivia trommelte mit den Fingern auf die Tischplatte. Wo blieb die Professorin nur? Sie hatten sich doch extra zur Mittagszeit in ihrem Büro verabredet und nun war es schon zehn nach zwölf. Die Zeit lief ihnen davon. In diesem Moment öffnete sich die Tür und Professor Madueke stürmte herein.

„Sorry, es hat etwas länger gedauert", sagte sie und strahlte dabei bis über beide Ohren. „Wir haben es geschafft! Wir haben es tatsächlich geschafft."

„Armstrong hat geredet?"

„Es hat ein wenig gedauert, ihn an die Technik zu gewöhnen. Aber dann wollte er gar nicht mehr aufhören."

„Jetzt spannen Sie mich doch nicht so auf die Folter", drängte Olivia. „Was hat er denn gesagt?"

Die Professorin legte den Kopf schief. „Nun, viel hat er nicht gesagt."

„Aber Sie haben doch gerade behauptet, dass er mit dem Reden gar nicht mehr aufhören wollte."

„Ja, das stimmt. Aber das Sprechen dauert seine Zeit. Etwa eine Minute pro Zeichen."

Olivias Augen weiteten sich. „Eine Minute pro Zeichen?"

Sie nickte. „Für eine DinA4 Seite würde er demnach etwa fünfundzwanzig Stunden benötigen."

Olivia stöhnte. „Wie sollen wir ihn denn dann verhören? Das wird ja Jahre dauern."

„Er wird deutlich schneller werden, wenn er Übung hat“, erklärte Susanna. „Und wenn der Worterkennungsalgorithmus sich an seinen Wortschatz angepasst hat.“

„Aber was hat er denn nun gesagt?“

Die Professorin holte einen Zettel aus ihrer Jackentasche und schob ihn zu Olivia hinüber. Diese nahm das Blatt Papier und las:

Eine Katze schleicht

durch frostbedeckte Wiesen

Enten flattern auf.

Sie sah irritiert hoch.

„Was ... was bedeutet das?“

„Das ist ein Haiku. Eine Gedichtform, die aus Japan stammt. Fünf Silben in der ersten und der dritten, sieben in der mittleren Zeile.“

„Er hat Ihnen ein Gedicht diktiert?“

Susanna nickte. „Er hat eine Stunde dafür gebraucht.“

„Haben Sie ihm das irgendwie vorgegeben?“

„Nein, es kam aus eigenem Antrieb.“

„Ein Gedicht?“ Olivia war fassungslos.

„Ich hätte auch vieles erwartet“, sagte Susanna, „aber ganz bestimmt keine kunstvolle japanische Poesie. Es ist gut. Richtig gut.“ Sie las das Haiku noch einmal vor.

„Damit hatte ich nicht gerechnet“, gab Olivia zu.

„Nun, es sind die kleinen Überraschungen, die das Leben lebenswert machen. Haben psychopathische Serienkiller nicht einen Hang zur Hochkultur? Ich habe nicht viel Erfahrung damit, aber wenn ich an *Das Schweigen der Lämmer* und die anderen Filme mit Hannibal Lecter denke …“

„Das ist eine fiktive Figur, die leider wenig mit den triebgesteuerten Soziopathen gemein hat, mit denen wir uns herumschlagen müssen. Aber sollten wir nicht aufbrechen?“

Susanna nickte. „Wenn Sie mit Armstrong sprechen wollen, müssen Sie sich beeilen. Ich habe mit dem Beamten vom Justizministerium vereinbart, dass wir um fünfzehn Uhr weiterarbeiten. Das heißt, Sie haben bis halb drei Zeit, sich Armstrong vorzunehmen.“

„Wie kommen wir denn an ihn heran?“

Susanna lächelte. „Für uns interessiert sich dort niemand. Das Pflegepersonal hat genug Arbeit. Wir gehen einfach rein und Sie stellen ihm Ihre Fragen. In Ordnung?“

Olivia schloss die Augen und atmete tief durch. Der Moment, auf den sie so lange gewartet hatte, war endlich gekommen.

„Okay“, sagte sie. „Packen wir es an.“

Es gab wenig, worüber sie auf der Fahrt zu dem Pflegeheim sprechen konnten, denn Olivia hatte keine Lust auf Small Talk. Sie war zu aufgeregt dazu. Vielleicht war das die einzige Chance, etwas aus Armstrong herauszubekommen, ehe Marcus und sein Team ihn sich vornahmen.

Olivia folgte der Professorin durch den Gang in den hinteren Teil des Pflegeheims. Sie durchquerten eine Art Lagerraum und traten in ein kleineres, recht dunkles Zimmer.

Dann stand sie vor ihm. Sie war ihm nur ein einziges Mal begegnet, aber das Bild des jungen Mannes mit der blutigen Messerklinge in der Hand, der sich über die verstümmelte Frauenleiche zu seinen Füßen beugte, hatte sich tief in ihr Gedächtnis eingegraben. Sie erkannte ihn sofort wieder. Ohne Frage war die Gestalt, die da regungslos in dem Bett vor ihr lag, Schläuche im Hals und den Armen, David Armstrong, und doch sah er anders aus. Zerbrechlich, wie eine Wachspuppe. Konnte so jemand wirklich ein Serienkiller sein? Gut, man durfte sich von Äußerlichkeiten nicht abschrecken oder ablenken lassen, aber es gelang ihr dennoch nicht, den Anblick dieses offensichtlich schwer kranken Menschen mit den furchtbaren Tatortbildern in Einklang zu bringen, die ebenfalls in ihrem Kopf herumschwirrten.

„Wie funktioniert das Ganze jetzt?", fragte sie.

„Ich werde erst einmal kurz *Hallo* sagen und dann dürfen Sie sich vorstellen."

Sie setzte sich an ihren Laptop, fuhr das Gerät hoch und machte sich mit einer futuristisch aussehenden Brille an Armstrongs Kopf zu schaffen. Schließlich stellte sie sich vor ihn und sagte: „Mr. Armstrong, guten Tag. Ich bin es wieder, Professor Madueke. Können Sie mich hören?"

Auf dem Bildschirm prangte plötzlich ein riesiges *Ja* gefolgt von einem Ping. Susanna lächelte zufrieden.

„Ich habe Ihnen jemanden mitgebracht."

Sie winkte Olivia zu und diese trat unsicher heran. Sie stellte sich an den Ort, an dem Susanna eben noch gestanden hatte und sagte: „Guten Tag. Mein Name ist

Chief Inspector Olivia Jenner. Können Sie mich auch hören?"

Wieder erschien ein *Ja* auf dem Display.

„Ich würde Ihnen gern ein paar Fragen stellen, wenn das in Ordnung für Sie ist."

Susanna bedeutete ihr, zu warten, und Sekunden später blinkte wieder ein *Ja* auf dem Bildschirm auf. Es irritierte sie, dass die Person, die da vor ihr lag, sich überhaupt nicht rührte. Sie holte Atem, dann fragte Sie: „Können Sie sich an den Moment erinnern, als Sie angeschossen wurden?"

Dieses Mal ertönte kein Ping.

„Das bedeutet Nein", erklärte Susanna. „So haben wir es vereinbart."

Olivia spürte, wie eine Welle der Enttäuschung über sie hinwegrollte.

„Sie wurden an einem Tatort angetroffen. Eine junge Frau wurde kaltblütig ermordet und verstümmelt." Sie hielt kurz inne. Dann fragte sie ganz direkt: „Haben Sie das getan?"

Auch dieses Mal blieb das Ja aus.

„Sein Puls und sein Hautleitwert steigen. Das Ganze stresst ihn", sagte die Professorin.

„Müssen wir immer darauf warten, ob er antwortet?", fragte Olivia leicht gereizt.

„Nur, wenn er mit einem *Nein* antworten möchte. Formulieren Sie die Frage bitte so um, dass er sie mit einem *Ja* verneinen kann."

Olivia sah Susanna mit großen Augen an. Doch dann begriff sie.

„Hat jemand anderer die Frau umgebracht?"

Es dauerte nur vier Sekunden, dann ploppte ein *Ja* auf. Olivia lief es eiskalt den Rücken hinab. Sie überlegte, wie sie die nächste Frage formulieren sollte. Doch dann hörte sie drei schnelle Pings hintereinander. *Ja, Ja, Ja.*

„Was bedeutet das?“, fragte sie verwirrt.

„Er möchte etwas sagen. Ich schalte daher auf den Buchstabiermodus um. Armstrong wird Buchstaben auswählen, die ihm auf die Netzhaut projiziert werden. Nehmen Sie sich einen Stuhl. Das kann dauern.“

Es dauerte zwölf Minuten, dann las Olivia auf dem Bildschirm BINKEINMÖRDER

„Er lässt die Leerzeichen weg, dann geht es schneller.“

„Warum waren Sie am Tatort?“, fragte Olivia.

Nun dauerte es eine knappe Viertelstunde.

KEINEERINNERUNG, sagte er.

Olivias Puls beschleunigte sich.

„Die Zeit verrinnt“, ermahnte Susanna sie. „Sie haben noch eine halbe Stunde. Wählen Sie Ihre Fragen daher weise.“

Olivia kam sich vor wie in einem dieser Märchen, in denen eine gute Fee drei Wünsche zur Auswahl stellt. Sie hatte schon zwei genannt und nun nur noch einen übrig.

Da fiel ihr auf einmal etwas ein. „Was ist die letzte Erinnerung, die Sie haben?“

„TANTEBESUCHTBATH“

Olivia wollte gerade weiter nachfragen, als sie Schritte auf dem Gang hörte.

„Mist“, fluchte die Professorin. „Das ist Pidgin-Smithe. Er ist zu früh dran. Sie müssen sofort hier raus.“

Olivia sah zu Armstrong hinüber. Sie hatte bei Weitem nicht das erfahren, was sie sich von ihm erhofft hatte. Sie wollte bleiben und die Befragung fortsetzen ... ungeachtet der möglichen Konsequenzen.

„Schnell, verschwinden Sie“, drängte die Professorin sie. „Sie bringen uns alle in Schwierigkeiten!“

Olivia sah zur Tür. Dann traf sie eine Entscheidung.

28

Susanna ließ ihren Blick über die ansteigenden Sitzbankreihen des Hörsaals schweifen. Alle Augen waren auf sie gerichtet. Die Vorlesung *Einführung in die Neuropsychologie* war bisweilen eine recht trockene Angelegenheit. Nicht jeder war begeistert davon, die Grob- und Feinstruktur des Nervensystems kennenzulernen, sich seltsame griechische und lateinische Namen zu merken oder Untersuchungstechniken wie die funktionelle Magnetresonanztomografie in ihren technischen Details zu verstehen.

Sie hatte diese Erfahrungen während ihrer Studienzeit selbst gemacht und als sie Professorin geworden war und zum ersten Mal eine Vorlesung zu diesem Thema entworfen hatte, hatte sie beschlossen, jede Einheit durch praktische Beispiele aufzuwerten. Es ging ihr nicht darum, Anekdoten über Patienten und Patientinnen zu teilen, die nahe Familienangehörige mit Gegenständen verwechselten, damit die Studierenden sich über skurrile neurologische Phänomene amüsieren konnten. Sie wollte ihrer Hörerschaft zeigen, dass Neuropsychologie praxisrelevant war. Dass man schwer kranken Menschen in diesem Bereich sehr viel Gutes tun konnte.

Die meisten ihrer Studierenden interessierten sich mehr für die klinische Psychologie, die Beschreibung, Erklärung, Vorhersage und Behandlung psychischer Erkrankungen. Oft hatten sie Filme gesehen, in denen

Menschen mit Psychosen oder Zwangsstörungen tragende Rollen spielten. Oder sie hatten in ihrer Jugend selbst an Depressionen, Ängsten oder Essstörungen gelitten, und wollten mehr über sich erfahren oder anderen helfen. Daran war auch nichts verkehrt. Aber es war eben nicht die einzige Art, auf die Psychologen und Psychologinnen der Welt einen Dienst erweisen konnten und das wollte Susanna ihren Studierenden gerne mit auf den Weg geben.

Sie hatte sich für die heutige Vorlesung ein brandaktuelles Thema ausgesucht, das sie *Fallstudie zur Kommunikation mit einem kompletten LIS-Patienten mittels eines modifizierten BCIs* überschrieben hatte. Die erste Hälfte der Veranstaltung hatte sie damit verbracht, ihren Studierenden zu erklären, was das LIS war und wie es zustande kam. Dann hatte sie über BCIs gesprochen. Schließlich hatte sie den anonymisierten Fall vorgestellt, an dem sie gerade arbeiteten.

„Es gelang uns, einen Kommunikationskanal herzustellen. Der Patient kann inzwischen eindeutig *Ja* kommunizieren, indem er auf eine Frage hin den Refrain von *There is a light that never goes out* in seinem auditiven Gedächtnis aktiviert. Außerdem kann er damit Buchstaben auswählen, die ihm auf die Netzhaut projiziert werden und dadurch Wörter bilden."

„Ist das nicht furchtbar umständlich?" Eine Studentin, die die ganze Zeit über aufgeregt an ihrem Bleistift gekaut hatte, hatte sich gemeldet, um diese Frage zu stellen.

Susanna nickte. „Ja, das ist es. Aber wir haben keine andere Möglichkeit gefunden. Normalerweise bitten wir die Patienten, sich vorzustellen, dass sie die linke

Hand zur Faust ballen. Dann müsste das entsprechende linksseitige motorische Hirnareal aktiv werden, aber das ist in diesem Fall aussichtslos, weil das Areal seine ursprüngliche Funktion eingebüßt hat. Der Patient hat seit mehreren Jahren seine Handbewegungen nicht mehr anzusteuern versucht und deshalb hat das Gehirn sich diese Funktion eingespart. Biologie ist vor allem eines: ökonomisch."

Die Studentin schien damit noch nicht zufrieden zu sein. „Hätte die Funktion erhalten werden können, wenn man dem Patienten regelmäßig Physiotherapie verabreicht hätte?"

Susanna nickte und versuchte, den bitteren Unterton etwas abzumildern, der sich in ihre Stimme schleichen wollte. „Ja, das hätte möglicherweise verhindert, dass die Funktion verloren gegangen wäre. Aber leider wird in der Behandlung von LIS-Patienten viel versäumt. Manchmal aus Unwissenheit, manchmal aber auch mit Absicht."

Sie kniff die Lippen zusammen. Den letzten Satz hätte sie besser nicht gesagt.

„Warum sind Sie dann auf die Idee gekommen, das Lied zu benutzen?", fragte ein anderer Student.

„Weil wir wussten, dass der Patient ein großer Musikfan ist", erwiderte Susanna. „Er hatte eine riesige Plattensammlung und offenbar war er ein besonders großer Fan der Band The Smiths. Die werden Sie nicht mehr kennen, die hatten in den achtziger Jahren ihre fünfzehn Minuten Ruhm. Wir vermuten, dass der Patient sich die letzten Jahre sehr viel damit beschäftigt hat, Musik in seinem Gedächtnis zu aktivieren. Er hatte also quasi eine mentale Jukebox."

„Das ist echt traurig“, sagte die bleistiftkauende Studentin.

Susanna schluckte. „Ja, das ist es“, gab sie zu.

Nach der Vorlesung traf sie sich in ihrem Büro mit Poppy. „Meine Kommilitonin hatte recht“, sagte diese zur Begrüßung.

„Dass es traurig ist, wenn jemand sieben Jahre lang seine Zeit damit zubringt, sich Songs von den Smiths in Dauerschleife in der Erinnerung vorzuspielen?“

„Ja, das auch, aber vor allem hatte sie Recht damit, dass es umständlich ist, wie wir mit Armstrong kommunizieren.“

Susanna lächelte. „Wir haben ja gerade erst angefangen. Heute werden wir uns daran machen, ihm den Algorithmus näherzubringen. Wenn das Justizministerium einverstanden ist, werde ich Armstrong beibringen, wie er selbst damit üben kann.“

Poppy lachte. „Ich glaube, das Justizministerium wird froh sein, wenn es keinem weiteren Shitstorm ausgesetzt ist.“

Susanna nickte. „Da könnten Sie recht haben. Haben Sie Zeit? Wollen Sie mich begleiten?“

Poppy schüttelte den Kopf. „Ich habe leider eine Vorlesung bei Professor Daltrey.“

Susanna verzog das Gesicht und Poppy lachte. „Ja, so ging es mir auch, als ich heute Morgen auf meinen Stundenplan geschaut habe.“

„Na, dann wünsche ich Ihnen viel Durchhaltevermögen. Ich halte Sie auf dem Laufenden.“

„Danke“, sagte Poppy.

„Ich danke Ihnen", erwiderte Susanna. „Ohne Ihre Hilfe und die Hilfe Ihres Freundes wäre ich ganz sicher gescheitert. Richten Sie ihm bitte einen schönen Gruß von mir aus."

Eine Stunde später traf sich Susanna vor dem Pflegeheim mit Pidgin-Smithe. Er sah sie missmutig an. Wahrscheinlich fragte er sich, wie oft er noch den ganzen Tag in einem Krankenzimmer verplempern musste.

„Was machen Sie denn sonst so?", fragte Susanna ihn, als sie in Richtung von Armstrongs Zimmer gingen.

„Ich bin Sachbearbeiter in der Häftlingsverwaltung", erwidere Pidgin-Smithe knapp.

„War das Ihr Traumberuf?"

Er zuckte mit den Achseln. „Ich wollte etwas Sicheres, und der Staatsdienst ist mit das Sicherste, was Sie in diesem Land bekommen können. Wenn Sie nicht zu hoch hinauswollen. Ansonsten kann es Ihnen nach den nächsten Wahlen nämlich schnell passieren, dass Sie Ihren Job los sind oder versetzt werden."

Susanna verkniff sich eine Antwort. Der Beamte würde Ihre Klagen über die Unsicherheiten einer akademischen Laufbahn wahrscheinlich nur als Gejammer auf hohem Niveau abtun.

Sie hatten Armstrongs Zimmer inzwischen erreicht. Pidgin-Smithe, der dazugelernt hatte, setzte sich sofort auf einen Stuhl. Er packte ein Buch aus und begann zu lesen. Susanna warf ihm einen unauffälligen Blick zu und erkannte, dass es sich um einen Roman von Agatha Christie handelte. Wenigstens hatte der Mann Geschmack.

Sie startete ihre Apparate und wartete, bis alles hochgefahren war. Dann legte sie Armstrong einen Kopfhörer an und spielte ihm einmal *There is a light that never goes out* vor. Sie hatte ihm am Vortag angekündigt, dass dies ihre Art sein würde, Hallo zu sagen, und er hatte geantwortet, dass ihm das sehr gefallen würde.

Als der Song zu Ende war, fixierte sie seine Augenlider und setzte ihm die Brille auf. Sie stellte sich vor ihn und fragte ihn, ob er sie sehen könne, was er bejahte.

„Heute wollen wir damit beginnen, den Algorithmus zu trainieren, der es Ihnen ermöglichen soll, schneller zu sprechen. Wenn Sie drei Buchstaben buchstabiert haben, wird Ihnen der Computer für zehn Sekunden das am wahrscheinlichsten daraus resultierende Wort darbieten. In diesem Fall antworten Sie ihm bitte mit einem *Ja*, wenn nicht, warten Sie zehn Sekunden ab und fahren Sie dann mit dem Buchstabieren fort. Nach weiteren drei Buchstaben wird sich der Vorgang wiederholen. Verstanden?"

Wieder bejahte Armstrong.

„Gut, dann schreiben Sie mir doch bitte einen Text zu einem Thema, das Sie selbst wählen."

Sie setzte sich an ihren Laptop und beobachtete, wie Armstrong begann, Buchstabe für Buchstabe einen Text zu diktieren. Die Worte formten sich langsam und die ersten fünf Vorschläge des Algorithmus lehnte Armstrong ab, aber die nächsten beiden nahm er sofort beim ersten Versuch an. Susanna hatte die Worterkennung so angepasst, dass sie automatisch Leerzeichen zwischen die Worte einfügte.

Nach etwas mehr als einer Stunde konnte sie folgenden Text lesen:

DIE SMITHS WAREN SCHON IMMER MEINE LIEB-
LINGSBAND ES IST TOLL DASS SIE GERADE DIESEN
SONG AUSGESUCHT HABEN DANKE. Susanna lächelte. Sie spähte zu dem Beamten hinüber, der immer
noch in sein Buch vertieft war, allerdings nicht mehr
allzu viele Seiten vor sich hatte. Sie spürte, wie ihr das
Herz bis zum Hals schlug. Was sie nun vorhatte, war
nicht mit dem Ministerium abgesprochen. Sie tippte einen Text ein und ließ ihn durch die Brille direkt auf
Armstrongs Netzhaut projizieren:

Können Sie das hier lesen?

Ein *Ja* erschien.

Susannas Herz pochte noch schneller. Sie tippte weiter.

*Ich werde Ihnen die Brille da lassen und das Pflege-
personal bitten, sie Ihnen drei Mal täglich für je eineinhalb Stunden aufzusetzen. Länger können wir das leider nicht machen, weil wir Ihre Augen schonen müssen. In dieser Zeit können Sie frei mit dem Programm
üben. Nach fünfundachtzig Minuten wird der Computer Sie fragen, ob Sie mir die Texte, die Sie geschrieben
haben, per E-Mail zusenden wollen, was automatisch
geschehen wird, wenn Sie zustimmen. Ist das okay für
Sie?*

Armstrong bejahte so rasch, dass Susanna beinahe
zusammenzuckte. Sie schrieb noch eine weitere Zeile.

*Die Sache mit der E-Mail muss unter uns bleiben. Das
Justizministerium weiß nichts davon. Okay?*

Wieder kam das *Ja* ohne Zeitverzögerung.

Susanna erhob sich und wollte sich schon verabschieden, als sie sah, dass Armstrong einen weiteren Text
diktierte. Sie wartete ungeduldig. Die Worte formten

sich zum Glück schneller, da der Algorithmus zu greifen begann. Aber es war immer noch so langsam, dass sie dem Drang widerstehen musste, an den Nägeln zu kauen. Nach zehn Minuten war er fertig.

DANKE PROFESSOR SIE SIND EIN ENGEL

Sie sah zu Armstrong hinüber. Aus seinem Augenwinkel rann eine einzelne Träne über seine Wange. Susanna spürte, wie auch ihre Augen feucht wurden.

29

Olivia schaute auf ihr Handy. Sie hoffte, dass der Plan, den Susanna ihr vorgeschlagen hatte, funktionierte. Die Befragung von Armstrong war nicht so verlaufen, wie sie es sich vorgestellt oder erhofft hatte. Sie hatte nicht damit gerechnet, dass er nur so wenig Informationen preisgeben konnte. Nicht, weil er es nicht wollte, sondern weil er es nicht anders konnte, und dann hatte sie auch noch in letzter Sekunde vor diesem Beamten des Justizministeriums fliehen müssen. Glücklicherweise hatte sie über den Balkon entkommen können, der sich rund um das Hochparterre des Pflegeheims zog.

Da Susanna angekündigt hatte, erst einmal weitere Trainingseinheiten mit Armstrong einlegen zu wollen, hatte sich Olivia vorgenommen, die einzige Angabe zu prüfen, die sie von ihm erhalten hatte. Das war gar nicht so einfach gewesen, denn in der Dienststelle ging es gerade drunter und drüber. Sie hatte aufgrund von zwei weiteren Krankheitsfällen einspringen müssen und als sie am späten Nachmittag müde und fertig vom Streifendienst in ihr Büro zurückgekehrt war, hatte sie kaum noch die Energie, sich mit dem Fall zu beschäftigen.

Eine Tasse Kaffee gab ihr jedoch den nötigen Schub und so holte sie die Ermittlungsakten hervor und suchte die Stelle heraus, die sie benötigte. Armstrong hatte angegeben, dass er bei seiner Tante in Bath gewesen sei. Seine Eltern waren beide schon früh verstorben und er war bei seiner Tante und seinem Onkel im Westen Englands aufgewachsen. Richtig, daran erinnerte sie sich noch. Aber wer hatte der Tante die Nachricht überbracht, dass ihr Neffe nicht nur angeschossen worden war und gelähmt sein Dasein fristete, sondern auch verdächtig wurde, der grausamste Serienkiller seit dem West Yorkshire Ripper zu sein, der Ende der Siebziger und Anfang der Achtziger Jahre eine Blutspur durch den Norden Englands gezogen hatte?

Sie blätterte die Akte durch und als sie auf den Eintrag stieß, weiteten sich ihre Augen. Er stammte von Marcus Harrison und war auf den zweiten Tag nach Armstrongs Festnahme datiert.

10. August 2016. Telefonat mit Mrs. Jones, Tante des Verdächtigen David Armstrong. Mrs. Jones wurde über die schwere Verletzung ihres Neffen unterrichtet. Sie ist die nächste Angehörige. Im Telefonat gibt sie an, dass sie nie ein Anzeichen dafür gesehen habe, dass ihr Neffe delinquent sein könnte. Er sei immer ein braver Junge gewesen, eher einzelgängerisch veranlagt. Nach der Schule sei er nach London gezogen, wo er als Informatiker gearbeitet habe. Kontakt habe regelmäßig bestanden, vor allem über Telefonate, ein oder zwei Mal im Jahr auch durch Besuche seinerseits.

Damit endete die Notiz. Olivia blätterte weiter. Die Tante tauchte nirgendwo mehr auf. Sie lehnte sich zurück. Das durfte doch nicht wahr sein. Warum war niemand mehr auf die Angehörigen zugegangen? Der Rest des Berichts bestand vor allem aus den Beweisen, die in

Armstrongs Wohnung gefunden worden waren. Diese waren fein säuberlich aufgeführt und katalogisiert, besonders die menschlichen Überreste aber auch ein zweites Messer, das bei den ersten vier Mordfällen zum Einsatz gekommen war, ehe der Täter zu einer längeren Klinge gegriffen hatte.

Warum hatte Marcus die Tante nicht gefragt, wann sie Armstrong zum letzten Mal gesehen hatte? Sie hätte diese Frage ganz bestimmt gestellt. Aber dazu hatte sie keine Gelegenheit gehabt, denn sie hatte an Tims Krankenbett gesessen, während die Kollegen den Fall abgewickelt hatten.

Olivia suchte die Nummer der Tante heraus und wählte sie. Es tutete zwei Mal, dann meldete sich eine brüchige Stimme.

„Jones?“

„CI Olivia Jenner, Metropolitan Police Wandsworth. Guten Abend, Mrs. Jones.“

„Wandsworth?“ Die alte Frau klang verwirrt.

„Ja, in London.“

„Ich weiß, wo das ist. Mein Neffe ...“ Ihre Stimme brach.

Olivia hörte ein lautes Schlucken. Sie sagte: „Seinetwegen rufe ich an.“

„Nach all den Jahren?“

„Ja, in dem Fall haben sich neue Hinweise ergeben.“

„Haben Sie seine Unschuld endlich beweisen können?“

In der Stimme von Mrs. Jones klang so etwas wie Hoffnung mit.

„Nun, so weit sind wir noch nicht. Ich wollte Sie bitten, sich daran zu erinnern, wann Sie Ihren Neffen zum letzten Mal vor seiner ... Verhaftung gesehen haben.“

„So nennen Sie das also? Das kann ich Ihnen ganz genau sagen. Es war der 24. Juli 2016.“ Mit einem Mal klang die Stimme von Mrs. Jones nicht mehr brüchig, sondern eher grimmig.

„War Ihr Neffe an diesem Tag bei Ihnen?“

„Ja, das war er. Das ganze Wochenende über. Mein verstorbener Mann hatte damals seinen siebzigsten Geburtstag gefeiert. Am 23. Juli. Es war das letzte Mal, dass ich David gesehen habe.“

„Sind Sie sich sicher?“

„Ich mag alt und gehbehindert sein“, knurrte Mrs. Jones, „aber ich bin nicht senil.“

„Das habe ich auch gar nicht behauptet“, erwiderte Olivia hastig. „Danke, Sie haben mir sehr weitergeholfen.“

„Moment!“, sagte die alte Frau. „Wie kommen Sie darauf, danach zu fragen? Ich hatte nur ein einziges Mal Kontakt mit einem Polizisten und der war äußerst unerfreulich. Der Mann hat mir kurz und knapp mitgeteilt, dass David angeschossen wurde, im Koma liegt, und dass er für all diese Morde verantwortlich gemacht wird. Ich habe ihm kein Wort geglaubt, denn David ist ein guter Junge. Er würde so etwas nicht tun.“

„Wir ... wir haben einen Weg gefunden, mit Ihrem Neffen zu sprechen“, sagte Olivia und biss sich sofort auf die Zunge. Diese Neuigkeit hätte sie wahrscheinlich besser für sich behalten sollen. Aber sie konnte einfach nicht anders.

„Wie ... *was?*“

„Ich kann Ihnen noch nicht mehr dazu sagen und ich bitte Sie auch, diese Information streng vertraulich zu behandeln, aber wir haben einen Weg gefunden, mit Mr. Armstrong zu kommunizieren, und ich bin dabei, die Angaben zu überprüfen, die er dabei gemacht hat."

Sie hörte ein Schluchzen am Ende der Leitung. „David ... kann ich auch mit ihm sprechen?"

Olivia schloss die Augen. Mist! Genau das hatte sie vermeiden wollen. Andererseits war es wohl unvermeidlich gewesen.

„Haben Sie Ihren Neffen schon mal besucht? Im Pflegeheim, meine ich?"

„Nein. Sie halten mich jetzt bestimmt für einen schlechten Menschen, aber ich bin auf einen Rollator angewiesen. Ich habe eine schwere Rückenmarkserkrankung und seit einer Operation ist mein rechter Fuß gelähmt. Kurz nach Davids Verhaftung ist mein Mann verstorben. Daher hatte ich keine Möglichkeit mehr, ohne großen Aufwand nach London zu kommen. Ich wollte ihn besuchen, das müssen Sie mir glauben. Aber die Ärzte, mit denen ich telefoniert habe, haben mir davon abgeraten. Ich kann nicht mit ihm reden, haben sie gesagt, denn er liegt im Wachkoma. Es lohnt sich nicht. Er kann mich eh nicht verstehen. Also bin ich daheimgeblieben und lebe jetzt mit meinem schlechten Gewissen."

Da haben wir etwas gemeinsam, dachte Olivia.

„Ich verspreche Ihnen, dass ich Sie darüber auf dem Laufenden halte, wie es Ihrem Neffen geht. Sobald es möglich ist, können Sie auch mit ihm sprechen. Vielleicht bekommen wir ja eine Verbindung über Skype oder Zoom hin. Kennen Sie das?"

Sie hörte ein Schnauben in der Leitung. „Ich bin gehbehindert, aber nicht senil. Wie oft soll ich das noch sagen? Mein Sohn wohnt in Connecticut. Wir skypen
zwei Mal die Woche, damit ich meine Enkel aufwach-
sen sehen kann.“

Olivia schloss die Augen. Sie musste dieses Gespräch
dringend beenden, ehe sie in ein weiteres Wespennest
trat.

„Okay, ich melde mich bei Ihnen. Versprochen.“

Sie legte auf und ließ sich durch den Kopf gehen, was
sie gerade erfahren hatte. Marcus hatte Mrs. Jones
nicht nach dem letzten Treffen mit ihrem Neffen gefragt. Gut, er hatte nicht wissen können, dass dieses genau an dem Wochenende stattgefunden hatte, als der
Putney-Slasher eine dreiundzwanzigjährige Joggerin
in einem Park überfallen, sie hinter ein Gebüsch gezerrt, ihr mit einer siebzehn Zentimeter langen Messerklinge die Kehle durchgeschnitten und vierundzwanzig Mal in die Brust gestochen, ihr den Bauch geöffnet,
Pankreas und Milz entfernt und sie im Sandkasten eines Kinderspielplatzes drapiert hatte. Wenn Armstrong an jenem Abend in Bath gewesen war, hatte er
ein bombensicheres Alibi.

Warum hatte Marcus nicht tiefer nachgebohrt? Die
Antwort war naheliegend. Er hatte kein Interesse daran gehabt. Armstrong musste der Täter sein, damit er
weiter im Rampenlicht stehen und sich feiern lassen
konnte. *Aber wenn Armstrong an dem betreffenden
Wochenende tatsächlich nicht in London gewesen war,
wer hatte die Joggerin dann umgebracht? Und war der-
jenige auch der Täter, der all die anderen Frauen auf
dem Gewissen hatte? Warum war Armstrong dann*

aber überhaupt am letzten Tatort aufgetaucht? War er zur falschen Zeit am falschen Ort gewesen? Oder war er vielleicht doch tiefer in die Morde verstrickt, als er es zugeben wollte?

Olivia legte den Kopf in die Hände und stützte sich mit den Ellenbogen auf der Tischplatte auf. Dieser Fall wurde immer komplizierter. Aber es gab nur eine Person, die Licht in die ganze Angelegenheit bringen konnte. Sie musste dringend mehr aus Armstrong herausbekommen.

30

Susanna winkte ihren Kindern zum Abschied. Es war zur Abwechslung einmal ein ruhiger und entspannter Morgen gewesen, was wahrscheinlich daran gelegen hatte, dass ihre Mutter verschlafen hatte. Susanna war um kurz vor sechs von Ella geweckt worden, die in ihr Bett geschlüpft war und als der Wecker eine halbe Stunde später geläutet hatte, war sie erfrischt und warm zugleich, denn ihre Tochter ersetzte jede Wärmflasche. Auch Ella war fit und gut gelaunt und hatte sich in kürzester Zeit anziehen lassen. Bei Dan hatte es ein wenig länger gedauert, aber immerhin hatte er nicht gegen Susannas Bemühungen angekämpft. Noch im Morgenmantel hatte sie den Kindern das Frühstück zubereitet und mit ihnen gemeinsam gegessen. Dann hatte sie sich einen kleinen Luxus erlaubt und Ella und Dan vor den Fernseher gesetzt. Sie durften eine Folge *Peppa Wutz* schauen. Währenddessen machte Susanna sich frisch und zog sich an.

Sie war gerade bereit, mit den Kindern aufzubrechen, als ihre Mutter auf der Treppe erschien, gekleidet in ihren Leoparden-Morgenmantel, unter dem die grauen Stützstrümpfe hervorlugten.

„Warum hast du mich nicht geweckt?"

Susanna verkniff sich die Erwiderung, die ihr auf der Zunge gelegen hatte. Ihrer Mutter zu sagen, dass es besser gewesen war, sie nicht zu wecken, weil heute alles reibungslos gelaufen war und sie weder ihr noch den

Kindern im Weg gestanden hatte, war schließlich keine Antwort, die auf Gegenliebe stoßen würde.

„Ich wollte dich ausschlafen lassen. Das hast du dir doch auch einmal verdient, oder?“

Ihre Mutter nickte eifrig. „Ja, das hat gutgetan. Ich bin eben nicht mehr so belastbar wie früher, als ich dich großgezogen habe und in jeder freien Minute putzen gegangen bin, damit du eine Chance hast, dass aus dir etwas wird.“

Susanna nickte. Die ständigen Spitzen ihrer Mutter wie gut sie selbst es doch habe im Vergleich zu ihr damals, prallten inzwischen wirkungslos an ihr ab.

„In Ordnung“, sagte sie. „Du holst meine zwei Süßen dann heute vom Kindergarten ab?“

„So, wie wir es ausgemacht hatten.“

Die Sonne schien und der Weg zum Kindergarten war ein einziges Paradies aus Kinderlachen und Liebe gewesen. So wohl hatte Susanna sich schon lange nicht mehr gefühlt. Deshalb war das Winken zum Abschied auch von einer größeren Portion Wehmut getrübt gewesen als die Tage zuvor.

Ihr Handy pingte. Sie sah, dass eine E-Mail eingegangen war, und zwar von der Adresse, die sie für David Armstrong eingerichtet hatte. Ihr Herz schlug augenblicklich schneller. Sie öffnete die Nachricht.

ICH HABE BRAV GEÜBT ES KLAPPT IMMER BESSER KOMMEN SIE HEUTE DAFÜR HABE ICH NUR 20 MINUTEN GEBRAUCHT

Sie ballte die Fäuste zu einer Triumphgeste. Sehr gut. Der Algorithmus wirkte also. Sie schrieb schnell zurück:

Sie bedauerte es beinahe, dass sie am Vormittag zur Uni musste, aber die zwei Seminare konnte sie nicht einfach ausfallen lassen. Trotzdem sah sie währenddessen häufiger auf die Uhr als an anderen Tagen. Sie hoffte, dass es den Studierenden nicht auffallen würde. Anstatt in der Mensa zu essen, holte sie sich schnell ein fertiges Thunfisch-Sandwich bei Tesco um die Ecke.

Das kurze Gespräch zwischen ihr und Pidgin-Smithe war inzwischen schon zu einer Art kleinem Ritual geworden. Sie fragte ihn heute nach seiner Lektüre.

„Ich liebe Agatha Christie", gab er zu. „Erfreulicherweise habe ich so ein schlechtes Gedächtnis, dass ich manche ihrer Romane schon vier Mal gelesen habe und jedes Mal wieder aufs Neue überrascht davon war, wer am Schluss der Täter war."

„Manchmal kann ein schlechtes Gedächtnis auch ein Segen sein", erwiderte Susanna.

Als sie eintraten, war ein Pfleger gerade damit beschäftigt, Armstrong zu waschen. Susanna wollte hinausgehen und abwarten, bis der Mann fertig war, um auf das Schamgefühl des Patienten zu achten, doch dann sah sie, wie der Pfleger eine dunkle Stelle an Armstrongs Oberschenkel inspizierte und sie hastig mit einem Laken abdeckte.

„Das ist eine Druckstelle, oder?"

„Wie bitte?", fragte der Pfleger. Sie sah, dass er Stöpsel in den Ohren hatte. Als er sie herausnahm, hörte sie schwere Beats und eine rappende Stimme.

„Ist es bei Ihnen üblich, während der Arbeit Musik zu hören?", fragte sie.

Der Pfleger, ein junger Kerl mit einem Dreitagebart und Lidern, die auf halbmast hingen, sah sie verständnislos an.

„Warum denn nicht? Der Typ bekommt doch eh nix mehr mit. Soll ich mich etwa mit ihm unterhalten?"

Susanna schnaubte. „Ja, zum Beispiel. Bringt man Ihnen in Ihrer Ausbildung denn gar nichts mehr bei?"

Der Mann kniff die Augen zusammen und sein Blick wurde nun zunehmend feindseliger. „Ich habe ein Studium abgeschlossen. Pflegewissenschaften."

„Na prima, dann können Sie mir bestimmt anhand von Quellenangaben belegen, von wem empfohlen wird, Menschen mit Bewusstseinsstörungen aller Art einfach zu ignorieren."

Er erwiderte nichts. Sie sah, dass seine Zähne mahlten.

„Darüber kann man aber vielleicht noch hinwegsehen. *Darüber* allerdings nicht." Sie schob das Laken zur Seite und deutete auf die dunkelrote Stelle an Armstrongs kaum mehr vorhandenen Oberschenkelmuskeln. Sie wies etwa die Größe eines Ein-Pfund-Stücks auf.

„Das ist ein Dekubitus. Das sehe sogar ich und dass, obwohl ich während meines Studiums lediglich als Putzhilfe in einem Pflegeheim gearbeitet habe. Das kann sich entzünden und im schlimmsten Fall sogar zu einer Blutvergiftung führen. Holen Sie also sofort einen Arzt!"

Der Pfleger atmete schwer. Susanna war sich sicher, dass er ihr widersprechen und sie vielleicht sogar anfahren wollte. Doch er schaffte es offenbar, sich unter Kontrolle zu bringen. Vor sich hin fluchend stapfte er aus dem Raum und knallte die Tür hinter sich zu.

„Ich kann's ihm nicht verdenken", sagte Pidgin-Smithe nun. „Wenn Sie jahrelang jemanden pflegen, der keinen Mucks von sich geben kann, werden Sie vielleicht auch irgendwann dazu übergehen, nicht mehr jeden Tag zu erzählen, was Sie beim Frühstück in der Zeitung gelesen haben. Vor allem, wenn es sich bei Ihrem Patienten um einen brutalen Frauenmörder handelt."

„Um einen mutmaßlichen Frauenmörder", gab Susanna zurück. „Aber selbst das ist nebensächlich. Auch wenn Armstrong all diese Frauen tatsächlich auf dem Gewissen hat und all diese Morde begangen hat, die ihm zur Last gelegt werden, hat er doch das Recht darauf, menschlich behandelt zu werden. Wir sollten nicht den Fehler begehen, Gleiches mit Gleichem vergelten zu wollen. Dafür sind Einrichtungen wie das Justizministerium geschaffen worden. Damit dem Recht zur Durchsetzung verholfen wird. Damit nicht jeder meint, Selbstjustiz üben zu müssen. Das unterscheidet uns nämlich von unseren Vorfahren in der Steinzeit. Oder etwa nicht?"

Pidgin-Smithe verzog das Gesicht. „Das klingt in Ihren Worten alles sehr schön, aber die Realität ist nun mal eine andere."

Susanna schnaubte. „Das sind keine Worte, das sind die Ideale, auf denen eine freiheitliche Gesellschaft wie unsere seit der Aufklärung aufgebaut ist. Aber vielleicht lesen Sie besser wieder in Ihrem Agatha-Christie-

Roman. Da gibt es nämlich immer nur Gut und Böse. Das macht es so viel einfacher für Sie."

Sie wandte sich von dem Beamten ab und fuhr ihre Geräte hoch. In ihr bebte alles. Sie konnte Vorurteile nicht ausstehen. Noch schlimmer war allerdings Gleichgültigkeit und beides hatte sie gerade eben erlebt. Sie setzte Armstrong seine Brille auf und stellte sich vor ihn.

„Guten Tag", sagte sie. „Haben Sie Schmerzen an der Druckstelle an Ihrem Oberschenkel?"

Es kam kein *Ja*, dafür erschien aber recht rasch eine Botschaft auf dem Bildschirm.

SPÜRE KÖRPER NICHT

Susanna schluckte. *Wie hatte sie das nur vergessen können?*

„Sorry", sagte sie. „Das war eine dumme Frage."

ES GIBT KEINE DUMMEN FRAGEN DANKE

„Wofür?"

DASS SIE DEM PFLEGER DIE MEINUNG GESAGT HABEN

Zufrieden registrierte Susanna, dass die gesamte Konversation nur fünf Minuten gedauert hatte. Armstrongs Worte rührten sie.

„Das ist doch selbstverständlich", sagte sie.

NEIN IST ES NICHT WIE LANGE LIEGE ICH SCHON HIER

Sie erschrak, als ihr klar wurde, dass sie darüber bislang noch gar nicht gesprochen hatten. Wahrscheinlich hatte Armstrong schon längst jedes Zeitgefühl verloren.

„Seit sieben Jahren", sagte sie leise.

SIE SIND DER ERSTE MENSCH SEIT SIEBEN JAH-
REN DER FREUNDLICH ZU MIR IST

Susanna spürte, wie ihre Kehle eng wurde. „Warum
sollte ich nicht freundlich zu Ihnen sein? Ich versuche
immer, mit Menschen so umzugehen, wie ich es mir
von anderen erhoffen würde."

WEIL MICH ALLE FÜR EINEN MÖRDER HALTEN

„Sind Sie denn einer?"

NEIN ABER MIR GLAUBT KEINER

Susanna sah zu dem Beamten hinüber, der jetzt von
seinem Buch aufgesehen hatte. Die Konversation lief
nun in eine Richtung, die sie auf dünnem Eis wandern
ließ.

Sie setzte sich an ihren Laptop und tippte die nächste
Botschaft ein, anstatt sie laut auszusprechen.

*Ich habe auf Bitten von CI Jenner mit Ihnen Kontakt
aufgenommen. Sie ist überzeugt davon, dass Ihnen unrecht getan wurde.*

UND SIE

Susanna schluckte. *Ich muss gestehen, dass ich keinen Überblick über die Ermittlungen in Ihrem Fall
habe. Aber ich verspreche Ihnen, dass ich alles tun
werde, was in meiner Macht steht, damit Ihnen Gerechtigkeit zuteilwird. Sie sind nicht verurteilt worden. Deshalb gehe ich natürlich davon aus, dass Sie unschuldig
sind bis zum Beweis des Gegenteils.*

Sie wartete. Armstrong ließ sich Zeit mit einer Antwort. Es dauerte etwa zehn Minuten, bis auf dem Bildschirm ein einziges Wort erschien:

DANKE

31

Olivia sah auf ihre Uhr. Sie war zehn Minuten zu früh. Na super. Sie hasste es, zu warten. Ganz besonders heute. Denn sie hatte Neuigkeiten. Große Neuigkeiten. Sie sah Eleonor Rigby schon von Weitem. Ihr rotbrauner Pferdeschwanz schwang von links nach rechts, als sie mit schnellen, kräftigen Schritten näherkam. Sie trug eine medizinische Maske. Ob sie noch immer Angst vor einer Ansteckung hatte? Zur Unkenntlichmachung konnte sie das Teil jedenfalls nicht nutzen, denn Olivia hatte sie schon aus einer Entfernung von gut zweihundert Metern erkannt, obwohl sie sich erst drei Mal in natura begegnet waren.

Es war eiskalt im St. James Park. Die Enten im Teich zogen langsam ihre Bahnen. *Warum hatte die Kollegin ausgerechnet diesen Treffpunkt vorgeschlagen?*

„Hi", sagte Eleonor und blickte sich nach allen Seiten um.

„Hi", erwiderte Olivia und rieb sich die frierenden Oberarme. „Hätten wir uns nicht an einem angenehmeren Ort treffen können? In einem warmen Pub zum Beispiel?"

„Es ist doch optimal hier", sagte Eleonor. „Wir haben alles im Blick und können nicht belauscht werden."

Olivia sah sich um. „Aber wir sind hier mitten in London."

„Hier verabreden sich die Spione fremder Botschaften immer zu konspirativen Treffen."

Olivia kniff die Augen zusammen. „Das ist jetzt nicht wahr, oder?“

„Doch, das stimmt.“

„Das haben Sie aus einem Buch. Ganz bestimmt haben Sie das aus einem Buch. Ich komme nur nicht darauf aus welchem.“

Der Teil des Gesichts, der nicht von der Maske bedeckt wurde, nahm nun eine rote Färbung an.

„Ich habe das nicht aus einem Buch“, sagte Eleonor leise. „Ich habe es aus einer Fernsehserie. *Good Omens.* Da treffen sich ein Engel und ein Dämon auch immer im St. James Park zu ihren konspirativen Zusammenkünften.“

„Diese Serie basiert auf einem Buch. Ich habe es mal gelesen. Da war ich aber noch ein Teenager. Na ja, egal, jetzt sind wir hier. Warum tragen Sie denn Maske? Haben Sie das auch in einer Fernsehserie gesehen?“

Eleonor schüttelte den Kopf. „Nein, es ist nur so frostig heute und seit der Covid Geschichte habe ich mir angewöhnt, im Winter immer Maske zu tragen. Das ist herrlich. Seitdem habe ich nie wieder eiskalte Backen.“

„Wir haben nicht viel Zeit. Lassen Sie uns also zum Wesentlichen kommen!“

„Sie haben mir geschrieben, dass Armstrong ein Alibi für den Mord an Jordan Wyatt hat. Sie wurde am Samstag, dem 23. Juli 2016 gegen dreiundzwanzig Uhr im Barnes Common Nature Reserve in Putney ermordet.“

„Ganz genau, und Armstrong hat angegeben, dass er sich das Wochenende über bei seiner Tante befunden hat. Diese lebt in Bath. Ich habe mit der Frau telefoniert. Sie hat das Alibi bestätigt.“

„Kann es nicht sein, dass sie sich geirrt hat? Ich meine, es ist ja schließlich schon sieben Jahre her.“

„Ja, das stimmt, aber es war das Wochenende, an dem ihr verstorbener Mann seinen siebzigsten Geburtstag gefeiert hat.“

Eleonor runzelte die Stirn. „Wäre es möglich gewesen, dass Armstrong am Samstagabend nach London zurückgekehrt ist, den Mord verübt hat und dann wieder nach Bath gefahren ist?“

Olivia legte den Kopf schief. „Sie lassen nicht locker, oder?“

„Wenn ich Marcus damit konfrontieren soll, müssen die Indizien absolut hieb- und stichfest sein. Ich kann es mir nicht leisten, wenn sich im Nachhinein herausstellen sollte, dass das vermeintlich wasserdichte Alibi doch keines ist.“

Olivia nickte. „Ja, das kann ich natürlich verstehen. Spielen Sie also ruhig weiter den Advocatus Diaboli. Endlich kümmert sich mal jemand ernsthaft um diesen Fall.“

„Also, wie sieht es aus? Besteht die Möglichkeit, dass Armstrong sich ein Alibi verschafft haben könnte, in Wirklichkeit aber in London war?“

Olivia nickte. „Ich habe bislang nur überprüft, ob er in Bath war. Natürlich könnte er ein derartiges Zeitfenster genutzt haben. Es sind einhundertvierzehn Meilen von Bath nach Putney. Wenn er sich an die Geschwindigkeitsbegrenzungen gehalten hat, müssten wir davon ausgehen, dass er die einfache Strecke in zweieinhalb Stunden zurückgelegt haben könnte. Er müsste also spätestens gegen halb neun Uhr in Bath aufgebrochen sein, damit er um dreiundzwanzig Uhr die nächstbeste Joggerin in einem Park überfallen, ermorden und verstümmeln konnte, nur um dann um frühestens viertel nach elf Uhr möglicherweise noch in blutiger Kleidung mit dem Messer im Wagen zurück nach Bath zu fahren.“

„Möglich wäre es aber.“

„Ja, das stimmt. Doch da gibt es ein Problem.“

„Das wäre?“

„Der Akte zufolge hatte Armstrong kein Auto. Er hätte also den Wagen seines Onkels ausleihen müssen, und das wäre ganz bestimmt aufgefallen.“

„Vielleicht hat er ja gesagt, dass er nur eine Spritztour unternehmen wollte? Oder einen alten Freund besuchen.“

„So langsam gehen Sie mir echt auf die Nerven“, sagte Olivia und zwinkerte der Kollegin zu.

An Eleonors Augen sah sie, dass diese unter der Maske grinste. „Das war meine Absicht.“

„Es gibt eine einfache Antwort auf all die Zweifel, die Sie da gerade geäußert haben.“

Olivia holte ihr Handy aus der Tasche und wählte die Nummer von Mrs. Jones in Bath. Die alte Frau meldete sich beim vierten Läuten.

„Ja bitte?“

„CI Jenner noch einmal. Guten Tag.“

„Ah, Sie schon wieder.“

Mrs. Jones klang wenig erfreut. Olivia konnte es ihr nicht verdenken.

„Ich habe noch zwei kurze Nachfragen zu unserem gestrigen Gespräch, dann lasse ich Sie auch schon wieder in Frieden.“

„Gut, fragen Sie!“

„Es geht um das fragliche Wochenende, an dem Ihr Neffe in Bath gewesen ist. Von wann bis wann war er denn da und wie viel Zeit hat er mit Ihnen verbracht?"

Sie überlegte kurz, dann sagte sie: „Er kam am Freitag. Das weiß ich noch. Am Freitagabend hat er sich nämlich mit Edgar und Walter getroffen, zwei Schulfreunden."

„Und am Samstag?"

„Darauf wollte ich doch gleich kommen. Er hat sich nämlich extra am Freitag mit den beiden getroffen, damit er am Samstagabend Zeit für die große Familienfeier hatte. Mein Mann – Gott hab ihn selig – hatte da seinen siebzigsten Geburtstag."

„David war an diesem Abend die ganze Zeit über anwesend?"

„Ja, das weiß ich sicher. Er hat nämlich fotografiert. Die Fotos habe ich allerdings nie zu Gesicht bekommen, weil seine Ausrüstung wohl von der Polizei beschlagnahmt worden ist. Wir haben am späten Abend sogar noch ein Gruppenbild im Garten gemacht. Das hat er richtig professionell hergerichtet. Mit Fackeln und kleinen Scheinwerfern. Schade, dass ich das Bild nie gesehen habe."

„Danke, Sie haben uns sehr weitergeholfen."

„Ich hoffe, ich habe David weitergeholfen. Mehr will ich gar nicht."

Olivia legte auf und sagte: „Haben Sie alles mitangehört?"

Eleonor nickte. „Diese Mrs. Jones spricht laut genug, dass Sie sich die Freisprechanlage sparen können. Gut, dann hat Armstrong also ein Alibi für einen der fünf Morde. Das erklärt aber immer noch nicht, warum er beim letzten Mal am Tatort war und dort mit der Waffe in der Hand überrascht wurde.“

„Vielleicht müssen wir das auch noch gar nicht erklären. Vielleicht sollten wir uns zunächst einmal darauf konzentrieren, was Armstrong zu den Zeitpunkten der anderen drei Morde getrieben hat.“

„Sie wollen weitere Alibis überprüfen?“

Olivia nickte. „Wir müssen einiges nachholen. Die Polizeiarbeit war offenbar äußerst schlampig.“

„Höre ich da so etwas wie Selbstkritik oder gar Reue?“

Olivia schüttelte den Kopf. „Ich war gar nicht Teil der Ermittlungen. Direkt nach der Verhaftung war ich wochenlang nicht im Dienst – aus verschiedenen Gründen. Den Hauptteil der Ermittlungsarbeit hat Marcus geführt, und so wie es aussieht, hat er das ausgenutzt, um seine Legende zu zementieren.“

„Was haben Sie nur gegen Marcus? Er ist ein genialer Ermittler.“

„Ja, das ist er. Aber Sie müssen doch zugeben, dass er in diesem Fall einen blinden Fleck hat.“

„Wir sind alle nicht frei von Schwächen. Aber lassen wir das jetzt, wir werden uns da eh nicht einig werden. Was haben Sie nun vor?“

„Wie gesagt, wir müssen überprüfen, wo sich Armstrong aufgehalten hat, als die drei anderen Morde stattfanden.“

„Wie wollen Sie das denn herausfinden? Selbst, wenn Sie zu ihm durchdringen, wie sollte er sich daran noch erinnern? Wenn Sie mich nach Daten aus dem Jahr 2016 fragen, kann ich Ihnen höchstens noch sagen, ob ich an einem dieser Tage in der Schule war oder nicht.“

Olivia sah Eleonor aufmerksam an. Wie jung sie war. Das vergaß sie manchmal. Sie war nicht viel älter als Tim, nur vier oder fünf Jahre wahrscheinlich. Damit gehörte sie exakt der Altersgruppe an, die der Putney-Slasher ins Visier genommen hatte.

„Ich kann mich daran erinnern, dass wir bei der Durchsuchung von Armstrongs Wohnung einen Kalender gefunden haben. Im *Star Wars* Design. Seinen Laptop haben wir auch beschlagnahmt. Beides muss noch in der Asservatenkammer lagern."

Eleonors Augen über der Maske weiteten sich. „Sie wollen, dass ich das überprüfe?"

„Das sollte Ihnen doch leicht fallen. Sie können schließlich jederzeit ins Archiv. Es gibt genügend Gründe, die Ihnen dafür einfallen könnten. Hier ist der Ablageort der Beweismittel im Fall Armstrong."

Sie gab ihr einen Zettel, auf dem Regalnummer und Fach standen.

„Wenn wir Glück haben, müssen Sie den Laptop gar nicht zum Laufen bringen. Das wäre ohnehin schwierig wegen des Passworts, aber auch der Akku ist inzwischen leer. Wenn seine Termine im Notizbuch stehen, schnappen Sie sich das Teil und fotografieren Sie einfach die Seiten ab. Falls Sie seinen Fotoapparat finden, überprüfen Sie, ob noch eine Speicherkarte darin ist. Denn wenn wir die Fotos von der Geburtstagsfeier von Armstrongs Onkel inklusive der passenden Zeitstempel vorweisen können, ist sein Alibi für den 23. Juli absolut wasserdicht."

Sie sah, dass Eleonor schwer schluckte, deshalb klopfte sie ihr aufmunternd auf die Schulter.

„Sie schaffen das schon. Ich glaube an Sie!"

32

Susanna erkannte die Veränderung sofort. Pidgin-Smithe war nicht mehr die Freundlichkeit in Person. Ihr üblicher Small Talk auf dem Weg zu Armstrongs Krankenzimmer war durch ein eisiges Schweigen ersetzt worden. Wahrscheinlich hatte er ihr ihre vehemente Verteidigung der Grundfreiheiten einer liberalen Gesellschaft übel genommen. Aber das war ihr gleichgültig. Solange er ihr nicht Schwierigkeiten bei ihrem Vorhaben machte, war das alles kein Problem.

Sie schloss David wieder an die Apparate an und begrüßte ihn.

WIE IST DAS WETTER DRAUSSEN, fragte er gleich zu Beginn.

Ein nasskalter, ungemütlicher Wintertag, erwiderte sie. Sie stand noch vor seinem Bett und sprach mit ihm. Inzwischen hatte sie es sich angewöhnt, den Dialog über den Computer zu beginnen, da Smith diesen nicht nachverfolgen konnte.

Eine kleine Pause entstand, während Armstrong schrieb:

WAAGRECHTER REGEN EISKALTER WIND IM GESICHT FEUER IM KAMIN

Susanna runzelte die Stirn. Dann verstand sie.

Ein Haiku?

JA EIN HOBBY VON MIR.

Haben Sie das spontan gedichtet?

ICH HABE ÜBUNG DIE LETZTEN JAHRE HABE ICH
MIR DIE ZEIT DAMIT VERTRIEBEN HAIKUS ZU DICH-
TEN.

Ihre Haikus gefallen mir.

DANKE ABER JETZT MAL ZU IHNEN MACHEN SIE
EIGENTLICH NOCH ETWAS ANDERES AUSSER GE-
DANKEN VON GELÄHMTEN ZU LESEN

Sie schmunzelte, schaute aber gleich zu Pidgin-
Smithe hinüber, der sich heute für einen Roman von
Edgar Wallace entschieden hatte. Er sah nicht auf.

*Ich bin Professorin an der Uni und meistens mit Vor-
lesungen, Seminaren und Papierkram beschäftigt.*

WELCHE UNI

*Roehampton. Ich bin an der Fakultät für Sozialwis-
senschaften.*

ICH HÄTTE AUCH GERNE STUDIERT

Was hat Sie daran gehindert?

KEIN GELD UND ZU SCHLECHTE NOTEN

*Ich habe ziemlich hart für mein Studium arbeiten
müssen. Studiert habe ich in Bristol. Wenn ich mal
nicht bei Vorlesungen oder Seminaren war oder in der
Bibliothek gelernt habe, habe ich als Kellnerin und
Putzfrau gearbeitet.*

HAT ES SICH GELOHNT

Wie meinen Sie das?

SIND SIE GLÜCKLICH IN IHREM JOB

Sie zögerte lange und allein schon dieses Zögern
schien ihm Antwort genug zu sein. Sie unterdrückte
ein Seufzen und schrieb zurück: *Nein, zurzeit nicht. Es
kann sein, dass ich meine Stelle verliere und mich nach
etwas Neuem umsehen muss.*

In diesem Moment öffnete sich die Tür des Krankenzimmers. Ein kleiner, drahtiger Mann in einem grauen Nadelstreifenanzug trat ein, dicht gefolgt von einem langen Elend in schlecht sitzenden Klamotten und einer weiteren, hageren Gestalt mit einem beinahe kahlen Schädel. Pidgin-Smithe schreckte aus seiner Lektüre hoch und ließ das Buch fallen.

„Ich … ich hatte noch gar nicht mit Ihnen gerechnet", stammelte er.

„Ich bin etwas früher dran, sorry", sagte der Neuankömmling.

Er machte sich nicht die Mühe, sich vorzustellen, sondern begab sich direkt vor Davids Bett.

„Da bist du also", sagte er und wandte sich an seinen hageren Begleiter. „Da hast du ja wirklich ganze Arbeit geleistet, Marcus."

Der Angesprochene verzog das Gesicht.

„Wer sind Sie?" Susanna hatte sich erhoben und stand nun vor dem drahtigen Kerl. Dieser musterte Sie abschätzig.

„Sie müssen diese Psychologin sein, die behauptet, dass man mit diesem menschlichen Gemüse hier noch reden könnte."

Susanna klappte der Mund nach unten. „Ich weiß, wer ich bin", fauchte sie. „Aber wenn Sie mir nicht gleich verraten, wer Sie sind, rufe ich die Polizei."

Er lächelte ein überhebliches Lächeln. „Sparen Sie sich die Mühe. Die ist schon da. Ich bin DI Frank Calvin, Special Murder Investigation Branch. Ich bin hier, um dieses Individuum zu verhören. Eigentlich hätte mein Chef, Marcus Harrison das erledigen sollen." Er deutete

auf den hageren Mann, der Susanna freundlich zu-
nickte.

„Aber er wollte nicht, dass es so aussieht, als wäre er
befangen. Schließlich haben er und dieser Psycho da
eine Vorgeschichte miteinander."

„Aber wir sind noch gar nicht so weit, dass Sie Mr.
Armstrong verhören könnten", protestierte Susanna.

„Warum nicht? Wie weit wollten Sie denn mit ihm
kommen? Wollten Sie Shakespeares Sommernacht-
straum mit verteilten Rollen mit ihm lesen?"

Sie hörte ein gedämpftes Kichern aus der Ecke.
Pidgin-Smithe schien sich über das Gehabe des Inspec-
tors zu amüsieren. Der Typ in dem schlecht sitzenden
Anzug trat mittlerweile von einem Fuß auf den anderen. Ihm war die ganze Situation sichtlich unangenehm, während der Hagere sich für eine Miene entschieden hatte, die wohl so etwas wie Bedauern ausdrücken sollte.

„Nein", erwiderte Susanna. „Aber ich bin davon ausgegangen, dass vor einer Vernehmung noch eine ärztli-
che Untersuchung stattfinden würde, die klärt, ob Mr.
Armstrong überhaupt vernehmungsfähig ist."

Nun schaltete sich der Hagere ein. „Das können Sie
doch erledigen. Schließlich sind Sie Ärztin. Oder etwa
nicht?"

Susanna schüttelte den Kopf. „Nein, ich bin keine Ärztin. Ich bin Neuropsychologin."

„Wo ist denn da der Unterschied?", blaffte Calvin.

„Ich habe das schon oft genug erklärt, um zu wissen,
dass der Unterschied vielen Menschen nicht bewusst
ist. Dass Sie als Kriminalbeamter davon aber keine

Ahnung zu haben scheinen, schockiert mich dann allerdings doch."

Er sah sie an wie Boris Johnson einen Oppositionspolitiker, der ihm gerade eine Lüge nachgewiesen hatte.

„Jetzt bleiben Sie mal sachlich", fauchte er. „Ich bin hierhergekommen, um mit David Armstrong zu sprechen, und das werde ich tun. Mr. Pinjin-Smith oder wie auch immer er heißt, weiß Bescheid. Ich bin vom Justizministerium dazu autorisiert worden."

„Soll das etwa eine offizielle Zeugenvernehmung werden?", fragte Susanna.

„Das ist kein Zeuge, sondern ein Tatverdächtiger. Ein dringend Tatverdächtiger sogar."

„Dann steht Mr. Armstrong auch ein Verteidiger zu. Es sollte ihm erlaubt sein, sich zunächst mit diesem zu besprechen, bevor ein Verhör stattfindet."

Calvin baute sich jetzt vor Susanna auf. Da er jedoch ein paar Zentimeter kleiner war als sie, gelang es ihm nicht, sie einzuschüchtern.

„Wollen Sie mich etwa darüber belehren, wie ein Verhör stattzufinden hat? Sie haben wohl zu viele Vorabend-Krimiserien gesehen, was? Sind Sie ein Fangirl von diesem Cumberbatch-Sherlock Holmes, oder was?"

„Das bin nicht. Aber ich habe während des Studiums als Nebenfach Kriminologie belegt. Daher weiß ich, welche Rechte ich habe. Für eine schwarze Frau in einem Land wie Großbritannien ist das leider immer noch sehr wichtig. Seit dem Brexit sogar mehr als jemals zuvor. Ich weiß, welche Rechte Mr. Armstrong hat. Sie werden ihn also nicht verhören, ehe er mit einem Anwalt gesprochen hat."

„Und daran wollen *Sie* mich hindern?"

Susanna lächelte ihm liebenswürdig zu. „Ganz genau, daran will ich Sie hindern.“

Der Typ sah zu Pidgin-Smithe hinüber. „Können Sie keinen anderen Experten organisieren? Einen, der sich weniger, wie eine Strafrechtlerin aufführt?“

Der Beamte wirkte mit einem Mal äußerst nervös. „Ich fürchte, es gibt niemanden, der sich so gut mit der Kommunikation mit Leuten wie Armstrong auskennt. Sie hat schon viel Arbeit hineingesteckt.“

An Calvins Wangen traten die Muskeln hervor. „Dann lassen Sie mich wenigstens ein paar Worte mit ihm wechseln.“

Susanna sah zu Armstrong hinüber und dann zu dem Bildschirm. Ihr Blick fiel auf die Kurven des Biofeedbackgeräts. Sein Puls lag bei knapp hundert und der Hautleitwert war von 0,8 auf beinahe 9 ySiemens gestiegen.

„Das hier stresst ihn ganz erheblich“, sagte sie.

„Das ist ja auch kein Kaffeekränzchen“, knurrte Calvin. Er winkte dem schlecht gekleideten Mann zu, der sich daraufhin zu ihm gesellte und ein Notizblock zückte. Calvin baute sich vor Armstrong auf und sagte: „Ich bin PI Calvin und ich bin ermächtigt, Sie zu den fünf Morden zu befragen, deren Ausübung Ihnen zur Last gelegt wird.“

Die Kurve des Hautleitwertes stieg weiterhin steil nach oben. Der Puls lag nun bei hundertzehn.

„Wollen Sie einen Anwalt?“, fragte Susanna.

Das *Ja* kam wie aus der Pistole geschossen.

Calvin warf ihr einen wütenden Blick zu. Sein Kollege kaute am Ende seines Bleistifts.

„Einen Anwalt also?“

Wieder ein *Ja*. Susanna sah, dass der Puls bei hundertdreißig lag.

„Brechen Sie das ab, und zwar jetzt sofort!", schrie sie.

Calvin zuckte zusammen. Sie schob ihn beiseite, nahm Armstrong die Brille ab, löste die Klammern, die seine Lider fixierten und legte ihm Kopfhörer an. Sie ging zu ihrem Laptop und startete das selbstbetitelte Debütalbum der Smiths. Mit den ersten Takten von *This Charming Man* begannen Hautleitwert und Puls sofort zu sinken.

„Sie behindern die Polizeiarbeit", knurrte Calvin. „Ich sorge dafür, dass Sie von hier entfernt werden."

„Dann sollte ich vielleicht meine gute Freundin Unity Wilmore anrufen, damit ich ihr im Frühstücksfernsehen darüber berichten kann, was PI Calvin unter Polizeiarbeit versteht."

Sie standen sich nun direkt gegenüber und fixierten sich mit ihren Blicken.

„Das wird Ihnen noch leidtun", knurrte er. Er sah weg und stürmte zur Tür hinaus. Der Typ mit dem schlecht sitzenden Anzug folgte ihm. Der Hagere hingegen wandte sich an Susanna: „Ich muss mich für meinen Kollegen entschuldigen. Er ist manchmal ein bisschen stürmisch." Er lächelte sie freundlich an.

„Sie haben Armstrong angeschossen, nicht wahr?", fragte sie.

Er seufzte. „Ja und wenn ich ihn hier so liegen sehe, bereue ich es zutiefst."

Er nickte ihr zu und folgte seinen Kollegen.

„Das war nicht klug", sagte Pidgin-Smithe, der sich den Schweiß von der Stirn wischte. Er war kreidebleich.

„Aber es war richtig“, sagte Susanna, die spürte, wie
das Adrenalin, mit dem die Wut und die Empörung ihren Körper geflutet hatten, nun langsam abflaute. „Sie
müssen doch zugeben, dass sich dieser Calvin nicht an
die Vorschriften gehalten hat.“

Der Beamte sah unglücklich aus. „Es war vielleicht
ein wenig unkonventionell ...“

„Unkonventionell?“ Susanna verdrehte die Augen.
War ja klar, dass diese Kerle zusammenhielten. „Das
war nicht unkonventionell, das waren Verstöße gegen
mehrere Vorschriften, und das werde ich so nicht dul-
den. Ich werde mich über Calvin beschweren. Das
nächste Mal verlange ich außerdem eine Vorwarnung,
wenn so ein Termin wie der heutige ansteht, ist das
klar?“

Pidgin-Smithe sah zu Boden, wie ein Welpe, der dabei
erwischt worden war, wie er auf den Teppich gepinkelt
hatte. Er sagte nichts.

Susanna sah auf die Uhr. Sie musste dringend los.
Hastig fuhr sie ihre Geräte herunter. Zum Abschied
legte sie eine Hand auf Armstrongs Schulter, schob den
Kopfhörer beiseite und sagte: „Ich komme morgen wieder. Es tut mir leid, was da gerade eben passiert ist. Ich
werde versuchen, zu verhindern, dass das noch einmal
vorkommt.“

Es war nach wie vor befremdlich, dass sie auf diese
Sätze keine Antwort erhielt. Selbst nach all den Kom-
munikationen mit gelähmten Menschen. Sie drückte
noch einmal seine Schulter, auch wenn er diese Berüh-
rung wohl nicht spüren konnte. Dann flüsterte sie ihm
ins Ohr: „Und als Nächstes besorge ich Ihnen eine fä-
hige Anwältin.“

33

Olivia saß im Auto und wartete darauf, dass Wendy aus der Ballettschule kam. Sie hatte sich den Nachmittag freigenommen, um ihrer Familie gegenüber ein wenig gut Wetter zu machen und um über den Fall nachzudenken. Nicht, dass sie die letzten sieben Jahre nicht genug darüber nachgedacht hätte. Aber die neuen Entwicklungen musste sie in Ruhe einordnen und die Nächte waren keine gute Zeit dafür. Sie benötigte ihren Schlaf momentan dringend.

Ihr Handy pingte. Die Nachricht stammte von Eleonor.

Ich habe die Seiten aus dem Notizbuch kopiert. Können wir uns treffen?

Olivia ballte eine Faust.

„Was ist los, Mama?", hörte sie Wendy fragen. Vor lauter Freude hatte sie gar nicht mitbekommen, dass ihre Tochter aus der Ballettschule gestürmt und rasch ins Auto gestiegen war.

„Nichts Wichtiges", sagte Olivia.

„Ach komm schon, so gefreut hast du dich schon lange nicht mehr."

„Ja gut, es hat mit der Arbeit zu tun."

Wendy verzog das Gesicht. „Es hat immer damit zu tun."

Olivia seufzte. „Für heute ist aber Schluss mit der Arbeit. Versprochen."

Sie brach das Versprechen allerdings bereits zehn Minuten später, als sie auf der Toilette saß und eine Nachricht an Rigby schrieb.

Mögen Sie *Steak-and-Ale-Pie*?

Zwei Stunden später öffnete sie einer irritiert aussehenden Eleonor ihre Haustür. Die Kollegin starrte auf Olivias Schürze, auf der die Umrisse eines nackten und sehr gut bestückten Typen abgedruckt waren.

„Die gehört meinen Mann", sagte Olivia entschuldigend und bugsierte Eleonor ins Wohnzimmer. „Nehmen Sie Platz, ich bin gleich bei Ihnen. Das Essen ist auch schon fast fertig."

Sie eilte in die Küche und schaute in den Ofen, wo die deftige Pastete vor sich hin brutzelte und dabei einen herrlich aromatischen Geruch verströmte.

Sie kehrte ins Wohnzimmer zurück. Eleonor hielt ihr einen USB-Stick entgegen.

„Ich habe die Seiten aus dem Taschenkalender von Armstrong abfotografiert."

„Haben Sie schon einen Blick auf die Daten geworfen?"

Die Kollegin schüttelte den Kopf. „Ich wollte nicht, dass jemand im Büro, das mitbekommt und nachfragt, was ich da mache."

Olivia nickte. „Das war eine gute Entscheidung."

„Haben Sie einen Laptop da?"

„Nein, wir können uns das in meinem Arbeitszimmer anschauen. Aber erst nach dem Abendessen. Sie mögen doch Steak-and-Ale-Pie, oder?"

„Ich ... ich dachte, das wäre ein Scherz“, sagte Eleonor kleinlaut. „Ich bin Veganerin.“

Olivia verzog das Gesicht. „Okay, wären Sie dann auch mit Salat und Baguette zufrieden?“

„Das wäre wunderbar.“

Die Stimmung beim Abendessen war so fröhlich wie schon lange nicht mehr. Tim sagte gar nichts. Er war von Eleonors Erscheinung in eine Art stumme Salzsäule verwandelt worden. Wendy war von der jungen Kollegin schwer begeistert und bombardierte sie mit Fragen zu ihren Lieblingsserien, Lieblingsmusikern und Lieblingsschminkuntensilien. Lucy musterte den Gast skeptisch. Sie sah Eleonor wohl als Konkurrenz an. Nur Andy wirkte unglücklich. Er hatte Eleonor gefragt, ob sie neu im Revier sei, und sie hatte geantwortet, dass sie bei Scotland Yard arbeitete. Glücklicherweise stellte er keine weiteren Fragen, als Olivia den Gast nach dem Essen in ihr Arbeitszimmer lotste. Sie schaltete den PC ein und öffnete sofort die Fotos von Armstrongs Kalenderseiten.

„Das ist ja krass“, hörte sie Eleonor sagen. Diese musterte gerade die Regale, die Reihen von Aktenordnern und die Bilder an der Wand. „Sie haben hier ja mehr zu dem Fall gesammelt als Scotland Yard.“

Olivia nickte. „Ja, und so langsam wird der Raum hier zu klein. Deshalb sollte ich den Fall dringend lösen, damit mein Mann endlich seinen Hobbyraum bekommt.“

„Ihr Mann ... wirkte nicht so glücklich über meine Anwesenheit.“

Olivia winkte ab. „Das ist schon in Ordnung. Er kennt meine Macken, und meistens toleriert er sie.“

Insgeheim hoffte sie, dass es auch heute so sein würde.

„Also, dann wollen wir mal schauen.“

Sie öffnete ein leeres Tabellendokument und trug zuerst die Daten der fünf Morde des Slashers ein. Neben den dritten Mord schrieb sie Bath.

„Für den 23. und 24.6.2016 ist eine Fortbildung in Lancaster eingetragen“, sagte Eleonor. „Im *Dogan Hotel*. Am 23.6. verübte der Putney-Slasher seinen zweiten Mord.“

„Dann lassen Sie uns das doch sofort überprüfen.“

Olivia öffnete den Browser ihres Handys und googelte das *Dogan Hotel* in Lancaster. Praktischerweise war die Telefonnummer auf der Website blau unterlegt wie ein Link, sodass sie einfach darauf tippen konnte. Sie stellte das Gerät auf Freisprechen ein. Das Wählgeräusch erklang und dann tutete es.

„Dogan Hotel Lancaster, Oliver Sheehan am Apparat. Was kann ich für Sie tun?“

Olivia meldete sich mit ihrem vollen Titel, was bewirkte, dass am anderen Ende der Leitung kein Atemgeräusch mehr zu vernehmen war.

„Ich benötige eine Auskunft zu einer Übernachtung.“

„Möchten Sie selbst bei uns übernachten, oder ...“

„Nein, es geht nicht um mich. Ich ermittele in einem Kriminalfall und möchte wissen, ob eine bestimmte Person zu einem bestimmten Zeitpunkt bei Ihnen übernachtet hat.“

„Es tut mir leid, aber da kann ich Ihnen keine Auskunft geben. Das entspricht nicht unserer Firmenpolitik.“

Olivia verdrehte die Augen. *Hatte der Typ das in einem amerikanischen Krimi gelesen oder fingen britische Hotels jetzt auch schon mit diesem Mist an?*

„Ich weiß, dass es für Sie schwierig ist, Daten am Telefon herauszugeben. Sie wissen ja gar nicht, ob ich auch wirklich eine Polizeibeamtin bin. Das ist mir bewusst. Bevor ich aber den offiziellen Weg gehe und Ihnen eine formelle Anfrage mit beglaubigten Dokumenten und dem ganzen Kram schicke, wollte ich mich einfach einmal formlos bei Ihnen erkundigen, ob sich die Mühe überhaupt lohnt."

„Wie meinen Sie das?"

„Die fragliche Übernachtung fand vor sieben Jahren statt. Vom 23. auf den 24. Juni 2016. Haben Sie noch die Daten von damals? Denn wenn nicht, kann ich mir den ganzen Aufwand sparen."

„Warten Sie mal kurz", sagte der Portier. Sie hörte ihn mit einer Maus herum klicken. Schließlich erklang ein gedämpftes „Da haben wir es ja." Dann sagte er: „Wir bewahren unsere Übernachtungslisten zehn Jahre lang auf. Natürlich ist auch die für die fragliche Nacht im System archiviert."

„Dann seien Sie doch bitte so nett und sagen Sie mir, ob sich darauf der Name David Armstrong befindet."

„Aber ich darf nicht ..."

„Sie würden mir, aber auch Ihnen viel Papierkram ersparen."

Er seufzte. „Okay. Ja, der Name steht darauf. Auf Wiedersehen."

Sie ballte die Faust.

„Damit haben Sie gerade gegen einen ganzen Haufen Vorschriften verstoßen", sagte Eleonor.

Olivia zuckte mit den Achseln. „Und wenn schon. Jetzt seien Sie mal ehrlich. Glauben Sie immer noch, dass Armstrong der Putney-Slasher ist?“

Er stand an einen Laternenpfahl gelehnt da und schaute hinüber zum Haus der Polizistin. Er musste so viele Dinge gleichzeitig im Auge behalten. Die Ermittler, das Pflegeheim, und jetzt auch noch die Kommissarin.

Immerhin hatte er inzwischen herausgefunden, wer die unbekannte Frau war, die er vor dem Pflegeheim gesehen hatte. Eine Neuropsychologin, die Armstrong zum Sprechen bringen wollte. Das musste er unbedingt verhindern. Genauso, wie er verhindern musste, dass die Polizistin ihm auf die Schliche kam. Sie war seine größte Sorge.

Zwei Mädchen kamen jetzt an seinem Versteck vorbei.

„Ach, Lucy, jetzt sei doch einfach einmal still“, sagte die Jüngere zur Älteren.

Die beiden überquerten die Straße und verschwanden im Haus der Polizistin. Das mussten ihre Töchter sein. Die Kleine war zu jung, aber die Große passte genau in sein Beuteschema. Er widerstand dem Drang, sich auszumalen, wie er sie töten würde, als er eine weitere Gestalt auf das Haus zugehen sah. Die Rothaarige.

Sein Mund trocknete augenblicklich aus. Die beiden steckten also unter einer Decke. Sie läutete und die Tür öffnete sich. Die Polizistin stand dort, eine lächerliche Schürze um ihre breiten Hüften.

Wenn er doch nur mitbekommen könnte, was die beiden miteinander zu besprechen hatten. Ob es eine Möglichkeit gab, sie zu belauschen?

Er wollte gerade auf das Haus zugehen, als er sah, dass eine weitere Gestalt vor dem Gebäude Position bezogen hatte. Ein schlaksiger Mann in einem zu großen Anzug. Er beschloss, sich aus dem Staub zu machen.

34

Susanna erwachte von einem Schmerzensschrei. Sie konnte ihn sofort ihrer Mutter zuordnen. Hohe, klagende Töne, an die sie seit ihrer Kindheit gewöhnt war. Sie versuchte, sich umzudrehen und weiterzuschlafen, doch das Schreien hörte nicht aus. Es nahm vielmehr zu, wurde schriller und lauter. Fluchend knipste sie ihre Nachttischlampe an. Es war Viertel vor vier. Na super.

Sie wälzte sich aus dem Bett und zog sich ihren Morgenmantel über. Als sie hinaus in den oberen Flur trat, sah sie, dass dort Licht brannte. Die Schreie kamen aber aus dem Erdgeschoss. Sie ging die Treppe hinunter. Unten war es dunkel. Sie konnte die schemenhaften Umrisse eines Körpers erkennen, der auf dem Boden des Wohnzimmers lag und in einer Lautstärke brüllte, die Tote aufwecken konnte. Sie knipste das Licht an. Ihre Mutter sah sie mit weit aufgerissenen Augen an. Tränen liefen ihr über das Gesicht und tropften auf den Boden, wo sich schon eine kleine Lache gebildet hatte.

„Mein Fuß", jammerte sie.

Susanna schluckte. Der Knöchel war gebrochen. Das sah sie auf den ersten Blick. Denn der nackte Fuß – ihre Mutter trug nie Hausschuhe – stand in einem seltsamen Winkel vom Unterschenkel ab.

„Ich habe die letzte Stufe übersehen."

Susanna überlegte fieberhaft, was sie jetzt tun sollte. Ihre Mutter war gut dreißig Kilo schwerer als sie. Sie konnte ihr also nicht aufhelfen.

„Ich rufe den Rettungswagen", sagte sie.

Die Augen ihrer Mutter weiteten sich.

„Aber die Kinder! Ich muss mich doch heute um die Kinder kümmern."

Susanna winkte ab. „Das bekomme ich schon hin. Mach dir keine Gedanken."

Sie ging zum Telefon, wählte die 999 und schilderte die Situation. Die Frau in der Notrufzentrale kündigte an, ihr einen Krankenwagen vorbeizuschicken.

Susanna kehrte zu ihrer Mutter zurück. Unterwegs holte sie ein Kissen vom Sofa und schob es vorsichtig unter den gebrochenen Knöchel. Ein zweites Kissen legte sie ihr unter den Kopf.

„Es tut so weh", jammerte sie.

„Das kann ich mir vorstellen."

Sie kniete sich neben ihre Mutter und tat etwas, was sie seit ihrer Kindheit nicht mehr getan hatte. Sie strich ihr über die starken, dichten Haare.

„Das ist verkehrt", murmelte ihre Mutter.

„Was denn?"

„Ich sollte dich trösten."

Susanna seufzte. „Ich habe schon früh gelernt, das selbst zu tun."

Sie winkte ihrer Mutter hinterher, als diese in den Krankenwagen geschoben wurde, und versprach ihr, sie baldmöglichst zu besuchen. Es war fünf Uhr und an Schlaf war nicht mehr zu denken. Sie bereitete daher die Morgenroutine für die Kinder vor. Glücklicherweise hatten sie nichts mitbekommen und so konnte sie die beiden in aller Ruhe anziehen und sie vor ihre Müslischüsseln setzen, ehe sie ihnen die Nachricht eröffnete, dass Grandma im Krankenhaus sei.

„Stirbt sie jetzt?", fragte Dan.

„An einem gebrochenen Knöchel stirbt man normalerweise nicht. Sie ist in guten Händen."

„Macht das Aua?", fragte Ella.

Susanna nickte. „Ja, das tut sehr weh. Aber Grandma hat bestimmt starke Schmerzmittel bekommen. Die helfen dabei gut."

Um kurz vor acht betrat Susanna die Uni. Sie war ein bisschen müde, aber erfreut darüber, dass sie es heute einmal pünktlich geschafft hatte. Um 10:30 Uhr würde die Fakultätssitzung stattfinden, in der es um den Fortbestand ihrer Professur ging. Sie hatte genügend Zeit, sich darauf vorzubereiten und noch einmal alle Argumente durchzugehen, auch wenn sie bezweifelte, dass es etwas nützen würde. Durch ihre Arbeit mit Armstrong hatte sie zwar eindrucksvoll bewiesen, dass ihr Ansatz praxistauglich war, aber um die öffentliche Meinung auf ihre Seite zu bringen, hatte leider die Zeit gefehlt. Vielleicht wäre es klüger gewesen, sich eine andere Verteidigungsstrategie zurechtzulegen, anstatt alles auf die Karte Armstrong zu setzen. Aber dafür war es nun zu spät.

Sie schaltete ihren PC ein. Bei ihren E-Mails war eine mit höchster Priorität markiert worden. Sie stammte vom Dekan.

Achtung Terminänderung: Fakultätssitzung heute erst um dreizehn Uhr. Teilnahme obligatorisch.

Susanna fluchte. Um sechzehn Uhr musste sie ihre Kinder vom Kindergarten abholen. Länger als zweieinhalb Stunden würde sie also nicht teilnehmen können. Länger sollte die Sitzung aber auch nicht dauern. Das Wichtigste würde ohnehin zu Beginn besprochen werden.

Sie holte sich einen Kaffee und begann damit, ein wenig Schreibarbeit zu erledigen, ehe sie um neun Uhr in das Seminar zum Thema *Wahrnehmung* ging. Eine Gruppe von Erstsemestern hielt ein Referat zu visuellen Täuschungen und illustrierte diese mit Kippbildern wie dem, bei dem man entweder einen Sigmund Freud ähnelnden Männerkopf oder eine unbekleidete Frau, die sich über eine Art Fell rekelte, erkennen konnte. Das Bild rief Kichern hervor, zumindest bei der Hälfte der Teilnehmenden, die zuerst die Nackte gesehen hatten. Das Referat war gerade beendet und sie wollte die Diskussion einleiten, als ihr Handy brummte. Der Dekan hatte ihr eine SMS geschrieben.

Rufen Sie mich bitte an. Es ist dringend!

Da war es wieder, das Gefühl der eiskalten Hand, die sich um ihre Kehle legte und fest zudrückte.

Sie konnte im Nachhinein nicht mehr genau sagen, wie sie es geschafft hatte, die restliche halbe Stunde des Seminars über die Bühne zu bringen. Als sie endlich wieder in ihrem Büro war, wählte sie hastig die Nummer des Dekans. Walters meldete sich sofort.

„Es gibt Probleme mit dem Justizministerium“, sagte er. „Ein im Fall Armstrong ermittelnder Polizist hat sich über Sie beschwert.“

„Da ist er mir offenbar zuvorgekommen. Er wollte Armstrong verhören, ohne ihm einen Rechtsbeistand zuzusichern. Ich habe mich geweigert, ihn dabei zu unterstützen.“

„Wie auch immer, mein Kontakt beim Justizministerium hat mir mitgeteilt, dass erwogen wird, das Projekt einzustellen.“

Ein kalter Schauer lief über Susannas Rücken.

„Wie bitte? Ich habe es geschafft, einen Kommunikationskanal zu Armstrong zu öffnen. Er kann inzwischen in einer Geschwindigkeit reden, die ich nie für möglich gehalten hätte.“

„Das brauchen Sie mir nicht sagen.“

„Aber was kann ich denn tun?“

Der Dekan seufzte. „Sie sollten möglichst schnell im Justizministerium vorsprechen. Am besten persönlich.“

Susanna sah auf die Uhr. Es war kurz vor elf. Bis sie in Whitehall war, würde es zwölf Uhr sein, und um dreizehn Uhr war bereits die Fakultätsbesprechung.

„Dann breche ich sofort auf“, sagte sie. „Vielleicht komme ich dann aber ein bisschen später zur Fakultätssitzung.“

„Das geht nicht“, sagte der Dekan. „Sie müssen von Beginn an teilnehmen. Alles steht für Sie auf dem Spiel. Sie werden auch heute Nachmittag noch jemanden im Justizministerium antreffen.“

„Da muss ich aber meine Kinder vom Kindergarten abholen“, murmelte Susanna.

„Lassen Sie sich eben etwas einfallen“, sagte der Dekan und beendete das Gespräch.

Sie legte den Kopf in ihre Hände. *Was sollte sie nur tun?* Ihre berufliche Perspektive hing am seidenen Faden, aber es ging auch darum, ob Armstrong in Zukunft wieder ein Leben ohne Kontakt zur Außenwelt führen musste.

Die Entscheidung fiel ihr erstaunlich leicht. Was war ein verlorener Job im Vergleich zu einer lebenslangen Isolationshaft im eigenen Körper? Sie schrieb dem Dekan eine Mail, um ihm mitzuteilen, dass sie voraussichtlich nicht an der Sitzung teilnehmen könnte und brach dann nach Whitehall auf.

Um kurz nach zwölf Uhr traf sie vor dem markanten, weißen Bau des Justizministeriums ein. Sie ging zielstrebig in die Lobby, wo sie von einem Beamten aufgehalten wurde.

„Ich möchte mit dem Staatssekretär sprechen. Er erwartet mich“, log sie.

Der Beamte zog eine Augenbraue nach oben, griff aber zum Telefon. Es war ein längeres Gespräch, in dessen Verlauf der Mann sie zwei Mal musterte. Schließlich sagte er: „Folgen Sie mir.“

Er führte sie zu einem Aufzug und drückte auf den obersten Knopf. Die Aussicht hier oben war atemberaubend. Man konnte über das ganze Regierungsviertel bis zu den Houses of Parliament und Westminster Abbey sehen. Aber sie hatte gerade keine Augen dafür, sondern konzentrierte sich auf den glatzköpfigen Mann, der sie in sein Büro bat.

„Es liegt eine Beschwerde gegen Sie vor“, begann der Staatssekretär ohne Umschweife. „PI Calvin beklagt, dass Sie seine Ermittlungen im Fall Armstrong behindert hätten.“

„Ermittlungen nennt er das?“ Susanna war empört. „Er ist einfach hereinspaziert und wollte Armstrong verhören, ohne ihm einen Rechtsbeistand zuzugestehen.“

Der Beamte zog eine Augenbraue nach oben. „Sind Sie sicher, dass er ihn verhören wollte? Vielleicht wollte er erst einmal überprüfen, ob er überhaupt mit dem Mann reden kann.“

„Da hätte er auch einfach mich fragen können.“

„Gut, dann frage ich Sie jetzt: Kann man mit Armstrong reden?“

Susanna nickte. „Ja, eindeutig. Er versteht jede Frage und kann in ganzen Sätzen antworten. Es braucht aber noch ein wenig Zeit.“

Der Beamte legte die Hände zusammen und sah sie an.

„Ist er denn vernehmungsfähig? Mehr will ich nicht wissen.“

Susanna zog die Nase kraus. „Das ist eine komplexe Frage“, gab sie zu. „Er kann auf jeden Fall kommunizieren. Wenn ich noch ein bisschen mehr Zeit bekomme, um mit ihm zu trainieren, wird er bestimmt deutlich schneller sprechen können. Ob sein medizinischer Zustand einen Prozess erlaubt, kann ich leider nicht beurteilen.“

Der Staatssekretär sah sie lange an. „Sie haben uns in eine schwierige Lage gebracht, das ist Ihnen doch wohl klar, oder?“

„Wenn Sie nicht all die Jahre versäumt hätten, Armstrong einer ordentlichen Behandlung zuzuführen, wären Sie jetzt nicht in dieser Situation."

Der Mann lachte. „Touché. Wie auch immer, wir müssen nun entscheiden, ob wir das Projekt fortführen oder nicht."

„Es gibt keinen vernünftigen Grund, es einzustellen."

Der Staatssekretär zuckte mit den Achseln. „Politische Gründe dafür gibt es zuhauf. Aber das soll nicht Ihr Problem sein. Ich werde mit dem Justizminister darüber beraten."

Er verabschiedete sie und als sie auf dem Gang stand, spürte sie, wie die Muskeln in ihren Armen und ihren Beinen zitterten. Ihr Handy surrte. Sie nahm es aus der Tasche. Der Dekan hatte ihr eine Nachricht geschickt.

Es tut mir leid, Ihnen das auf diesem Weg mitteilen zu müssen. Wir haben einstimmig beschlossen, dass Ihre Professur gestrichen wird.

35

Der Anruf hatte Olivia noch während der morgendlichen Fahrt zur Dienststelle erreicht. Sie hatte an einer Ampel gestanden und als das Handy vibrierte, hatte sie einen verstohlenen Blick auf das Display geworfen. Schließlich wollte sie sich nicht von einem der Kollegen dabei erwischen lassen, wie sie verbotenerweise beim Fahren telefonierte. Als sie aber gesehen hatte, dass der Anruf aus New Scotland Yard gekommen war, hatte sie das Gespräch, ohne zu zögern, angenommen. Das war schließlich ein Notfall.

Als solcher hatte es sich auch entpuppt. Sie hatte den Sekretär des Commissioners am Apparat, der sie anwies, sofort in die Zentrale zu fahren. *Gehen Sie nicht über Los*, schoss es Olivia durch den Kopf. Das konnte nichts Gutes bedeuten.

Sie machte kehrt und lenkte den Nissan in Richtung Whitehall. Sie hatte Mühe, einen Parkplatz zu finden, da sie keine Parkberechtigungskarte für Scotland Yard besaß. Es gelang ihr aber, in einer der Tiefgaragen hinter der Westminster Abbey zu parken. Das vollkommen überteuerte Ticket würde sie über die Spesenliste abrechnen.

Sie eilte zu dem Gebäude am Strand der Themse und teilte dem diensthabenden Kollegen am Empfang mit, dass sie einen Termin bei Sir Penwith habe. Der Beamte deutete auf den Lift und Olivia fuhr nach oben. Im Flur traf sie auf Eleonor. Diese saß auf einem der unbequemen Plastikstühle im Wartebereich vor dem Büro das Commissioners und kaute an ihrem Daumennagel.

Olivia fühlte sich, als ob sie gerade mit einem Froststrahler eingefroren worden wäre. Sie ging auf Eleonor zu und setzte sich neben sie. Nachdem sie nach links und nach rechts geschaut hatte, um zu überprüfen, ob sie jemand hören konnte, flüsterte sie der Kollegin zu: „Sind Sie auch hierher beordert worden?"

„Ja. Die müssen uns irgendwie auf die Spur gekommen sein."

„Aber wie?", fragte Olivia.

„Vielleicht haben sie mitbekommen, dass wir Kontakt hatten?"

Olivia zog die Stirn in Falten. „Sie glauben doch nicht, dass Ihnen jemand zu meinem Haus gefolgt ist, oder?"

Eleonor zuckte mit den Achseln. „Vielleicht hat ja jemand mein Handy gehackt."

Olivia schluckte. „Würden Sie das einem der Kollegen zutrauen?"

„Ich würde es jedem zutrauen, Marcus vielleicht ausgenommen. Wir mögen ein effizientes Team sein, aber wir sind allesamt Einzelgänger, und die Herren hier sind scharf darauf, Karriere zu machen. Sie können ihre Ellenbogen einsetzen. Das habe ich schon oft genug zu spüren bekommen. Einer der drei hat mich bei Marcus verpfiffen, da bin ich mir sicher."

Die Tür zum Büro des Commissioners öffnete sich. Er musterte sie mit grimmigen Blicken. Wortlos winkte er sie herein. Als Olivia Marcus Harrison, Frank Calvin, Harry Edgecombe und Basil Rutherford auf den Stühlen sitzen sah, wusste sie, dass sie ein Problem hatte.

„Ich habe Sie zu mir gerufen, weil ich eine Beschwerde erhalten habe."

Er deutete auf Marcus. „CI Harrison hat mich darüber informiert, dass Sie ohne Autorisation im Fall des Putney-Slashers ermitteln."

Er hatte sich an Olivia gewandt. Sie fragte: „Wie kommt er denn darauf?"

Marcus atmete tief durch. „Ein leitender Angestellter des Dogan-Hotels in Lancaster hat mich angerufen. Er war verwundert darüber, dass einer seiner Kollegen von CI Jenner zur Preisgabe einer Information über Armstrong genötigt wurde."

„Was sagen Sie dazu?", wollte Sir Penwith wissen.

Olivia spürte, wie ihr Herz schneller schlug. Das war die Gelegenheit, in die Offensive zu gehen. „Es hat sich nicht ganz so zugetragen, wie CI Harrison es schildert, aber ja, ich habe Kontakt mit dem Dogan-Hotel aufgenommen und dabei erfahren, dass David Armstrong in der Nacht vom 23.6. auf den 24.6.2016 dort übernachtet hat."

„Was sollen wir mit dieser Information anfangen?"

„Der zweite Mord des Putney-Slashers wurde in dieser Nacht verübt. Armstrong hat also ein Alibi. Er kann es nicht gewesen sein."

Der Commissioner sah sie skeptisch an. „Wie sind Sie überhaupt darauf gekommen, Datum und Hotel zu überprüfen?"

Olivia schluckte. Sie wollte Eleonor nicht belasten.

„Antworten Sie gefälligst!"

„Ich habe mit CI Jenner darüber gesprochen."

Olivia sah erschrocken zu Eleonor hinüber. *Was hatte die Kollegin geritten, sich freiwillig in die Nesseln zu setzen?*

„Wie bitte?" Auch Sir Penwith schien verblüfft zu sein. „Wie kommen Sie dazu? Welche Informationen haben Sie konkret weitergegeben?"

Eleonor holte tief Luft. Sie wirkte aufgeregt, aber keineswegs eingeschüchtert, wie Olivia anerkennend bemerkte.

„Ich habe CI Jenner letzte Woche kennengelernt, als wir uns zufällig auf dem Gang getroffen haben. Wir sind ins Gespräch gekommen und sie hat mir von ihrem fortgesetzten Interesse an dem Fall des Putney-Slashers berichtet. Ich war skeptisch angesichts ihrer Theorie, dass Armstrong möglicherweise gar nicht der Mörder gewesen sein könnte. Wir haben uns seitdem mehrfach über den Fall ausgetauscht und sind zu der Überzeugung gekommen, dass es eine einfache Möglichkeit geben könnte, Ihre Hypothese zu testen. Sollte Armstrong ein Alibi für einen oder mehrere der Morde nachweisen können, müsste seine Täterschaft in Zweifel gezogen werden."

„Wie wollten Sie die Alibis überprüfen, wenn Sie nicht mit Armstrong sprechen können?", fragte der Commissioner.

„CI Jenner hat mich darauf hingewiesen, dass bei der Durchsuchung von Armstrongs Wohnung ein Notizbuch entdeckt worden war, in dem er seine Termine aufgezeichnet hatte. Ich habe daraufhin den Taschenkalender im Archiv gefunden und ihr einen der Einträge mitgeteilt. Eine Art Stichprobe, wenn Sie so wollen. Diesen hat Sie überprüft."

„Das Ergebnis spricht für meine Theorie", fügte Olivia hinzu, die durch die klare und zwingende Darstellung ihrer Kollegin einen Aufwind verspürte.

„Sie wollen mir also weismachen, dass Armstrong einen der Morde nicht begangen hat?"

„Mindestens zwei Morde", sagte Olivia. „Für den dritten Mord der Serie hat er nämlich auch ein Alibi. Da war er bei seiner Tante in Bath."

Sie sah, dass es hinter der Stirn des Commissioners ratterte.

„Warum wurde das damals nicht überprüft?", fragte er nun Marcus.

„Das weiß ich nicht mehr. Da müsste ich in den Akten nachsehen", antwortete dieser.

„Tun Sie das. Nehmen Sie sich außerdem den Taschenkalender und die fraglichen Termine noch einmal vor!"

Olivia schluckte. „Das kann ich auch …"

Der Commissioner funkelte sie wütend an. „Sie werden gar nichts tun. Ich habe Sie gewarnt und Sie haben trotzdem Ihre Kompetenzen überschritten. Das wird Konsequenzen haben! Ich werde ein Dienstaufsichtsverfahren gegen Sie einleiten lassen."

„Aber …"

Sir Penwith hob die Hand. „Sagen Sie besser nichts mehr, ansonsten sehe ich mich versucht, Sie sofort vom Dienst zu suspendieren. Bei CI Harrison sind die Erkenntnisse bestens aufgehoben. Und was Sie betrifft …" Er wandte sich an Eleonor. „Ich bin enttäuscht. Sie hätten die Sache nie vor Ihrem Team geheim halten dürfen. Was haben Sie sich nur dabei gedacht?"

Eleonor sah zu Boden. Ihre Schultern waren nach unten gesackt.

„Sehen Sie das als offizielle Rüge an. Ich erwarte von Ihnen, dass Sie die Heimlichkeiten unterlassen. Ob Sie sich privat mit CI Jenner treffen, wie mir zugetragen wurde, bleibt Ihnen überlassen. Aber Sie werden keine Extratouren mehr fahren. Ansonsten versetze ich Sie auf eine der Shetland Inseln, haben Sie mich verstanden?“

Eleonor nickte.

Daher wehte also der Wind. Sie war tatsächlich dabei beobachtet worden, wie sie zu Olivia nach Hause gekommen war. Dahinter konnte nur Frank Calvin stecken, der breit grinsend neben Harrison saß und die Szene sichtlich genoss. Harry Edgecombe sah unglücklich auf den Tisch, während Basil Rutherford die gesamte Aufmerksamkeit seinen Fingernägeln zu widmen schien.

„Gut, Sie können gehen“, knurrte Sir Penwith. „Harrison, Calvin, Sie bleiben. Ich will mit Ihnen noch über den Mord in Mayfair sprechen.“

Als die Tür sich hinter ihnen geschlossen hatte, gingen Olivia und Eleonor wortlos nebeneinander zum Aufzug. Die Kollegin drückte auf den Knopf, der die dritte Etage symbolisierte, Olivia wählte das Erdgeschoss.

Harry Edgecombe trat zu ihnen.

„Sorry, Olivia und Eleonor. Ich ... ich weiß nicht, was ich sagen soll. So ein Mist.“

„Es wäre hilfreich gewesen, wenn du das eben zu Sir Penwith gesagt hättest“, schnaubte Olivia.

Harry schluckte.

Eleonor legte eine Hand auf seinen Arm. „Ist schon okay. Ich weiß ja, Loyalitätskonflikte sind schwierig.“

Er lächelte sie traurig an, dann ging er weiter.

„Es tut mir leid“, sagte Olivia, als sich die Türen des Aufzugs geschlossen hatten. „Ich wollte Sie da nicht mit reinziehen.“

Eleonor stieß wütend die Luft aus. „Das war ganz allein meine Entscheidung. Das braucht Ihnen nicht leidzutun. Ich bereue nichts. Calvin hat mir nachspioniert. Er wollte mich in die Pfanne hauen. Der Commissioner ist ein seniler Idiot, der auf dem Harrison-Auge blind ist.“

Olivia sah sie schockiert an. „Ja, das fasst es wohl ganz gut zusammen“, sagte sie.

Eleonor schnaubte. „Ich lasse mir den Mund nicht verbieten“, sagte sie. „Jetzt erst recht. Was glauben die eigentlich, mit wem sie es zu tun haben? Ich bin die einzige Frau in diesem Team und ich werde nicht tatenlos dabei zusehen, wie dieser Killer einen Mord nach dem anderen begeht, bis es den Herren Kollegen einfällt, ordentlich zu ermitteln.“

Sie hatten den dritten Stock erreicht. Eleonor trat auf den Flur hinaus und drehte sich noch einmal zu Olivia um.

„Sie hören von mir“, sagte sie, dann rauschte sie davon.

36

Susanna saß an ihrem Schreibtisch und starrte auf das Telefon. Wann rief der Justizstaatssekretär denn endlich an? Der Morgen hatte schon unerfreulich genug begonnen. Ihre Mutter hatte sich das Sprunggelenk so kompliziert gebrochen, dass eine ganze Menge Metall nötig gewesen war, um die Knochen wieder halbwegs am richtigen Ort zu fixieren. Sie war mehrere Stunden operiert worden und musste noch mindestens drei Wochen im Krankenhaus verbringen, ehe sie in eine Reha-Einrichtung verlegt werden sollte.

Als sie davon erfahren hatte, hatte Susanna sofort bei einer Au Pair-Agentur angerufen, aber leider nur die Auskunft erhalten, dass es äußerst schwierig sei, kurzfristig ein Au Pair zu bekommen, weil der Brexit den Zustrom von Europäerinnen zum Erliegen gebracht hatte. Mit einem Fluch auf Johnson, Farage und die ganze Bande auf den Lippen hatte Susanna aufgelegt.

Heute Morgen waren die Kinder schwerer als sonst zu bewegen gewesen, sich anzuziehen, zu frühstücken und in den Kindergarten zu gehen. Zu allem Überfluss hatte der nur bis dreizehn Uhr geöffnet.

Sie war dann fast eine halbe Stunde zu spät gekommen, was es nicht einfacher gemacht hatte, ihren beiden, wie auf glühenden Kohlen sitzenden Doktorandinnen zu eröffnen, dass sie sich wahrscheinlich eine neue Doktormutter suchen mussten. Es war ein tränenreiches, furchtbares Gespräch gewesen und nun saß sie erschöpft und emotional ausgelaugt in ihrem Büro und wartete auf den nächsten Schlag. Sie war sich fast sicher, dass der Justizminister beschlossen hatte, ihrem Projekt mit Armstrong den Todesstoß zu versetzen. Er hatte sowieso nie ein ernsthaftes Interesse daran gezeigt, sondern war durch den öffentlichen Druck dazu gezwungen worden und das erzeugte Reaktanz. Sie war zwar keine Sozialpsychologin, aber das Konzept des psychischen Widerstands bei Menschen, die etwas gegen ihren Willen tun sollten, war ihr wohlbekannt. Es klopfte an der Tür und Poppy trat ein. Sie sah besorgt aus.

„Störe ich?", fragte sie.

Susanna schüttelte den Kopf und wies auf den Stuhl vor ihrem Schreibtisch.

„Sie wollen sicher wissen, wie es um Ihre Masterarbeit bestellt ist", sagte Susanna.

Poppys Nasenspitze hüpfte auf und ab. „Ja, das auch", sagte sie. „Aber ich wollte mich vor allem erkundigen, wie es mit Armstrong läuft."

Susanna lächelte. „Sie sind ein Phänomen. Ich glaube, in Ihrer Situation hätte ich gar nicht mehr an Armstrong gedacht, sondern nur daran, ob ich meine Masterarbeit zu Ende bringen kann."

Poppy zuckte mit den Achseln. „Ich bezahle eine Menge Studiengebühren hier. Das gibt mir das Recht, meine Arbeit zu beenden. Es ist eine Dienstleistung der Universität, und die werde ich notfalls einklagen. Oder ich gehe damit ins Frühstücksfernsehen."

Sie zwinkerte Susanna zu. Diese lachte.

„So weit müssen Sie es nicht kommen lassen. Ich habe die Zusage erhalten, dass ich alle Arbeiten, die in diesem Semester abgeschlossen werden können, zu Ende betreuen darf."

„Prima, dann muss ich mich nur ein bisschen beeilen. Also, was ist mit Armstrong?"

Susanna gab ihr einen kurzen Überblick über die letzten Übungssitzungen.

„Das ist ja fantastisch! Ich hätte nicht gedacht, dass er so rasch dazulernt."

„Das können Sie laut sagen. Er ist ein Phänomen."

„Sie mögen ihn?"

Susanna legte den Kopf schief. „Ja, das kann man so sagen. Er ist definitiv anders, als ich ihn mir vorgestellt hatte."

„Glauben Sie, dass er unschuldig ist?"

Susanna nickte. „Absolut, und das macht seine Situation nur noch tragischer."

Das Telefon läutete. Sie nahm ab. Es war der Staatssekretär.

„Sie dürfen weitermachen. Anfang nächster Woche wird ein Arzt prüfen, ob Armstrong vernehmungsfähig ist. Dann erwarte ich eine Aussage von Ihnen, wann wir mit den Vernehmungen beginnen können."

„Ich habe eine Anwältin für Armstrong aufgetrieben", sagte Susanna, ehe er auflegen konnte. „Die würde ich gerne zu weiteren Terminen mitnehmen, damit er sie kennenlernen und überlegen kann, ob er sich von ihr vertreten lassen möchte."

Der Staatssekretär zögerte. Schließlich sagte er: „So will es das Gesetz. Das geht in Ordnung."

Susanna ballte die Faust. Sie verabschiedeten sich und sie legte wieder auf.

„Gute Nachrichten?", fragte Poppy.

„Ich darf weitermachen."

„Das klingt ja großartig. Gleich heute?"

Susanna schüttelte den Kopf. „Nein, meine Mutter hat sich am Fuß verletzt und ich habe keinen Babysitter für die Kinder."

Poppys Nasenspitze zuckte. „Hm, das könnte ich doch übernehmen. Andrew hat heute Nachmittag auch nichts vor. Dann wären wir zu zweit. Das sollten wir schon hinbekommen."

„Aber ich kann Sie dafür nicht einspannen. Was soll denn der Dekan denken? Das sieht ja aus wie Vetternwirtschaft!"

Poppy zuckte mit den Achseln. „Und wenn schon? Wie könnte der Dekan schlimmstenfalls reagieren? Indem er Ihnen die Professur streicht?"

Zwei Stunden später standen sie vor dem Kindergarten. Susanna, Poppy und Andrew. Ella und Dan kamen angestürmt, wurden aber sofort langsamer und wirkten scheuer, als sie die beiden fremden Erwachsenen sahen.

„Hi, ich bin Poppy und das ist Andrew. Er hat ein Schloss. Mitten in London. Habt Ihr Lust, euch das anzuschauen?"

Dans Augen wurden groß. „Gibt es da auch Gespenster?"

Andrew zuckte mit den Achseln. „Wollen wir mal nachsehen?"

Dan klatschte in die Hände. Ella kuschelte sich an ihre Mum.

„Ich habe Angst vor Gespenstern", sagte sie.

Poppy kniete sich vor sie hin. „Dann füttern wir die Schwäne und Enten im Teich, okay?“

„Au ja!“

Susanna sah den vier Gestalten hinterher, die sich langsam in Richtung U-Bahn entfernten. Poppy hielt Ella an der Hand und Dan textete Andrew zu. Es war ein seltsames Gefühl, ihre Kinder abzugeben. Aber sie wusste, dass sie bei den beiden gut aufgehoben waren.

Sie eilte zur U-Bahn und fuhr nach Putney. Pidgin-Smithe begrüßte sie mit einem säuerlichen Lächeln. Wahrscheinlich hatte er auf ein Ende des Projekts gehofft und war nun enttäuscht, dass er weiterhin den Krankenwärter spielen durfte. Er wollte sie hineinführen, doch sie schüttelte den Kopf.

„Ich erwarte noch jemanden.“

„Ach, stimmt ja, das hatte der Staatssekretär erwähnt“, sagte er.

Sie musste nicht lange warten. Um die Ecke kam eine Frau in Susannas Alter mit glatten, schwarzen Haaren. Auf ihrer Stirn prangte ein knallroter Bindi.

„Sonja Patil“, sagte sie. „Wir haben telefoniert?“

Sie schüttelten sich die Hände, dann führte sie Patil in das Krankenzimmer. Die Anwältin stellte viele Fragen zu den technischen Abläufen der Kommunikation, die Susanna zeigten, dass ihr Gegenüber nach ihrem Telefonat Erkundigungen eingezogen hatte. Das gefiel ihr.

Sie begrüßte David mit den Smiths, legte ihm die Brille und das Infrarot-Gerät an und startete ihre Apparate. Dann trat sie vor ihn.

„Guten Tag, ich habe Ihnen heute jemanden mitgebracht.“

Sie winkte Patil herbei und die Anwältin stellte sich kurz vor.

„Ich bin Strafverteidigerin und arbeite seit fünf Jahren in einer eigenen Kanzlei. Prof. Madueke hat mich gebeten, mit Ihnen zu besprechen, ob ich Sie vertreten soll. Wenn das okay für Sie ist?"

David antwortete mit einem *Ja*. Susanna gab Patil ein Zeichen und diese erläuterte daraufhin, was nun auf ihn zukommen würde. Er stellte zwischendurch einige Verständnisfragen und nach zwei Stunden waren sie so weit, dass er Frau Patil bat, ihn zu vertreten.

„Gut, dann werde ich bei Gericht vorstellig werden und Akteneinsicht beantragen. Als Legitimation werde ich unser Gesprächsprotokoll vorlegen und mich auf Prof. Madueke und Herrn Pidgin-Smithe als Zeugen berufen."

Sie nickte dem Beamten zu und Susanna führte sie nach draußen.

„Wie läuft es denn mit der Bezahlung?", wollte Susanna wissen.

Patil zwinkerte ihr zu. „Ich vertrete Armstrong pro Bono. Der Fall ist interessant und eine bessere Werbung kann ich nicht bekommen."

Sie schüttelten sich die Hände und Susanna kehrte zu David zurück. Sie setzte sich an den Bildschirm. David hatte geschrieben.

SIE IST NETT DANKE

Gerne.

Es dauerte eine Weile, bis die nächste Frage erschien.

WIE GEHT ES IHNEN

Susanna unterdrückte ein Seufzen, das sicher Pidgin-Smithes Aufmerksamkeit erregt hätte.

Meine Stelle an der Uni ist wohl nicht mehr zu retten. Heute musste ich meine Doktorandinnen an andere Lehrstühle abgeben. Das war furchtbar.

DAS KANN ICH MIR VORSTELLEN DESWEGEN SIND SIE SICHER NICHT PROFESSORIN GEWORDEN ODER

Können Sie Gedanken lesen?

DAS IST DOCH IHR JOB

Sie grinste. Er war emphatisch und schlagfertig.

Immerhin darf ich Sie weiter betreuen.

DAS FREUT MICH ES TUT GUT MIT IHNEN ZU RE-DEN

Das Kompliment gebe ich Ihnen mit Freuden zurück. Ich komme immer gerne hierher und das nicht, weil Sie ein interessanter Fall wären. Sondern weil ich mich darauf freue, mit Ihnen zu sprechen.

DAS GEHT MIR AUCH SO MEIN TAG HAT WENIG HIGHLIGHTS ABER IHR BESUCH GEHÖRT SICHER DAZU

Sie lächelte.

WAS WOLLEN SIE DENN JETZT MACHEN OHNE PROFESSUR

Das ist eine gute Frage. Ehrlich gesagt habe ich keine Ahnung. Ich könnte mich an einer anderen Uni bewerben. Oder ich könnte an eine Klinik gehen oder in eine neurologische Praxis.

DAS KÖNNTEN SIE SICHER AUCH GUT.

Sie zuckte mit den Achseln. *Ich weiß es nicht. So richtig praktisch habe ich noch nie gearbeitet.*

WAS IST DANN DAS HIER

Sie unterdrückte ein Lachen. *Stimmt, so habe ich das bisher noch gar nicht gesehen.*

SIE KÖNNTEN SICH AUF MENSCHEN WIE MICH
SPEZIALISIEREN

Sie sah, dass sein Hautleitwert und sein Puls anstiegen.

ES IST FURCHTBAR NICHT SPRECHEN ZU KÖNNEN
SIE WISSEN GAR NICHT WIE DANKBAR ICH IHNEN
BIN

Sie spürte, wie ihre Augen feucht wurden. Hinter dem Tränenschleier stieg ein Gefühl in ihr auf, das sie zwar kannte, das sie aber noch nie so mächtig gespürt hatte. Es war Stolz. Sie hatte etwas bewirkt. Sie hatte Gutes getan. Das war ihr Antrieb gewesen, Psychologie zu studieren. Doch irgendwann war dieses hehre Ziel verschüttet worden unter Ehrgeiz, Neugier und Wissensdurst. Nun hatte es sich wieder aus der Asche erhoben, glänzte neu und frei und mit einem Mal fühlte Susanna, wie alle Zweifel und alle Sorgen von ihr abfielen. Es war ihr gleichgültig, ob sie als Professorin scheiterte. Sie wusste, was sie konnte und sie wusste, was sie wollte.

37

Als Olivia an jenem Morgen aufwachte, fühlte sie sich erholt. Sie hatte gut geschlafen. Richtig gut. Sie konnte sich nicht erinnern, wann sie sich zum letzten Mal so frisch gefühlt hatte. Andy neben ihr schnarchte noch leise vor sich hin. Sie sah auf die Uhr. Drei Minuten vor sechs. Um sechs hätte der Wecker ohnehin geläutet. Sie schaltete ihn aus und ging ins Bad.

Sie zog sich aus und stieg unter die Dusche. Das kalte Wasser – sie duschte morgens immer kalt – war eine weitere Wohltat und als sie eine Viertelstunde später in der Küche stand und das Frühstück vorbereitete, war sie erfrischt wie lange nicht mehr. Sie summte vor sich hin und erkannte in der Melodie *She's Electric* von Oasis. Das waren noch Zeiten gewesen.

Lucy schlurfte in die Küche, grummelte etwas vor sich hin und nahm sich einen Toast. Zwei Minuten später wiederholte sich das Schauspiel mit Tim, nur dass dieser sich zusätzlich zum Toast noch eine Tasse Kaffee einschenkte. Er stieß an der Tür zum Speisezimmer fast mit Andy zusammen.

„Guten Morgen", sagte er. „Was ist los? Du bist so gut drauf."

Er trat zu ihr und sie küssten sich.

„Ich weiß auch nicht. Irgendwie ist heute ein guter Morgen", erwiderte Olivia.

Sie nahmen am Frühstückstisch Platz. Wendy kam die Treppe heruntergestürzt.

„Hab verschlafen", rief sie, setzte sich so ungestüm, dass die Teller klirrten, und begann damit, hektisch Butter auf ihren Toast zu schmieren. Lucy erhob sich als Erste.

„Muss heute früher in der Schule sein", sagte sie mit Lidern, die nur einen Spaltbreit Auge erkennen ließen.

„Musst du wieder die Hausaufgaben abschreiben?", ätzte Wendy.

Lucy zeigte ihr den Stinkfinger, was ihr eine Rüge von Olivia einbrachte. Langsam schlurfte ihre Tochter in den Flur und gleich darauf hörte sie die Haustür, die krachend ins Schloss fiel.

„Sie hat zu wenig Schlaf", sagte Andy.

„Das liegt daran, dass sie die halbe Nacht mit Michael textet", sagte Wendy und biss in ihren Toast.

„Ach so ...", setzte Olivia an, wurde jedoch von einem markerschütternden Schrei unterbrochen.

„Das war draußen", sagte Andy.

Olivia nickte. Adrenalin flutete durch ihren Körper, denn sie hatte die Quelle des Schreis erkannt. Es war Lucy!

Olivia erhob sich so rasch, dass der Stuhl umfiel, und stürmte durch den Flur ins Freie. Ihre Tochter stand auf dem Rasenstück neben dem Stellplatz. Sie war vornübergebeugt und hatte die Hände auf die Oberschenkel gestützt. Ihr Gesicht war kreidebleich.

„Was ist los?", fragte Olivia.

„Das ... das Auto", stammelte Lucy. Sie sah aus, als ob sie sich jeden Augenblick übergeben müsste. Olivia wandte den Blick ab und sah zu ihrem Nissan hinüber. Als sie erkannte, was ihre Tochter so erschreckt hatte, riss sie die Augen weit auf. Die Windschutzscheibe war mit einer klebrigen, roten Flüssigkeit beschmiert, bei der es sich nur um Blut handeln konnte. Sie bedeckte die gesamte Fläche der Frontscheibe. In die festgetrocknete Flüssigkeit waren mit einem groben Pinsel Buchstaben gezeichnet worden, die sich wie ein Relief vom Untergrund abhoben: *Lucy ist die Nächste* stand dort.

Ohne zu zögern, zog Olivia ihr Handy aus der Tasche und wählte den Notruf. Die Kollegen vom Revier waren nach fünf Minuten vor Ort. Sie hatte die Kinder wieder ins Haus bugsiert, wo Andy sich um sie kümmerte, während sie draußen auf den Erkennungsdienst und die Mordkommission wartete.

„Ist das … ist das menschliches Blut?", hörte sie Omar fragen. Der Kollege war bleich, genauso wie Melanie, eine ältere Beamtin, die so aussah, als müsste sie dringend Olivias Toilette aufsuchen.

Olivia schüttelte den Kopf. „Ich hoffe, nicht."

„Der Täter wollte Ihnen eine Botschaft übermitteln."

„Es sieht fast so aus", knurrte Olivia. „Oder warum sollte er sich ansonsten nachts zu meinem Haus schleichen, einen Eimer Schweineblut über die Windschutzscheibe kippen und meine Tochter mit dem Tod bedrohen?"

Sie sah, dass Omar schluckte.

„Sorry, ich wollte sie nicht blöd aussehen lassen. Es ist nur … das ist eine sehr belastende Situation."

„Das kann ich mir vorstellen", sagte Omar.

Vom Ende der Straße her näherte sich jetzt ein Van mit hoher Geschwindigkeit.

„Die Kollegen von der Spurensicherung", sagte Omar.

Hinter dem Kleinbus folgten zwei Limousinen. Die Autos parkten mitten auf der Straße. Aus dem Ersten stiegen Marcus Harrison und Frank Calvin. Im zweiten Auto saßen Eleonor Rigby, Harry Edgecombe und Basil Rutherford.

Marcus schüttelte ihr die Hand und stellte sich vor den Nissan.

„Wann hast du das bemerkt?", fragte er.

„Meine Tochter ist heute Morgen als Erste aus dem Haus. Um zwanzig vor sieben. Sie hat es gesehen."

„Lucy? So heißt deine ältere Tochter, nicht wahr?"

Olivia nickte.

„Ausgerechnet", knurrte Marcus.

„Wenn es Wendy gesehen hätte, wäre das auch nicht besser gewesen", sagte Olivia.

„Habt ihr irgendetwas angefasst?"

Olivia schüttelte den Kopf. „Ich habe Lucy und die anderen direkt nach drinnen verfrachtet. Wir sind dem Auto nicht näher als zwei Meter gekommen."

Marcus nickte. „Gut, dann lassen wir mal die Spurensicherung ihre Arbeit machen."

Die Kollegen aus dem Kleinbus hatten sich inzwischen in ihre Ganzkörperanzüge geworfen und gingen zunächst einmal daran, in dem bislang unberührten Bereich um das Auto herum nach Spuren zu suchen.

„Irgendwelche Fußabdrücke?", fragte Marcus.

Einer der Kriminaltechniker schüttelte den Kopf.

„Da waren welche", sagte er und deutete auf eine Stelle am Boden, an der das Gras ein klein wenig niedergedrückt war. „Aber wer auch immer sie hinterlassen hat, hat sie danach fein säuberlich verwischt."

Die Kollegen machten sich daran, das Auto näher zu untersuchen. Sie nahmen mit kleinen Tupfern, die aussahen wie die Stäbchen, die sich Olivia lange Zeit in die

Nase geschoben hatte, um Covid-Tests zu machen, Proben von dem Blut. Andere suchten die Oberfläche des Autos nach Fingerabdrücken ab.

Das ganze Spektakel war nach einer halben Stunde erledigt. Die Kollegen von der Kriminaltechnik packten ihre Ausrüstung ein. Ehe sie davonfuhren, sagte einer von ihnen zu Olivia: „Sie können das jetzt abwaschen. Ich würde Ihnen Handschuhe empfehlen. Vermutlich ist das Schweineblut und man weiß nie, was die arme Sau, die dafür abgestochen wurde, für Krankheiten hatte.“

„Die haben doch alle so viel Antibiotika inne, dass die steril sind“, scherzte ein anderer.

Die Männer lachten. Olivia stimmte nicht mit ein. Sie nahm es ihnen nicht übel, dass sie die Stimmung etwas aufzulockern versuchten, aber ihr ging das zu nahe, als dass sie sich hätte beteiligen können.

Sie fing einen Blick von Eleonor auf. Irgendwie hatte sie das Gefühl, dass die Kollegin das Bedürfnis hatte, ihr etwas zu sagen. Aber das war hier nur schwer möglich, denn seit der Abfuhr, die ihnen Sir Penwith erteilt hatte, mussten sie vorsichtig sein.

Sie wandte sich an Marcus. „Und nun?“

„Nun müssen wir nach dem Kerl suchen, der das getan hat. Dafür warten wir am besten die kriminaltechnischen Analysen ab.“

„Was ist mit meiner Familie? Wie wird die geschützt? Muss ich das jetzt selbst in die Hand nehmen?“

Marcus schüttelte den Kopf. „Ich kümmere mich darum. Wundere dich nicht, wenn demnächst rund um die Uhr ein Fahrzeug vor eurem Haus parkt.“

„Danke“, sagte Olivia.

„Das ist doch selbstverständlich", erwiderte Marcus. „Wir mögen nicht einer Meinung sein, was den Fall beziehungsweise die Fälle angeht, aber wenn das Schwein deine Tochter bedroht, müssen wir für Sicherheit sorgen."

Er nickte ihr zu und ging zu seinem Auto zurück. Sein Team folgte ihm auf den Fersen. Olivia fing einen letzten, drängenden Blick von Eleonor auf, doch es gab keine Gelegenheit, mit ihr zu sprechen.

Sie kehrte ins Wohnzimmer zurück. Tim und Lucy saßen auf dem Sofa wie zwei Eisstatuen. Wendy hatte sich eng an Andy geschmiegt und schluchzte leise vor sich hin.

„Wir werden unter Schutz gestellt", sagte sie.

Andy nickte. „Ich nehme mir frei, und für heute melden wir euch in der Schule krank."

„Soll ich auch hierbleiben?", fragte Olivia.

Andy schüttelte den Kopf. „Nein, geh ruhig arbeiten, ich kümmere mich um alles."

Sie hatte ein mulmiges Gefühl, als sie aus dem Haus ging. Ihr Handy vibrierte. Sie sah auf das Display. Eleonor hatte ihr geschrieben. Sie öffnete die Nachricht und las:

Wir müssen uns dringend sehen. Die ganze Sache stinkt zum Himmel. Ich glaube, dass der Täter Insiderinformationen hat. Können wir uns heute Abend im Wandsworth Park treffen?

38

„Können wir heute wieder zu Poppy und Andrew? Das war so toll da!“ Dans Augen leuchteten.

„Wir haben Enten und Schwäne gefüttert“, sagte Ella. „Im Garten bei Andrew ist ein großer Teich.“

„Ach, du mit deinen blöden Enten. Ich war mit Andrew auf dem Dachboden. Da stehen ganz viele alte Möbel rum und Spinnweben gibt es da. Wie in einem richtigen Gruselschloss.“

„Igitt, Spinnen“, rief Ella.

Susanna lachte.

„Na, euch scheint es ja richtig gut gefallen zu haben“, sagte sie. Sie konnte es ihnen nicht verdenken. Als sie nach ihrem Termin beim Justizministerium zu der Adresse in Hampstead gefahren war, die Andrew ihr genannt hatte, hatte sie nicht schlecht gestaunt. Poppy hatte wirklich nicht übertrieben. Das Gebäude thronte auf einem kleinen Hügel über einem Teich, in dem sich uralte Trauerweiden spiegelten. Es als etwas anderes als ein Schloss zu bezeichnen, wäre irreführend gewesen. Ella stand am Ufer, zerpflückte Toastscheiben und jauchzte jedes Mal, wenn eine der Enten sich ein Brotstück schnappte und es mit schnatternden Bewegungen ihres Schnabels hinunterwürgte. Es kostete Susanna und Poppy viel Überredungskunst, sie von den Tieren loszueisen, um ihren Bruder zu suchen. Der saß vor einem Kamin an einem lodernden Feuer und sah Andrew mit leuchtenden Augen dabei zu, wie dieser eine alte Ritterrüstung auseinandernahm und ihm ein Teil nach dem anderen zu befühlen gab.

„Das ist ein großer Abenteuerspielplatz hier“, sagte Poppy.

„Ich wusste gar nicht, dass Sie in einem Schloss leben“, sagte Olivia.

Poppy lachte. „Wir wohnen hier nicht. Meistens jedenfalls. Andrew hat sich ein kleines Apartment in Chelsea genommen. Hier erinnert ihn zu viel an seinen Vater.“

„Das kann ich mir vorstellen“, sagte Susanna, die einen verstohlenen Blick auf ein Bild von Sir Andrew Fitzwilliam warf.

„Hat er denn Kontakt zu ihm?“

„Er besucht ihn einmal im Monat im Gefängnis.“

Susanna und die Kinder waren erst spät nach Hause zurückgekehrt. Die beiden waren so erschöpft gewesen, dass sie beim Löffeln ihrer Suppe beinahe eingeschlafen wären. Susanna hatte sich die Gute-Nacht-Geschichten sparen können.

„Nein, heute kann ich euch vom Kindergarten abholen“, sagte sie.

„Ach ne“, rief Dan und auch Ella wirkte unglücklich.

„Ihr habt ohnehin ein Papa-Wochenende.“

Ellas Miene hellte sich auf. „Oh, schön, ich hab Papa schon ewig nicht mehr gesehen.“

„Zwei Wochen sind nicht ewig“, sagte Dan.

Sie brachte die Kinder zum Kindergarten und fuhr mit der U-Bahn zum Pflegeheim. An der Uni würde sie erst am Nachmittag auftauchen. Freitags hatte sie keine Vorlesungen zu halten, sodass sie dort nicht gebraucht wurde. Ohnehin würde sich wahrscheinlich niemand dafür interessieren, ob sie da noch aufschlug oder gleich ganz fernblieb. Auch ihr selbst war es erstaunlich gleichgültig.

Als sie an die Oberfläche trat, wehte ihr ein frischer Wind ins Gesicht. Es roch nach Winter und einer Prise Rauch. Offenbar heizten die Leute ihre Öfen an. Sie ging in Richtung des Pflegeheims weiter. Der Rauchgeruch wurde intensiver. Als sie um eine Ecke bog, sah sie, dass hinter einem Häuserblock eine schwarze Wolke aufstieg. Dort brannte es. Nun hörte sie auch die Sirenen der Feuerwehr. Sie erinnerte sich daran, wie sie mit ihren Kindern einmal spazieren gegangen war und dann plötzlich ein Feuerwehrfahrzeug direkt neben ihnen den Alarm angeschaltet hatte. Es war ohrenbetäubend gewesen und sogar Dan, der ein Riesenfan von allem war, was mit der Feuerwehr oder der Polizei zu tun hatte, hatte vor Schreck geweint.

Sie passierte den Häuserblock und gelangte zu dem Park, hinter dem sich das Pflegeheim befand. Sie blieb stehen. Nein, das konnte nicht sein! Die Rauchwolke stieg direkt von dem Backsteinbau aus in den Himmel. Ihr Ursprung waren hoch lodernde Flammen im linken Flügel des Gebäudes. Sie spürte das Adrenalin wie einen Stoß in die Magengrube. Dort befand sich Davids Zimmer! Sie sah, wie die Feuerwehrleute vor dem Pflegeheim aus den Einsatzwagen sprangen und mit ihren Hunderte Male eingeübten Bewegungen die Schläuche entrollten.

Aus dem Eingangsportal kamen Menschen gelaufen. Das mussten die einigermaßen Mobilen sein. Der größte Teil ging an Krücken, Stützen oder Rollatoren. Aber wo war das Personal?

Sie hatte inzwischen den Eingang erreicht. Die Feuerwehrleute waren damit beschäftigt, ihre Schläuche in den Gang zu ziehen, an dessen Ende das Zimmer von David lag. Sie sah, dass die Flammen aus einem Raum an der linken Seite schlugen. Bald schon würden sie in den Flur vordringen und dann wäre der Weg zu David abgeschnitten. Schon jetzt war es kaum möglich, von hier aus zu ihm durchzudringen, da sich der giftige Rauch mit rasender Geschwindigkeit verteilte.

Sie stürmte hinaus und auf die Rückseite des Gebäudes. Wie sie von ihren Besuchen her wusste, befand sich hier ein umlaufender Balkon. Olivia hatte ihn neulich als Fluchtweg benutzt. Wenn es ihr gelang, von dort aus zu David vorzudringen, konnte sie ihn vielleicht retten.

Sie hatte das Ende des Gebäudeflügels erreicht. Das Geländer des Balkons war etwa zwei Meter hoch. Susanna sah sich um und entdeckte eine Mülltonne. Sie schob sie heran und kletterte darauf. Die Tonne wackelte hin und her und sie kämpfte darum, das Gleichgewicht zu halten. Schließlich schaffte sie es, den Handlauf zu greifen und sich nach oben zu ziehen.

Sie eilte zu der Tür, hinter der Davids Zimmer lag, und spähte hindurch. In dem Raum war zum Glück kein Rauch. Noch nicht. Sie drückte gegen die Glastür. Verschlossen. Sie fluchte. Was hatte sie auch erwartet? Hilflos sah sie sich um. Sie brauchte etwas, mit dem sie das Glas einschlagen konnte. Auf der gegenüberliegenden Straßenseite sah sie eine Baustelle. Ein Stapel von Pflastersteinen wartete darauf, verlegt zu werden.

Sie rief einen der Bauarbeiter, doch er hörte sie nicht. Sie hüpfte wild auf und ab und winkte mit den Armen. Ein anderer Arbeiter sah sie und deutete auf sie. Susanna zeigte auf den Berg von Pflastersteinen und dann auf die geschlossene Tür. Glücklicherweise verstanden die beiden sofort, was los war. Sie packten je zwei Brocken und rannten über die Straße.

„Gehen Sie zur Seite!", rief einer der Männer. Susanna sprang von der Glastür weg. Schon flog der erste Stein. Er verpasste die Tür um Haaresbreite und hinterließ eine Kerbe in der Wand. Das zweite Geschoss hingegen landete einen Volltreffer und riss ein großes Loch in die Mitte der Tür. Susanna sah, dass der andere Bauarbeiter im Begriff war, ebenfalls zu werfen.

„Nein, das reicht, danke!", rief sie und fuchtelte erneut wild mit den Armen.

Sie eilte zur Tür, schob ihre Hand vorsichtig durch das Loch und öffnete den Hebel. Der Rahmen schwang auf. In dem Raum roch es brenzlig. Sie sah, dass unter der Tür zum Gang bereits Rauch herein quoll.

Susanna musterte die Apparate an Davids Bett. Sie hoffte, dass das Beatmungsgerät eine Gangreserve hatte und noch ein wenig funktionieren würde, wenn es vom Strom getrennt würde. Kurzentschlossen packte sie ihren Laptop und die Brille und legte sie auf die Decke, die Davids Körper einhüllte. Dann steckte sie alle Geräte aus und schob das Bett hastig zur Tür. Sie hatte es schon halb auf den Balkon gewuchtet, als ihr bewusstwurde, dass es ihr niemals gelingen würde, in Richtung des Ausgangs einzuschwenken. Die Wendefläche war einfach zu klein.

„Hilfe!", rief sie, in der Hoffnung, dass die Bauarbeiter sie hörten.

Doch sie erhielt keine Antwort.

„Hilfe!", schrie sie noch einmal und musste husten. Auf dem Monitor neben Davids Kopf sah sie, dass die Sauerstoffsättigung von sechsundneunzig Prozent auf fünfundneunzig Prozent gefallen war. Das war ungünstig. Sie roch den Rauch jetzt noch intensiver. Verzweifelt schob und drückte sie das Bett nach draußen. Warum hatte sie nicht daran gedacht, David mit dem Kopfende voran rauszuschieben, damit er Sauerstoff bekam? Sie zog an dem Gestell, um es umzudrehen, aber es wollte nicht mehr zurück. Irgendwie schien es sich verhakt zu haben. Sie fluchte. Es gab nur eine Richtung, aber die wurde von dem Geländer versperrt. Sie hustete. Davids Sauerstoffsättigung lag jetzt nur noch bei zweiundneunzig Prozent. In diesem Moment hörte sie ein lautes Krachen. Sie sah hinaus und erkannte, dass das Hindernis verschwunden war. Einer der Bauarbeiter kletterte auf den Balkon.

„Gut, dass wir einen Bagger haben", sagte er. Er zog an Davids Bett und gemeinsam gelang es ihnen, dieses so umzuschwenken, dass es vollständig im Freien stand.

„Hier können wir nicht bleiben", sagte der Mann und deutete auf die Flammen, die nun schon aus der Balkontür des Nachbarzimmers schlugen. Er rief seinem Kollegen etwas zu.

Dieser rannte daraufhin zu den Feuerwehrleuten und zeigte wild gestikulierend auf Susanna, David und den anderen Arbeiter. Eine Gruppe von sechs Männern setzte sich in Bewegung. „Schieben Sie das Bett über den Rand!", rief einer von ihnen.

„Aber nicht, dass es umkippt.“

„Glauben Sie mir, lieber fällt er ins Gras, als dass er verbrennt“, erwiderte der Feuerwehrmann.

Susanna und der Arbeiter sahen sich an. Er nickte ihr aufmunternd zu und gemeinsam schoben sie das Bett über die Kante.

Das Herz schlug ihm bis zum Hals. Er sah auf seine Hände hinab. In der Linken hielt er das mit Chloroform getränkte Taschentuch. In der Rechten das Messer.

Ein Ast der Buchenhecke stach ihm in die Wange, doch er rührte sich nicht. Da! Schritte. Oder etwa doch nicht?

Er strengte sich an und hörte genauer hin.

„Olivia? Sind Sie da?“

Auf seinem Gesicht breitete sich ein zufriedenes Lächeln aus.

„Olivia?“

Er hörte sie näherkommen. Einen Augenblick noch. Er hatte Erfahrung darin, wie nahe er sie kommen lassen musste, ehe er sich auf sie stürzen konnte, um das Überraschungsmoment voll auszunutzen.

Sie trat in sein Blickfeld, sah sich um. Schön war sie. Bleich mit langen, roten Haaren. Ein Jammer. Für alle anderen. Ein Fest für ihn.

Sie machte zwei Schritte in seine Richtung. Gleich war es so weit. Er spannte seinen Körper an und bereitete sich darauf vor, anzugreifen.

39

„Wollen Sie nicht lieber wieder nach Hause gehen?"

Omar hielt eine Tasse in der Hand, von der eine aromatische Duftwolke empor dampfte. Olivia nahm sie ihm ab und trank einen Schluck.

„Ich glaube kaum, dass ich daheim zur Ruhe kommen könnte", sagte sie. „Meine Familie ist gut geschützt. Ich will das Schwein schnappen, das uns bedroht."

Omar nickte. „Das verstehe ich ja, aber ... wie soll ich es ausdrücken? Manchmal kann es schwierig sein, einen kühlen Kopf zu bewahren, wenn wir selbst in einer Sache zu tief drinstecken."

Olivia lächelte grimmig. „Ja, das ist mir durchaus bewusst. Aber Sie können sich sicher sein, dass ich nicht mit meiner Dienstwaffe auf die Straße rennen und wahllos Passanten niederschießen werde, die für die vergangene Nacht kein Alibi vorweisen können und Zugang zu Schweineblut haben."

Omar musste grinsen. „So habe ich das auch nicht gemeint. Aber jetzt mal im Ernst. Was haben Sie denn vor?"

Olivia überlegte. Sie hatte schon Eleonor in eine brenzlige Situation gebracht. Omar wollte sie nicht auch noch Schwierigkeiten bereiten. Andererseits gärte es in ihr und sie musste dringend loswerden, was sie beschäftigte.

„Sie haben Inspector Rigby schon kennengelernt?"

„Die Hübsche von Scotland Yard?", fragte er und ein Lächeln breitete sich auf seinem Gesicht aus.

„Wenn Sie jetzt zu dem hübsch noch *intelligent, selbstbewusst und mutig* hinzufügen, hat es das gut getroffen."

Er sah zu Boden. „Ich hatte ja kaum mit ihr zu tun, da bleibt eher der äußere Eindruck hängen."

Olivia winkte ab. „Wie auch immer, Eleonor hat mich mit Informationen über den Fall auf dem Laufenden gehalten. Sie will sich heute Abend mit mir treffen. Sie vermutet, dass es eine Verbindung zwischen dem Täter und der Polizei gibt."

Omar riss die Augen weit auf. „Sie meinen, dass der Putney-Slasher ein Polizist sein könnte?"

„Das können wir nicht ausschließen", sagte Olivia. „Es könnte aber auch sein, dass er eine Kontaktperson bei der Polizei hat, die ihn über die laufenden Ermittlungen informiert, sodass er uns immer einen Schritt voraus ist."

Omar verzog das Gesicht zu einer Grimasse der Abscheu. „Wer könnte so etwas tun?"

„Nun, es könnte unterschiedliche Motive dafür geben. Vielleicht ein Kollege, der erpressbar ist. Oder ein toxisches Beziehungsverhältnis. Ich habe mir nicht viel Shakespeare in der Schule gemerkt, aber der Satz *Es gibt mehr Ding im Himmel und auf Erden, als eure Schulweisheit sich träumt,* hat sich immer wieder als wahr erwiesen."

„Das wäre echt der Hammer. Wenn sich herausstellt, dass der Täter ein Kollege ist, verliere ich den Glauben an die Menschheit."

„Schön, dass sie den überhaupt noch haben."

Omar verabschiedete sich und ging hinaus. Olivias Handy vibrierte. Sie sah auf das Display.

19:30 Uhr Wandsworth Park? Beim Kinderspielplatz sollten wir ungestört sein. Eleonor

Okay, schrieb Olivia zurück. Sie beschloss, Omars Rat zu befolgen, und ging nach Hause, um dort nach dem Rechten zu sehen.

Ihre Kinder hatten sich inzwischen wieder beruhigt. Tim war in seinem Zimmer und spielte am PC und Wendy und Lucy saßen in ungewohnter Eintracht vor dem Fernseher und sahen sich eine dieser Dschungel-Shows an.

„Wie geht es dir?", fragte sie Andy.

Er zuckte mit den Achseln. „Wie soll es mir schon gehen? Ich mache mir Sorgen … um die Kinder … und um dich."

„Das brauchst du nicht. Die Kinder sind in Sicherheit, die Kollegen passen auf sie auf."

„Und du?"

„Ich kann selbst auf mich aufpassen."

Er lächelte. „Das weiß ich. Aber wenn dich einer in einer dunklen Gasse überfällt, kannst selbst du einmal auf dem falschen Fuß erwischt werden."

„Ich lasse mich aber nicht in einer dunklen Gasse überfallen", erwiderte sie.

Er nickte. „Sieht ganz so aus, als ob ich mich bei dir entschuldigen müsste."

Sie kniff die Augen zusammen. „Wofür?"

„Dafür, dass ich dir all die Jahre vorgeworfen habe, dass du dich bei diesem Slasher in etwas hineinsteigerst. Du hattest recht. Der Fall ist tatsächlich noch nicht abgeschlossen.“

Sie lächelte. „Aber bald wird er es sein.“

Er legte den Kopf schief. „Du willst es nicht deinen Kollegen überlassen, den Kerl zu schnappen, oder?“

Sie nickte. „Das ist etwas Persönliches zwischen dem Slasher und mir. Er hat Lucy bedroht. Das wird er mir büßen.“

Er sah sie an. „Ich hoffe, du weißt, was du tust. Pass auf dich auf!“

Sie nahmen sich in die Arme und der Kuss, der folgte, war so lang und so intensiv wie seit Jahren nicht mehr.

„Ich muss nach dem Abendessen noch einmal weg. Sollte ich bis neun nicht zu Hause sein, verständige bitte die Kollegen. Ich treffe mich im Wandsworth Park mit Eleonor Rigby.“

Er nickte.

Das Abendessen verlief stiller als sonst. Insbesondere Lucy wirkte verstört und als sie fertig waren, setzte Olivia sich zu ihr auf die Couch.

„Wie geht es dir?“, fragte sie.

„Wie soll es mir schon gehen? Wenn einer deinen Tod mit Schweineblut ankündigen würde, wäre das auch kein Freudentag für dich.“

Olivia nickte. „Ich möchte, dass du weißt, dass du in Sicherheit bist. Meine Kollegen passen auf dich auf. Die können das.“

Lucy sah sie mit großen Augen an. „Und du? Passt du auch auf mich auf?“

Olivia nickte. „Ja, und noch mehr. Ich werde diese Bedrohung endgültig aus der Welt schaffen. Ich bringe den Kerl zur Strecke."

Lucy lächelte zaghaft. „Na ja, wenn ich das jemandem zutraue, dann dir."

Sie hielt die Faust hoch und sagte: „Schnapp ihn dir. Fistbump!"

Olivia sah sie irritiert an, dann begriff sie, was ihre Tochter von ihr wollte und schlug mit der Faust gegen Lucys Knöchel.

Ihre Finger schmerzten immer noch, als sie um kurz nach sieben aufbrach, um Eleonor zu treffen. Der Wandsworth Park, eine Grünfläche am Themseufer, war gut gewählt. Um diese Jahreszeit würde dort nur wenig los sein.

Sie betrat einen der Kieswege, die die Rasenflächen durchzogen. In der Ferne sah sie einen roten Punkt, der sich beim Näherkommen als ein Zigarette rauchender Mann mit Hund entpuppte. Sie grüßte ihn und ging weiter. Der Spielplatz lag im hinteren Bereich des Parks. Ein kühler Wind riss das letzte Laub von den Bäumen und drang unter die mehreren Schichten Kleidung, die Olivia trug. Es fröstelte sie.

Sie hielt inne. Die Gänsehaut, die ihr über den Rücken lief, kannte sie nur zu gut. Es war das Gefühl, nicht allein zu sein und beobachtet zu werden. Sie ging in ihrem normalen Tempo weiter. Nach zwölf Schritten drehte sie sich unvermittelt um, zog dabei ihre Dienstwaffe aus dem Holster und hielt sie im Anschlag. Doch nichts und niemand war zu sehen. Um sie herum waren nur dunkle Formen, Büsche, Bäume und Bänke.

Sie ging weiter. Der Spielplatz kam in Sicht. Er wurde von einem Klettergerüst überragt, das aus straff gespannten Seilen bestand. Es war etwa fünf Meter hoch und Olivia hatte sich bei ihren Joggingrunden schon öfter gefragt, ob das nicht ein bisschen gefährlich war. Aber bislang hatte es noch keine schweren Unfälle gegeben.

Sie sah sich um. Das Gefühl, beobachtet zu werden, hatte nicht abgenommen. Ganz im Gegenteil. Da raschelte etwas. Dann ertönte ein Knacksen. Sie hielt die Waffe auf das Gebüsch zu ihrer Rechten, aus dem die Geräusche gekommen sein mussten.

„Ist da jemand? Eleonor?", fragte sie.

Aber sie erhielt keine Antwort.

Langsam ging sie weiter in Richtung Spielplatz. Sie konnte nun die Rutsche erkennen, die sich als stumpfes Dreieck gegen den Himmel abzeichnete. Daneben war eine runde Plattform, die auf einem drehbaren Gelenk aufsaß. Sie war früher mit den Kindern oft hier gewesen und Tim hatte einen Riesenspaß dabei gehabt, das Teil so schnell zu drehen, dass er von der Fliehkraft heruntergerissen wurde. Tim ... der hatte nun leider Spaß an ganz anderen Dingen.

„Eleonor?", rief sie noch einmal.

Wieder keine Antwort.

Für einen Moment riss die Wolkendecke auf. Ein halber, unentschiedener Mond schickte silberne Strahlen zu Erde, die die Szene in ein sanftes Licht tauchten. In der Mitte des Sandkastens lag eine Gestalt. Olivia spürte, wie ihr Herz zu rasen begann. Sie eilte auf den Körper zu. Die Augen waren weit geöffnet und starrten leblos in den dunklen Himmel. Die rotbraunen Haare waren wie ein riesiger Fächer um den Kopf verteilt. Eleonors Oberkörper war von vielen Dutzenden Stichen durchbohrt worden. Ihre Bauchhöhle war eröffnet und schien vollkommen leer zu sein. Wieder knackste es. Olivia fuhr herum, die Waffe im Anschlag.

„Zeig dich", rief sie. „Zeig dich, du Feigling!"

Doch es blieb still und die Welt begann, hinter dem Tränenschleier zu verblassen, den die Verzweiflung in Olivias Augen trieb.

40

Susanna kämpfte gegen den Drang an, an ihren Fingernägeln zu kauen. Nicht, wenn die Kinder dabei waren. Sie wollte ihnen kein schlechtes Vorbild sein.

„Wie lange müssen wir noch hier rumsitzen?", fragte Dan.

„Ich weiß es nicht", erwiderte sie und hielt nach einem Arzt Ausschau.

„Können wir Grandma nachher besuchen?", fragte Ella.

„Grandma liegt in einem anderen Krankenhaus. Vielleicht können wir nächste Woche bei ihr vorbeischauen. Euer Papa holt euch doch gleich ab."

„Warum sind wir dann hier?", fragte Ella.

Susanna seufzte. „Ein Freund von mir wird hier behandelt", erklärte sie.

„Kennen wir den auch? Ist es Andrew?", fragte Dan hoffnungsvoll.

„Nein", sagte Susanna. „Den habt ihr noch nicht kennengelernt."

„Woher kennst du ihn dann?"

Sie sah ihren Sohn an. „Von der Arbeit."

Dan legte den Kopf schief. „Ist es normal, dass man mit den Leuten von der Arbeit befreundet ist? Bei uns im Kindergarten sind nicht alle Erzieherinnen miteinander befreundet. Sally und Nancy können sich nicht leiden."

„David ist kein Kollege, er ..."

„Da seid ihr ja", hörte sie eine Stimme sagen.

„Papa!", rief Ella, löste sich vom Schoß ihrer Mutter und rannte auf den großen, breitschultrigen Mistkerl zu, dessen breites Grinsen Susannas Puls sofort in die Höhe trieb. Sie zwang sich zu einem verbindlichen Lächeln.

„Danke, dass du die beiden hier abholen kannst. Ich hätte es nicht mehr nach Hause geschafft."

Er winkte ab. „Kein Problem. Ist was mit deiner Mutter?"

„Sie hat sich den Knöchel gebrochen, ja. Aber deswegen bin ich nicht hier. Ich habe beruflich hier zu tun."

Er nickte und fragte nicht weiter nach. Das war sie gewohnt. Schon als sie noch miteinander verheiratet gewesen waren, hatte ihn ihr Job nicht interessiert. Er hatte sich zwar gern mit der erfolgreichen Wissenschaftlerin geschmückt, vor allem, wenn er damit seine Vorgesetzten in der Bank beeindrucken zu können glaubte, aber womit Susanna sich beruflich genau beschäftigte und welche Forschungsschwerpunkte sie hatte, hatte er nie verstehen wollen.

Sie sah ihn an und fragte sich, was sie jemals an diesem Mann gefunden hatte. Was hatte sie verbunden? Was war das Fundament gewesen, das sie für so tragfähig gehalten hatte, dass sie ihn geheiratet und zwei Kinder mit ihm bekommen hatte? Warum hatte sie die Warnzeichen nicht erkannt, auf die ihre Freundinnen sie aufmerksam gemacht hatten? Warum war sie aus allen Wolken gefallen, als er ihr eröffnet hatte, dass er sie verlassen und mit seiner neuen Freundin zusammenziehen würde? Sie wusste es nicht. Aber im Nachhinein war man immer klüger.

„Ich bringe die Kinder am Sonntagabend wieder zurück, okay?“

Sie nickte und fragte: „Wann?“

„Ist achtzehn Uhr okay?“

„Ja, das passt.“

Sie winkte den beiden kleinen Gestalten zu, die rechts und links an den Händen ihres viel größeren Vaters den Gang entlang tappten. Ella drehte sich um und winkte zurück, Dan war damit beschäftigt, seinen Vater zuzutexten. Sie versuchte, es nicht persönlich zu nehmen. Ihr war klar, wie wichtig sie für ihren Sohn war. Aber sie wusste auch, dass das Verhältnis von Dan und Ella zu ihrem Papa ein anderes sein durfte, und musste als das der geschiedenen Eltern.

Ihre Gedanken wurden von einer weiß gekleideten Gestalt abgelenkt, die aus der Glastür gehuscht kam, hinter der sich die Notaufnahme befand.

„Entschuldigen Sie bitte“, sagte sie zu der Ärztin, die einen gehetzt wirkenden Gesichtsausdruck aufgesetzt hatte.

„Ja, bitte?“

„Gibt es irgendwelche Neuigkeiten zum Zustand von David Armstrong?“

„Sind Sie eine Angehörige?“

Susanna räusperte sich. Ihr Hals war immer noch rau von dem vielen Rauch, den sie eingeatmet hatte.

„Nein, aber ...“

„Dann darf ich Ihnen leider keine Auskunft geben“, unterbrach die Ärztin sie und wollte weitergehen, doch Susanna hielt sie am Ärmel ihres Kittels fest.

„Ich bin Mr. Armstrongs Stimme“, sagte sie.

Die Frau musterte sie irritiert. Ihre blondierten Augenbrauen bildeten ein steiles V unter den tiefen Falten, in die sich ihre Stirn gelegt hatte.

„Wie bitte?"

„Mr. Armstrong leidet an einem kompletten Locked-in-Syndrom. Ich habe in den letzten Tagen mithilfe eines Brain-Computer-Interfaces einen Kommunikationskanal zu ihm eröffnet. Nach sieben Jahren ist es uns gelungen, erstmals mit ihm zu sprechen."

Der Körper der Ärztin zeigte keinen Impuls mehr, in irgendeine Richtung zu fliehen. Sie starrte Susanna mit großen Augen an.

„Wow, das ist ja fantastisch", sagte sie beeindruckt.

„Ja. Ich kann mir vorstellen, dass es nicht ganz einfach sein könnte, Mr. Armstrongs Bewusstseinszustand einzuschätzen."

Die Frau nickte. „Er zeigt keine Zeichen der Wachheit, aber das LIS könnte eine Erklärung dafür sein. Ich wollte gleich noch ein EEG anlegen."

„Dürfte ich dabei sein?"

Die Ärztin kaute an ihrer Unterlippe.

„Ich will nicht stören, nur helfen."

„In Ordnung, kommen Sie mit!"

Susanna schnappte sich die Tasche, in der sich die Geräte befanden, die sie von dem Pflegebett gerettet hatte, ehe David in den Krankenwagen verfrachtet worden war. Sie folgte der Ärztin in die Notaufnahme. Hier herrschte ein Gewusel wie in einem Bienenstock.

„Viele Bewohner des Pflegeheims haben Rauchvergiftungen erlitten. Glücklicherweise sind wir seit der Covid-Pandemie sehr gut mit Respiratoren ausgerüstet. Der ganze Mist hatte also auch etwas Gutes."

„Wie ist es bei Armstrong? Hat er auch eine Rauchvergiftung?"

Die Frau schüttelte den Kopf. „Minimal. Die Sauerstoffsättigung liegt bei einundneunzig Prozent. Das ist nicht berauschend, wenn man bedenkt, dass er über seinen Luftröhrenschnitt beamtet wird, aber auch nicht beängstigend."

Sie öffnete eine Tür und ließ Susanna eintreten. David lag in einem Einzelbett, das von einer Vielzahl von piependen und blinkenden Apparaten umgeben war.

„Wäre es okay, wenn wir das EEG an meinen Laptop anschließen? Ich kann wahrscheinlich differenziertere Analysen durchführen als Sie."

Sie sah die Ärztin bang an, in der Erwartung, dass diese sie beleidigt nach draußen befördern würde, doch die Frau nickte.

„Das Gerät ist fast zwanzig Jahre alt. Ich bin froh, wenn ich die Hälfte der Kanäle zum Laufen bekomme."

Kurzentschlossen packte Susanna ihre komplette Ausrüstung aus und schloss David an. Nur auf die Brille verzichtete sie vorerst noch. Sie war inzwischen so routiniert darin, dass sie nur fünf Minuten benötigte, bis die ersten Kurven auf ihrem Display erschienen.

„Delta-Aktivität", sagte die Ärztin.

„Und da ist eine Spindel", ergänzte Susanna und zeigte auf ein zackiges Gebilde, das die großen Wellen des EEGs durchschnitt wie eine Haiflosse den Ozean.

Die Frau grinste. „Er macht also ein Nickerchen."

Susanna atmete tief durch. „Gott sei Dank. Wir haben nämlich noch viel vor miteinander."

„Wie haben Sie es denn geschafft, mit ihm zu kommunizieren? Wenn ich das in meinem laienhaften

Verständnis korrekt aufgefasst habe, braucht es doch irgendeine Form von Bewegung, um ein Kommunikationsgerät zu steuern."

Susanna erklärte es ihr und zeigte ihr das Infrarotgerät und die Brille.

„Mein Neffe hat auch so eine VR-Brille. Aber er nutzt sie mit seinem PC für irgendwelche Ballerspiele. Schön, dass das Teil auch einen praktischen Nutzen haben kann."

Susanna zögerte kurz, dann sagte sie: „Könnten Sie dafür sorgen, dass ihm jemand die Brille anlegt, wenn aufwacht? Er kann mich dann kontaktieren. Ich würde alles vorbereiten."

Die Ärztin sah sie aufmerksam an. „Das wäre natürlich super, dann könnte ich ihm Fragen zu seinem Zustand stellen."

Susanna zeigte ihr, wie die Augen fixiert wurden und wie man die Brille anlegte.

„Auf die Idee, die Bilder anstelle der Augäpfel zu bewegen, muss man auch erst mal kommen. Respekt."

Susanna lächelte. „Danke, aber das Lob gebührt einer meiner Studentinnen und dem IT-Nerd, mit dem sie zusammenlebt."

Sie startete das Kommunikationsprogramm und wollte den Laptop gerade in den Stand-By-Betrieb schalten, als sie sah, dass sich im Speicher eine noch nicht abgeschickte Nachricht befand. Sie drehte sich um. Die Ärztin war gerade damit beschäftigt, Parameter an einem der Geräte einzustellen. Susanna drückte auf den Send-Button und Sekunden später vibrierte ihr Handy.

„Gut, ich habe soweit alles eingerichtet", sagte sie. „Wenn er aufwacht und mit der Brille ausgerüstet ist, kann er mich kontaktieren. Dann komme ich gern noch einmal vorbei und helfe Ihnen, mit ihm zu kommunizieren."

„Vielen Dank", sagte die Ärztin. Sie brachte Susanna nach draußen und verabschiedete sich an der Glastür von ihr. Susanna sah sich um. Sie brannte darauf, zu lesen, was David ihr geschrieben hatte. Allerdings nicht an diesem Ort. Hier gab es zu viele Überwachungskameras, die jeden Winkel ausleuchteten. Sie ging in Richtung Ausgang und schlug dann den Weg zu einem Café ein, das um die Ecke lag.

Dort bestellte sie sich einen Tee und als die dampfende Tasse vor ihr stand, holte sie ihr Handy aus der Tasche und las Davids Nachricht.

41

Olivia war fertig mit der Welt. Sie fühlte sich wie in eine Seifenblase eingeschlossen, nahm die Vorgänge und die Geräusche um sie herum nur gedämpft wahr. Sie hatte es geschafft, einen Notruf abzusetzen und dem Kollegen am anderen Ende der Leitung begreiflich zu machen, wo sie sich befand. Es hatte dann auch nur etwa zehn Minuten gedauert, bis die erste Streife eingetroffen war. Kurz darauf waren auch schon die Kriminaltechniker und Harrisons Team erschienen.

Beim Anblick ihrer toten Kollegin waren die Reaktionen höchst unterschiedlich ausgefallen. Harry Edgecombe hatte seinen Mageninhalt in den umliegenden Sträuchern verteilt, sehr zum Unwillen der Kollegen von der Spurensicherung. Frank Calvin hatte einfach nur dagestanden, bewegungslos, zur Salzsäule erstarrt. Basil Rutherford hatte am Knoten seiner schlecht sitzenden Krawatte genestelt und sich die ganze Zeit geräuspert. Marcus hatte sich die wenigen, verbliebenen Haare gerauft, den Kopf geschüttelt und immer nur „Eleonor, Eleonor", vor sich hingemurmelt.

Als sich herausgestellt hatte, dass es sich bei der Toten um eine Kollegin handelte, hatte sofort ein anderes Team der Mordkommission übernommen. Es hatte einige Zeit gedauert, bis Herbert Wallis und seine vier Beamten eingetroffen waren, zuerst behutsam Marcus und die übrigen zur Seite gedrängt und dann auch Olivia vernommen hatten.

„Wie kam es, dass Sie die Tote gefunden haben?", fragte Wallis.

„Wir waren verabredet", sagte Olivia tonlos. Sie dachte nicht viel nach, sondern beantwortete einfach nur die Frage. Sie hatte selbst das Gefühl, wie ein Roboter zu sprechen.

„Hier?" Wallis wirkte erstaunt.

„Ja, Eleonor hatte den Ort vorgeschlagen. Sie hatte gehofft, hier ungestört zu sein."

Wallis sah sich um. „Zu diesem Zweck sicher eine gute Wahl. Offenbar hatte ihr Mörder die gleiche Idee. Warum wollten sie sich treffen?"

„Wir wollten uns über den Fall des Putney-Slashers austauschen. Eleonor hatte mir geschrieben. Sie hegte den Verdacht, dass der Mörder über polizeiliche Insider-Informationen verfügen könnte."

„Sie meinen, dass einer von uns ihn mit Informationen versorgt haben könnte?" Wallis zog die Augenbrauen höher als nötig.

Olivia zuckte mit den Achseln. „Wahrscheinlich meinte sie das. Sie hat mich darauf vertröstet, dass sie mir heute Abend alles erzählen würde. Aber dazu ist es nicht mehr gekommen."

Das Bild von Eleonors furchtbar zugerichteter Leiche blitzte erneut vor ihren Augen auf. Die Erinnerung schnürte ihr die Kehle ab.

„Warum haben Sie sich der Anordnung des Commissioners widersetzt? Warum haben Sie den Fall nicht den Kollegen überlassen?"

Olivia erwachte aus ihrer Betäubung. Sie räusperte sich.

„Was soll das denn heißen? Machen Sie mir etwa Vorwürfe, dass mein Handeln zu Eleonors Tod geführt haben könnte?"

„Ich mache niemandem Vorwürfe. Aber es ist nun einmal nicht von der Hand zu weisen, dass Inspector Rigby ohne Ihre Verabredung nicht in den Park gekommen wäre."

Olivias Handy summte. Sie nahm den Anruf automatisch an, ohne auf die Nummer zu achten.

„Ja bitte?"

„Hier ist Commissioner Penwith", hörte sie eine ziemlich wütende Stimme am anderen Ende der Leitung sagen. Olivia schluckte.

„Ja", sagte sie, weil ihr nichts Besseres einfiel.

„Ich wollte Ihnen nur mitteilen, dass Sie hiermit vom Dienst suspendiert sind. Sie haben sich meinen Anordnungen wiederholt widersetzt. Nun ist eine Kollegin gestorben. Das Maß ist endgültig voll. Ist Wallis in Ihrer Nähe?"

„Ja."

„Gut, geben Sie ihm Ihre Legitimation und Ihre Waffe. Dann kehren Sie nach Hause zurück. Sie werden von mir hören."

Olivia hatte keine Kraft mehr, ihm zu widersprechen. Sie holte ihre Pistole aus dem Holster und gab sie Wallis. Ebenso verfuhr sie mit dem Dienstausweis.

„Sollen wir Sie nach Hause fahren?", fragte der Kommissar.

Olivia schüttelte den Kopf. „Es ist nicht weit", log sie und trottete davon.

Es hatte zu nieseln begonnen. Ein feiner Wasserfilm legte sich auf ihr Gesicht. Die Kühle tat ihr gut. Ihre

Füße kannten den Weg. Sie führten sie zu ihrem Haus. Aus den Augenwinkeln sah sie, dass die beiden Kollegen im Streifenwagen, die zu ihrem Schutz abgestellt worden waren, sie neugierig musterten. Doch das war ihr gleichgültig. Sie schob den Schlüssel ins Schloss und trat ein. Eine Gestalt stand vor ihr im dunklen Flur.

„Gott sei Dank“, hörte sie Andy sagen. Sie spürte seine Arme, die sie umschlossen, die Wärme seines Körpers, seinen Atem an ihrem Ohr.

„Du lebst!“

Er löste sich von ihr und schaltete das Licht an.

„Was ist passiert?“, fragte er. Sie sah seine großen, geweiteten Augen, die Frage und den Schrecken.

„Eleonor ist tot“, sagte sie tonlos. „Der Slasher hat sie erwischt.“

Er ließ die Arme sinken. „Eleonor? Die junge Kollegin?“

„Sie war erst vierundzwanzig. Er hat sie niedergemetzelt und ausgeweidet wie ein Schwein auf der Schlachtbank.“

Andy trat zu ihr. Er legte ihr einen Arm um die Schultern und führte sie in das Wohnzimmer. Dort bugsierte er sie in Richtung Sofa und bedeutete ihr, Platz zu nehmen. Sie hörte, wie er mit Flaschen und Gläsern hantierte, kurz in die Küche ging und schließlich mit einem Glas zurückkehrte, in dem ein einzelner Eiswürfel in einer goldfarbenen Flüssigkeit schwamm.

„Was du jetzt brauchst, ist ein Talisker“, sagte er.

Der Name des Whiskys schaffte es für einen Augenblick, die Mauer aus Schrecken und Verzweiflung zu durchdringen, die in ihrem Innern aufgetürmt war, und eine Erinnerung zu wecken. Sie beide vor zwanzig

Jahren auf der Isle of Skye. Ihre Haare, die im Wind wehten. Die Gischt des Meeres. Andys jungenhaftes Lächeln. Sie benetzte ihre Lippen mit dem Whisky und schmeckte die See, den Torf und den Rauch. Sie nahm einen Schluck und der Alkohol brannte sich seinen Weg in ihren Magen hinab. Sie hustete. Andy klopfte ihr auf den Rücken.

„Danke", sagte sie. „Das war gut."

„Willst du reden?", fragte er.

Sie zuckte mit den Achseln. „Ich weiß nicht, worüber. Ich weiß gar nichts mehr. Ich habe versagt. Eleonors Leben habe ich auch auf dem Gewissen."

Andy schüttelte den Kopf. „Ich kann verstehen, dass du das denkst. Aber das ist Blödsinn. Sie hat doch vorgeschlagen, dass ihr euch da trefft, oder?"

„Wenn ich ihr nicht den Floh ins Ohr gesetzt hätte, dass der Putney-Slasher noch auf freiem Fuß ist, hätte sie sich niemals so ausführlich mit dem Fall beschäftigt."

Sie sah, dass Andy das Gesicht verzerrte. „Da unterschätzt du sie aber, oder? Wenn sie wirklich so viel auf dem Kasten hatte, wie du glaubst, wäre sie auch ohne deine Anregung irgendwann daraufgekommen, dass Marcus Mist baut, und dann wäre sie dem Typen auch auf die Spur gekommen. Das hätte zum selben Ergebnis geführt."

Sie sah ihn zweifelnd an. „Hätte, wäre, wenn. Tatsache ist, sie ist tot und ich habe meinen Anteil daran."

Es läutete an der Tür. Sie wechselten einen Blick.

„Ich gehe", sagte Andy. Sie wollte ihn zurückhalten, doch da war er schon aufgestanden. Er trat hinaus in den Flur. Sie hörte die Haustür, dann kam er zurück, einen großen Umschlag in der Hand.

„Der ist für dich."

Er reichte ihn ihr. Sie drehte das Kuvert hin und her, ohne einen Hinweis auf einen Absender zu entdecken.

„Seltsam", sagte sie.

„Hoffentlich ist das keine Briefbombe oder so etwas", sagte Andy. „Vielleicht will der Kerl dich auch noch aus dem Weg räumen."

Olivia schüttelte den Kopf. „Das ist nicht sein Stil."

Kurzentschlossen öffnete sie den Umschlag. Sie sah, dass ihr Mann dabei zusammenzuckte.

„Boom", sagte sie und sah hinein. Der Umschlag enthielt einen gut gefüllten Ordner. Sie holte ihn heraus und schlug ihn auf. Auf der ersten Seite fand sie eine Botschaft, die sie erschaudern ließ.

Liebe Olivia,

wir treffen uns zwar heute Abend und können dann alles in Ruhe besprechen. Ich schicke Ihnen zur Sicherheit aber auch meine Aufzeichnungen und Gedanken zu den bisherigen Ermittlungen in den vier aktuellen Slasher-Fällen sowie zu den alten Akten in Kopie zu. Ich traue inzwischen niemandem von den Kollegen mehr und fürchte, dass wichtige Beweismittel abhandenkommen könnten. Vielleicht stimmen Sie meinen Schlussfolgerungen zu. In diesem Fall sollten wir uns an den Commissioner wenden und aktiv gegen den vermutlichen Täter vorgehen. Vielleicht kommen Sie aber auch zu dem Schluss, dass ich falschliege. Das wäre mir mehr als recht, denn ich fände es furchtbar, wenn meine Annahmen zuträfen. Wie auch immer, ich freue

mich darauf, Sie später zu sehen. Bei all dem Mist, den ich in den letzten Wochen miterleben musste, ist die Bekanntschaft mit Ihnen ein Lichtblick, der meine Zweifel, ob ich nicht doch den falschen Beruf gewählt habe, wieder zum Schweigen bringt.
Bis später
Ihre Eleonor

Olivia legte den Ordner auf den Tisch.

„Was ist los?", fragte Andy. Sie schlug die Hände vors Gesicht und sofort flossen die Tränen, die sie so lange zurückgehalten hatte.

„Ich hole dir ein Taschentuch", sagte Andy und sie hörte ihn in die Küche gehen und gleich darauf zurückkehren. Sie nahm das Papiertuch entgegen, wischte sich die Augen und schnäuzte dann kräftig hinein.

„Ist das von …", fragte Andy.

Sie nickte. „Ja, das hat mir Eleonor geschickt. Es ist eine Kopie ihrer Notizen und Anmerkungen zu den aktuellen Slasher-Fällen."

„Kannst du etwas damit anfangen?", fragte Andy. Er klang nicht gerade begeistert. Ein Teil von Olivia konnte das nachvollziehen, einem anderen war das aber sowas von egal.

„Ich hoffe es. Schenk mir doch bitte noch einen Schluck von dem Whisky ein. Ich habe eine lange Nacht vor mir."

42

Susanna erwachte nach einer ruhigen Nacht. Ihr erster Gedanke galt ihren Kindern. *War alles okay?* Sie blinzelte. Draußen schien schon die Sonne, sie hatte also lange geschlafen. Normalerweise kam Ella in ihr Bett oder Dan polterte die Treppe hinunter, wenn er nicht mehr schlafen konnte. Sie hielt inne. Es war ja Papa-Wochenende. Sie ließ sich wieder in die Kissen zurücksinken. Eigentlich konnte sie liegen bleiben, solange sie wollte. Sie sah auf den Wecker. Es war kurz nach halb neun. Allzu lange hatte sie nicht ausgeschlafen.

Susanna griff nach ihrem Handy und öffnete ihre Mail-App. Bislang keine Benachrichtigung, dass David aufgewacht war oder ihr eine persönliche Nachricht geschrieben hatte. Sie tippte auf den Browser und navigierte wie jeden Morgen zur Seite der Times, was sie sich seit dem 11. September 2001 angewöhnt hatte. Schon seltsam, wie dieser Tag, der in einer Stadt sechstausend Kilometer von London entfernt zu einer Tragödie geworden war, ihr Verhalten noch mehr als zwanzig Jahre später beeinflusste.

Sie scrollte die Schlagzeilen nach unten, weg von den Kriegen, den Regierungskrisen und dem Streit mit der EU über irgendwelche Fischfangquoten. Plötzlich hielt sie inne.

Weiterer Frauenmord im Londoner Südwesten.

Sie schluckte und öffnete die Nachricht. Diese war relativ kurz.

Wie die Polizei heute Morgen bekannt gegeben hat, wurde am Vorabend gegen 19:30 Uhr im Wandsworth Park eine Frauenleiche aufgefunden. Über die Identität der Toten ist bislang noch nichts bekannt. Mögliche Zusammenhänge mit der Serie von Frauenmorden in Clapham, Brixton, Chelsea und Mayfair bezeichnete der ermittelnde Kommissar Betrand Wallis als reine Spekulation.

Susanna spürte, wie ihr eine Gänsehaut über den Rücken lief. Der Mörder hatte also wieder zugeschlagen. Eine andere Erklärung war unwahrscheinlich. Verdammt, sie durften keine Zeit mehr verlieren. Sie musste Kontakt zu Olivia aufnehmen und ihr mitteilen, was David ihr gestern geschrieben hatte.

Sie suchte in ihrem Adressbuch nach Olivias Handynummer und wählte sie.

„Ja?“, hörte sie eine Stimme am anderen Ende. Diese klang verwaschen und verlangsamt.

„Olivia, sind Sie es? Ich bin’s, Susanna Madueke. Ich habe das mit dem Frauenmord in der Times gelesen. Einfach schrecklich.“

„Wem sagen Sie das“, erwiderte die Kommissarin. „Ich habe die Tote nämlich gefunden. Es war eine Kollegin, die mit mir zusammengearbeitet hat.“

„*Was?*“ Susanna hielt sich eine Hand vor den Mund.

„Das ... das ist ja furchtbar.“

„Sie haben keine Ahnung, wie furchtbar.“

„Ich habe Neuigkeiten von ...“

„Ssh...“, unterbrach die Kommissarin sie.

„Wie bitte?“

„Nicht am Telefon. Ich weiß nicht, ob wir abgehört werden.“

„Das erscheint mir jetzt doch ein bisschen übertrieben. Wer sollte denn ...“

„Ich wurde vom Dienst suspendiert“, sagte Olivia.

„*Was*? Aber warum das denn?“

„Das erzähle ich Ihnen gern persönlich. Wissen Sie was, kommen Sie doch zum Frühstück vorbei. Es ist noch etwas Talisker übrig.“

„Was ist das denn?“

„Meer, Wind und Moor.“

„Sind Sie ... betrunken?“

„Wäre es mir zu verdenken? Also, kommen Sie?“

Susanna sagte kurz entschlossen zu. Sie ging ins Bad, um sich frisch zu machen, und fuhr dann zu der Adresse, die Olivia ihr genannt hatte. Vor dem Haus stand ein Streifenwagen. Die beiden Beamten darin aßen Donuts und tranken Kaffee aus Pappbechern. Sie musterten Susanna mit dem Racial-Profiling-Blick, den sie nur zu gut kannte. Wahrscheinlich überlegten sie sich, ob sie es mit einer Einbrecherin oder mit einer Drogen-Dealerin zu tun hatten.

Sie klingelte. Ein Mädchen, vielleicht dreizehn oder vierzehn Jahre alt, öffnete ihr.

„Ich wollte zu Olivia Jenner.“

„Das ist meine Mum“, sagte das Mädchen. „Kommen Sie rein.“

Sie führte Susanna durch einen dunklen Flur und eine Küche in ein Wohnzimmer. Auf dem Sofa am Fenster lag eine Gestalt, in der sie erst nach zweimaligem Hinschauen die Kommissarin erkannte. Diese hatte sich einen weißen Beutel gegen ihre Stirn gepresst und die Augen so fest geschlossen, dass sich das ganze Gesicht zu einer Art Fratze verzerrte.

„Ich hätte das letzte Glas Talisker weglassen sollen", sagte sie stöhnend.

„Das erste, zweite und dritte auch", sagte ein anderer Teenager, vielleicht sechzehn Jahre alt, der einen Eimer vor Olivia hinstellte. Die Kommissarin öffnete die Augen.

„Den brauche ich nicht. Ich bin nicht der Typ fürs Erbrechen. War ich noch nie."

„Sehr gut", sagte das ältere Mädchen. „Das ist auch total eklig. Wer sind Sie?"

Der Blick der jungen Frau war so herausfordernd offen, dass Susanna nicht anders konnte, als sie zu mögen.

„Ich bin Susanna Madueke."

„Sie ist Psychologin", sagte Olivia.

Die beiden Mädchen beäugten Susanna nun mit sichtlichem Interesse.

„Eine Seelenklempnerin, soso. Ist es jetzt schon so weit mit Mum gekommen, dass sie eine Psychiaterin braucht?"

„Ich bin keine Psychiaterin. Das sind Ärztinnen, die sich auf psychische Erkrankungen spezialisiert haben. Man könnte zwar bei deiner Mutter eine akute Alkoholintoxikation diagnostizieren, aber die dürfte rasch vorübergehen und keiner Behandlung bedürfen. Das wäre ohnehin nicht mein Spezialgebiet, denn ich bin Neuropsychologin."

„Was macht man denn so als Neuropsychologin?“, fragte die Jüngere.

„Ich beschäftige mich mit der Frage, wie das Gehirn funktioniert.“

„Na, dann verraten Sie es mir bitte, wenn Sie die Antwort darauf gefunden haben“, sagte die Ältere. „Das würde mich brennend interessieren.“

Sie ging grußlos in Richtung der Treppe davon, die in den ersten Stock führte und stieg hinauf.

„Ich gehe auch in mein Zimmer“, sagte die Jüngere. „Bye!“

„Nette Kinder haben Sie“, sagte Susanna.

Olivia verzog das Gesicht. „Finden Sie? Na ja, egal. Was können Sie mir von der David Armstrong-Front berichten?“

Susanna schilderte ihr die Ereignisse seit ihrem letzten Kontakt. Ihre Konversationen mit David, den Brand, die Situation im Krankenhaus und seine, nur aus einem Wort bestehende Botschaft. Sie hielt Olivia das Handy hin. Diese hatte sichtliche Mühe, ihre Augen zu fokussieren, nickte dann aber.

„ARAGORN. Dann hatte ich doch recht.“

„Recht? Womit?“

Olivia seufzte. „Wie Sie wissen, war ich damals bei der missglückten Verhaftung von Armstrong dabei. Marcus Harrison und ich haben ihn an einem Tatort angetroffen. Er war über eine Leiche gebeugt. Wir haben ihn angesprochen und ihn aufgefordert, die Waffe fallen zu lassen. Er hat uns nur angestarrt, kam auf uns zu, das Messer in den Händen. Dann hat er nur ein Wort gesagt, und zwar: *Aragorn.*

Ich war mir sicher, dass er das gesagt hatte, aber Marcus Harrison hat Stein und Bein geschworen, dass er *Armstrong* gehört hat. Da das plausibler erschien, wurde dem auch nicht ausführlicher nachgegangen."

„Nun, es wäre wahrscheinlich auch ziemlich schwierig geworden, Viggo Mortensen aus den USA her zu zitieren."

Olivia seufzte. „Der war echt schon heiß als Aragorn. Von dem hätte ich mir auch die Unsterblichkeit rauben lassen."

„Na, da haben wir ja was gemeinsam", sagte Susanna lächelnd. „Sie haben doch viel über den Fall nachgedacht. Haben Sie eine Hypothese entwickelt? Was könnte er damit gemeint haben?"

„Ich habe vermutet, dass er eine reale Person damit bezeichnen wollte", murmelte die Kommissarin.

„Das war auch mein Gedanke. Hatte er vielleicht einen Freund, dessen Spitzname Aragorn lautete?"

„Das müsste eine interessante Kreatur gewesen sein. Nein, soweit ich es überblicken kann, hatte Armstrong in London nur Kontakt mit Arbeitskollegen. Aber die sahen alle eher aus wie Orcs, wenn ich mich recht erinnere."

„Sie sagen, *hier in London*. Stammt David nicht ursprünglich von hier?"

„David? Haben Sie beide etwa schon Nummern ausgetauscht?"

Susanna spürte, wie ihr Gesicht warm wurde. „Ich bin es von der Uni her gewohnt, schnell jemanden mit dem Vornamen anzusprechen."

Olivia nickte. „Das passt mir auch besser. Ich bin übrigens Olivia."

Susanna lächelte. „Susanna.“

„Darf ich Susi zu Ihnen sagen?“

„Unterstehen Sie sich. Das erinnert mich nur an meine Mutter.“

„Okay, ich werde es mir merken. Um auf David zurückzukommen. Nein, er stammte nicht aus London. Er ist in Bath aufgewachsen.“

„Ah, stimmt ja, er hatte bei Ihrer Befragung seine Tante erwähnt, die er dort besucht hatte. Bath. Schöne Stadt. Ich habe in Bristol studiert. Einen Sommer lang habe ich in den Semesterferien in einem Hotel in Bath als Zimmermädchen gearbeitet. Vielleicht hatte er dort einen Freundeskreis, der uns weiterhelfen könnte?“

„Ich weiß es nicht. Mit seiner Tante habe ich schon zwei Mal telefoniert. Ich sollte sie aber nicht mehr anrufen, denn das würde nur zu weiteren Scherereien führen.“

Susanna legte den Kopf schief. Ihr war gerade eine Idee gekommen.

„Ich war schon lange nicht mehr in der Gegend und meine Kinder sind dieses Wochenende nicht bei mir. Ich könnte nach Bath fahren und mit der Tante reden.“

Olivia sah sie mit großen Augen an. „Das würden Sie machen?“

„Klar, warum nicht?“

„Nun, ich hatte den Eindruck, dass Sie nicht sonderlich begeistert waren, als ich Sie mehr oder weniger gezwungen habe, die Kommunikation mit Armstrong zu starten.“

Susanna nickte. „Das stimmt auch. Aber als ich dann mit David geredet habe, habe ich erkannt, dass Sie richtig liegen. Er ist unschuldig. Und um das zu beweisen und um die Mordserie endgültig zu stoppen, müssen wir diesen Killer doch schnappen, oder?“

Olivia nickte.

„Gut“, sagte Susanna. „Dann packen wir es an. Ich nehme den nächsten Zug nach Bath und rede mit Davids Tante.“ Sie hielt kurz inne. „Vielleicht wäre es ganz gut, wenn Sie mir ein paar Fragen aufschreiben würden, die ich unbedingt stellen sollte. Ich werde zwar ab Paddington fahren, aber zur Miss Marple reicht es bei mir bislang noch nicht.“

43

Olivias Schädel brummte. Warum hatte sie nur ein Glas Talisker nach dem anderen in sich hineingeschüttet? Die Antwort kannte sie natürlich. Sie hatte alles verloren. Ihren Job, ihren Kampf gegen den Slasher, und sie hatte Eleonor verloren, ihre erste Verbündete seit sieben Jahren. Gut, Susanna war auch ihre Verbündete, aber die Professorin war anders. Ihr ging es nicht darum, einen Mörder zu überführen, sie wollte Armstrong retten. Das bedeutete zwar letztendlich dasselbe, aber die Wege zu diesem Ziel waren unterschiedlich ... so unterschiedlich wie die Persönlichkeiten von Olivia und Susanna. In Eleonor hatte sie eher eine Tochter gesehen. Susanna war ihr fremd. Sie mochte die Professorin, aber Freundinnen würde sie bestimmt nicht werden.

Sie rechnete ihr hoch an, dass sie den Trip nach Bath unternahm. Das war keine Selbstverständlichkeit. Olivia konnte nicht dorthin reisen, denn wahrscheinlich verfolgte Scotland Yard jeden ihrer Schritte. Dem Commissioner war zuzutrauen, dass er sie verhaften ließ, ehe sie das Haus von Armstrongs Tante betrat, und als Polizistin in Untersuchungshaft zu kommen? Nein, danke.

Sie versuchte, sich in eine sitzende Position aufzurichten, was ein drehendes Schwindelgefühl in ihr hervorrief. Rasch lehnte sie sich zurück und fixierte einen Punkt an der gegenüberliegenden Wand. Der

Schwindel ließ nach. Dafür dröhnte nun ihr Schädel. Dieser verflixte Talisker. *Ob es Greg genauso ging, wenn er morgens verkatert zu Arbeit erschien? Oder ließ er es gar nicht zu, dass es so weit kam, weil er den Alkoholspiegel in seinem Blut stets konstant hielt?*

Olivia sah die Flasche an. *Sollte sie den Whisky austrinken?* Es war noch ein Fingerbreit darin. *Würde das die Kopfschmerzen und all die anderen, quälenden Symptome lindern? Was dachte sie da eigentlich gerade? Begann es so? Bog man irgendwo in einer Krise vom rechten Weg ab in das Dickicht des Alkoholmissbrauchs?*

Sie stand auf und ging in die Küche, um sich ein Glas Wasser zu holen. Ihr Blick fiel dabei auf die offenstehende Tür des Arbeitszimmers. Sie beschloss, dorthin zu gehen, anstatt zum Sofa zurückzukehren und der Flasche, die sie doch nur dazu auffordern würde, sie auszutrinken. Sie setzte sich an den Schreibtisch und betrachtete den Ordner, den Eleonor ihr geschickt hatte. Ihre letzte Botschaft. Als sie die Akten in den Umschlag gepackt hatte, war ihr nicht klar gewesen, dass dies ihr Vermächtnis sein würde. Ordentlich abgeheftete Notizen und Kommentare zu kopierten Untersuchungsberichten und Fotos von gerichtsmedizinischen und kriminaltechnischen Befunden.

Sie blätterte in dem Ordner herum, ziellos, wahllos. Sie wusste nicht, wonach sie suchte. Sie wusste auch nicht, ob sich das, wonach sie suchte, hier drin befand. *Aragorn.* Darauf lief alles hinaus. *Ob Eleonor dazu auch etwas eingefallen war?*

Es dauerte eine Viertelstunde, bis sie die entsprechende Notiz gefunden hatte. Es war eine halbe Seite, ausgeführt in einer ordentlichen, rundlichen Handschrift.

Betrifft: ARAGORN. Laut CI Jenner war dies das einzige Wort, das David Armstrong äußern konnte, ehe er von CI Harrison angeschossen und außer Gefecht gesetzt wurde. CI Harrison gab zu Protokoll, dass der Verdächtige Armstrong gesagt hatte. Bei den weiteren Ermittlungen wurde dies als wahrscheinlicher angesehen, weshalb eine mögliche Spur nicht weiter verfolgt wurde. Bei Aragorn handelt es sich um eine Figur aus dem Buch Der Herr der Ringe von J.R.R. Tolkien, einen am Rand der Gesellschaft lebenden Waldläufer, der schließlich zum König aufsteigt. Dies könnte eine Fantasie Armstrongs widerspiegeln, der ebenfalls ein Leben am Rand der Gesellschaft führte und sich daher nach Macht und Reichtum gesehnt haben könnte. Möglicherweise besteht auch ein Zusammenhang mit Beweisstück 37A.

Olivia stutzte. Beweisstück 37A? Was war denn das?

Sie blätterte ganz nach hinten, wo sich das Register mit den im Fall Armstrong gesammelten Indizienbeweisen befand.

Unter 37A war ein Ticket aufgelistet, das von der *International London LARP Convention* ausgestellt worden war. LARP? Was war denn das?

Olivia startete ihren PC und gab das Wort bei Google ein. Sie war überrascht darüber, wie viele Treffer ihr ausgespuckt wurden und noch überraschter war sie von der Tatsache, dass sehr viele Fotos von Menschen in Fantasie-Kostümen aller Art aufploppten. Sie rief

Wikipedia auf und las den entsprechenden Artikel dazu:

Live Action Role Playing (LARP) oder Live-Rollenspiel ist eine Form von Rollenspielen, bei denen die Teilnehmer ihre Spielfigur physisch selbst darstellen. Es handelt sich also um eine Mischung aus Pen-&-Paper-Rollenspiel und Improvisationstheater. Die Spiele finden meist ohne Zuschauer statt. Die Teilnehmenden können im Rahmen einer Rolle, welche die eigene Figur und ihre Eigenschaften und Möglichkeiten beschreibt, frei improvisieren. Die Spielfigur wird Charakter genannt. Soweit möglich finden die Veranstaltungen an Orten statt, deren Ambiente dem Szenario der Spielhandlung entspricht. Die Spieler tragen den Charakteren entsprechende Gewandung.

Olivia spürte, wie ihr Mund austrocknete. Sie nahm einen Schluck Wasser und dachte nach. Armstrong schien sich für Rollenspiele interessiert zu haben. War er selbst dort als Aragorn unterwegs gewesen? Sie googelte die auf dem Ticket angegebene Convention und stellte fest, dass es sich dabei um eine alle zwei Jahre stattfindende Zusammenkunft von LARPern aus aller Welt handelte. Bei der einwöchigen Veranstaltung lag der Fokus auf verschiedenen Szenarien. Im kommenden Jahr sollte das Thema *The Witcher* im Mittelpunkt stehen. Olivia fragte sich, ob Henry Cavill dort dann auch auftreten würde, in dem Fall wäre sie eine der Ersten, die sich eine Karte kaufte.

Sie wischte den Gedanken beiseite und wühlte sich durch das Archiv. 2016 hatte die Convention unter dem

Motto *Herr der Ringe* gestanden. Olivias Mund wurde noch trockener. Sie klickte sich durch die entsprechenden Seiten und sah, dass das Veranstaltungsteam damals aus zehn Personen bestanden hatte. Das Foto war klein und verpixelt, aber sie meinte, in einer der Gestalten Armstrong zu erkennen. Unter dem Bild stand, dass die Organisation von einer Kelly Fenway geleitet worden war.

Olivia gab den Namen bei Google ein und dahinter den Begriff LARP. Offenbar handelte es sich bei Mrs. Fenway um eine große Nummer im Rollenspielermilieu, denn sie erhielt viele Treffer angezeigt. Olivia klickte auf einen der Links und wurde zu einer Seite mit Fotos weitergeleitet. Diese zeigten eine junge, etwas fülligere Frau mit langen, knallrot gefärbten Haaren in verschiedenen Kostümen. Mal als Elfe, mal als Todesserin, mal als Amazone mit Pfeil und Bogen. Sie hatte sogar eine eigene Website. Olivia navigierte dorthin und beim Durchlesen der Artikel fand sie sich in einer fremden, aber nichtsdestoweniger faszinierenden Welt wieder.

Sie beschloss, sich nicht lange damit aufzuhalten, die Informationen durch Lesen zusammen zu sammeln. Stattdessen klickte sie auf den Kontakt-Button und suchte nach der E-Mail-Adresse der Frau. Sie stieß auf eine Handynummer und konnte ihr Glück kaum fassen. Ihr Smartphone lag auf dem Schreibtisch. Sie sah darauf und entdeckte eine Nachricht, die Susanna ihr vor wenigen Minuten geschrieben haben musste.

Olivia schickte einen nach oben gereckten Daumen
zurück und wählte dann die Nummer von Mrs. Fenway.

„Hairgame, Friseur- und Stylingstudio. Sie sprechen
mit Kelly."

Olivia zuckte zusammen. „Ähm, bin ich hier richtig
bei Mrs. Kelly Fenway?"

„Ja, genau, Sie rufen auf meinem Geschäftshandy an."

„Ah, okay. Mein Name ist Olivia Jenner. Ich bin Polizistin und ermittle im Fall des sogenannten Putney-
Slashers."

Am gegenüberliegenden Ende der Leitung wurde es
still.

„Hallo? Sind Sie noch dran?"

Sie hörte eine Art Grunzen, dann sagte Mrs. Fenway:
„Es hat lange gedauert, bis Sie sich melden."

Olivia legte die Stirn in Falten. „Wie meinen Sie das?"

„Na ja, ich habe damals, als David verhaftet wurde,
bei der Polizei angerufen. Ich wollte sie davon überzeugen, dass er unschuldig ist. Aber ich bin bloß abgewie-
gelt worden, jemand würde sich bei mir melden. Nun,
das hat jetzt sieben Jahre gedauert."

„Wissen Sie, mit wem Sie damals telefoniert haben?"

„Keine Ahnung, irgendein Typ. Hab mir den Namen
nicht gemerkt. Der hatte wenig Interesse an meiner
Aussage. Warum rufen Sie denn jetzt an?"

„Ich bin die Ermittlungsakten noch einmal durchgegangen und habe dabei gesehen, dass David Armstrong

an einer Convention teilgenommen hat, die Sie organisiert haben."

„Ja, das stimmt. Er hat aber nicht nur teilgenommen, er war Mitglied des Orga-Teams."

„Sie kannten ihn also näher?"

Mrs. Fenway lachte. „Klar kannte ich ihn. Wir waren seit Jahren zusammen in der Szene aktiv. Er war vor allem an High Fantasy interessiert. *Herr der Ringe, Das Rad der Zeit*, so etwas. Deshalb habe ich ihn auch gebeten, ins Orga-Team zu kommen, als wir ein *Herr der Ringe*-Motto gewählt haben."

„Wie laufen diese Conventions denn genau ab?"

„Es gibt immer einen Treffpunkt, an dem dann allerhand Stände und Buden stehen. Wie ein Markt, auf dem man sich mit Essen versorgen, aber auch Kostüme, Waffen oder anderes Zubehör kaufen und sich mit anderen LARPern austauschen kann. Wir sind eine große, verrückte Familie. Daneben organisieren wir außerdem jeden Tag Rollenspiele. David hat eines davon betreut. Es war eine ziemlich gewaltige Sache ... die Schlacht von Helms Klamm. Er hat dafür sogar einen alten Steinbruch im Epping Forest angemietet und sich darum gekümmert, alles so weit zu sichern, dass wir ungefährdet dort spielen konnten."

„Die Frage mag Ihnen vielleicht etwas ungewöhnlich vorkommen, aber gab es damals auch einen Aragorn?"

Die Frau lachte. „Was wäre die Schlacht von Helms Klamm ohne einen Aragorn? Natürlich gab es den, und zwar nicht nur einen. Das ist ein sehr beliebter Charakter. David hat das Ganze so gelöst, dass er das Rollenspiel in vier Akte unterteilt hat. Die zentralen Figuren wurden dann in jedem Akt neu besetzt."

„Gibt es Fotos oder Filmmaterial davon?“

„Ja, sicher. Hören Sie, ich muss jetzt wieder an die Arbeit. Eine Dauerwelle ist gerade fertig geworden. Montag habe ich frei, da kann ich nach den Bildern suchen.“

Sie vereinbarten, dass die Frau sich wieder bei Olivia melden würde, wenn sie die Fotos zusammengesucht hatte. Dann legte sie auf. Olivia starrte auf ihr Handy. Das könnte eine heiße Spur sein. Warum hatten die Kollegen die Frau damals einfach abgewimmelt? Einer Eingebung folgend öffnete sie den SMS-Dialog mit Susanna und schrieb:

Fragen Sie Armstrongs Tante doch bitte, ob sie etwas von seinem Hobby wusste. Er hat an LARPs teilgenommen.

Sie hängte einen Link zu dem Wikipedia-Artikel an, dann stand sie auf und ging ins Bad. Ohne eine Schmerztablette würde es wohl doch nicht gehen.

44

Susanna sah durch das Fenster des Zuges hinaus auf die weite, wellige Ebene, die sich bis zum Horizont erstreckte. Sie hatte London schon lange nicht mehr verlassen. Wozu auch? Ihr Leben hatte dort seinen Fixpunkt gefunden. Ihre Familie lebte dort, die Kinder gingen dort zur Schule, sie hatte dort ihren Job. Es stimmte, Londoner brauchten die Stadtgrenze nicht mehr hinter sich lassen. Aber dadurch entging ihnen ein wunderbares Landschaftserlebnis.

Susanna mochte England. Das viele Grün, die Hügel, die alten Städte, und auch die meisten Menschen, die dort lebten, waren ihr sympathisch. Zumindest so lange, bis sie sie rassistisch beleidigten, was leider viel zu häufig vorkam, vor allem, seit der Brexit die hässliche Fratze des britischen Nationalismus hervorgekehrt hatte. Sie sah auf ihr Handy.

Olivia hatte ihr noch eine Nachricht geschrieben. Die SMS enthielt keine Rechtschreibfehler. Offenbar war sie wieder auf dem Weg zurück zur Nüchternheit. Susanna war irritiert gewesen, als sie die Polizistin in ihrem verkaterten Zustand angetroffen hatte. Aber sie hatte beschlossen, die Situation nicht überzubewerten, schließlich war eine junge Kollegin von ihr ermordet und Olivia daraufhin suspendiert worden. Darauf konnte man schon einmal ein paar Gläser zu viel trinken.

Sie mochte Olivia. Sie war geradeheraus. Gut, dass diese sie mehr oder weniger dazu erpresst hatte, ihr bei dem Fall zu helfen, war ihr zuerst sauer aufgestoßen, aber letzten Endes konnte sie auch hier ihre Motive nachvollziehen. Wenn man sich das Ergebnis ansah, konnte Susanna sich nicht beschweren. Sie hatte David kennengelernt, und dieser hatte sich nicht nur als spannender Fall, sondern vor allem als liebenswerter Mensch entpuppt.

Sie las die Nachricht noch einmal. Olivia bat sie, Davids Tante nach seinen Aktivitäten als LARPer fragen. Susanna grinste. Irgendwie konnte sie sich gut vorstellen, dass er früher an den Wochenenden sein Elben-Kostüm ausgepackt und in diesem im Wald campiert hatte. Das passte zu ihm. Sie brauchte sich auch nicht den Wikipedia-Artikel zu dem Thema durchzulesen, denn sie wusste, was es mit dem Phänomen LARP auf sich hatte. Zu ihrer Studienzeit hatte sie einen Freund gehabt, der komplett Rollenspiel-verrückt gewesen war. Sie hatten daher viele Nächte mit *Dungeons and Dragons*-Sessions verbracht und irgendwann hatte er damit begonnen, sich ein Kostüm zu nähen und Conventions zu besuchen.

Er hatte immer versucht, Susanna zu bewegen, ihn zu begleiten, aber sie hatte sich dort nie wohlgefühlt. Fantasy war eine sehr weiße Welt gewesen. Das hatte sich in den letzten Jahren erfreulicherweise geändert. Sie hatte mit großem Vergnügen die *Witcher*-Serie gesehen und nun war sie der Idee gar nicht mehr so abgeneigt, als Zauberin durch die Lande zu streifen. Sie tippte die Reader App auf ihrem Handy an und öffnete das erste Buch der Reihe, das sie vor einiger Zeit begonnen hatte zu lesen, aber nie fortgesetzt hatte.

Zwei Stunden später hätte sie beinahe den Ausstieg in Bath verpasst, weil sie so vertieft in die Lektüre gewesen war. Erfreulicherweise hatte der nette ältere Herr ihr gegenüber sie darauf aufmerksam gemacht, dass sie ihr Ziel erreicht hatte. Sie hatten sich ganz zu Beginn der Fahrt ein wenig unterhalten und dabei hatte sie erwähnt, dass sie nach Bath fahren wollte.

„Viel Freude in dieser wunderbaren Stadt wünsche ich Ihnen", sagte der Fremde zum Abschied und Susanna beschloss, sich bewusst zu machen, dass nicht jeder alte weiße Mann automatisch ein Unsympath war. Sie verließ den Bahnhof und trat zu dem Taxistand. Sie war es nicht gewohnt, Taxi zu fahren. Zu Schul- und Unizeiten hatte sie es sich nicht leisten können und in London fuhr sie lieber mit der U-Bahn. Sie liebte es, wenn die Züge durch die Eingeweide der Stadt rauschten. Hier in Bath gab es aber keine U-Bahn und sie hatte darauf verzichtet, den Busfahrplan zu studieren, um eine Verbindung herauszusuchen, die sie zum Haus von Davids Tante gebracht hätte.

Sie nannte dem Fahrer die Adresse. Die Fahrt dauerte nur fünf Minuten. Er hielt vor einem Reihenhaus, das sich in derselben Bauform noch gute fünfzig Mal in dieser Straße befand. Auch das mochte sie irgendwie an England. Die überall gleich aussehenden Häuschen hatten etwas Demokratisches an sich, auch wenn das Land nach wie vor eine Monarchie war. Sie bezahlte den Fahrer und trat durch den Vorgarten zur Haustür. Neben dem Klingelknopf war ein Schild angebracht, auf dem *S&E Jones* stand. Laut Olivia war Davids Tante bereits seit sechs Jahren verwitwet. Wahrscheinlich hatte sie es trotzdem nicht über sich gebracht, das Klingelschild zu ändern. Sie drückte den Knopf und wartete.

Nach einer Weile hörte sie ein Klappern aus dem Innern des Hauses gefolgt von langsamen, schweren Schritten. Die Tür wurde eine Handbreit geöffnet, eine Kette verschloss den Spalt. Sie sah das halbe Gesicht einer älteren Frau, die sie misstrauisch musterte.

„Ich kaufe nichts“, sagte Mrs. Jones.

Susanna lächelte. „Ich möchte Ihnen auch nichts verkaufen. Mein Name ist Susanna Madueke. Ich bin im Auftrag von CI Jenner hier, mit der Sie diese Woche schon telefoniert haben.“

„Die Polizistin? Warum kommt sie nicht selbst?“

„Sie wurde in London aufgehalten. Die Ermittlungen überschlagen sich dort gerade. Es wurde eine weitere Frauenleiche gefunden.“

„Nun, das kann ja mein David eindeutig nicht getan haben“, sagte Mrs. Jones trocken.

„Ich bin überzeugt davon, dass er auch die anderen Morde nicht verübt hat.“

„Da sind Sie und diese CI Jenner aber allein auf weiter Flur. Was bringt Sie zu dieser Überzeugung?“

„Ich habe mit David gesprochen.“

Das eine Auge, das sie musterte, weitete sich. „Sie haben *was*?“

„Ich bin Expertin für Kommunikation mit Menschen, die an einem sogenannten Locked-in-Syndrom leiden. Im Laufe der letzten Woche ist es mir gelungen, Kontakt zu David herzustellen. Wir konnten uns schon ein wenig unterhalten.“

„Wie … wie geht es ihm?“

Susanna hielt kurz inne. „Er ist in Anbetracht der Umstände bei guter Laune“, sagte sie. „Und natürlich ist er sehr froh, dass er nach sieben Jahren endlich wieder mit anderen Menschen kommunizieren kann.“

Die Tür wurde nun geschlossen und Susanna befürchtete einen Moment lang, dass Mrs. Jones das Gespräch beendet hatte, doch dann hörte sie, wie die Kette zurückgeschoben wurde.

„Treten Sie ein“, sagte die alte Frau. „Entschuldigen Sie bitte, aber heutzutage kommen so viele Leute einfach unangemeldet vorbei, und die meisten wollen einen nur übers Ohr hauen.“

Sie führte sie durch einen dunklen Flur in ein Wohnzimmer.

„Möchten Sie einen Tee?“

„Das wäre wunderbar.“

Mrs. Jones deutete auf ein Sofa und Susanna nahm Platz. Die alte Frau verschwand in der Küche und kurz darauf hörte Susanna, wie ein Wasserkocher immer lauter zischte und gurgelte, während Mrs. Jones mit einer Kanne hantierte.

„Kann ich Ihnen helfen?“

„Nein, es geht schon.“

Ein paar Minuten später kam sie aus der Küche zurück. Sie hatte ein Tablett auf ihrem Rollator stehen, auf dem sich neben einer Teekanne zwei Tassen, ein Milchkännchen, eine Zuckerdose und ein Teller mit Cookies befand. Sie stellte alles auf den Tisch, ließ sich dieses Mal aber von Susanna helfen. Schließlich setzte sie sich ächzend.

Sie schenkten sich Tee ein und Susanna genoss den ersten Schluck des herben und durch den Zucker zugleich süßen Getränks.

„Also, was möchte diese CI Jenner denn noch wissen? Was ist so wichtig, dass diese Sie geschickt hat? Sie haben doch bestimmt eine weite Reise hinter sich."

„Ich komme immer gern in den Westen Englands. Studiert habe ich in Bristol, und während des Studiums habe ich einen Sommer lang im *Berkeley House* gearbeitet."

„Das in Limpley Stoke? Eine feine Adresse. Also, was bringt Sie zu mir?"

Susanna holte tief Luft. „Hatte David einen Freundeskreis in Bath?"

Die alte Frau nickte. „Ja, er hatte noch regelmäßig Kontakt zu seinen früheren Schulfreunden. Als er das letzte Mal hier war, hat er sich auch mit zweien getroffen. Mit Randy Birks und Paul Gladwell."

„Wissen Sie, ob vielleicht einer seiner Freunde den Spitznamen *Aragorn* getragen hat?"

„Wie war der Name noch gleich?"

„Aragorn", wiederholte Susanna.

Mrs Jones schüttelte den Kopf. „Nein, das hätte ich mir gemerkt. Wie kommen Sie darauf?"

„David hat diesen Namen mehrfach erwähnt. Wir hatten die Hoffnung, dass dieser etwas Licht in den Fall bringen könnte. Anderes Thema: Wussten Sie von Davids Hobby? Den Live Action Rollenspielen?"

Mrs Jones verdrehte die Augen. „Hören Sie mir bloß damit auf! Danach war er ganz verrückt. Er wollte an einer Veranstaltung hier in Bath teilnehmen. Als er uns das letzte Mal besucht hat, hatte er sogar seine Ausrüstung dabei."

Susanna spürte, wir ihr Puls zu rasen begann. „Haben Sie die Sachen noch?"

„Natürlich. Sie sind in Davids Zimmer. Ich habe nichts darin verändert."

„Dürfte ich mir die vielleicht mal ansehen?"

Mrs Jones musterte sie kurz, dann sagte sie: „Ich glaube Ihnen, dass Sie David helfen wollen. Gehen Sie in den ersten Stock. Die Tür am Ende des Flurs. Ich quäle mich da nicht mehr hoch."

Susanna erhob sich und stieg die Treppe hinauf. Oben fand sie sich in einem Gang mit mehreren Türen wieder. Sie öffnete diejenige, die die alte Frau ihr beschrieben hatte, und betrat ein klassisches Jugendzimmer. An der Wand hingen Poster mit den Schauspielern der *Herr der Ringe*-Filme. Auf dem Bett lag ein eingestaubtes Kostüm, das offenbar einen Elben darstellen sollte. Daneben befand sich eine kleine Tasche. Susanna öffnete sie. Sie enthielt Schminkutensilien und ein Foto. Es zeigte eine Gruppe von verkleideten Männern, deren Kostüme den Gefährten der *Herr der Ringe*-Trilogie nachempfunden waren. Ein Gimli war da, unproportional groß und bärtig mit einer riesigen Plastik-Axt. Die Hobbits lächelten schelmisch in die Kamera, und da war auch ein Aragorn. Als sie das Gesicht erkannte, lief ein kalter Schauer ihren Rücken hinab.

45

Olivia saß auf der Couch im Wohnzimmer. Andy hatte den Talisker beiseite geräumt, sodass sie nicht Gefahr lief, den Bodensatz auch noch auszutrinken. Aber das wäre ihr auch gar nicht in den Sinn gekommen. Die Segnungen der Pharmaindustrie hatten den letzten Rest ihrer Kopfschmerzen zum Glück inzwischen vertrieben und ihr Verstand ratterte auf Hochtouren. Endlich hatte sie die Spur, auf die sie all die Jahre gewartet hatte. Es war zum Verzweifeln. Wäre sie doch nur früher darauf gekommen. Vielleicht hätte die neue Mordserie dann gar nicht erst begonnen. Vielleicht hätten sie den Putney-Slasher dann schon damals geschnappt und ihn für immer hinter Gitter bringen können. Vielleicht musste sie sich aber auch einfach eingestehen, dass es sinnlos war, die Zeit zurückdrehen zu wollen.

Die Schwierigkeiten hatten ihren Anfang genommen, als sie ausgefallen war, nachdem Harrison Armstrong angeschossen hatte. Das war weder ihre Schuld noch die ihres kranken Sohnes gewesen. Bei ihrer Rückkehr war die Ermittlung bereits auf Eis gelegt worden. Die Akten hatten unter Verschluss gelegen und sie hatte andere Prioritäten gehabt. Die Zweifel an Armstrongs Schuld waren zwar nie verschwunden, sondern im Laufe der Zeit eher noch viel größer geworden, aber in Anbetracht der Umstände hatte sie ihr Bestes gegeben. Nur hatte das leider nicht ausgereicht. Was ihr gefehlt hatte, wusste sie nun. Es war der Zugriff auf die gesperrten Akten gewesen. Aber hätte sie dann die Verbindung zwischen Aragorn und der Eintrittskarte zu dem LARPer Festival gezogen? Oder hatte es ein Genie wie Eleonor dazu gebraucht, sie darauf zu bringen? Eleonor. Bei dem Gedanken an die Kollegin zog sich immer noch alles in ihr schmerzhaft zusammen.

Eleonor hatte einen Kollegen verdächtigt und nachdem Olivia in den letzten beiden Stunden hoch konzentriert alle Hinweise durchgegangen war, die in ihrem Ordner gesammelt waren, ahnte sie warum und vor allem, wen sie dabei im Fadenkreuz gehabt hatte. Wenn das stimmte, wäre der Slasher nicht nur mit Insider-Informationen aus der Metropolitan Police versorgt worden, er wäre selbst ein Mitglied von Scotland Yard!

Sie sah auf den Ordner hinab. Er enthielt keine definitiven Beweise für ihre Anschuldigungen, aber dafür eine Menge Indizien, und die konnten die Kollegen nicht einfach ignorieren. Sie musste handeln und durfte das Ganze nicht mehr aufschieben. Was hatte sie denn noch zu verlieren? Sie war sowieso schon suspendiert. Der Commissioner konnte sie natürlich noch unehrenhaft entlassen. Aber was machte das noch für einen Unterschied? Ihre Ehre hätte sie ohnehin schon verloren, wenn sie jetzt nicht handelte. Sie ging in den Flur, um ihren Mantel anzuziehen.

„Wo gehst du hin?“

Andy war aus der Küche getreten. Er trocknete gerade einen Teller ab.

„Ich muss zu Scotland Yard. Keine Sorge, da wird mich bestimmt niemand überfallen.“

Er nickte. „Tu, was du tun musst.“

Sie ging hinaus und startete den Nissan in der Hoffnung, inzwischen nüchtern genug zum Autofahren zu sein. Auch wenn sie sich tagsüber sicher fühlte, wollte sie dem Slasher keine Angriffspunkte bieten und zu Fuß auf den Straßen Putneys unterwegs sein. Sie lenkte den Wagen durch den Londoner Nachmittagsverkehr. Ob der Commissioner wohl an einem Samstag im Büro war? Sie würde es herausfinden. Wenn sie Pech hatte, machte sie diesen Weg umsonst, aber das war ihr gleichgültig. Sie musste es wenigstens versuchen.

Sie stellte den Nissan wieder in der Parkgarage hinter der Westminster Abbey ab und machte sich zu Fuß auf den Weg zu New Scotland Yard. Olivia hatte allerdings keine Dienstmarke mehr, die sie vorzeigen konnte und deswegen hatte sie sich eine Geschichte überlegt, die sie dem Diensthabenden auf die Nase binden wollte, damit dieser sie zum Commissioner vorließ. Hinter dem Tresen saß Alfred, das Faktotum von Scotland Yard, ein Kollege, der schon fast das Rentenalter erreicht haben musste.

„Olivia", sagte er und hob die altersschwache Hand. „Sieht man dich auch mal wieder am Strand der Themse?"

Sie konnte ihr Glück kaum fassen. So, wie Alfred sie begrüßte, schien er nicht einmal von ihrer Suspendierung gehört zu haben.

„Guten Tag Alfred, wie geht es Ihnen?"

Er winkte ab. „Es ging schon mal besser. Aber ich habe nicht mehr lange Dienst. In zwei Monaten werde ich pensioniert. Dann ziehe ich nach Penzance zu meinem Sohn."

„Ah, nach Cornwall. Herrliches Fleckchen", sagte Olivia. „Ich muss zum Commissioner. Ist der zufällig da?"

Alfred nickte. „Ja, für den gibt es auch kein Wochenende. Wenn der so weiterarbeitet, fällt er noch eines Tages tot um. Soll ich Sie anmelden?"

„Nicht nötig, er erwartet mich schon", log sie und drehte sich rasch zur Seite, damit er nicht sah, wie rot sie wurde. Sie eilte zu den Aufzügen hinüber und fuhr ins oberste Stockwerk. Hier war alles ruhig. Offenbar war der Commissioner der Einzige, der an diesem Tag arbeitete, denn nicht einmal sein unsympathischer Privatsekretär schien im Dienst zu sein. Olivia ging zu seiner Bürotür und klopfte. Das übliche, barsche „Herein!" ertönte. Sie holte tief Luft und trat ein.

Der Commissioner musterte sie mit einem Blick, in dem sich Erstaunen, Ungläubigkeit und kalte Wut mischten.

„Was wollen Sie denn hier?", bellte er. „Hatte ich mich nicht deutlich genug ausgedrückt? Sie sind suspendiert!"

„Ich weiß", sagte Olivia. „Aber ich glaube zu wissen, wer hinter den Frauenmorden der letzten Wochen steckt."

Eine der buschigen Augenbrauen schoss nach oben.

„So? Und wie wollen Sie das herausgefunden haben?"

Sie hörte den nicht ausgesprochenen Teil des Satzes „Wo doch meine besten Männer bislang im Dunkeln tappen", ging aber nicht darauf ein.

„Ich habe es nicht herausgefunden. Es war PI Rigby, und deswegen musste sie auch sterben."

Der Commissioner schnaubte. „Sie wollen mir also weismachen, dass der Mord an PI Rigby eine gezielte

Aktion war? Wie hätte der Täter denn wissen sollen, dass sie ihm auf die Spur gekommen war?"

Olivia sah ihm direkt in die Augen. Sie wusste, dass der nächste Satz, den sie aussprechen musste, dazu führen könnte, dass er sie aus dem Zimmer warf und ihr fristlos kündigte.

„Weil der Mörder ein Kollege von ihr war, und weil sie ihm auf die Schliche gekommen ist."

Im Gesicht des Commissioners zuckte kein Muskel. Auch der Lidschlag schien wie eingefroren zu sein. Er starrte sie nur stumm an.

Nach einer endlos erscheinenden, kleinen Ewigkeit fragte er mit tonloser Stimme: „Haben Sie Beweise für diese ungeheuerliche Anschuldigung?"

Olivia legte daraufhin den Ordner auf den Tisch.

„PI Rigby hat alle Indizien gesammelt. Vor ihrem Tod hat sie mir diese zugeschickt, weil sie befürchtet hat, dass der Täter sie an sich bringen und verschwinden lassen könnte. Sie hat auch eine Erklärung dafür gefunden, warum es so lange gedauert hat, bis Marcus Harrison bereit dazu war, die Fälle in Clapham, Brixton, Chelsea und Mayfair als Mordserie anzuerkennen. DI Rigby hat nachgewiesen, dass Beweismittel verschwunden sind. Sie sind in den an den Tatorten aufgestellten Listen aufgeführt, in der Asservatenkammer aber nicht mehr aufzufinden."

„Das ist ja ungeheuerlich, aber ich sehe nicht, warum das auf die Tatbeteiligung eines Polizisten hinweisen sollte."

„PI Rigby hat einen konkreten Beweis für eine Manipulation gefunden, die einem Kollegen zweifelsfrei zuzuordnen ist. Die Obduktionsberichte der Morde in

Brixton und Clapham wurden nachträglich verändert. Dabei wurden gezielt Informationen gestrichen, die Ähnlichkeiten im Vorgehen beschrieben. PI Rigby hat die Originale noch einmal bei der Gerichtsmedizin angefordert. Sie können die Berichte vergleichen, sie befinden sich ebenfalls in diesem Ordner. Anhand der Veränderungshistorie der Dokumente lässt sich auch nachweisen, wer die Manipulationen vorgenommen hat."

„Wer ist es? Wen hat PI Rigby verdächtigt."

„PI Calvin."

„Calvin?" Die Stimme des Commissioners war mit einem Mal heiser. „Das kann nicht sein. Er war immer ein integrer Beamter."

„Das ist die beste Maskerade, die es gibt."

Penwith ließ einen gewaltigen Schwall Luft entweichen. „Sind Sie von den Indizien überzeugt, die PI Rigby gesammelt hat?"

Olivia nickte. „Es ist ein beispielhaftes Stück Polizeiarbeit", sagte sie und fügte mit bebender Stimme hinzu: „Ich habe noch nie eine Kollegin in diesem Alter erlebt, die so begabt war."

Der Commissioner nickte. „Ja, das ist in der Tat selten. Bei Ihnen war es damals ähnlich. Aber Sie haben ja einen anderen Weg eingeschlagen, was ich akzeptieren musste. Ich habe große Stücke auf PI Rigby gehalten und deshalb nehme ich diese Anschuldigungen auch äußerst ernst."

Er nahm den Ordner zur Hand und erhob sich. „Lassen Sie uns zu den Kollegen im Morddezernat gehen. Ich werde Harrison informieren. Er soll die Indizien prüfen und gegen Calvin vorgehen, wenn er es für gerechtfertigt hält."

Olivia widerstand dem Impuls, zu protestieren. Was hätte es auch genutzt, die alte Weisheit, dass eine Krähe der anderen kein Auge aushackte, zu zitieren. Jetzt, wo sie den Commissioner überzeugt hatte, musste Marcus ordentlich und objektiv ermitteln.

Sie folgte ihm zum Treppenhaus.

„Ich hasse Aufzüge", erklärte Penwith.

Er hatte mittlerweile jeden Anflug von Schroffheit verloren. Es war, als ob die Anschuldigungen gegen seinen Beamten die harte Schale um ihn geknackt hätten. Als sie in den Flur einbogen, hörten sie aufgeregte Rufe. Die Tür zum Großraumbüro der Mordkommission stand offen.

„Was ist hier los?", fragte der Commissioner.

Sie traten ein. Olivia sah mit einem Blick, dass hier das pure Chaos herrschte. Harry Edgecombe kauerte in der Ecke des Raumes und hielt ein Messer an den Hals von Calvin, den er wie einen Schutzschild vor seinem Körper platziert hatte. Marcus Harrison und Basil Rutherford hatten ihre Dienstwaffen auf den Kollegen gerichtet.

„Lass das Messer fallen", rief Harrison. „Es ist vorbei. Wir haben deine Wohnung durchsucht, Harry. Wir haben das Messer bei dir sichergestellt, mit dem Eleonor ermordet wurde, und wir haben menschliche Organe in deiner Kühltruhe gefunden."

Olivia schluckte. *Hatte Eleonor den Falschen verdächtigt? War sie einer Verwechslung zum Opfer gefallen? Konnte Harry tatsächlich der Putney Slasher sein? Harry ... der gutmütige, liebenswerte Harry?*

„Du lügst!“, schrie Harry. Sein ansonsten so sanftes Gesicht war jetzt vor Wut verzerrt. „Ihr alle lügt.“

„Geben Sie auf!“, rief der Comissioner. „Lassen Sie PI Calvin gehen.“

Edgecombe sah ihn mit blutunterlaufenen Augen an.

„Das Schwein geht nirgendwo mehr hin. Ich bin nicht der Slasher. Er ist es! Er hat Eleonor auf dem Gewissen und dafür wird er büßen“, knurrte er und zog Calvin das Messer quer über die Kehle.

Ein Schwall Blut spritzte in hohem Bogen durch das Büro. Im selben Augenblick krachte ein Schuss und Edgecombe ging zu Boden.

46

Susanna stürmte die Treppe hinab, das Foto in Händen.

„Haben Sie gefunden, was Sie gesucht haben?", fragte Mrs Jones.

„Äh ... ja, ich glaube, ich habe einen Hinweis entdeckt, der Ihren Neffen entlasten könnte."

Die alte Frau presste beide Hände auf ihr Herz.

„Ach, das wäre so schön."

„Ich muss jetzt los", sagte Susanna und nahm ihren Mantel. Sie musste sofort zurück nach London und Olivia das Foto zeigen.

„So schnell schon? Ich dachte, Sie könnten mir vielleicht noch erzählen, was Sie mit David geredet haben? Ich vermisse ihn so sehr."

In den Augen der alten Frau standen Tränen. Susanna schluckte. Sie nahm die Hände von Mrs Jones in die ihren und drückte sie.

„Ich verspreche Ihnen, dass Sie sich bald wieder ausführlich mit David austauschen können."

Die alte Frau schniefte. „Das wäre wunderbar!", sagte sie.

„Aber jetzt muss ich leider nach London zurück."

Sie war kurz davor gewesen, hinzuzufügen, dass Davids Leben in Gefahr war, aber das sollte sie tunlichst vermeiden. Sie wollte Mrs Jones schließlich nicht beunruhigen und vor allem wollte sie nicht, dass der Funke der Hoffnung, den sie mit ihren Worten entzündet

hatte, von einer schwarzen Decke der Sorgen erstickt
wurde.

Sie verabschiedete sich und trat hinaus auf die
Straße. Es dämmerte bereits und es hatte zu regnen begonnen. Sie öffnete eine App auf ihrem Handy und
suchte nach einer Zugverbindung. In einer guten halben Stunde ging ein Expresszug nach London. Den
würde sie problemlos erreichen. Sie wählte die Nummer des Taxiunternehmens, dessen Dienste sie schon
bei der Fahrt vom Bahnhof zum Haus von Mrs Jones in
Anspruch genommen hatte. Sie versuchte außerdem,
Olivia zu erreichen. Es tutete vier Mal, dann ging die
Mailbox ran: *„Sie sind verbunden mit der Mobilbox
von Olivia Jenner. Ich bin im Moment nicht zu erreichen, hinterlassen Sie bitte nach dem Signalton eine
Nachricht."*

„Rufen Sie mich bitte so schnell wie möglich zurück.
Ich glaube, ich weiß, wer Aragorn ist", sagte sie und
legte auf. Sie fragte sich, ob sie nicht bereits hätte verraten sollen, wen sie verdächtigte. Kurzentschlossen
platzierte sie die Fotografie auf dem Gehsteig und
machte mit ihrer Handykamera ein Foto davon. Dieses
schickte sie per Messenger an Olivia. Dann konnte
diese sofort Schritte in die Wege leiten, um den Täter
zu überführen und David vor weiteren Übergriffen zu
bewahren.

Beruhigt wartete sie auf das Taxi. Der Fahrer, der sie
schon hierhergebracht hatte, kam wenige Augenblicke
später und nahm sie wieder mit.

„Das war aber ein kurzer Besuch", sagte er.

„Ja, aber er hat sich trotzdem gelohnt", erwiderte
Susanna. Bereits zehn Minuten vor Abfahrt ihres Zuges

betrat sie den Waggon und als sie sich in den bequemen Sitz der zweiten Klasse fallen ließ, verspürte sie ein Gefühl der Zufriedenheit. Ihr Ausflug nach Bath war erfolgreicher gewesen, als sie gehofft hatte. Nicht nur hatte sie den möglicherweise entscheidenden Beweis für Davids Unschuld gefunden, sie hatte auch seiner Tante ein wenig Hoffnung zurückgeben können, wieder mit ihm kommunizieren zu können.

Sie holte ihr Handy aus der Tasche und sah, dass die Nachricht noch immer nicht gelesen worden war. Was war nur mit Olivia los? Hoffentlich hatte diese nicht beschlossen, den Rest ihres Rausches auszuschlafen. Sie wählte noch einmal Olivias Nummer, doch auch dieses Mal wurde sie wieder auf die Mailbox umgeleitet. Ihre Unruhe wuchs. Was, wenn der Mann in diesem Aragorn-Kostüm, einen weiteren Anschlag auf Davids Leben unternahm? Sie war sich sicher, dass er auch hinter der Brandstiftung im Pflegeheim steckte. Es wäre wahrscheinlich ein Leichtes für ihn, sich in das Krankenhaus zu schleichen, in dem David jetzt lag und zu vollenden, was er bislang nicht zu Ende hatte bringen können. Er kannte nämlich Davids Zimmer. Sie hatte ihn selbst dort gesehen.

Ein eiskalter Schauer lief ihr über den Rücken. Sie überlegte, ob sie die Polizei anrufen sollte. Aber würden die ihr glauben? Olivia hatte ihr erzählt, dass sie vom Dienst suspendiert worden war. Würden die sie also ernst nehmen, wenn sie erwähnte, dass sie mit CI Jenner zusammenarbeitete? Oder würde Olivia nur noch weitere Probleme bekommen? Je rascher die Zeit verging, desto weniger wichtig wurden diese Fragen.

Susanna hatte das Gefühl, dass sie keine Sekunde mehr verlieren durfte.

Sie öffnete ein letztes Mal die Nachricht, die sie an Olivia geschickt hatte. Innerlich war sie schon dabei, sich die Worte für das Telefonat mit dem Polizeinotruf zurechtzulegen, als sie sah, dass hinter der Kurznachricht zwei blaue Häkchen prangten. Sie atmete tief durch. Die Kommissarin hatte das Bild nicht nur bekommen, sie hatte es auch geöffnet. Nun sah sie, dass Olivia tippte. Sie wartete ungeduldig und fragte sich einmal mehr, warum die Anzeige, dass jemand Text eingab, immer viel länger aktiv war, als es dauerte, ihn zu schreiben. Endlich erschien eine Nachricht.

Super, danke. Können wir uns treffen?

Susanna schrieb zurück.

Ja, gern. Soll ich zu Ihnen kommen?

Es dauerte wieder eine Ewigkeit, bis die Antwort erschien.

Ja, das wäre super. Wo sind Sie?

Ich sitze im Zug nach Paddington. Ankunft gegen halb neun. Das heißt, ich kann zwischen halb zehn und zehn bei Ihnen sein.

Als Antwort kam dieses Mal nur ein Daumen reckendes Emoji, aber das reichte ihr. Sie sah auf die Uhr. Es war kurz nach sieben. Die Sonne war untergegangen und sie konnte die Landschaft draußen nicht mehr erkennen. Sie rollte sich auf ihrem Sitz zusammen und schlief schließlich ein.

Dieses Mal war es der Schaffner, der sie darauf aufmerksam machte, dass sie angekommen waren. Er berührte ihre Schulter und sagte: „Endstation. Bitte aussteigen!"

Susanna schreckte hoch. Einen Augenblick lang war sie verwirrt, doch dann konnte ihr Gehirn die Situation einordnen. Sie murmelte einen Dank, reckte und streckte sich, schnappte sich ihre Tasche und eilte aus dem Zug. Das übliche Gewimmel im Bahnhof Paddington hatte sich mittlerweile gelegt. Sie ging zur U-Bahn und fuhr nach Putney. Die Züge hier waren voll. Junge Leute und Männer und Frauen in ihrem Alter. Viele waren aufwendig gestylt und ihre Outfits verrieten, dass sie auf dem Weg in Klubs oder Discos waren, um zu feiern. Susanna konnte es ihnen nicht verdenken, denn die Corona-Jahre waren Zeiten der Entbehrung gewesen. Dass nun ein Bedürfnis bestand, Gas zu geben, war nur allzu verständlich.

Sie stieg in Putney East aus und folgte dem Weg, den sie auch am Morgen gegangen war. Seltsam, wie sich im Laufe des Tages das Erscheinungsbild einer Stadt veränderte. Es war kalt und es regnete. Vorhin war es noch angenehm warm gewesen, beinahe frühlingshaft. Sie bog in die Straße ein, in der Olivia wohnte. Das Haus war noch etwa einhundert Meter entfernt. Der Nissan parkte nicht davor und auch das Polizeiauto war verschwunden. Seltsam. Olivia hatte ihr doch erzählt, dass sich ihre ganze Familie unter Polizeischutz befand. Vielleicht saßen die Beamten ja in dem schwarzen Mercedes, der in einiger Entfernung vom Haus am Bordstein stand. Sie ging weiter die Straße entlang.

Dann beschlich sie ein ungutes Gefühl. Sie konnte nicht genau sagen, was es war, aber sie wusste, dass es sich um einen somatischen Marker handelte; ein Signal ihres Körpergedächtnisses, das sie davor warnte, sich in eine potenziell gefährliche Situation zu begeben. Wo lauerte hier die Gefahr? Sie sah sich nach allen Richtungen um, konnte aber nichts erkennen. Sie beschleunigte ihre Schritte. Das Haus war jetzt nur noch fünfzig Meter entfernt. Sie passierte den Mercedes. Plötzlich öffnete sich die Tür. Sie spürte, wie ihre Beine gepackt wurden, verlor das Gleichgewicht und schrie kurz auf. Dann wurde etwas auf ihren Mund gepresst. Ein widerlicher, septischer Geruch stieg ihr in die Nase, dann folgte nur noch Schwärze.

47

Olivia war fertig mit der Welt. Sie hatte gedacht, dass sie nach dem Anblick von Eleonors Leichnam nichts mehr erschüttern könnte, aber die Szenen im Büro der Mordkommission von Scotland Yard hatten die Messlatte für das schlimmste Erlebnis aller Zeiten noch einmal deutlich nach oben verschoben.

So vieles war gleichzeitig geschehen und doch war es vor ihren Augen abgelaufen wie in Zeitlupe. Edgecombe, der wie ein in die Ecke getriebenes Tier dagestanden hatte, den kleineren Calvin eng an seinen Körper gepresst, eine lange Messerklinge an dessen Hals. Marcus und Rutherford, die mit ihren Dienstwaffen auf den Kollegen gezielt hatten. Der Commissioner, der Harry aufgefordert hatte, aufzugeben. Dann die flüssige, mühelose Bewegung, mit der Edgecombe Calvin die Kehle durchgeschnitten hatte. Das Blut, das in dicken Tropfen durch den Raum geflogen, gegen die Fenster geprallt und dort zu Schlieren geronnen war. Das ohrenbetäubende Knallen des Schusses. Harry, dessen Kopf zurückgerissen worden war, als das Projektil genau zwischen seinen Augen einschlug, und der langsam hintüber kippte, eine Spur aus Hirn und Blut an der weißen Wand hinterlassend.

Olivia hatte sofort gewusst, dass es sinnlos war, sich um Edgecombe zu kümmern. Er war tot. Deshalb war sie zu Calvin gerannt. Doch auch hier hatte sie nichts mehr tun können. Er lag in einer sich ausbreitenden

Blutlache. Seine weit aufgerissenen Augen starrten leblos an die Decke.

Sie sah zu Marcus hinüber, denn er hatte geschossen. Langsam senkte er seine zitternden Hände. Aus dem Lauf seiner Dienstwaffe stieg eine schmale Rauchfahne empor.

„Ich ... ich wollte das nicht", sagte er.

Der Commissioner trat zu ihm und nahm ihm die Pistole ab.

„Sie hatten keine andere Wahl", sagte er und klopfte ihm auf die Schulter. „Sie haben nur versucht, Calvin zu retten."

„Zu spät", murmelte er. „Zu spät."

„Kümmern Sie sich um ihn", sagte Penwith zu Olivia. Sie ging daraufhin zu Marcus und bugsierte diesen zu seinem Stuhl. Widerstrebend nahm er Platz. Sie kramte in ihrer Tasche nach einem Papiertaschentuch, bekam die Packung aber nicht gleich zu fassen, weil ihr Handy davor klemmte. Sie zog es heraus, legte es auf den Schreibtisch, holte ein Kleenex hervor und gab es Marcus, damit dieser sich die schweißnasse Stirn abwischen konnte.

„Ich war zu spät", sagte er leise.

Sie seufzte. „Du brauchst dir keine Vorwürfe machen. Du hattest erst in dem Moment freies Schussfeld, als Edgecombe Calvin losgelassen hat. Wie kam es überhaupt dazu?"

„Frank ist heute Morgen zu mir gekommen. Er hat Harry belastet und gesagt, dass dieser Eleonor auf dem Gewissen hätte. Ich habe ihm zunächst nicht geglaubt, aber dann hat er mir ein Foto einer Überwachungskamera gezeigt. Harry war tatsächlich in der Nähe des

Tatorts, kurz bevor Eleonor ermordet wurde. Außerdem hatte Frank bemerkt, dass sich jemand mehrfach in seinen Polizei-Account eingeloggt und Veränderungen bei Ermittlungsdokumenten vorgenommen hatte. Er vermutete, dass Harry dahintersteckte.

Ich habe Rot gesehen und wollte ihn sofort damit konfrontieren. Doch Frank hat gesagt, wir bräuchten zuerst mehr Beweise. Er hat sich daher Harrys Schlüssel geschnappt. Wir haben ihn auf eine aufwendige, aber sinnfreie Aufgabe angesetzt, um ihn zu beschäftigen, während wir seine Wohnung durchsucht haben. Du kannst es dir nicht vorstellen. Es sah aus wie damals bei Armstrong. Das Messer lag neben der Spüle. Es war noch blutverkrustet, und in der Gefriertruhe ...“ Er schluckte. „Ich glaube, es war eine Leber.“

Olivia legte ihm eine Hand auf die Schulter. Marcus fuhr fort:

„Wir haben die Kriminaltechniker gerufen und sind sofort hierhergefahren, um Harry zu verhaften. Doch irgendwie ist es ihm gelungen, Frank zu überwältigen. Den Rest kennst du ja.“

„Aber ... Marcus“, sagte Olivia, die eine Weile brauchte, um das Gehörte zu verarbeiten. „Warum seid ihr nicht den offiziellen Weg gegangen? Warum habt ihr keinen Durchsuchungsbeschluss erwirkt? Warum habt ihr Harry hier mit einer Aufgabe beschäftigt und ihn nicht sofort festgenommen?“

Marcus sah sie hilflos an. „Weil ich mir sicher sein wollte, ehe ich ihn beschuldige. Ich wollte nicht, dass mir jemand weitere sieben Jahre im Nacken sitzt und mir sagt, ich hätte mich geirrt.“

Olivia schluckte. „Es tut mir leid.“

„Das braucht dir nicht leidzutun“, entgegnete er. „Harry hat lange stillgehalten. Er war der Slasher. Er hatte damals nur Glück, dass Armstrong zur falschen Zeit am falschen Ort war. Danach hat er irgendwann wieder angefangen zu morden.“

Olivia nickte. „Und Eleonor ist ihm schließlich auf die Schliche gekommen. Nur dachte sie, dass Frank der Mörder sei.“

„Frank? Im Ernst?“ Er sah sie ungläubig an.

Olivia nickte. „Wahrscheinlich hat sie das das Leben gekostet. Harry muss ihr in den Park gefolgt sein. Wäre es Frank gewesen, hätte sie ihn bestimmt direkt mit ihrer Dienstwaffe in Schach gehalten. Aber zu Harry hatte sie Vertrauen.“

Sie schluckte.

„Scheiße“, sagte Marcus. Er war kreidebleich.

Inzwischen war der Raum voller Menschen. Kriminaltechniker waren dabei, den Tatort zu sichern.

Olivia stand auf und ging zum Commissioner.

„Sie hatten recht“, sagte Penwith. „Der Slasher war tatsächlich einer meiner Beamten. Was für eine Sauerei. Ich werde bestimmt den Hut nehmen müssen.“

Es war kurz nach halb acht, als Olivia endlich Scotland Yard verließ. Sie überlegte, ob sie gleich nach Hause fahren sollte, aber der Gedanke deprimierte sie irgendwie. Der Wind, der von der See her die Themse entlang wehte und sie mitten ins Gesicht traf, tat ihr gut. Sie beschloss daher, ein wenig spazieren zu gehen. Am anderen Ufer leuchtete das gewaltige Riesenrad und in der Ferne konnte sie die neuen Wolkenkratzer erkennen, die in den letzten zwanzig Jahren das

Erscheinungsbild der alten Stadt so sehr verwandelt hatten. Manchmal erkannte sie London kaum noch wieder, und manchmal gefiel ihr das, was sie sah enorm gut.

Sie passierte jetzt das Savoy, ging an der Blackfriars Station vorbei und ehe sie es sich versah, stand sie vor der London Bridge. Sie überquerte die Straße, hielt auf die Mitte der Brücke zu und sah themseabwärts zur Tower Bridge hinüber. Die Fahrbahnen waren hochgezogen und ein Schiff war gerade dabei, hindurchzufahren. Olivia kramte in ihrer Tasche nach ihrem Handy, um damit ein Foto von dem seltenen Ereignis zu schießen, doch es war nicht dort. Sie griff zuerst in die rechte, dann in die linke Jackentasche, aber auch hier Fehlanzeige. Dann schlug sie sich gegen die Stirn. Fuck, sie musste es im Büro der Mordkommission liegen gelassen haben. Kurz überlegte sie, ob sie es holen sollte, doch dann fiel ihr ein, dass es sich dabei jetzt um einen Tatort handelte. Sie würde dort also sicher keinen Zutritt mehr bekommen. Das musste also warten.

Sie überquerte den Fluss in Richtung Southwark und kehrte am anderen Ufer nach Westminster zurück. Als sie bei ihrem Auto ankam, war es zwanzig Minuten vor zehn. Sie hatte fünf Stunden dort geparkt, was sie locker einen halben Monatslohn kosten sollte. Fluchend bezahlte sie mit ihrer Kreditkarte und fuhr dann nach Hause zurück.

Auf den Straßen waren sehr viele Menschen. Das freute sie. Das Londoner Nachtleben war aus einem coronabedingten Dornröschenschlaf erwacht. Am Sloane Square musste sie allerdings fest auf die Bremse drücken, da sie beinahe einen Passanten überfahren hätte. Der Typ war sturzbetrunken. Sie ließ die Scheibe herunter und rief dem davon torkelnden Mann eine sehr unfreundliche Bemerkung hinterher, die sofort von einem schlechten Gewissen gefolgt wurde. Sie hatte schließlich gut reden. Heute Morgen noch war sie es gewesen, die durch ihre Wohnung getorkelt war.

Doch diese Zeiten waren vorbei. Den Talisker würde sie wieder in den Spirituosenschrank sperren, und auch den Champagner, der seit vielen Jahren im Keller darauf wartete, geköpft zu werden, würde sie nicht anrühren. Sie hatte die Flasche gekauft, als sie damit begonnen hatte, sich ernsthaft mit dem Slasher-Fall zu befassen, in der Hoffnung, sie eines Tages mit ihrem Mann köpfen zu können, wenn der Täter gefasst war.

Dieses Ziel schien zwar jetzt erreicht, aber sie konnte sich nicht darüber freuen. Zu viel Blut war vergossen worden. Der Erfolg hatte einen schalen Beigeschmack, denn es war nicht ihre geniale Ermittlungsarbeit gewesen, die letzten Endes zur Überführung des Slashers geführt hatte, sondern der Mord an Eleonor Rigby und die verpixelte Aufnahme einer Überwachungskamera.

Sie bog in die Schubert Road ein und erstarrte, denn vor ihrer Einfahrt standen zwei Streifenwagen. Die Lichter waren angeschaltet und drehten sich rasch. Panik flutete durch ihren Körper. Sie gab Gas, jagte den Nissan die Straße entlang und bog mit quietschenden Bremsen auf die gepflasterte Fläche neben dem Rasen ein. Dann zog sie den Schlüssel und sprang aus dem Wagen.

Die Haustür stand offen. Sie eilte hinein. Vor ihrem inneren Auge tauchten bereits Horrorvorstellungen auf, die abwechselnd ihre Kinder und Andy zeigten ... Tot, blutüberströmt und ausgeweidet.

„Tim? Andy? Wendy? Lucy?", rief sie panisch.

Sie stürmte ins Wohnzimmer und da saßen sie. Ihre drei Kinder aufgereiht wie Orgelpfeifen auf dem Sofa. Andy auf seinem Stammplatz, dem Fernsehsessel. O-mar stand neben ihnen.

„Mum", rief Wendy, erhob sich und rannte auf sie zu.

Sie umarmten sich. Olivia drückte ihre Tochter fest an sich.

„Oh Gott sei Dank, euch geht es gut."

„Klar geht es uns gut", sagte Wendy. „Aber ich be-fürchte, dieser Psychotante, die heute Morgen da war, geht es nicht gut. Die ist nämlich entführt worden. Ich habe es selbst gesehen."

48

Susannas Bewusstsein kehrte in kalten, schmerzenden Wellen zurück. Jeder Wellenberg brachte eine neue Empfindung mit sich. Ein tropfendes Geräusch ... einen metallischen Geschmack ... den Geruch nach Moder und Schimmel. In jedem Wellental kehrte dagegen die Dunkelheit zurück und Susannas unsteter Verstand fragte sich, ob dieser Zustand nicht vielleicht gnädiger war als die Fragmente der Wirklichkeit, in die sie noch keine Ordnung bringen konnte.

Doch der hohe Seegang ließ langsam nach, das Meer beruhigte sich und die Wellenberge schliffen sich ab. Die Zeiten, die Susanna bewusst erlebte, wurden länger, und mit jeder Sekunde übernahm sie ein Stück mehr Kontrolle über ihren Körper. Zuerst schaffte sie es, den Kopf ein wenig zu heben. Sie konnte sich allerdings nicht entscheiden, was schmerzhafter war. Diese kleine Bewegung, zu der sie nun wieder fähig war, oder der verkrampfte Muskel in ihrem Nacken, der ihr das lange Vornüberhängen übel nahm.

Es brauchte mehrere Anläufe, bis sie ihren Kopf in eine gerade, ausbalancierte Position gebracht hatte. War der immer schon so schwer gewesen? Der Schmerz, der in ihrem rechten Schulterblatt begann, zog sich vom Nacken bis über ihren Kopf hinter ihr rechtes Auge. Der Gedanke, dass daraus eine Migräne-Attacke erwachsen mochte, ließ ihr den kalten Schweiß über den Rücken laufen, denn sie hatte ihre

Triptane nicht dabei. Wie sollte sie ohne diese Medikamente eine Migräne-Attacke überstehen?

Die Panik, die aus diesem Gedanken erwuchs, regte eine Reihe von Reaktionen in ihrem Körper an, an denen der Sympathikus beteiligt war, der Teil des vegetativen Nervensystems, der in Stress-Situationen dafür sorgte, den Organismus mit Energie vollzupumpen. In ihren Vorlesungen sprach Susanna gern vom Gaspedal des Gehirns. Nun spürte sie, wie es Vollgas gab, ohne dass sie in irgendeiner Form Einfluss darauf nehmen konnte.

Sie beobachtete, wie die vermehrte Ausschüttung von Adrenalin und Noradrenalin, die Beschleunigung ihres Pulses und die Freisetzung von Traubenzucker aus der Leber jede noch so entfernte Zelle in ihrem Körper mit Energie versorgten. Es fühlte sich an, als ob sie an ein Starkstromgerät angeschlossen worden wäre. Ihre Hände und Füße kribbelten. Sie schwitzte, und auch in ihrem Innersten setzte ein Zittern ein, eine Unruhe, die nur schwer zu ertragen war. Ihr Herz begann zu flattern und sie fühlte ihren Puls an ihrem Hals rasen. Sie öffnete die Augen und sah sich um, nach Luft schnappend und japsend.

Jetzt ebbte die Panik ab. Das war aber schnell gegangen. Ihr Gehirn nahm den Fuß wieder vom Gas. Sie konnte nicht genau sagen, was das Ganze bewirkt hatte. Vielleicht die Tatsache, dass die Umgebung, in der sie sich befand, sie gleichermaßen irritierte, neugierig machte und ängstigte. Ein derartiger Mix von Gefühlen und Gedanken beschäftigte ihren präfrontalen Cortex, der dann tiefere, ursprünglichere emotionale Gehirnzentren zum Schweigen bringen konnte.

Sie holte tief Luft, legte den Fokus dabei mehr auf die Aus- als auf die Einatmung, so wie sie es noch während ihres Studiums in einem Seminar zu Entspannungstechniken gelernt hatte. Dadurch wurde der Parasympathikus aktiviert, der Teil des Nervensystems, der für die Regeneration zuständig war und auch für die Entspannung. Wie immer wirkte die Übung sehr gut. Sie vertrieb die letzten Reste der Angst und der Anspannung und führte dazu, dass sich in ihrem Innern Ruhe auszubreiten begann.

Als sie den Eindruck gewonnen hatte, dass ihr vegetatives Nervensystem einigermaßen im Lot war, widmete sie sich den Sinnesreizen, die ihre Umgebung zu bieten hatte. Sie befand sich in einem Schuppen ohne Fenster oder in einem Kellerraum. Jemand hatte sie an einen Stuhl gebunden, einen Monobloc. Zum Festbinden hatte er Seile verwendet. Wahrscheinlich aus Hanf oder anderen Naturfasern. Er – sie war sich sicher, dass die Person ein Mann sein musste, und sie hatte auch eine starke Vermutung, um wen es sich dabei handelte – hatte ihre Fußknöchel einzeln an den Beinen des Stuhls festgebunden und dasselbe mit ihren Handgelenken an den Lehnen wiederholt. Außerdem war um ihren Bauch ein längeres Seil geschlungen worden, das ihren Oberkörper fest an der Rückenlehne fixierte. Sie ließ ihre Zunge durch den Mund wandern und öffnete die Lippen. Immerhin hatte er sie nicht geknebelt. Das war wahrscheinlich nicht notwendig. Wer auch immer sie gefesselt hatte, ging demnach davon aus, dass niemand sie hören würde, gleichgültig wie laut sie auch schrie.

Sie sah sich um. Vor ihr führte eine Treppe nach oben. Dort war eine Lichtquelle, denn ein fahler Schein sorgte für gerade genügend Beleuchtung, dass sie die Schemen in ihrer Umgebung wahrnehmen konnte. An den Wänden zu ihrer Linken und zu ihrer Rechten, die jeweils etwa einen Meter entfernt waren, standen Regale. An der Vorderseite eines der Gestelle war eine Holzplatte angebracht worden, an der ein Paar antik aussehende, gekrümmte Dolche und ein großes Schwert hingen.

Sie hatte diese Waffen schon einmal irgendwo gesehen. Allerdings gelang es ihr nicht, auf die entsprechenden Erinnerungen zuzugreifen, denn wenn sie versuchte, nachzudenken, schoss ihr im nächsten Augenblick ein scharfer Schmerz durch den Schädel.

Im Regal neben der Waffensammlung standen mehrere Einmachgläser. Sie enthielten unförmige Objekte, die sie aufgrund der schlechten Beleuchtung aber nicht zuordnen konnte. Die Behältnisse auf der anderen Seite waren gefüllt mit Kanistern, Kabeltrommeln, Werkzeugen und einem kleinen Generator.

Mit großer Mühe hob sie den Kopf. Über sich sah sie eine Betondecke. Sie musste sich also in einem Keller befinden. Eine einzelne Lampe mit einer billigen Plastikabdeckung, die aussah wie eine Medikamentenkapsel, war dort befestigt. Sie schaute wieder zu dem Aufgang hinüber. Sollte sie schreien? Sollte sie ihren Kidnapper auf sich aufmerksam machen?

Sie entschied sich dagegen. Zuerst musste sie etwas an ihrer Situation ändern. Sie war gefesselt, das war ungünstig. Vielleicht konnte sie ja eines der Werkzeuge in den Regalen zu ihrer Linken nutzen, um wenigstens eine der Fesseln durchzuschneiden. Wenn es ihr gelang, eine Hand zu befreien, würde sie bestimmt leicht die anderen Seile lösen können. Und wenn sie dann noch nach dem Schwert oder den beiden Dolchen griff, war sie ihrem Entführer vielleicht nicht mehr ganz so hilflos ausgeliefert, wie es den Anschein hatte.

Sie musste irgendwie zu dem linken Regal gelangen. Da sie an den Stuhl gebunden war, musste dieser eben mit ihr gehen. Sie beugte sich nach rechts und schwang sich dann zur anderen Seite. Es hob sie ein klein wenig von der Sitzfläche ab, ehe sie zurückgerissen wurde, als die Seile sich in ihren Körper schnitten. „Au." Es tat weh. Höllisch weh sogar, besonders an den Handgelenken, und noch dazu hatte sich der Stuhl keinen Zentimeter bewegt.

Sie beugte sich nach vorne und versuchte, die hinteren Stuhlbeine vom Boden zu lösen. Wieder begrenzten die Stricke ihren Bewegungsspielraum, ohne dass das Sitzmöbel sich bewegt hätte.

„Dieses Schwein hat die Beine fixiert", knurrte sie.

Das Ganze wäre auch zu schön gewesen. Sie konnte die Werkzeuge nicht erreichen. Genauso wenig wie die Waffen auf der anderen Seite des Zimmers. Ob das Absicht war? Wollte der Kidnapper sie damit quälen, so wie Tantalos, diesen griechischen König, der dazu verurteilt war, Hunger und Durst zu erleiden und in einem Teich voll Wasser unter einem Baum mit Früchten zu stehen, ohne jemals seine Bedürfnisse stillen zu können?

Probeweise drückte sie die Waden gegen die Stuhlbeine. Auf der rechten Seite fühlte sich das Plastik weich und rund an, auf der linken hingegen rissig und sogar ein wenig scharf.

Sie spürte, wie ihr Herz schneller schlug. Wenn es ihr gelang, ihr linkes Bein zu befreien, konnte sie vielleicht gegen eines der Regale stoßen und es zum Kippen bringen. Vielleicht konnte sie dann auch an eines der Werkzeuge gelangen und es irgendwie zu ihrem Nutzen einsetzen. Sie hatte zwar keine Ahnung, wie sie das bewerkstelligen sollte, da ihre Hände und der zweite Fuß trotzdem noch gefangen wären, aber sie nahm sich vor, einen Schritt nach dem anderen zu tun.

Sie bewegte ihr Bein langsam und vorsichtig auf und ab. Sie spürte, dass sich auch das Seil mitbewegte, allerdings nicht in dem Ausmaß, wie sie sich das gewünscht hätte. Sie hörte ein Ratschen und ein Scheuern. Offenbar rieb die Fessel an dem Stuhlbein. Das war gut, aber es würde trotzdem ewig dauern, bis sie die Fasern durchgerieben hätte.

Ein Geräusch drang jetzt von oben zu ihr herab. Sie hielt inne. Es klackte. Das war ein Schlüssel, der in einem Schloss herumgedreht wurde. Die Lichtverhältnisse änderten sich und kurz darauf traf sie ein Schwall frischer Luft. Jemand hatte eine Tür geöffnet. Sie sah Füße auf der obersten Treppenstufe, die abwechselnd nach unten stiegen ... Beine ... einen Unterkörper. Dann stand der Mann vor ihr.

Sie hatte mit seinem Kommen gerechnet, trotzdem war es wie ein Schlag ins Gesicht für sie.

„Guten Abend, Professor Madueke", sagte er.

„Sie haben sich meinen Namen gemerkt?"

Der Putney Slasher lächelte.

„Ja, das habe ich. Wir werden viel Spaß miteinander haben, glauben Sie mir.“

49

„Verstehen Sie, was hier vor sich geht?", fragte Omar.

Olivia schüttelte den Kopf. Sie hatte es geschafft, ihre Kinder nach oben in ihre Zimmer zu verfrachten und Andy vor dem Fernseher zu parken, wo er sich eine Fußballübertragung ansah. Nun stand sie mit Omar in der Küche.

„Das macht überhaupt keinen Sinn", sagte sie. „Der Slasher ist überführt. Die Indizien sind eindeutig. Es war Harry Edgecombe."

„Im Fall Armstrong waren die Indizien auch scheinbar eindeutig", gab Omar zu bedenken.

„Guter Einwand", pflichtete Olivia ihm bei. „Aber damals gab es einen Insider, der verhindert hat, dass alle Beweismittel zutage treten. Das ist jetzt anders."

„Das macht die Sache nur zu einem noch größeren Rätsel. Ihre Tochter ist sich sicher, dass sie gesehen hat, wie eine Frau in ein Auto gezerrt wurde?"

Olivia nickte. „Ja, Wendy würde so etwas nicht erfinden. Sie ist ... sie ist eher der vernünftige Teil meiner Familie. Bei Lucy hätte ich mir zwei Mal überlegt, ob ich ihr diese Aussage glaube und bei Tim – wer weiß schon, was der in seinem benebelten Zustand alles so sieht, hört oder sonst irgendwie wahrnimmt."

Omar tat sich sichtlich schwer damit ein Grinsen zu unterdrücken.

„Wenn Professor Madueke entführt wurde, war es ganz bestimmt nicht der Slasher", sagte er. „Der hätte sie nämlich gleich an Ort und Stelle getötet."

„Wer sollte es dann gewesen sein?"

„Vielleicht ihr Ex-Mann? Oder ein Rivale an der Uni? Aber ich habe noch nie von Professoren gehört, die andere wegen Forschungsrivalitäten entführen."

Olivia seufzte. „Das Spekulieren bringt uns ohnehin nicht weiter. Wir müssen systematisch vorgehen."

Omar nickte. „Gut. Also, warum war Professor Madueke auf dem Weg zu Ihnen?"

„Gute Frage. Ich bin mir nicht sicher. Sie ... ach, scheiß drauf. Ich habe sie gebeten, nach Bath zu fahren und mit Armstrongs Tante zu sprechen."

Omars Augen weiteten sich. „Warum?"

„Weil Armstrong erneut den Namen *Aragorn* erwähnt hatte, und wir hatten Erkenntnisse darüber, dass es sich bei dem Slasher möglicherweise um jenen *Aragorn* gehandelt haben könnte. Wir dachten, es könne vielleicht ein alter Schulfreund gewesen sein."

„Dann war sie also in Bath und ist danach zu Ihnen gekommen?"

„Wahrscheinlich. Wir hatten uns aber nicht verabredet."

„Lassen Sie uns doch mal bei Armstrongs Tante anrufen."

Olivia schlug sich gegen die Stirn. „Wo bin ich nur mit meinen Gedanken?"

Sie wollte ihr Handy aus der Tasche holen, erinnerte sich dann aber daran, dass sie es bei Scotland Yard vergessen hatte. Dank Google hatten sie die Nummer von Mrs Jones jedoch rasch bei der Hand.

„Ja, die Frau war heute bei mir. Sie war sehr nett. Sie hat sich Davids Rollenspielkostüme angeschaut und ein Foto mitgenommen“, sagte sie, als Olivia sie nach Susannas Besuch gefragt hatte.

„Ein Foto? Was war denn darauf zu sehen?“

„Leute in Fantasie-Kostümen.“

Olivia bedankte sich und legte auf. „Sie hatte offenbar ein Bild gefunden, das sie für wichtig hielt. Ob dieser *Aragorn* darauf abgebildet war?“

Sie schlug mit der Hand auf die Arbeitsplatte.

„Verdammt, es hilft alles nichts. So kommen wir nicht weiter.“

„Aber wie könnten wir denn weiterkommen?“

Olivia stöhnte. „Das ist doch klar. Armstrong!“

Omar sah sie mit zusammengekniffenen Augen an. „Wie wollen Sie denn mit ihm kommunizieren ohne die Professorin?“

„Sie hatte eine Assistentin. Eine Studentin. Die hat vor ein paar Jahren gemeinsam mit ihrem Vater und einer Reporterin den Premierminister in spe ins Gefängnis gebracht.“

„Burgess?“

„Ganz genau, Elizabeth Burgess. Die könnte uns bestimmt unterstützen.“

Dieses Mal war Google leider keine große Hilfe. Es fanden sich zwar viele Artikel zu Elizabeth Burgess und ihrem Beitrag zum Sturz von Sir Fitzwilliam, aber eine Adresse suchten sie vergebens.

„Die wird dafür gesorgt haben, dass sie nicht so einfach auffindbar ist“, vermutete Omar. „Wir könnten sie über Polizeidatenbanken orten.“

Olivia schüttelte den Kopf. „Ich habe eine andere Idee.“

Sie googelte die Nummer von ITV und erklärte, der freundlichen Frau an der Hotline, was sie von ihr wollte. Nach ein paar Diskussionen und einem netten hin und her von Vorschlägen legte Olivia wieder auf.

„Und nun?“

„Nun warten wir.“

Es dauerte zum Glück nicht lange. Fünf Minuten später läutete das Telefon.

„Unity Wilmore hier.“

Olivia schilderte der Moderatorin ihre Lage.

„Okay, wir machen es wie gerade eben auch. Ich rufe Poppy an und diese kann sich bei Ihnen melden, wenn sie will.“

Dieses Mal dauerte es nur zwei Minuten, bis das Telefon läutete.

„Elizabeth Burgess hier. Was sagen Sie? Professor Madueke ist verschwunden?“

„Ja“, erwiderte Olivia. „Wir befürchten, dass sie entführt wurde. Auskunft könnte uns womöglich David Armstrong geben. Aber wir können ja nicht mit ihm kommunizieren.“

„Wo befindet sich Armstrong jetzt?“

„Im Putney Community Hospital“, sagte Olivia.

„Dann treffen wir uns dort in einer halben Stunde.“

Omar fuhr Olivia ins Krankenhaus. Vor dem Eingang warteten sie auf die Studentin. Sie kam pünktlich, ihr Gesicht war gerötet von Kälte und Anstrengung.

„Ich hoffe, Professor Madueke hat alle Geräte dagelassen, denn ansonsten sind wir aufgeschmissen.“

Es dauerte eine weitere halbe Stunde, bis sie die für Armstrong zuständige Ärztin davon überzeugt hatten, sie zu ihm zu lassen. Als sie dann aber vor seinem Bett standen, erlebten sie eine Überraschung.

„Er ist online“, sagte Poppy.

„Ja, ich habe an Armstrongs EEG gesehen, dass er wach war, und da habe ich ihm die Brille angelegt. Meine Kollegin hatte mich bei der Übergabe darum gebeten“, erwiderte die Ärztin. „Er scheint keinen regelmäßigen Tag-Nacht-Rhythmus mehr zu kennen.“

Poppy hatte das Gerät überprüft, das vor seinen Augen fixiert worden war. Dann hatte sie sich an den Laptop neben dem Bett gesetzt und den Bildschirm angeschaltet.

„Offenbar hat Professor Madueke eine Art E-Mail-Programm für ihn eingerichtet“, sagte sie. „Er schreibt ihr gerade.“

„Was schreibt er ihr denn?“, fragte Olivia und beugte sich neugierig vor.

„Äh … ich glaube, das ist privat“, sagte Poppy und schaltete den Bildschirm wieder ab. „Sorry, ich habe den Text überflogen. Er hat nichts mit dem Fall zu tun.“

Olivias Augen wurden enger. „Alles hat mit dem Fall zu tun.“

Poppy schüttelte den Kopf. „Sie werden aus seiner Mail nicht erfahren, wo sich Professor Madueke befindet. Stellen Sie ihm jetzt lieber Ihre Fragen.“

Sie stand auf und legte Armstrong einen Kopfhörer an. Gleich darauf schallten die *Smiths* durch den Raum. Als das Lied zu Ende war, stellte sie sich vor ihn und sagte: „Ich bin Elizabeth Burgess, Professor Maduekes Assistentin. Heute habe ich Ihnen CI Jenner mitgebracht. Sie haben schon mit ihr gesprochen. Sie hat einige wichtige Fragen, die auch Professor Madueke betreffen."

Sie nickte Olivia zu. Diese holte tief Luft und sagte:

„Guten Abend. Um es kurz zu machen: Professor Madueke ist verschwunden. Sie ist einem Hinweis nachgegangen, der sich auf eine Äußerung von Ihnen bezogen hatte."

„Er gerät unter Stress", sagte Poppy, die auf eine gelbe und eine braune Kurve zeigte, die rasch anstiegen.

„Okay, bitte beruhigen Sie sich, ich verspreche Ihnen, dass wir alles tun werden, um Professor Madueke zu finden. Sind Sie bereit, mir einige Fragen zu beantworten?"

Das *Ja* erschien beinahe sofort auf dem Bildschirm.

„In Ordnung. Waren Sie als Rollenspieler bei sogenannten LARPs aktiv?"

Ja

„Was hat es mit dem Mann auf sich, den Sie als *Aragorn* bezeichnen?"

Aus den Augenwinkeln sah sie, dass die beiden Kurven plötzlich wieder anstiegen.

„Er schaltet in den Buchstabiermodus", sagte Elizabeth.

Olivia stöhnte, sah dann jedoch überrascht auf den Bildschirm, wo in erstaunlich rascher Folge Buchstabe um Buchstabe erschien.

ER HAT VERSUCHT MICH UMZUBRINGEN ZWEIMAL

„Warum?"

ICH SOLLTE DEN SÜNDENBOCK SPIELEN DAS HABE ICH AUCH ERST IN DEN LETZTEN TAGEN

BEGRIFFEN ER IST DER SLASHER UND MIR HAT ER
DIE SCHULD IN DIE SCHUHE GESCHOBEN

„Wahnsinn, wie schnell er inzwischen schreibt", sagte
Elizabeth.

„Okay. Ich zeige Ihnen jetzt ein Foto und Sie sagen
mir, ob es sich dabei um diesen *Aragorn* handelt."

Sie wischte auf ihrem Handy herum und hielt ihm ein
relativ aktuelles Bild von Harry Edgecombe hin, das sie
aus der Mitarbeiterzeitung gecopyed and pastet hatte.

Es dauert ein wenig, dann erschien ein NEIN.

„Sind Sie sich ganz sicher?"

JA

„Okay, dann das zweite Bild."

Dieses Mal präsentierte sie ihm ein Foto von Frank
Calvin. Es entstammte einem Bericht über die Mordkommission, der online erschienen war.

Armstrong antwortete erneut mit einem NEIN.

Olivia war irritiert.

„Einer der beiden muss aber der Slasher gewesen
sein", sagte sie.

KEINER VON BEIDEN IST ARAGORN.

Olivia legte die Hände vors Gesicht. Was für ein Mist!
Sie trat zu Poppy und las sich am Bildschirm noch ein-
mal durch, was Armstrong bislang geantwortet hatte.
Sie blieb an einem Wort hängen, das sie beim ersten
Mal überlesen hatte. *Zweimal.* Warum hatte dieser *Ara-
gorn* zwei Mal versucht, ihn umzubringen? Dann fiel es
ihr wie Schuppen von den Augen. Sie bat Omar um sein
Handy und durchsuchte das Internet nach passenden
Bildern. Schließlich fand sie eines und ging wieder zu
Armstrong.

„Ein Foto möchte ich Ihnen noch zeigen“, sagte sie. Sie präsentierte ihm das Handy.

Noch bevor er antwortete, sah sie, wie die gelbe und die braune Kurve steil anstiegen.

„Sein Puls liegt bei hundertzwanzig. Das Ganze regt ihn sehr auf“, sagte Poppy.

„Kennen Sie diesen Mann?“, fragte Olivia. „Ist er *Aragorn*?“

JA

50

„Sie sind also der Putney-Slasher", sagte Susanna.

„Ich mochte diesen Beinamen nie", erwiderte Marcus Harrison. „Er wurde von der Yellow-Press geprägt, die wohl vermeiden wollte, mich als das zu bezeichnen, was ich bin: Der legitime Nachfolger von Jack the Ripper." Er holte sich einen zweiten Monobloc aus der Ecke und setzte sich mit einigem Abstand vor sie, nachdem er noch das Licht an der Decke eingeschaltet hatte. Er lächelte sie freundlich an, doch die Muskeln um seine Augen herum beteiligten sich nicht daran. Er musterte sie aufmerksam, wie ein Wolf, der seine Beute mustert, bevor er seine Fänge in das Fleisch gräbt. Sie konnte den Wahnsinn erahnen, der hinter seiner Stirn herrschte.

„Sie wollten es Jack the Ripper nachtun. Das haben Sie doch beim ersten Mal schon geschafft", sagte Susanna. „Wie viele Morde gehen auf sein Konto? Fünf?"

„Sechs. Es sind sechs. Zumindest die, die ihm nachgewiesen werden konnten. Wenn Sie sich die Analysen moderner Kriminalwissenschaftler anschauen, können weitere Morde, die damals in Whitechapel verübt wurden, nicht auf Jacks Konto gezählt werden."

„Sie haben neun Frauen umgebracht. Damit haben Sie Jack the Ripper um das eineinhalbfache übertroffen, und Sie haben es geschafft, unerkannt zu bleiben.

Sie haben jemand anderen dafür büßen lassen, und das auf die schlimmstmögliche Art."

„Sie scheinen Sympathien für Armstrong entwickelt zu haben."

Auf Harrisons hagerem Gesicht erschien ein Schmunzeln. Susanna spürte, wie Wut in ihr aufbrandete, aber diese Emotion musste sie unbedingt im Zaum halten. Bislang hatte sie es geschafft, erstaunlich ruhig zu bleiben in Anbetracht der Tatsache, dass der Mörder von neun Frauen und einem Polizistenkollegen vor ihr saß.

„Ich habe selten jemanden gesehen, der sein Schicksal mit so viel Gleichmut und Fröhlichkeit trägt. Bislang hat er sich noch kein einziges Mal darüber beklagt, dass er gelähmt ist", sagte Susanna.

Harrison lachte. „Na, dann haben wir doch eine Win-Win-Situation. Ich habe meinen Sündenbock und Armstrong hatte noch ein paar nette Momente mit Ihnen."

Susanna spürte, wie ihre Kehle austrocknete. „Sie wollen ihn töten", sagte sie.

Harrison nickte. „Ich *muss* ihn töten, denn das war wirklich eng dieses Mal. Noch knapper als vor sieben Jahren. Ich hatte wirklich Glück, dass Sie mir nicht schneller auf die Spur gekommen sind. So konnte ich meine Ausstiegsstrategie noch ein wenig verfeinern."

„Die da wäre?"

Er setzte wieder dieses feine Lächeln auf. „Sehen Sie, wie ich Ihnen schon gesagt habe, ist Jack the Ripper mein großes Vorbild, und zwar in mehr als einer Hinsicht. Ich weiß genau so wenig wie alle anderen, wer sich letzten Endes hinter diesem Namen verbirgt, aber er scheint eine verwandte Seele gewesen zu sein. Er tötete in aller Öffentlichkeit, und er tötete nicht nur, er lebte sich an den Frauen aus und verfeinerte seine Technik. Irgendwann verschwand er einfach und wurde nie mehr gesehen. Es gab keine weiteren Morde, die wir ihm zuordnen können, und es gab keinen Verdächtigen, dem die Taten mit Sicherheit zur Last gelegt werden konnten.

In all dem ist es mir gelungen, ihm nachzueifern. Ja, ich habe es sogar geschafft, ihn zu übertrumpfen. Ich habe mehr Frauen getötet als er. Und es ist mir nicht nur gelungen, zu verschwinden, ich habe sogar einen Dummen gefunden, dem ich die Schuld aufladen konnte."

„David Armstrong."

„Oder auch bekannt unter dem Namen *Elrond*. So sind Sie mir doch auf die Spur gekommen, oder? Über die LARPs. Ich wusste, dass das die einzige Schwachstelle in meinem Plan war. Deshalb habe ich damals dafür gesorgt, dass alle Hinweise aus der LARPer Szene nicht in die Ermittlungen eingeflossen sind. Es ist schon praktisch, wenn man selbst an den Schalthebeln sitzt."

„Aber wie ist es Ihnen gelungen, David an den Tatort zu locken?"

Er grinste. „Nun, das bedurfte einiger Vorbereitung. Mir war von Anfang an klar, dass ich die ganze Sache nur überleben würde, wenn ein anderer an meiner Stelle für die Tötungen verantwortlich gemacht würde. Idealerweise müsste also jemand auf frischer Tat ertappt werden, sich wehren, unschädlich gemacht werden und dann müsste man bei ihm genügend Indizien für die Taten finden. Armstrong war der ideale Kandidat dafür. Ich habe ihn auf der *Herr der Ringe* LARP

Convention kennengelernt. Er hat ein Szenario geleitet, an dem ich teilgenommen habe. Ich war ein Viertel *Aragorn* bei der Schlacht von Helms Klamm. Aber das haben Sie ja schon herausgefunden.“

„Und dann haben Sie sich mit David angefreundet?“

Er schüttelte den Kopf. „Soweit wollte und durfte ich nicht gehen. Schließlich durfte ich keine Spuren in seinem Leben hinterlassen. Das ist mir auch gelungen. Mit Ausnahme der Fotos, die bei der Con entstanden sind. Ich wusste nicht, dass er noch ein Gruppenfoto besaß, und ich hatte auch nicht vorhergesehen, dass er es bei seiner Tante aufbewahren würde.“

„Wie haben Sie ihn dann an den Tatort gelockt?“

„Wir sind miteinander ins Gespräch gekommen am letzten Tag der Convention. Ich habe ihm mein Schwert gezeigt und die beiden Dolche. Er war schwer begeistert davon. Also habe ich ihm erzählt, dass ich auch *Elronds* Schwert zu Hause hätte und gegebenenfalls bereit wäre, es zu verkaufen. Da ist er ganz aufgeregt geworden. Ich habe ihn ein paar Wochen lang zappeln lassen. Er hat mich immer wieder angeschrieben und gefragt, ob er es nicht sehen könnte. Ich habe auf den richtigen Zeitpunkt gewartet. Dieser war beim fünften Mord gekommen. Ich wusste, dass es nicht mehr ewig so weitergehen konnte. Irgendwann würden die Kollegen mir auf die Schliche kommen. Also habe ich Armstrongs Gewohnheiten beobachtet. Ich habe ihn beschattet. Er war ein Gewohnheitstier, hat das Haus immer zur selben Zeit verlassen, um zur Arbeit zu gehen, und kam immer zur selben Zeit zurück. Das Timing war in diesem Fall allerdings kritisch. Ich musste dafür sorgen, dass die Indizien in seiner Wohnung bereitlagen, wenn die Polizei dort eintraf."

„Sie haben das genau durchgeplant?"

„Ich sehe das eher wie eine große Choreografie. Als Armstrong morgens aus dem Haus war, bin ich bei ihm eingestiegen und habe die Indizien dort verteilt. Es war ein Jammer, dass ich mich von den ganzen Souvenirs trennen musste, die ich gesammelt hatte. Aber gut, es ließ sich nicht anders umsetzen. Dann habe ich ihn angeschrieben und ihn gebeten, zu einer bestimmten Zeit zur Adresse der Frau zu kommen, die ich zu meinem fünften Opfer auserkoren hatte. Sie lebte praktischerweise allein in einer Sackgasse. Ich habe ihm geschrieben, dass ich dort wohne und dass ich ihm das Schwert übergeben würde. Als er ankam, lag vor der Haustür der Körper der Frau, um die ich mich zuvor gekümmert hatte. Es war ganz schön knapp. Ich musste die Sache erledigen, mich frisch machen, in meine Polizeiklamotten springen und dann *rein zufällig* am Ort des Geschehens vorbeikommen. Da gab es ein Zeitfenster von dreißig Minuten, in dem ein Passant die Leiche hätte finden können. Da hatte ich tatsächlich Glück."

„Wie haben Sie es geschafft, Olivia mit in die Sache hineinzuziehen?"

Er grinste. „Das war nicht besonders schwer. Die Kollegen waren damals verzweifelt, weil wir den sogenannten Slasher nicht festnageln konnten. An jenem Tag hatte ich bereits frühmorgens eine Passantin getötet. Als Ablenkung sozusagen, aber auch als Hommage an das Doppel-Event, die Morde an Elizabeth Stride und Catherine Eddowes, die Jack innerhalb weniger Minuten verübt hat. Die Tatorte lagen ein Stück aus-

einander. Ich habe Olivia daher vorgeschlagen, dass
wir gezielt in einer anderen Ecke von Putney patrouil-
lieren, in dem Gebiet, in dem ich eine halbe Stunde zuvor den zweiten Mord an diesem Tag verübt hatte. Es
hat perfekt funktioniert. Armstrong ist wie vorgesehen
über den Körper gestolpert. Das Sahnehäubchen war,
dass er das Messer aufgehoben hat, das ich neben der
Leiche habe liegen lassen. Und zwar genau in dem Moment, in dem wir aufgetaucht sind. Er hat mich erkannt
und ist leider noch dazu gekommen, mich als *Aragorn*
anzusprechen. Daraufhin habe ich sofort geschossen
und es hat ausgesehen wie Notwehr.“

„Sie sind wahnsinnig.“ Susanna schluckte. Dieser
Satz war einfach so über ihre Lippen gekommen. Das
war ungünstig. Es stimmte zwar, was sie sagte, aber sie
hätte es nicht aussprechen dürfen.

„Ich bin nicht wahnsinnig“, erwiderte Harrison
prompt. „Ich bin genial. Das ist ein feiner Unterschied.
Als Psychologin müssten Sie das doch eigentlich wissen.“

Sie entgegnete nichts.

„Ich bin sogar so genial“, sagte er, „dass ich die gleiche
Geschichte zwei Mal durchgezogen habe. Dieses Mal
sind es – die arme Eleonor eingeschlossen – wieder nur
fünf Frauen geworden. Ich hätte auch eine Sechste töten und endgültig mit Jack gleichziehen können, wenn
Olivia und Sie mir nicht auf den Fersen gewesen wären. Also habe ich die Schuld kurzerhand einem Kollegen in die Schuhe geschoben. Ich habe mich in den Ac-
count von Frank Calvin eingeloggt und Beweismaterial
manipuliert. Es hat eine Weile gedauert, bis Frank das
bemerkt hat, aber er hat genauso reagiert, wie ich es

vorausgesehen hatte. Er hat Harry Edgecombe verdächtigt. Harry war in die arme Eleonor verliebt. Am Abend ihres Todes ist er ihr offenbar gefolgt. Er hatte wohl Angst um sie. Tja, da lag er richtig. Eine Überwachungskamera hat ihn aufgenommen und auf diese Aufnahme ist Frank schließlich gestoßen. Erfreulicherweise haben Frank und Harry sich gegenseitig aus dem Spiel genommen.

Leider schlug mein kleiner Anschlag auf Armstrongs Leben fehl. Ich hätte ihn doch kalt machen sollen, ehe ich das Feuer gelegt habe. Aber ich dachte, dass eine Rauchvergiftung weniger Spuren hinterlassen würde."

Susanna war sich inzwischen sicher, dass es keine Genialität, sondern Wahnsinn war, von dem Harrison erfüllt war, auch wenn der Begriff keine wissenschaftliche Kategorie mehr bildete.

„Wie wollen Sie meine Entführung vertuschen? Olivia wird Ihnen auf die Spur kommen. Ich habe ihr das Foto nämlich per Messenger geschickt."

Er holte ein Handy aus der Tasche und hielt es ihr vors Gesicht.

„Das hat Ihre liebe Freundin leider bei mir im Büro liegen lassen. Ich habe zufällig gesehen, dass Ihre Nachricht ankam, und das Foto wiedererkannt. Deshalb habe ich das Gerät unauffällig eingesteckt. Olivia war schon immer faul. Sie hat den Code *1234* zum Entsperren ihres Displays verwendet. So konnte ich Sie zu einem Treffpunkt lotsen, um Sie abzufangen."

Susanna spürte, wie ihr Mund austrocknete. Harrison grinste.

„Mir wird niemand auf die Spur kommen. Ich werde Sie noch einige Zeit hier beherbergen und dann werde

ich Sie töten. Ihre Leiche kann ich in kleine Stücke zer-
teilen und bei meinen Sonntagsspaziergängen im Epping Forest vergraben. Sie werden spurlos verschwinden und David Armstrong wird ebenfalls sterben. Ich
freue mich schon darauf, ihm endgültig den Stecker zu
ziehen, denn aller guten Dinge sind drei.“

51

Olivia verabschiedete sich am Eingang des Krankenhauses von Elizabeth.

„Danke für Ihre Hilfe", sagte sie.

Die Studentin nickte. „Das war doch selbstverständlich. Ich hoffe, Sie finden Professor Madueke."

Sie ging davon und Olivia sah ihr hinterher. Die junge Frau war in dem Alter, in dem die Opfer des Slashers gewesen waren. Auch sie hätte verstümmelt in einer dunklen Gasse gefunden werden können, wenn sie zufällig Harrisons Weg gekreuzt hätte. Der Gedanke daran ließ sie erschaudern.

Steckte wirklich Marcus hinter all dem? Sie hatten Hinweise darauf, aber keine Beweise. Was am Stärksten dafür sprach, war Susannas Verschwinden. Wenn Harry Edgecombe tatsächlich der Slasher gewesen war, würde es keinen Sinn ergeben, dass jemand Susanna entführte. Wenn sie allerdings ein Foto gefunden hatte, auf dem Harrison als *Aragorn* abgebildet war, war es wahrscheinlich, dass er es auf sie abgesehen hatte. Aber wie hatte er davon erfahren, dass sie ihm auf die Spur gekommen war?

„Und jetzt?", fragte Omar. „Sollen wir zu diesem Harrison fahren und ihn damit konfrontieren?"

Olivia kniff die Augen zusammen. Sie überlegte einen Moment lang, dann schüttelte sie den Kopf.

„Nein, wir dürfen das nicht auf eigene Faust erledigen. Marcus ist schon viel zu oft davongekommen.

Bleiben Sie bitte bei Armstrong und passen Sie auf ihn auf. Ich habe so ein Gefühl, dass Harrison versuchen könnte, beim dritten Mal erfolgreich zu sein."

„Und was werden Sie solange tun?"

Olivia atmete tief durch. „Ich werde den Commissioner aufsuchen."

„Der ist doch ganz bestimmt nicht mehr in seinem Büro."

Obwohl Olivia nicht danach war, zwinkerte sie ihm zu. „Ich weiß aber, wo er wohnt."

Omar sah sie ernst an. „Passen Sie bitte auf sich auf."

Sie winkte ab. „Wenn ich Penwith davon überzeugen kann, dass Marcus der Slasher ist, wird die ganze Aktion ein Sondereinsatzkommando erledigen. Für mich besteht also keine Gefahr. Aber bei Ihnen bin ich mir nicht so sicher. Geben Sie Acht auf sich und auch auf David Armstrong."

Sie schüttelten sich die Hände, dann ging Olivia in Richtung U-Bahn davon. Sie wusste, wo Sir Penwith wohnte, denn er hatte es einmal auf einem Empfang erwähnt, auf dem sie auch eingeladen gewesen war. Leider musste sie dafür durch die halbe Stadt fahren, denn der Commissioner besaß ein kleines Haus in Hampstead Heath. Er hatte ihr erzählt, dass er die Immobilie von seiner Großmutter geerbt hatte, denn selbst mit dem fürstlichen Einkommen eines leitenden Beamten bei Scotland Yard wäre es ihm nicht möglich gewesen, die gesalzenen Wohnungspreise in London zu stemmen. Nach dem Tod seiner Großmutter hatte er das Haus renoviert und wohnte nun selbst dort mit seiner Frau.

Sie nahm die District-Line bis Monument und stieg dann in die Northern Line um. Der Alkoholpegel in den Zügen war gestiegen. Der Gestank nach schalem Bier, abgestandenen Wein und Zigarettenqualm löste eine leichte Übelkeit in ihr aus. Sie fuhr ungern U-Bahn, aber heute ging es nicht anders. Sie hatte keine Zeit, nach Hause zurückzukehren und ihren Nissan zu holen. Den weiten Weg nach Hampstead Heath würde sie mit dem Auto außerdem niemals so schnell zurücklegen können wie mit den öffentlichen Verkehrsmitteln.

Die ganze Fahrt über saß sie wie auf glühenden Kohlen. Susanna war in der Gewalt von Marcus Harrison, der sich als der Putney-Slasher entpuppt hatte. Da war sie sich inzwischen sicher. Aber was würde er mit ihr anstellen? Bislang hatte er noch keine der Frauen entführt. Die Taten waren immer am Fundort der Leichen verübt worden. Andere Serienkiller waren berüchtigt dafür gewesen, ihre Opfer über Tage und in manchen Fällen sogar über Wochen in irgendwelchen Kellerverließen gefangen zu halten, sie immer wieder zu foltern oder zu vergewaltigen. War Marcus überhaupt darauf eingerichtet, Susanna für einen längeren Zeitraum einzusperren? Lebte sie noch? Und wenn ja, hatte er ihr etwas angetan?

Sie schluckte. Es war nicht gut, sich irgendwelchen Horrorvorstellungen hinzugeben, das wusste sie, aber wie so oft, war Wissen eben nicht das Ausschlaggebende. Das schlechte Gewissen meldete sich nun wieder bei ihr. Sie hatte schon eine Kollegin an den Slasher verloren. Susanna durfte ihm nicht auch noch zum Opfer fallen.

Als sie endlich in Hampstead Heath aussteigen konnte, stürmte sie die Treppe hoch. Sie kramte in ihrer Tasche nach dem Handy, um sich von der Karten-App zum Haus des Commissioners navigieren zu lassen. Aber dann fiel ihr ein, dass das Telefon ja weg war.

Ihr Handy! Sie schlug sich gegen die Stirn. Sie hatte es auf Harrisons Schreibtisch liegen lassen. Susanna musste ihr geschrieben und Marcus diese Nachrichten gelesen haben. Er hatte ihr Smartphone daraufhin bestimmt eingesteckt.

Glücklicherweise fand sich am Ausgang der U-Bahn-Station ein Umgebungsplan. Zehn Minuten später stand sie vor einem gusseisernen Tor. Auf einer der beiden Säulen, an denen die Torflügel befestigt waren, entdeckte sie eine Überwachungskamera. Sie drückte den Klingelknopf. Kurz darauf ertönte die Stimme des Commissioners blechern durch den Lautsprecher.

„Ja bitte?"

„CI Jenner hier, Sir. Entschuldigen Sie bitte die Störung. Aber ich muss dringend mit Ihnen sprechen."

Sie sah, dass die Kamera fokussierte. Dann sagte Sir Penwith:

„Kommen Sie rein."

Ein Summen erklang und die Torflügel öffneten sich. Olivia ging durch einen Vorgarten zu einem zweistöckigen Klinkergebäude, das deutlich spartanischer aussah als die Villen im Umkreis. Der Commissioner begrüßte sie an der Eingangstür und lotste sie in eine Art Salon. Vor einem offenen Kamin, in dem ein Feuer brannte, waren zwei Ohrensessel aufgestellt worden. Neben einem der Sitzmöbel befand sich ein Tischchen, auf dem ein mit einer goldbraunen Flüssigkeit gefülltes Glas stand.

„Darf ich Ihnen auch einen Laphroaig einschenken?“

„Nein danke“, sagte Olivia. „Ich bin nicht so der Islay-Typ. Ich mag den Whiskey von den nördlicheren Inseln lieber.“

„Oh, eine Kennerin. Mir war heute nach etwas Herbem zumute.“

Er setzte sich und trank einen Schluck.

„Das kann ich mir vorstellen“, sagte Olivia. Sie nahm ebenfalls Platz.

„Also, was führt Sie zu mir?“, fragte Penwith.

Olivia spürte, wie ihr das Herz bis zum Hals schlug.

„Wir haben uns geirrt“, sagte sie.

Der Commissioner kniff die Augen zusammen. Seine Schnurrbartspitzen vibrierten. „Wie meinen Sie das?“

„Harry war nicht der Slasher.“

Er seufzte. „Sie verfolgen noch immer Ihre Calvin-Theorie? Nun, das werden die Ermittlungen zeigen. Glauben Sie mir, Harrison hat das gut im Griff. Deswegen hätten Sie um diese Uhrzeit nicht herkommen brauchen.“

Sie schluckte. Was hätte sie darum gegeben, wenn sie nun doch wenigstens an dem Glas hätte nippen können, um ihre ausgetrocknete Kehle zu benetzen.

„Das meine ich nicht“, sagte sie. „Weder Edgecombe noch Calvin waren der Slasher.“

„Wer soll es sonst gewesen sein?“

Sie holte tief Luft, dann begann sie, Sir Penwith in aller Kürze ihre Theorie zu Marcus Harrison und seiner Verstrickung in die ganze Sache darzulegen. Sie rechnete es ihm hoch an, dass er sie kein einziges Mal unterbrach, sondern, dass er einfach nur zuhörte. Als sie geendet hatte, sah sie ihn gespannt an.

Er lehnte sich zurück, griff noch einmal nach dem Glas und leerte es mit einem Schluck.

„Ich kann verstehen, dass der Fall Sie nie losgelassen hat. Vielleicht ergeben die Ermittlungen, dass es tatsächlich einen Zusammenhang zwischen den aktuellen und den sieben Jahre zurückliegenden Morden gegeben hat. Die Alibis, die Sie für Armstrong nachweisen konnten, sind nicht von der Hand zu weisen. Aber das geht mir nun doch ein gutes Stück zu weit. Marcus Harrison ist der integerste, pflichtbewussteste und fähigste Ermittler, dem ich jemals begegnet bin. Ihre zusammengeschusterten Indizien sind wohl eher das, worauf sie beruhen. Fantasy.“

Olivia wollte etwas erwidern, doch der Commissioner hob die Hand.

„Gehen Sie nach Hause und schlafen Sie sich aus. Trinken Sie meinetwegen einen Talisker oder einen Abhainn Dearg. Morgen wird das alles schon ganz anders aussehen. Ihre Professorin wird ganz bestimmt wieder auftauchen. Vielleicht hat sie sich in Bath ein wenig amüsiert, was weiß ich. Der Fall ist gelöst. Kommen Sie damit klar.“

„Aber ...“

„Kein aber. Gehen Sie nach Hause.“

Olivia erhob sich. Er brachte sie zur Tür. Als die schmiedeeisernen Tore sich hinter ihr schlossen, hatte sie das Gefühl, eine kalte Dusche erlebt zu haben. Doch dann meldete sich eine andere Empfindung. Eine besserwisserische Stimme, die ihr sagte, immer schon gewusst zu haben, dass Sir Penwith sie nicht anhören würde. Das war schon seit sieben Jahren so gewesen, warum sollte sich das jetzt auf einmal ändern? Sie war also auf sich allein gestellt. Nur sie konnte Susanna noch retten.

Sie musste zu Marcus. Aber sie hatte keine Ahnung, wo er wohnte. Wenn sie doch nur ihr Handy hätte. Ihr Handy! Das war es. Sie eilte zur U-Bahn und fuhr nach Camden Town. Die Straßen waren mit Nachtschwärmern gefüllt, aber für das kleine Internetcafé kurz vor dem Kanal schien sich niemand zu interessieren. Sie war früher öfter dort gewesen, als sie noch keinen eigenen Computer gehabt hatte. Sie googelte den Namen der App, die Andy ihr installiert hatte, und loggte sich mit ihrer E-Mail-Adresse und dem glücklicherweise immer gleichen Passwort ein. Dann drückte sie auf den Button *Handy finden*.

Eine Karte von London entfaltete sich daraufhin auf dem Display. Es zoomte immer weiter heran, dann erschien irgendwann ein blauer Punkt, der langsam blinkte.

„Bingo", sagte Olivia, loggte sich aus und lief los.

52

Susannas Augen brannten. Die Schweißtropfen, die sich auf ihrer Stirn gebildet hatten, waren der Schwerkraft gefolgt und ihren Brauen war es nicht gelungen, sie in ihrem Abwärtsdrang aufzuhalten. Die salzige Flüssigkeit war ihr über die Lider gelaufen und dann in den rechten Augapfel getropft. Sie sehnte sich danach, sich die brennenden Augen zu wischen, aber ihre Hände waren nach wie vor gefesselt und das würden sie auch bleiben.

Mit dem linken Fuß hatte sie allerdings Fortschritte gemacht und das war auch der Grund gewesen, warum der Schweiß auf ihrer Stirn überhaupt erschienen war. Nachdem Marcus Harrison endlich wieder verschwunden war, hatte Susanna keine Zeit verloren. Es war eine äußerst mühsame Angelegenheit gewesen. Sie hatte mitgezählt und erst als sie zum dreihundertvierundzwanzigsten Mal den Knöchel auf und ab bewegt hatte, hatte sich etwas gelöst. Offenbar war es ihr tatsächlich gelungen, eine Faser des Hanfseils durchzuschneiden. Es war nun nicht mehr ganz so fest um ihren Fuß geschlungen.

Allerdings wäre es noch ein weiter Weg, bis sie sich endgültig befreien konnte. Sie hielt inne und kniff die Augen fest zusammen, um sie danach weit aufzureißen. Das hatte sie im Yoga gelernt und es funktionierte. Das Brennen ließ nach.

Wie spät es wohl inzwischen schon war? Sie hatte keine Ahnung, wie lange sie ohnmächtig gewesen war. Allerdings konnte das nicht ewig gedauert haben. Sie war sich ziemlich sicher, dass Harrison ihr ein Tuch mit Chloroform vor Mund und Nase gehalten hatte. In einer nicht tödlichen Konzentration dauerte eine derartige Narkose maximal zwei Stunden. Es musste nun also auf Mitternacht zugehen. Vielleicht war der Sonntag auch schon angebrochen.

Sie dachte an ihre Kinder. Ihr Ex würde die beiden um achtzehn Uhr nach Hause bringen. Sie würden vor verschlossenen Türen stehen. Dieser Gedanke trieb ihr die Tränen in die Augen, die es übernahmen, den letzten Rest des Brennens zu verjagen. Ella und Dan. Sie hatte sich nicht von ihnen verabschieden können. Würden sie verstehen, was los war? Dan vielleicht, aber Ella war noch so klein. Sie hatte noch kein Konzept vom Tod entwickeln können, und selbst wenn ihr das gelang, wie sollte sie jemals den Verlust ihrer Mutter verarbeiten können? Kinder in ihrem Alter hatten ein sehr handgreifliches Verständnis von der Welt. Ihnen half es, tote Menschen zu sehen, weshalb die Aufbahrung von Leichen vor Beerdigungen ein wichtiges Element der Trauerarbeit war. Aber Susannas Körper würde niemand zu Gesicht bekommen. Sie würde in kleinen Stücken in einem weitläufigen Waldgebiet vergraben werden. Vielleicht würde ein Fuchs oder ein anderes Wildtier ihre Überreste finden und sich daran gütlich tun. Dieser Gedanke ließ sie erschaudern. Stopp!

Es hatte ein Weilchen gedauert, bis ihr klar geworden war, dass sie sich wieder zu sehr mit ihren Gedanken beschäftigte. Sie hatte schließlich etwas anderes zu tun

... etwas Wichtigeres. Sie wusste zwar nicht, ob es wirklich zielführend war, ihren Fuß zu befreien, aber es konnte auf keinen Fall schaden. Aktuell sah sie auch keine Alternative dazu. Also fuhr sie damit fort, das Seil durchzuscheuern. Fünfhundertvierundzwanzig Auf- und Abbewegungen später, riss ein weiterer Strang. Dieses Mal wurde der Spielraum deutlich größer. Sie versuchte, den Fuß aus der locker um den Knöchel hängenden Schlaufe zu ziehen, aber das wollte ihr einfach nicht gelingen. Sie musste wohl oder übel noch mehr Fasern durchscheuern.

Olivia wusste, wo ihre Stärken lagen, aber das Navigieren durch einen ihr mehr oder weniger unbekannten Teil von London gehörte definitiv nicht dazu. Auf der Karte hatte alles so einfach ausgesehen, aber nun, im Gewirr der vielen kleinen Straßen, die Whitechapel wie ein Geflecht von Adern durchzogen, wusste sie nicht mehr, wohin sie sich wenden sollte.

Sie war in Aldgate East ausgestiegen und hatte die Richtung eingeschlagen, in der die Brick Lane lag. Dies war der einzige Teil des Stadtviertels, der ihr bekannt vorkam. Früher, als sie noch keine Kinder gehabt hatten, waren Andy und sie manchmal hierhergefahren, um sich in einem der indischen Restaurants die Bäuche vollzuschlagen.

Sie folgte der Whitechapel Road stadtauswärts. Am Altab Ali Park wusste sie nicht mehr wohin und fragte einen Passanten nach dem Weg. Der Mann schickte sie weiter die Whitechapel Road hinab. Beinahe hätte sie die Einmündung der Court Street verpasst. Das Schild war von Efeu überwuchert und der Besitzer des bau-

fälligen Häuschens, an dem es angebracht war, hatte es
offenbar nicht für nötig gehalten, das Grün etwas zu-
rückzuschneiden. In der Dunkelheit wirkten die Blätter der Kletterpflanze beinahe schwarz. Sie folgte der
Straße bis zur Einmündung in die Durward Street. Hier
bog sie nach rechts ab und ging an einem Bauzaun entlang, hinter dem Container und Altmetall vor sich hin
rosteten.

Nach wenigen Schritten hatte sie den Eingang zur
Winthrop Street erreicht. Der Name täuschte. Wenn sie
sich korrekt an den Stadtplan erinnerte, handelte es
sich um eine vielleicht einhundert Meter lange Sackgasse, die in einer rechtwinkligen Kurve nach links ab-
bog und in einer Wendeplattform endete, und in einem
der Häuser dort, würde sie ihr Handy und hoffentlich
auch Marcus wiederfinden. Der Gedanke daran, dass
das eine nicht automatisch das andere nach sich ziehen
musste, ängstigte sie. Was, wenn er ihr Smartphone
einfach weggeworfen hatte, nachdem er Susannas
Nachrichten gelesen und sie in die Falle gelockt hatte?
Aber warum sollte er es dann ausgerechnet hier ent-
sorgt haben? Das machte doch keinen Sinn. Sie schüttelte sich einmal kräftig – eine Technik, die sie in einem
Stressbewältigungsseminar gelernt hatte – und ging
weiter.

Susanna wusste nicht, wie viel Zeit inzwischen vergangen war, als sie den Schlüssel wieder hörte, der im
Schloss gedreht wurde. Sie hielt in ihrer Bewegung
inne. Sie hatte sich nicht getäuscht. Harrisons Beine
und dann auch der Rest seines Körpers erschienen auf
der Treppe. Sie drückte die linke Wade fest gegen den

Stuhl. Hoffentlich sah er nicht, was sie bereits erreicht hatte. Viel fehlte nämlich nicht mehr.

Er holte den zweiten Monobloc heran, schaltete das Licht ein und setzte sich ihr wieder gegenüber. Seine Miene war vollkommen verändert. Er hatte nicht mehr dieses überlegene Lächeln aufgesetzt. Stattdessen hatte sich in sein Gesicht nun etwas Lauerndes, Gieriges geschlichen.

„Ich habe mir überlegt, den Plan abzuändern", sagte er nun. Seine Stimme klang rauer als zuvor und dass das nichts Gutes zu bedeuten hatte, war Susanna sofort klar. „Ich wäre schließlich schön blöd, wenn ich es nicht ausnutzen würde, dass ich den Luxus habe, mir mit einer Frau Zeit zu lassen."

Susanna spürte, wie ihr Herz schneller schlug. Er sah sie intensiv an.

„Nun gut, bestimmte Abstriche muss ich wohl machen. Sie sind nämlich älter als all die anderen. Ich mag lieber Frischfleisch. Bei Ihnen sieht man sofort, dass Sie bereits Kinder geboren haben. Zwei, nicht wahr? Ich habe Sie gegoogelt, Frau Professor."

Sie erwiderte nichts.

„Sie brauchen mir nicht zu antworten. Darauf bestehe ich gar nicht. Wissen Sie, bei Menschen wie mir sprechen Kriminologen gern von Triebtätern. So als ob wir einer inneren Energiequelle hilflos ausgeliefert wären, die unser ansonsten relativ normales Gehirn benebelt und die animalischsten, ursprünglichsten Impulse an die Oberfläche treiben lässt. Aber je länger ich mich mit mir und meinen Bedürfnissen beschäftigt habe, desto mehr bin ich zu der Ansicht gelangt, dass diese ganzen forensischen Experten, seien sie nun Kriminologen, Soziologen, Psychiater oder Psychologen keinen blassen Schimmer davon haben, was in Menschen wie uns vorgeht." Er grinste sie an. „Sie haben also nun die einmalige Gelegenheit, am eigenen Leib zu erfahren, was es heißt, einem sogenannten Triebtäter ausgeliefert zu sein. Wissen Sie, warum ich es tue? Was mich an meinen Taten reizt?"

„Ist es der Adrenalinkick?", fragte sie mit zitternder Stimme.

Er lachte. „Ja, da habt ihr wieder eure biologischen Erklärungen. Als ob wir alle nur darauf aus wären, das Belohnungszentrum in unserem Hirn maximal zu bespielen. Auch Sie haben keine Ahnung."

„Dann sagen Sie mir doch, was Sie antreibt", erwiderte Susanna. Sie hatte wieder damit begonnen, die letzten Fasern der Fessel aufzuscheuern, da Harrison seine Aufmerksamkeit nicht auf ihre Beine lenkte.

„Nun, wenn Sie mich schon darum bitten, will ich mal nicht so sein", sagte er und grinste. „Ich habe mich nie als Triebtäter gesehen. Ich bin ein Künstler. Sie mögen das vielleicht seltsam finden, aber auch im Bereich des Verbrechens gibt es so etwas wie eine Ästhetik. Ich habe die letzten sieben Jahre in vielen Mordfällen ermittelt, habe viele Künstler bei ihrer Arbeit beobachtet. Ich habe gelernt und meine Technik verfeinert, und dann konnte ich eines Tages einfach nicht mehr still sitzen und zuschauen. Ich musste wieder hinaus und musste Neues schaffen."

Susanna schnaubte. „Meinen Sie das ernst?"

Seine Augen verengten sich. Das war offenbar ein Fehler gewesen.

„Natürlich meine ich das ernst“, sagte er. „Sie können das wahrscheinlich nicht verstehen, aber es hat einen besonderen Reiz, das perfekte Verbrechen zu begehen, und ich habe es nun schon neun Mal begangen.“

„Warum belassen Sie es dann nicht einfach bei der Tötung der Frauen?“, fragte Susanna. „Warum die Verstümmelungen? Warum diese brutale Gewalt?“

Er lachte. „Nun, es ist das eine, ob man ein perfektes Verbrechen verübt oder ob man sich mit diesen Verbrechen so tief im kollektiven Bewusstsein verewigt, dass den Leuten noch in hundert Jahren der kalte Schweiß ausbricht, wenn sie nur an mein Werk denken. Jack the Ripper ist das gelungen. Aber nur, weil er Taten verübt hat, die weit außerhalb dessen stehen, was die Leute als normal bezeichnen würden. Er hat sich über Abscheu in das Gedächtnis der Menschen gegraben und das habe ich auch getan.“

Susanna sah ihn misstrauisch an. „Sie wollen mir also weismachen, dass Ihnen das Verstümmeln und das brutale Ermorden Ihrer Opfer keinen Kick verschafft?“

Er grinste. „So habe ich das nicht ausdrücken wollen. Es steht nicht im Vordergrund. Vielleicht ist es eher eine Art willkommene Nebenwirkung. Wissen Sie, es ist ein unbeschreibliches Gefühl, wenn eine Messerklinge in einen Körper eindringt. Wenn Sie den Griff halten, wenn die Klinge den Widerstand der Haut durchdringt und durch Fleisch schneidet, dann sind Sie untrennbar mit dem Organismus verbunden, in den Sie eindringen. Sie haben ihn in der Hand und Sie entscheiden, wie und auf welche Weise das Leben aus diesem Körper flieht.“

„Aber warum dann die Organentnahmen?“

Er lachte. „Nun, ehrlich gesagt geben die mir nicht so viel. Ich habe die Organe immer erst dann entnommen, wenn die Frauen schon tot waren ... aus praktischen Gründen. Wenn Sie jemandem die Bauchdecke aufschneiden und die Eingeweide freilegen, ist das automatisch mit spritzendem Blut und nervtötendem Geschrei verbunden. Das ist äußerst unpraktisch. Deshalb mussten die Frauen vorher sterben. So wie der Ripper es auch getan hat.“

„Sie wollten ihm nacheifern?“

„Ja, aber ich kann ehrlich gesagt nicht ganz nachvollziehen, was er an diesen Verstümmelungen gefunden hat. Sein letztes Opfer scheint er allerdings noch lebend seziert zu haben. Vielleicht war das von Anfang an sein Ziel gewesen. Vielleicht muss ich das auch einmal ausprobieren, um ihn voll und ganz verstehen zu können.“

Er sah sie mit einem kalten Blick an. Susanna lief eine Gänsehaut über den Rücken.

„Nein, nein!“, schrie sie.

Er nickte. „Da Sie schon einmal hier sind, werde ich die Gelegenheit nutzen. Sie können schreien, so viel Sie wollen. Hier unten wird Sie niemand hören.“

Er griff nach einem der beiden Messer, die neben *Aragorns* Schwert hingen. Mit einer flüssigen, mühelosen Bewegung schnitt er Susannas Pulli in zwei Teile.

„Nun muss ich mir nur noch überlegen, wie ich Ihnen die Organe so entferne, dass Sie möglichst viel davon mitbekommen.“

53

Olivia hatte die Wendeplatte jetzt erreicht. Die Frage, in welchem Haus ihr Handy lag, erübrigte sich, denn es gab nur eines. Das Gebäude musste seine besten Jahre schon lange hinter sich haben, sofern es diese überhaupt jemals erlebt hatte. Die andere Seite der Straße wurde von Schienen begrenzt.

Sie ging auf das Haus zu. Ein mit Betonplatten gepflasterter Weg führte zu einer Treppe. Von den betonierten Stufen waren größere Stücke abgesplittert, sodass sie aussahen wie der Leckstein eines riesigen Kaninchens.

Olivia überlegte, wie sie nun vorgehen sollte. Sie hatte bislang noch keine Zeit darauf verwandt, sich einen funktionierenden Plan zurechtzulegen. Nun stand sie vor Marcus' Haus, hatte weder eine Waffe noch etwas, womit sie die Tür aufhebeln konnte.

Sie stieg die beiden Stufen zur Eingangstür empor. Auf dem Klingelschild stand *M. Harrison*. Gut, immerhin war sie hier richtig. Kurz überlegte sie, die Kollegen auf der nächsten Dienststelle zu informieren, dass sie ihr gestohlenes Handy hier lokalisiert hatte, aber wenn die herausbekamen, dass ein hochdekorierter Polizist in diesem Gebäude wohnte, würden sie garantiert unverrichteter Dinge wieder abziehen. Nein, das musste sie selbst in die Hand nehmen.

Sie beschloss, nach einem Seiteneingang zu suchen, stieg die Treppen hinunter und wandte sich dann nach rechts. Der Garten war so ungepflegt, dass das Gras sie beim Fortkommen behinderte und sich um ihre Knöchel schlang. Auf der Rückseite des Hauses stand ein kleiner Schuppen. Sie bewegte vorsichtig die Klinke der Tür und erschrak, denn die Hütte war nicht abgeschlossen. Es war stockdunkel im Innern, deshalb beschloss sie, sich an der Wand entlangzutasten. Beinahe sofort schlossen sich ihre Hände um eine feste Stange aus Holz. Sie griff danach und zog daran. Etwas löste sich mit einem leisen Scheppern, das sie innehalten ließ. Sie wartete und lauschte. Doch außer ihrem heftig pochenden Herzschlag hörte sie kein anderes Geräusch.

Sie trat wieder hinaus in den Garten. In den Händen hielt sie jetzt einen kompakten Spaten. Dieser würde sich für ihre Zwecke nutzen lassen. Sie ging weiter um das Haus herum und sah, dass sich an dessen Rückseite eine Terrasse befand. Eine bodentiefe Glastür ermöglichte es den Bewohnern, sich im Sommer auf die zersplitterten Betonplatten zu setzen und den Ausblick auf die vorbeiratternden Vorortzüge zu genießen. Hinter dem Glasfenster der Tür war es dunkel, im Innern des Hauses schien es jedoch eine Lichtquelle zu geben, denn sie meinte, einen schwachen Schein zu erkennen.

Sie versuchte ihr Glück, aber natürlich hatte sie sich zu viel erhofft. Dieses Mal war die Tür abgeschlossen. Sie nahm die Schaufel und schob sie zwischen Rahmen und Zarge. Sofort blätterte Lack ab. Nun kam der kritische Teil. Mit einem festen, kurzen Ruck drückte sie das Blatt weiter hinein und kippte es dann in ihre Richtung. Es knirschte, dann sprang die Tür tatsächlich auf. Sie hielt den Atem an, lauschte auf Geräusche. Da! Was war das? Ein rhythmisches Schaben. Sie versuchte, noch genauer hinzuhören. War das eine Stimme? Sie packte den Griff der Schaufel so fest, dass ihre Knöchel weiß hervortraten, und betrat das Wohnzimmer.

„Ich denke, ich werde zunächst zu einem halbmondförmigen Schnitt quer über Ihren Unterbauch ansetzen", sagte Harrison.

Er hatte einen Wetzstein aus dem Regal geholt und war damit beschäftigt, das Messer zu schärfen. Jedes Mal, wenn die Klinge an dem Stein entlangfuhr, stoben Funken auf.

„Ich möchte schließlich nicht, dass Sie zu rasch verbluten. Deshalb werde ich zunächst Ihre Ovarien entfernen. Geben Sie es zu, Sie wollten auch schon immer einmal einen Blick darauf werfen, oder etwa nicht?"

„Sie sind verrückt", schrie Susanna.

Harrison schüttelte den Kopf. „Das verstehen Sie nicht."

Er legte den Wetzstein beiseite und hob das Messer.

„Nun, dann wollen wir mal."

Olivia ging in den Raum hinein. Ihre Augen hatten sich inzwischen an die Dunkelheit gewöhnt. Sie erkannte, dass es sich um ein Wohnzimmer handelte. Ein altmodischer Röhrenfernseher stand auf einem Holzregal. Dass diese Geräte noch funktionierten? Sie ging weiter und gelangte zu einem Flur. Plötzlich hörte sie ein Geräusch, das ihr die Haare auf dem Rücken zu Berge stehen ließ.

„Sie sind verrückt!"

Es war die Stimme einer Frau. Einer verzweifelten Frau. Sie beschleunigte ihre Schritte und kam zu einer Küche. Hier brannte ein einzelnes Licht. Auf dem Tisch sah sie die Reste einer Mahlzeit. Eine weitere Tür stand offen. Sie sah, dass eine Treppe von dort in einen Keller hinabführte.

„Nein!"

Die Frauenstimme schrie noch einmal. Olivia nahm den Spaten in beide Hände und betrat die oberste Stufe.

„Vor...", rief die Stimme, dann wurde sie plötzlich undeutlich. Das Licht im Keller erlosch. Olivia konnte nur so weit sehen, wie der schwache Schein aus der Küche den Raum beleuchtete. Sie stieg die Treppe hinab, ihre Augen schwenkten rasch von links nach rechts und wieder zurück, bereit ihrem Gehirn zu signalisieren, wo eine Gefahr lauerte.

In der Mitte des Kellers saß eine dunkelhäutige Frau auf einem Stuhl. Sie war dort festgebunden worden und trug nur einen weißen BH und eine Hose. Es war Susanna. Ihre Augen schienen aus den Höhlen treten zu wollen. Sie warf Olivia einen verzweifelten Blick zu.

Plötzlich nahm diese eine Bewegung wahr. Sie hob den Spaten, aber sie war zu langsam. Eine Gestalt warf sich auf sie. Sie krachte zu Boden. Die Schaufel lag nun zwischen ihr und dem Angreifer. Sie wollte sich wehren, doch sein ganzes Gewicht lastete auf ihr. Sie spürte seinen Atem, der nach Milch und Eiern roch und eine Übelkeit in ihr aufsteigen ließ. Seine Masse presste die Luft aus ihren Lungen.

„Hallo Olivia", sagte Marcus. „Schön, dass du dich zu uns gesellt hast. So kann ich gleich zwei Probleme aus der Welt räumen."

Sie spürte eine Messerklinge an ihrer Kehle.

„Leider muss ich dich schnell erledigen“, sagte er. „Es wäre mir ein Vergnügen gewesen, dich so auseinanderzunehmen wie die arme, unbedarfte Eleonor.“

Seine Hand zitterte und die Klinge ritzte die Haut an ihrem Hals an.

„Du Schwein“, knurrte sie mit der letzten Luft, die ihr noch verblieb.

„Schweine sind äußerst intelligente Tiere“, hauchte er in ihr Ohr. „Aber du wirst jetzt sterben wie eines.“

Sie spürte, wie die Klinge sich kurz von ihrem Hals entfernte. Gleich würde er damit ausholen und ihr die Kehle durchschneiden. Musste es wirklich so enden?

Mit aller Kraft versuchte sie, ihn von sich zu schieben, doch er war zu schwer.

„Und jetzt stirb!“

Susanna hatte mit zunehmender Verzweiflung beobachtet, wie Harrison Olivia überwältigt hatte. Als sie die Füße auf der Treppe gesehen hatte, hatte sie versucht, ihre Retterin zu warnen, doch der Slasher hatte ihr den Mund zugehalten und das Licht ausgeschaltet. So war schließlich das Unausweichliche geschehen, und sie hatte nichts daran ändern können, weil sie nach wie vor an diesen verdammten Stuhl gefesselt war.

Eine Welle der Wut fuhr durch Susannas Körper. So konnte, so durfte es nicht enden. Sie spannte die Muskeln in ihrem rechten Bein so fest an, wie sie konnte, und legte alle Kraft in eine letzte Anstrengung. Sie spürte, wie das Seil nachgab, und dann, mit einem Knall riss die Fessel endlich. Ihr Fuß war frei! Harrison lag direkt vor ihr, das Messer an Olivias Hals gepresst. Ohne nachzudenken, holte sie aus und trat zu.

Olivia wartete darauf, dass die Klinge in ihre Kehle fahren würde, und rief sich noch ein letztes Mal die Bilder ihrer Familie ins Gedächtnis. Dann hörte sie ein Stöhnen und der Druck auf ihre Brust ließ nach. Sie sah, dass Marcus teilweise von ihr heruntergeholt worden war und eine Hand gegen seinen Hinterkopf hielt. Seine Augen fanden ihre. Er hob das Messer erneut. Doch dieses Mal war sie schneller. Sie packte den Spaten und rammte ihm das Blatt mit voller Wucht ins Gesicht. Das Geräusch, als seine Wangenknochen brachen, war ekelerregend. Schreiend stürzte er nach hinten. Olivia sprang auf, kickte das Messer weg und riss die Schaufel an sich. Ströme von Blut liefen aus der Wunde. Sie konnte nur noch ein Auge erkennen, das linke. Es starrte sie zuerst ungläubig an, dann hasserfüllt, dann ängstlich und schließlich erstarrte es für immer.

Als sie sich sicher war, dass von Marcus keine Gefahr mehr ausging, drehte sie sich zu Susanna um. Eines ihrer Beine war von den Fesseln befreit. Sie holte den Knebel aus ihrem Mund. Die Professorin hustete.

„Wo haben Sie den Kerl getroffen?", fragte Olivia.

„Ich habe einfach zugetreten. Ich glaube, okzipital."

„Also am Hinterkopf?"

„Ganz genau."

„Hat er ihnen ... etwas angetan?"

Susanna schüttelte den Kopf. „Nein, aber es war äußerst knapp. Wenn Sie nicht gekommen wären ..."

Sie schluckte. „Ich bin froh, dass ich rechtzeitig da war. Jetzt wollen wir Sie mal losbinden und danach rufe ich die Kollegen. Vielleicht glaubt der Commissioner mir ja nun endlich, dass Marcus der Slasher war."

Drei Monate später

Es war ein herrlicher Frühsommertag. Die Schwäne im Teich des Fitzwilliamschen Anwesens drehten ihre Runden im strahlenden Sonnenschein. Der Rasen war saftig grün und die Sträucher und Obstbäume mit Blüten übersäht. Auf einem der Kieswege, die den Park durchzogen, raste ein Elektrorollstuhl in Schlangenlinien hin und her.

„Nicht so schnell", rief Andrew. „Auch Lewis Hamilton hat mal langsam angefangen."

Dan und Ella brachen in Gelächter aus.

Susanna war allerdings nicht zum Lachen zumute. Sie sah den Rollstuhl schon im Teich versinken. Mit einem Ruck kam das Gefährt zum Stehen, drehte sich um und fuhr dann im Schritttempo auf sie zu.

„Ich kann auch langsam fahren", sagte eine blecherne Stimme.

David hielt vor ihr an. Sie sah in die beiden animierten Augäpfel, die sich auf der Vorderseite seiner Brille bewegten, ein Gimmick, das Andrew hinzu programmiert hatte, um die Kommunikation zu vereinfachen. Überhaupt hatte er die Gerätschaften generalüberholt, sodass es David nun nicht nur möglich war, zu schreiben, sondern sogar zu sprechen und einen Elektrorollstuhl zu steuern. Zu diesem Zweck war ihm vor Kurzem eine Elektrode direkt in den Cortex implantiert worden, wodurch die Steuersignale des Gehirns viel genauer registriert werden konnten als mit dem Infrarotgerät.

„An der Feinmotorik müssen wir aber noch ein bisschen arbeiten", sagte Andrew.

„Sorry, ich bin noch nicht zu meinen Fingerübungen gekommen", sagte die Blechstimme.

„Ein Nachteil der Stimme ist, dass man so etwas wie Ironie nicht heraushört", gab Poppy zu bedenken, die neben Andrew getreten war.

„Challenge akzeptiert", sagte ihr Freund.

Vom Eingangstor her kam nun eine Gestalt auf sie zu. Es war Olivia. Sie lächelte Susanna an. Die beiden Frauen umarmten sich zur Begrüßung.

„Na, wie gehts?", fragte Susanna.

„Super. Ich war mit meinem Mann und allen Kids zwei Wochen auf Gran Canaria. Das hat gut getan."

„Wo ist Gran Canaria?", fragte Ella, die sich an Susannas Hosenbein klammerte.

„Das ist eine Insel im Meer" sagte Olivia. „Da ist es warm und die Sonne scheint viel öfter als bei uns."

„Da will ich auch hin", sagte Ella.

„Ich auch", rief Dan.

„Na, dann muss ich meine Geschäftspartner*innen um Urlaub bitten."

Poppy lachte. „Das sollte sich einrichten lassen. Andrew und ich halten den Laden so lange am Laufen."

„Ihr habt eine Firma gegründet?", fragte Olivia überrascht. „Ich dachte, die Uni hätte beschlossen, dich doch nicht zu kündigen nach den vielen positiven Schlagzeilen."

Susanna grinste. „Ja, der Dekan hatte mir sogar angeboten, meine Professur zu einem Lehrstuhl hochzustufen, aber ich habe abgelehnt. Schon vor der Sache in Harrisons Keller ist mir klar geworden, dass ich das nicht mehr brauche. Dann kamen Andrew und Poppy mit einem Konzept um die Ecke, bei dem ich einfach nicht widerstehen konnte."

„Wir bauen die innovativsten Kommunikationsgeräte auf dem Markt und passen diese dann individuell an", erklärte Andrew.

„Und wie läuft das Geschäft?"

„Großartig", sagte Poppy. „Wir können uns vor Aufträgen kaum retten."

„Und bei dir?", fragte Susanna.

Olivia lächelte. „Ich habe ebenfalls ein Angebot abgelehnt. Der Commissioner wollte mich wieder bei Scotland Yard haben. Ich hätte die verwaiste Mordkommission neu aufbauen sollen. Aber ich bin lieber in Wandsworth geblieben. Seit ich die Geister der Vergangenheit begraben habe, ertrage ich es viel besser, Quartalsberichte zu schreiben."

Sie wandte sich an David. „Schön, Sie bei so guter Laune zu sehen."

Das Interface gab ein wieherndes Lachen von sich.

„Daran muss ich noch arbeiten", sagte Andrew.

„Nicht nur daran", sagte Davids Blechstimme. „CI Jenner, jetzt kann ich mich endlich bei Ihnen bedanken. Ohne Ihre Hartnäckigkeit würde ich weiterhin nur dahinvegetieren, und ich hätte niemals diesen Haufen verrückter Menschen kennengelernt, die mir nicht nur das Sprechen wieder beigebracht haben, sondern mich sogar bei sich aufgenommen haben."

„Sie leben jetzt hier?" Olivia sah zu dem schlossartigen Gebäude auf dem Hügel. „Es gibt Schlechteres, oder?"

„Andrew und ich sind auch wieder hier eingezogen, und da wir viel Platz haben, haben wir beschlossen, uns ein paar Mitbewohner einzuladen", sagte Poppy.

Olivia sah die Professorin erstaunt an. „Sie auch?"

Susanna nickte. „Die Kinder lieben es."

Es war die Blechstimme von David, die nun kundgab: „Und jetzt eifere ich wieder Lewis Hamilton nach."

Der Rollstuhl setzte sich in Bewegung und ratterte über den Weg. Der Kies zu beiden Seiten spritzte davon.

„Danke", sagte Susanna.

Olivia sah dem Rollstuhl hinterher, um den Susannas Kinder wild herumtobten wie zwei bunte, schöne Schmetterlinge und sagte: „Das war all die Mühen wert."

Ende